图书在版编目（CIP）数据

余生，请多指教 / 柏林石匠著 . — 南昌 : 百花洲文艺出版社，
2016.10
ISBN 978-7-5500-1915-7

Ⅰ . ①余… Ⅱ . ①柏… Ⅲ . ①言情小说—中国—当代
Ⅳ . ① I247.5

中国版本图书馆 CIP 数据核字 (2016) 第 227163 号

出 版 者	百花洲文艺出版社
社　　址	江西省南昌市红谷滩世贸路898号博能中心A座20楼　邮编：330038
电　　话	0791-86895108（发行热线）0791-86894790（编辑热线）
网　　址	http://www.bhzwy.com
E-mail	bhzwy0791@163.com

书　　名	余生，请多指教
作　　者	柏林石匠
出 版 人	姚雪雪
出 品 人	刘运东
特约监制	肖　恋
责任编辑	安姗姗
特约策划	肖　恋
特约编辑	萨　萨
封面设计	程　然
封面插画	candy田
经　　销	全国新华书店
印　　刷	三河市南阳印刷有限公司
开　　本	680mm × 970mm　1/16
印　　张	19.75
字　　数	468千字
版　　次	2016年10月第1版
印　　次	2016年10月第1次印刷
书　　号	ISBN 978-7-5500-1915-7
定　　价	32.00 元

赣版权登字 : 05-2016-299

KUWEI
酷威文化
图书　影视

余生，请多指教

柏林石匠 | 作品

百花洲文艺出版社
BAIHUAZHOU LITERATURE AND ART PRESS

目　录

目 录

< Part 2 时光里的零零碎碎 >

Part 1

写给医生的报告

The Luckiest Couple
on Earth

你永远不知道，下一秒会发生什么，又会遇见谁。

Date: 2009.2.28

我埋在一桌子书籍资料里，头大地计算着股票期权收益累进。

桌面震动，我从一堆草稿纸里翻出手机，家母来电。

"你爸检查结果出来了。胃部要切除三分之二左右。"

我停下笔："我们会计法教授胃癌才切二分之一，林老师胃溃疡就要切三分之二？"虽然我的大脑已经被大堆数字搅得一团糟，但对于这个新出现的数字仍保持了高度的敏感。

"手术定在周一。明天你先回家，要带的东西我一会儿发短信给你。周一早上你爸单位派车，你跟车过来。"

在我迟疑的"哦"声中，娘亲干脆利落地挂了电话。

彼时，我和任何一个修改毕业论文的大四学生一样，裹着羽绒服，眼神悲愤，表情茫然。

林老师是我的父亲，高级政工师，加班达人，拥有 25 年的胃病史，过年期间厌食少食，被母亲押到 X 市做胃部检查。在此前断断续续的联系中，我得到的消息一直是胃溃疡糜烂，伴有穿孔。

人对坏事总有种本能的直觉，比如现在，"三分之二"就像根针，一下子划开记忆里父母之前的种种反常。

Date: 2009.3.1

车子停在肿瘤医院门口的时候，我觉得脑袋像被玻璃罩闷住了。七年前，中考之后，我也被接到这里，外婆鼻咽癌晚期。

小叔叔出来接我们，揽了揽我的肩："八点进的手术室。你妈想瞒着你，我没让。这事儿你总是要知道的。心里难受的话现在可以哭，一会儿别让你妈看见。"

我点点头，低头飞快地把眼泪抹掉。

家属等候区最后一排。

我清清嗓子，把背包一放："同志，保密工作做得挺好。瞒了我多久了？"我坐下，从包里拿出切片面包。

"你干吗？"她显然对我平静的反应有点不能接受。

"早饭没吃完。"我的神经和内心已经被多年跌宕起伏的生活淬炼得坚强而淡定，"你要不要来一片？"

娘亲在一旁观察我的面部表情："你都知道了啊。"

"如果车停在军区总院门口，兴许还能多骗一会儿。"

娘亲叹了口气，眼眶红了。

我伸手抚了抚她的后背："林老师怎么说的来着？女同志心理素质果然普遍不好，遇到事儿就慌。"

娘亲扭过脸："你不知道你爸肚子上拉那么一刀，他得多疼。"

我递过去一条巧克力："您生我剖腹产肚子上也拉了一刀，现在不也好好的。"

两片面包还没吃完，外面喊："外科 39 床，林 XX。"我奔了出去。

手术室走廊门口，一个穿着手术服的医生手上端着一个不锈钢钵："这是切除的部分。"

随后赶来的母亲看到钵里的东西，"唔"了一声，闭上眼转过身。

我仔细看着钵里红里泛白的肉体，有我的手掌大，刚从林老师身上切除下来。突然觉得莫名心酸和亲近，我凑上前，靠近嗅了嗅，没有我想象中的血腥味，只有消毒液淡淡的味道。

"肿瘤位置较高，所以切除位置比预期的上移，胃部留了 20% 左右。"

我点点头。对方转身进去。

那是我和医生的第一次见面。原谅我并没有记忆深刻——他被遮得严严实实。

12 点，林老师被推回病房，要抬上病床，跟床护师拦住了我们娘俩："来两个男同志抬，你们抬不动。"我和娘亲面面相觑，我们这儿就两个女同志，小叔叔公司有事赶回去了，到哪找两个男丁？

护师看着我们无奈道："我帮个忙，你们再找一个来，看看隔壁病友的儿子之类的。"我对这位严谨而负责的护师无可奈何，只得出门求援。

彼时，医生刚从手术室回来，口罩都没摘，正准备换了衣服去吃饭，经过病房门口时刚好和我撞上，抬头看了眼病房号："39 床，怎么了？"

我说："医生，能不能请你帮个忙？"

医生说，孽缘，就是从这里开始的。

医生批阅：*你怎么想起来就那么凑上来闻？我差点以为你要上手戳。*

Date: 2009.3.3

术后 48 小时，我守在林老师身边，没有合过眼。他皱着眉不作声，我只能通过他抖动的眼睫毛判断他的状况，直到他捏了捏我的手指，张嘴呵气："疼。"

麻药过去，我的心终于安静下来，亲了亲他额头："很快就不疼了。"

我们家林老师是个好命。

小时候在军区大院长大，虽然父母工作忙，但日常生活有勤务兵照顾，他没操心过生活。

之后离家上学，也算是风云人物帅哥一枚，一到周末床单被套就被有着虎狼之心贤良之行的女同学扒走清洗，自己没怎么动过手。对于这段历史，他直到现在都颇为得瑟。

工作之后分宿舍，二十平米的小套间，单身的两人一套，成了家的一家子一套。这种宿舍楼里，最不缺的就是马大姐型的人物：唠叨，但是对小青年的日常生活颇为照顾。他的室友是本地人，母亲时不时带吃的来给儿子补身子，老太太心好，看林老师瘦成个竹竿样，也没少捎带着给他补。

后来，他和我妈谈恋爱，不巧我妈又是个窗帘一礼拜至少拆下来洗一回的洁癖患者，这下他连衣服被套都不用洗了——我妈嫌他洗得不干净。

结婚之后分房子，和外公外婆分在一个小区，老两口看小两口工作辛苦，于是承揽了午饭晚饭的工作，他和我妈轮流做早饭就行。

再后来，有了我，从小在我妈的全方位自理能力培养以及对林老师的盲目崇拜下，我接手了诸如给他做早饭，配衣服，甚至喝水递茶杯的活儿。自此，林老师甩掉了最后一丁点操心，这一甩就是二十多年。

娘亲总跟我说，她这辈子所有的耐心，全耗在林老师身上了。

说这么多，只想表达一个观点——林老师已经被我们惯坏了，我们也惯成习惯了……

这次他动刀子，大到下地走路，小到穿衣漱口，我们娘俩全包办了。

我和医生的第一次正面接触，是在林老师术后第三个晚上哄他睡觉的时候。我当时以一个超越芙蓉姐姐的扭曲姿势半蹲在床边，右手手肘撑在床上做着力点，小臂托住他的脖子和肩背，让他的脑袋枕在我的胳膊上，左手轻轻抚着他的背。

在此之前，林老师摘了氧气，身上还剩胃管、鼻饲管、导尿管、引流管四根管子，可以略微翻身，但刀口疼加上胀气让他大半夜里睡不着又醒不透，在这种半无意识的状态下，他依旧能在我托起他脖子按摩的时候，准确地偎进我的怀里，然后呼呼大睡……我无比尴尬无比欣慰又无比认命。

正当我以这么个不大优雅的姿势扭曲着的时候，门被推开，术后三天内两小时查一次房。值夜班的医生手上拿着近光手电走进来，光线扫清楚我的姿势时，他明显愣了一下。我觉得我该解释解释，于是用气声说："刀口疼，睡不着。"

医生抿嘴笑笑："要帮忙吗？"

"不用，谢谢。"

他点点头就走了。

当时光线很昏暗，加之我的心思又全扑在林老师身上，医生留给我的第一印象除了一道瘦高的背影，再无其他。

医生批阅： 你刚使唤过我，转个身就能忘掉。

Date: 2009.3.4

术后第四天，林老师的意识清醒了许多。早上，大大小小的医生们来查房。

A 主任："今天情况怎么样？"

我："除了胀气有点疼，其他挺好的。"

主任检查了一下腹带和刀口："胀气是正常的，今天差不多要排气了，排完就可以开始喝水了。"他抬头冲我们娘俩笑了笑，"恢复得很不错，两位辛苦了。"

听到这句话，主任身旁正低头记录的瘦高个儿医生抬起头，对着我浅浅一笑。

我不知道怎样形容那双眼睛，清亮柔和，让我恍然想起很久以前看过的一首诗，"她走在美的光影里，好像无云的夜空，繁星闪烁"，那里面有个空旷宁静的世界，让人差一点跌进去。

我恍神了 0.1 秒，扫了一眼他的胸牌——顾魏。林老师的管床医生。

从小看着林老师及一众美男了长大，我自认为对相貌好的男人抵抗力比一般人强了不是一星半点，但是依旧忍不住心中感叹，这双眼睛实在是很引人犯罪啊。

Date: 2009.3.5

术后第五天，吃完早饭，妈妈来换我休息。我拿着苹果和刀走出病房，靠在走廊扶手上慢慢削。

相对于吃水果，我更享受削果皮的过程。刀锋角度不断调整，看着薄薄的果皮一圈一圈慢慢落成一个完整的圆，是抚平情绪的好方法。

我削到一半，福至心灵地一抬头，顾医生就在五米开外，往我的方向走来，还是瘦削的肩膀，走路跟猫一样没声音。

我拎了拎手腕，迅速地想把手里的活完工，但是一急，果皮断了……天晓得我当时是什么呆滞的表情。他走到我面前顿住，目光在我和地上的果皮之间逡巡了一圈，嘴巴抿了抿，礼貌地微笑说："削苹果啊。"

医生，您真礼貌……

我再次被他漂亮的眼睛闪到，头脑一热，把手里的苹果递出去："吃苹果吗？"

对方失笑："不了，谢谢。我查房了。"

等他的白大褂消失在隔壁病房门后，我才发现手里的苹果，还没削完……

上午 9 点半，病房门被推开，一个全身绿色手术服，帽子口罩捂得严严实实的人走进来。我扶着额头想，隔了那么远，我都能凭借背影、脚步甚至第六感轻松辨认出一个接触没两天的男人，这说明了什么？

顾医生看了一眼正在睡觉的林老师，走到我身旁，递过文件夹低声说："你爸爸今天开始挂的水有些调整，你看一下。"

治疗方案上药名药效都被标得很清楚，我一条条看过，确认没问题，签字。顾医生正垂着眼看我签字，整张脸只露出一双眼睛，于是我一抬头，就这么毫无准备地跌进了他的眼睛——那是一种大脑瞬间被放空的感觉，像是落入了一个巨大的悬浮的气泡里。

他的眼睛眨了两下，我迅速回神，递过文件夹："谢谢。"

"不客气。"他收起文件夹离开，走了两步回过头，"他睡着的时候你也可以稍微休息一下。"

顾医生离开后，我苦恼地看着睡着的林老师，人家会不会觉得我不矜持啊？

Date: 2009.3.6

术后第六天，林老师开始喝米汤了，最痛苦的几天熬过去，他现在精神相当好。

顾医生来查房的时候，我正坐在床尾给林老师按摩足三里。

顾医生："今天辅食加的怎么样？有肠胃不适吗？"

林老师："胀。"

顾医生："这个是正常的，没有呕吐反胃等状况的话，明天米汤可以加量，不要太浓，不要一次加多，增加次数就行。"

他就站在离我不到 30 厘米的地方，我处于希望他赶快走又希望他多留会儿的矛盾中，后脖子都开始升温了。

顾医生脸上始终微笑，目光转向林老师："我问一下，您在家是不是平时不干家务？"

我们娘俩下意识地就认真"嗯"了一声。

林老师老脸有点挂不住："干活的，干活的。"

娘亲："偶尔炒菜。"

顾医生笑容放大，露出一排白牙："是不是老婆洗好切好，你只负责下锅炒炒？"

我当时都膜拜了，你只跟了他一台手术，剩下平均每天在我们病房不超过五分钟，这你都能发现。于是不过脑子地冒了句："现在医学院都开刑侦推理课了……"

说完我囧了，医生笑了，我妈也笑了。我尴尬地回头看了他一眼，下巴的弧线真是漂亮。

顾医生告辞走人，过了一会儿——

妈妈："你在傻笑什么？"

我："啊？啊……哎呀，连人家医生都能看出来我们太惯林老师了，哈哈哈。"

医生批阅：我当时觉得，你们太惯着他了。后来有一天，连着四台手术下来，坐在办公室输资料，累得我就想，要是有人也这么惯惯我就好了。

Date: 2009.3.8

自术后三天第一次下床，到第五天蹒跚起步，林老师的进步相当快。与此同时，顾医生和我们也逐渐熟稔起来，在走廊上看到我们，还会和林老师开玩笑："您这是走到哪里都跟着两个 VIP 特护啊。"

术后第八天，林老师已经走得很溜了，不用我扶，也能走直线。散步的时候经过医生办公室大门，他拉拉我的手："你快看。"

我当时心脏猛地一跳："不会林老师看出来了吧……"颇为心虚地往里瞟了一眼，顾医生的座位上坐着一个白袍青年。

林老师："看见那小伙子没？相当英俊。"

我实在很想吐槽，生了个病您生活兴趣都变了，居然带着闺女在人家门口关注男色，莫不是被这么多中年妇女给同化了……我又扫了一眼，白皮肤，国字脸，架副眼镜。我下了个中肯的评价："一般。"扶着他准备走。

林老师瞬间严肃："好看得像电影明星。"

得，就您梁朝伟和刘青云都分不清的眼力，这评语太水了。

我二话不说，架着人就走："夸张吧您就，真一般。"我真觉得要再被人抓住趴医生办公室门口看帅哥，那就糗大发了，于是连拖带抱地把老小孩儿弄走："走了走了，有什么可看的。"

林老师很坚持："真的很英俊。"

我揽着他继续散步："没顾医生好看。"

走到电梯间，我们掉头往回走。

林老师开始反驳："顾医生也是很阳光的，但是这小伙子脸长得更立体。"

我："又不是堆积木。"

林老师："他比顾医生年轻。"

我："顾医生比他多上三年学。现今这个世道，技术流更靠谱。"

林老师："小伙子真的挺不错。"

我："顾医生更好！"

当我斩钉截铁地说这句话的时候，一个护士打我们身边过，诡异地扫了我一眼，我心头一跳，掉过头——顾医生和我们距离一米，笑眯眯的，难得没穿白大褂，黑色羽绒服，灰色羊绒衫，休闲裤，运动鞋，背着包，水嫩的跟大学生一样。

那一刻我无比想咬舌自尽……

顾医生很淡定："林老师今天精神不错，刀口怎么样？"

林老师："昨晚睡得好。刀口有些疼。"

顾医生："一会儿我看看刀口，恢复得好的话，引流管差不多可以拔了。"说完点头笑笑，进了办公室。

整个对话过程，我目光飘忽，力作淡定。

林老师："嗯，顾医生这小伙子是不错。"

我腹诽，谁说他年龄大了？明明是白大褂增龄，要塑造稳重的医生形象。

Date: 2009.3.9

我拎着暖瓶从开水间出来，经过医生办公室，门开着，我鬼使神差地往里望了一眼，顾医生背对着我在电脑前敲资料，手指长且干净，手腕灵活。

我一直觉得顾医生因为瘦削和工作经常性弯腰低头的缘故有轻微的驼背，不过这一点不影响他修长挺拔的气质。他刚理过发，显得脖子修长斯文。

我就这样一边咬着手里的苹果，一边欣赏男色……估计是红富士太脆，咬出的声音太大，他掉过头，于是被抓现行的我僵了。

我这人有个特点，内心狂风骤雨，不影响表面风平浪静。我不过是走廊上往来人流的一员，他不会多想。我一边自我镇定一边抬腿准备若无其事地走过去。

坐在那里的顾医生看着我笑了。于是我错失了这个装路人的时机，傻站在原地。他嘴角的笑意漫上眼角，漂亮的嘴唇吐出两个字——苹果。

我落荒而逃。是我咬苹果的样子太傻？还是他记得上次我要给他的削了一半的苹果？

我思考了半天却不得其解，遂放弃思考，决定以后要吃苹果只去阳台，否则在别的地方这诡异的水果总能把我非常态的囧状暴露出来……

医生批阅：你去打水的时候就看到你了，我当时想，这儿是医院啊，你怎么跟逛公园似的？而且你一天要吃多少苹果？

（我发誓我真心吃得不多，只是每次吃都被你撞上……）

下午近一点，大部分病人在午休，整个病区很安静。我正在操作间用微波炉打蛋羹，背后突然传来一声："这么晚还在做东西？"我吓了一跳，回过头，门口站着顾医生，手术服还没来得及换下。

"林老师饿了。"

"饿了？"他的眉毛微微扬起，"这恢复得是有多好。"

"这不是有两个 VIP 特护吗。"

他垂下眼睑，笑意满满泛开。

晚上六点，我从操作间出来，正好碰见准备回家的顾医生。

"我跟了一天的手术没查房。你爸爸今天怎么样？"

我严肃地回答："活蹦乱跳。"

他看了眼我手里的饭盒："鸽子蛋？"

我点点头："一天两个。定时定点。"

顾医生："林老师的这个待遇水准——"微微扬了扬眉。

我看着他翘起的嘴角，发现医生也不是一直那么严肃的嘛。

林老师的血管耐受性很不好，尤其挂脂肪乳这类黏稠的物质，两个手背都开始红肿，我去医生办公室咨询停药。

"目前你爸爸能吃的东西有限，只能通过挂脂肪乳保证营养的摄入。"

"他的血管耐受性差，拿热毛巾敷也不是很管用。"·

"等他明天的生化血检结果出来，如果指标够，就停掉，今天先把滴速调慢。挂得时间长，你辛苦一些。"顾医生低下头笑笑，"我们病区的两个 VIP 特护都出名了。"

我有些不好意思地扶额，鉴于林老师恢复状况实在很好，能走路了，就推着移动吊瓶架在各个病房间乱窜，结交了一群病友。自然就有家属来取经，向我妈咨询怎么食补，向我咨询经络推拿。

"你们对林老师，一直这么惯吗？"

我看着一脸纠结的顾医生，笑道："家里两女一男，他属于稀有资源。"

医生失笑："那你以后对你丈夫也会这么好吗？"

我点点头："我妈的表率工作做得实在太到位。"

从办公室出来，我深深吸了一口气，掏出手机拨给闺蜜："三三，我好像看上我爸的管床医生了。"

三三："亲爱的你终于开窍了！上！勾引！扑倒！"

我："81 年的。"

三三："名花有主的咱不能要啊，趁早收手，罪过罪过，阿弥陀佛～"

我："不像有主的啊……刚才去他办公室，他还问我，是不是以后对丈夫也像对林老师这么好。"

三三："居然公然调戏你，有情况。打听打听，没主的话赶快扑倒。"

我："跟谁打听？"

三三："跟本人打听！"

我不得不承认，学工程的女生有种难掩的霸气。

我："没经验。"

三三一副恨铁不成钢的口气："你个傻孩子！你可以在闲聊的时候不经意地提起，比如你孩子多大了之类的。"

我不得不再次承认，学工程的女生总能找到你找不到的路，如同在一张密密麻麻的地图上找到一条便捷的小道，这是职业特点。这让学地质的我十分愧对自己的专业……

三三："抓紧时间，啊，你也老大不小了。"

谁老大不小了！你们这群给我恶意虚涨年龄的混蛋！我果断地挂断。

打完电话回病房，刚好碰上隔壁病房张伯伯出院，儿子儿媳忙前忙后，小孙子扭头看到我，叫了声小林阿姨。我掏出口袋里的巧克力递过去，摸摸他的头，走过去帮忙。小家伙道了声谢，兴冲冲地往外跑，一头栽到正进门的顾医生身上，抬头一看，小屁股一扭，跑开了。

"慢一点跑。"顾医生收回目光，脸上笑意淡淡，扶了扶眼镜，"小孩子好像都怕医生。"抽了口袋里的笔，拿过床头柜上的药袋写服用方法和注意事项。

我深呼吸，力求表情淡定，口气随意："那顾医生有没有孩子？"

医生顿了顿，抬头看着我："没有，我没有孩子。"

"笨！你应该再接一句'单身否？'！"三三回我短信。

我郁闷地望天，没有孩子又不代表没有家室，没有对象。

医生批阅：笨！有对象没孩子我会说"还没生"。

（我：谁听得懂你那么隐晦的暗示。）

Date: 2009.3.12

我从病房出来准备回宾馆洗澡睡觉，正好顾医生从隔壁房间查房出来回办公室。

我跟在他身后两米，看着他曲起手指一边走一边用指关节间或敲一敲走廊的扶手，声音轻轻的，颇有点自得其乐的味道。我发现他在心情比较愉快的时候，会用指节叩东西，比如办公桌、矮柜、走廊扶手。在心情比较不好的时候，会把手放在腿上，然后食指指尖轻点。这大概是他下意识的习惯。

不由得想到邻居家十个月大的宝宝，妈妈是李斯特迷，手机铃声是《钟》，每次一有来电，宝宝就会跟着重音拍自己婴儿床的木栏杆，脑袋一点一点，自得其乐。想到这，我忍不住笑了。

医生突然回过头来——我并没有笑出声音啊。

人正在笑的时候如果突然刹住，表情会特别像吞了苍蝇，所以我干脆地保持笑容。病患家属对医生微笑，他应该习以为常。

医生礼貌地冲我翘翘嘴角，把手收进了白大褂的口袋，继续往前走，我看见他耳朵红了。

下午一点回到病房，我被娘亲派去医生办公室拿林老师的血检报告。还没到正式上班时间，办公室里的医生们正在聊天。一位陈姓医生调侃道："顾魏，你快去报名那个千人相亲大会吧，药效快，疗效好。不要浪费资源～"一群人跟着起哄。

"你给我交报名费吗？"顾魏凉凉地顶回去。

"顾医生。"我敲敲门。

背对我的人一僵，猛地回头："嗯？"

"我爸爸的生化全套。"来得真不是时候。

"哦。"他从座位上站起来，飞快地翻着病历夹，"嗯，嗯……我看了一下，指标——都合格，脂肪乳今天挂完，明天就可以停了。"

我看着他有点手忙脚乱的样子，忍住笑，道了声谢就出来了。走出门两步，听到陈医生的声音："顾魏，你脸红什么？"

我摸出手机发短信："一个会被调侃去相亲大会的男人——"

三三一个电话追过来："你走狗屎运了！真被你碰上落单的了！"

怎么说得我跟拐卖良家妇男的人口贩子一样？

下午五点半。顾医生去护士站翻一份患者的 CT 片，正好护士长端着一笼杂色烧卖分给大家，看到他闷头翻片子："顾魏，来，吃个烧卖。"

"不了，我手没洗。"闷头继续翻。

护士长是个四十来岁慈母性格的人，夹了一个："来来来，张嘴。"一整个就给塞了进去。

"唔——"

操作间就在护士站旁边，我端着林老师的蔬菜汤从里面走出来的时候，顾医生正抱着一摞 CT 袋，满嘴食物，一边努力咽一边努力地想说出一句完整的"谢谢"，看到我突然出现，呛了一下，又不能咳，脸迅速被憋红。

阿弥陀佛，罪过罪过。我瞥见他放在值班台上的水杯，连忙递过去。

"咳，咳咳。"他腾出一只手，接过杯子灌了两口，缓过来，"谢谢。"

看到护士们都笑成了掩口葫芦，那句不用谢，我实在是说不出口。正准备抽身离开，陈医生拎着两个提盒从护士站门口大步走过："我回家了啊！同志们再见！"

"哎？你哪来两盒的？"护士长诧异道。

身旁正在平复呼吸的顾医生如梦惊醒："抢的我的！"

已经跑远的陈医生笑喊："你孤家寡人的就不要浪费资源了！"

看着笑作一团的护士和一脸无语的顾医生，我完全摸不着头脑。很久之后，我突然想起问他，才知道，那是他们科室活动，一人发了一盒阿胶……

医生批阅： 怎么什么不靠谱的情况都能被你撞上。

Date: 2009.3.14

松软的乳白色大床上，医生的睫毛在眼下投出浅浅的阴影，他的臂弯里，有个翻版的小小医生，穿着连体睡衣，面朝着他蜷着手脚，软软的头发贴在小脑袋上。熟睡的两个人胸膛一起一伏，有阳光照在他们身上。当镜头转向门口，进来一个陌生的女人——

我蓦地睁开眼睛。

林老师在我旁边发出很细微的鼾声。我呼出一口气，抬起手表，凌晨两点不到，遂自嘲地笑笑，闭上眼睛重新酝酿睡意。

迷迷糊糊不知道躺了多久，突然听到一片凌乱的脚步冲向斜对面的加护病房，半分钟后，哭声惊天动地。接下来，点滴瓶砸碎的声音，支架倒地的声音，推床的滚轮声，一道尖亮的女声："人好好的交到你们手上，怎么突然就没有了！"

我隐约听到了熟悉的嗓音，穿了外套下床推开门。走廊上只有一排夜灯，顾医生直直站着，手上拿着病历夹，地面上四散着玻璃碎片，死者家属在他面前围作一圈大声质责。夜灯打在他脸上，投下极淡的光影，他低着头，看不清表情。

护工小杜拎着扫把走过去想清理地上的玻璃碎片，被情绪激动的死者家属重重一推："一边去！"

毫无防备的护工往边上一倒，被顾医生一把扶住了胳膊："过会儿再收拾。"

小护工皱着脸往护士站走，经过我们门口停了下来。

"是那个退休的教授吗？"昨天刚下的手术台。

小杜撇撇嘴："签手术协议的时候就告诉他们老爷子八十了，心脏不好，糖尿病，开过颅，做过支架，底子本来就不好，已经晚期转移了，不如回家多享两天清福。几个闺女看中老爷子退休工资高，非要做手术，吊一天命就多拿一天钱。尽孝的时候没见到人，现在又砸又摔的算什么？也就顾医师脾气好。"

十九岁的大男孩，心里不平，声音越来越大，引得死者家属盯过来，我赶紧拍拍他肩："先去睡吧。"

小杜皱皱眉毛刚准备转身，忽然死者的小儿子上前揪住顾医生的领口往墙上重重一推："好好的人怎么送到你们手上命就没了！你给我说清楚！"

我当时完全懵了，活了二十多年，头一回看见患者家属对医生动粗，等我反应过来，已经跟着小杜一起冲过去了。许多围观家属看见动了手，连忙上前制止情绪失控的死者家属。

"你们怎么动手呢？！"小杜气得喊出来。

"我爸人都没了！"一个女人喊着冲了过来，我反应不及，虽然让开了脸，仍旧被她一把推在了脖子上。

医生拉住我的胳膊往他身后一藏，挡在我身前，挡住了女人又要推过来的手："这里是医院！你们不要乱来！"

后来，就是短暂的混乱，我的视线范围内只有身前的白大褂，直到闻讯而来的保安控制住现场。十分钟后片警也到了。

"你们治死了人还动手打人！"死者长子抓住警察的胳膊。

"明明是你们动手！"小杜揉着胳膊，脸都气红了。

"走廊有监控摄像，谁动的粗，可以去调录像。"顾医生转过头看着我，突然抬手点了一下我的下巴。

"嘶——"我才发现下巴被划了一道口子，出血了。

医患双方连同片警都去了办公室，围观人群相继散去，我回到病房，安抚完被吵醒的林老师，坐在床上抱着被子发呆。约莫半个小时后，病房门被轻轻推开，顾医生站在门口。我看了眼睡着的林老师，走了出去。

"你的下巴。"顾医生递过一个创可贴。

"谢谢。"我接过来撕开，却发现走廊并没有镜子。

医生轻轻叹了口气，拿过创可贴："头抬一抬。"

我僵硬地站着，离得这么近，突然觉得有些尴尬，三更半夜，孤男寡女……摸摸贴好的创可贴，清了下嗓子："事情处理完了？"

"嗯。"他微微蹙着眉，看着加护病房的门，沉默了很久，才低声说："第一个走在我手上的病人。"

很多人都觉得，医生这个职业已经看惯了生死。对于生命，任何人都不可能无动于衷。然而我们看到病入膏肓者的第一反应是悲悯，医生们的第一反应却是有没有救，要怎么救。

我看向已经被打扫干净的ICU："我叔公是个中医，他说过，救得，是尽本分，救不得，也是尽本分。"

医生批阅： 女孩子家，以后不要那么傻乎乎地往上冲了。不过那天晚上，我确实是想明白了一些事。

Date: 2009.3.15

今天的病区异常安静，三三两两的病友凑在一起小声谈论凌晨的那场混乱。我去开水间打水，小杜正在搓毛巾，偏过头看到我："姐，你这是要破相了吗？"

我哭笑不得："她指甲里又没有毒。"

"啧，没事，破相了让顾医生负责。"

小杜十一岁那年双亲离异，他判给了母亲，十三岁那年，母亲远嫁外地，他被留在外公外婆身边。外公的退休工资不高，外婆在医院做钟点清洁补贴家用。小杜的调皮捣蛋完全不影响老两口对他的疼爱，小家伙就这样无法无天地混到了十八岁，外婆脑溢血走了。那时候他刚知道自己高考成绩很糟糕。葬礼后，他来医院清理遗物，认识的护士问他："小杜，接下来准备干吗？"

"找工作！赚钱！"十八岁的年少轻狂，觉得天下之大，走到哪里都能掘到金。

"上学是你最好的赚钱方式。"一个不咸不淡的声音。

"喊，读博士了不起啊！"小杜知道这个人，外婆回家老跟他提起。

"至少你能知道脑溢血的急救方法，还有日常护理。"

小杜的外婆走得很急，都没来得及交代什么话，人就走了，剩下身体并不硬朗的外公和他。

"你还有外公。如果我是你，我就去上学。"对方不温不火地抽了病例离开护士站。

面对这个大了自己十岁的男人，小杜发现自己一点回嘴的砝码都没有。没人知道这两个人之间接下来发生了什么，只是不久后，小杜接过外婆的班，每天早晚六点来清扫两次病区，周末全天待在病区帮忙，一边赚补贴一边复读，本来就不是生性恶劣的孩子，明白了道理，自然就懂事了。这些都是护士长闲聊时说起的："顾魏倒是把他治得服帖，现在偶尔还会跑去问问题。"

我当时心想，高考完 N 年的人，还记得高中学的东西吗？

"记得。"两个小时后，小杜冲着在阳台背书的我晃了晃手里的物理试卷，"姐姐，你学物理的吧？"

我一滴汗滴下来，就这么诡异地伏在阳台扶手上，一边画受力分解图一边腹诽，顾医生，你好样的！你高中生物一直在用，我高中物理是多少年不碰了啊。

Date: 2009.3.16

七点二十分，顾医生准时出现在办公室的时候，我还诧异了一下，昨天一天没见人，我以为他像电视剧里演的那样，经过了前晚的纠纷会被遣回家"面壁思过"……电视剧果然都是编人的！

八点，大大小小的医生来查房，林老师能拆线了。离开病房的时候，顾医生留在最后，回头看了我一眼，点了下头。

一旁的娘亲敏锐地扫我一眼："怎么了？"

"没。"我总不能告诉您他在看我破相了没有。

十一点，顾医生端着不锈钢钵推门进来："39 床，拆线了。"

从小听外婆说，每个人的手指上都绑了姻缘线，所以我喜欢观察男人的手甚于他们的脸。那么眼前这双手相当符合我的审美，干净，修长，指节分明，左手镊子，右手剪刀，灵活地挑起，剪断，抽出。两分钟不到，一半的线就拆完了。"今天拆一半，明天拆一半。"

"拆完我就能回家了。"林老师很兴奋。

"这么想家？"

"我以后会来看你的。"

我在一旁狂汗，林老师，你这个话说的……

顾医生抿嘴笑笑，收拾好东西："我倒是希望你永远不用来找我。不过你夫人刚签完了术后化疗，21 天后你就要回来了。"

正说着话，门口小杜探头探脑，看见他手里的书，我往门口走，另一边医生也点头告辞走过来。小杜看见两个人同时走向他："哎？哎？你们俩要不要合伙开个辅导班？"

医生批阅：卖了你的不是我，是护士长。

Date: 2009.3.17

吃完午饭回来，在走廊上看见几个患者家属拦住了顾医生。

"顾医生，能不能给个联系方式？"

"护士长那有办公室和护士站的值班电话。"

"那您的个人联系方式呢？"

"我们的个人联系方式是不对外的。"

"医生你就留一个给我吧,我不对外说。"

"不好意思,私人电话真的不方便。"

我回到病房,林老师正准备出门。

"去哪儿?"

"问医生要个联系方式。"

我举起手里的纸条:"值班电话吗?我已经和护士长要过了。"

林老师完全无视:"病友说值班电话太忙了。我去问医生的。"

"他们不会给——你的。"人已经走远了……

十分钟后,我洗完水果出来,林老师已经靠在床上听广播了。

"要到了?"我随口问问。

"嗯。"

我僵硬地转过头:"谁的?"

林老师自在地吃着葡萄:"顾医生的。"

下午,顾医生来拆剩下那一半线。我努力地想从他脸上看出点什么不寻常来,奈何他淡定自若。林老师兴致颇好地和他聊天:"这个速度,拆得真熟练。"

顾医生拆完直起身,莞尔道:"这是我缝的。"

我拿着纸笔上前:"顾医生,回家以后要注意些什么?刀口洗澡方便吗?饮食有没有什么要忌口的?生化全套是每三天还是每隔三天……"

医生一一作答,一边看着我唰唰唰地记,一边和娘亲保持着良好互动,等我写完,他礼貌地向我们点头告辞,没有任何异常。我看着手里的笔记本,莫非是我想多了?

Date: 2009.3.18

早上查完房,就找不到顾医生人了,没有管床医师在出院通知单上签字,办不了出院手续。

"他上午有两台手术。"护士长查了一下手术安排,"八点第一台,十点半第二台。等他下午上班吧。"

十点一刻,我正在收拾行李,病房门被敲了敲,又是一身手术服,只露出一双眼睛,手里端着病历夹,抽出一张签好字的通知单。

"你不是有手术?"

"中间有二十分钟间隔。"

我看着他,突然不知道该说什么。

"快去办手续吧。不然今天别想回家了。"来去匆匆。

领药、复印病例、刷卡、跨院证明……下午一点,车子驶离医院。我下意识地回头望了眼住院部大楼,心里有些说不清道不明的情绪。

第二章
才下眉头却上心头

爱情开始的时候，我们往往不知道那就是爱情。

Date: 2009.4.3

　　我撑着脑袋望着车窗外黑沉沉的隧道发呆，玻璃上倒映出一个人把玩着手里的 IC 卡，突然想到一个人，也会在下班后一边翻转着指尖的 IC 卡一边往地铁站走。

　　离开医院后的日子，除了护士站的定时回访电话，和医院仅剩的联系就是林老师白细胞指数掉下来的时候，旁听娘亲给医生打过两通电话，过程也无非是"谢谢""不客气"这样的官方对答。

　　今天重回 X 市，从一脑袋的书本中冲脱出来，猛然发觉有些无形的东西铺天盖地而来。很久之后，才知道这些若有若无萦绕周身的，叫作牵挂。

　　晚上，仁在三三宿舍，她的学校离我复试的学校很近。洗完澡擦完头发，回过头就看到三三一脸的玩味："姑娘，我怎么忽然觉得，你有种'才下眉头却上心头的'的调调呢？"

　　"请拿出你理科生的节操，不要掉书袋。"

　　"那顾医生你到底打算什么时候搞定？"

　　"你还是继续背古诗吧。"矜持什么的不要指望在这个女人身上发现。

　　"就知道你颁，姐刚才拿你手机给他发了条短信。"

　　"什么？！"

　　我手忙脚乱地去翻手机，一条"你有女朋友吗？"赤裸裸地躺在已发信箱里。

　　交友不慎！绝对的交友不慎！

　　我恨不得去撞墙："大姐！我明天就要复试了！你就不能给我一个良好的精神状态吗？！"

　　"好精神常有而好男人不常有。小同志好好奋斗，好好奋斗。"三三抓过浴巾飘进浴室。

　　我悲愤地捂进被子，看着屏幕上那条无比荡漾的短信，从没有一刻这么希望，移动通讯塔出 BUG 吧！

　　一直到睡觉，手机都没有收到一条短信。入睡之前，我自我催眠："没有关系，没有关系，他不知道我的号码，估计以为是恶搞短信。"

　　后来我才知道自己错得有多离谱！

　　医生批阅：哈哈哈哈哈……

　　（笑什么？刚认识十来天的你就敢留电话我还没找你呢！）

　　医生：我留给患者的，有问题吗？

Date: 2009.4.5

据说地质学院是出了名的阳盛阴衰，到了现场才发现，谁说女子不如男啊。

我斜前方一名个子娇小的姑娘正握着电话："清明节复试，居然清明节复试！如果它不录我，我做鬼也不会放过它！"刚说完，脚底一滑。

我赶过去的时候，只来得及把她从地上扶起来："四川人？"

水灵灵的川妹子抓着我的手站起来："是啊，爬了大半个中国来复试容易吗！"

就这样，我认识了我未来的同学以及室友，有点脱线的小草同志。小草总说，那么多人，怎么偏偏就是我扶起她，这是多么奇妙的缘分啊。我没有告诉她，其实很多蠢蠢欲动的男同胞也想来扶，只是动作没我快……

笔试面试体检全部结束，小草婉拒了我带她逛逛 X 市的好意："我回家了，我得回去接接地气。X 市咱们有三年时间慢慢看。不急，不急。"

看着她一瘸一拐地蹦上出租，我一直没问出口，姑娘，你怎么就知道我们俩录上了呢？

Date: 2009.4.8

三天后，我接到录取通知短信，彼时，娘亲刚挂断护士站的电话："今天没有床位，你爸去不了。"现在哪个医院都一床难求，我看了眼脚边开了盖的行李箱，不知道该不该继续整理。

娘亲午饭做了一半的时候，手机屏幕一亮："有个病人下午提前出院，尽快过来，到明天可能就没了。"

靠谱青年啊。

下午一点，医院。护士站那边顾医生已经签了入院单，手续办得很顺利。

我擦干净了桌椅床柜去开水间洗抹布，在门口接到了小草的电话："林之校林之校！咱们要当同学啦！"

我笑："说不准咱们还能当室友。复试的女生就四个，听师姐说我们住的是四人宿舍。"（半年后，四个姑娘被分在了三个宿舍，小草大笑："缘分天注定啊！"）

我被电话那头欢快的笑声传染："我们有三年时间可以把 X 市逛到腻。"

挂断电话，我转身，五米开外，顾医生对着我背手而笑。

二十天不见，他笑容里那种和煦温暖的味道，随着窗外的季节，一点点转浓。

午后温暖的阳光里，我看着他微笑的眼睛："顾医生。"

他的视线扫过我的手机，点了点头。

"谢谢你。"床位竞争这么激烈。

他嘴角微扬："不客气，应该的。"然后越过我进了办公室。我看着他的背影，总觉得他哪里有点不一样。很久之后，他淡定地告诉我："哦，就是心跳速率稍微快了一点。"

下午，娘亲陪林老师去做检查，我被派去咨询化疗方案。

我敲敲门："顾医生。"

正对着屏幕噼里啪啦敲医嘱的人转过头看了我五秒钟，然后看了眼身边的椅子："坐。"

美色当前，我正襟危坐，目光下意识地移向他翻飞的手指。正当我感慨"不弹钢琴实在浪费"的时候，手指停了下来。

我抬头，顾医生正好微笑地看着我："要问什么？"

居然看别人的手看到发呆，我尴尬地扶额："林老师的化疗方案。"

他抽出口袋里的笔，翻开我手边的手札本，边说边写："XELOX 方案。挂的化疗药水主要成分是奥沙利铂，属于铂类抗癌药，量不大，在之前和之后会加一些保肝护心方面的药，同时口服希罗达……"

"化疗反应？"这是我最关注的。

"因人而异。奥沙利铂有一定的毒性，会产生恶心感，不排除会出现呕吐现象。"

出了办公室，我看着手里那一页中英混杂的笔迹，正感慨现在的医生服务质量要不要这么好，身后传来顾医生的声音："林，林——"

我转过头，看到他保持着林的口型，说："林之校。"

"哦，林之校，"顾医生顿了顿，"去给你爸爸买双手套，化疗期间不能碰金属和任何生冷的东西。"然后转身走回办公室。

我听见他小声咕哝一句："男孩子的名字……"

医生批阅：哈哈哈哈哈……

（你怎么除了傻笑就是傻笑。）

医生：没有，就是觉得那时候比较傻。

Date: 2009.4.9

病区新来了一批实习医生和实习护士，走廊上动辄呼啦啦一大批人，甚是拉风。听到隔壁医生集体查房的声音，我的心跳有些加快。当主任推开门时，我下意识地垂下目光。

病房被近二十个人堵得有些空气稀薄，A 主任和林老师握在一起的手晃来晃去晃得我眼花，视线往旁边一移。顾医生双手拿着病历夹垂在身前，安静地垂着眼睑，脸上带着淡淡的笑意，这表情让我想起小时候听外婆说起的摩诃迦叶拈花一笑，看似通透，却又看不通透。

后来，医生回忆说："之前二十天不见，心里倒还平和，等再见到面，才发现心里有多高兴。"

八点半，护士长来给林老师扎针，后面跟着一个新面孔，小小的个子，笑起来眼睛弯弯，有两个很甜的酒窝。护士长扎针的时候，她往地上一蹲，拖着腮帮子跟朵小蘑菇一样，仰着头看得一眨不眨。

一小时后，小蘑菇来给林老师换水。看着她一笔一划在换水记录上签字，林老师忍不住问："孩子你多大了？哪儿人？"

"A 市人。我二十一啦！不是小孩儿！"

娘亲："这么巧，我爸爸也是 A 市人。"

接下来的十分钟里，我和林老师呆呆地看着娘亲和小姑娘用吴侬软语聊得热火朝天。

"这边 A 市人好少，居然在这里碰到老乡了！"小姑娘兴奋得手舞足蹈，看架势想给娘亲来个拥抱，半路发现不大合适，然后一头扎进了我的怀里……

真的有美人主动投怀送抱这种事啊。这是当时我脑子里唯一的一句话。

中午去吃饭，碰到从门诊回来的顾医生，刚准备打个招呼，从护士站扑出来一个人。

"顾老师！期末急诊医学大题是考心肺复苏还是电复律啊？"

我看着小蘑菇着急地绕着顾医生转圈，突然看见我，"啊，老乡姐姐！"

在医院里，有新护士喊老护士老师的，有实习医生喊医生老师的，可顾老师，你们这是——跨品种吗？

"因为他真的是老师呀！"小蘑菇来换药水的时候一脸理所当然，"上课，监考，改试卷。"

"我真的不是她老师。"顾医生查房的时候一脸无奈，"之前主任出去开会，我代了一堂公选课，监考，是电脑随机排的，改试卷，是被师兄抓过去帮忙的。"囧。

不过这并不妨碍小羽脆生生的"顾老师早！""顾老师好！""顾老师再见！"

顾老师压力很大："孩子，你正牌老师在办公室里坐着呢。"

小蘑菇名叫程羽，用她自己的话说，是个心思简单到有点缺心眼的姑娘。认识第一天，午饭就端着外卖泡在我们病房，把她爸爸的工资她妈妈的单位全都抖给我了……这年头，这么单纯的孩子，实在难得。

很久之后，小羽抱着我的胳膊撒娇："师娘，我第一眼看到你，就知道你是好人！第二眼，就知道你能把老师治住！"我被那句师娘喊得风中凌乱，不过这都是后话了。

这次来化疗，和护士们熟稔了很多，偶尔会多聊两句，至于医生们，照旧的五分钟查房，除了顾医生。我三点去代客加工那儿拿黑鱼汤，他进来查房，快三点半回来，他居然还在病房和林老师聊天。见我进来，他点头告辞，经过我旁边的时候，笑意盈然："鱼汤很香。"

我狐疑地看着他的背影，有种说不上来的感觉，好像他并没有做任何出格的事，却总让人觉得他多做了点什么。

晚上，我正在开水间洗碗，一声"姐姐！"惊得我猛回头。

"小杜！"

小家伙刚理了头发，短短的板寸很是精神。

"护士长说你这个月起就不来医院了。"

"嗯，不过顾医生说应该来和你打个招呼。你们俩怎么样了？"

我望天，这算是个什么问题……所以直接无视："复习得怎么样了？"

"说不上来，感觉又有底，又没底……"

"这状态不错，在战略上藐视敌人，在战术上重视敌人。"

"我想读医。"小杜默了默，挠挠鼻子。

我看着眼前这个有点拘谨的男孩，点点头："想法不错。"

"嘿，顾医生的学校估计是摸不到边。"

我拍拍他胳膊："你站得越高，看得越远，能选择的路就越多。现在，你别的都不要想，先努力地站到高的地方去。"

小杜走的时候对我说："知道顾医生怎么跟我说的？他说，'你什么都不要想，全力以赴考出来再说。'"他狡黠地笑，"你俩约好的吧？"

Date: 2009.4.10

昨天白天还好好的林老师，晚上忽然开始起化疗反应，今天彻底消停了，蔫蔫地躺在床上，半眯着眼睛捏了捏我的手指，就会周公去了。下午精力略济，又恢复了恶搞本色，拢着胳膊走到卫生间门口，伸手戳了下金属门把手，再戳了一下，然后转过头来一脸的无辜："林之校，我要上厕所。"我一头黑线地过去帮他开门。娘亲吩咐过，即使戴了手套也尽量不要碰生冷的东西。

就在他眨巴着眼睛对我说"勺子是不锈钢的"，我一边"张嘴，啊——"地给他喂火龙果一边腹诽卖萌和年龄绝对无关的时候，顾医生推门进来，站在床边无言地看了一会儿："林老师，您今年五十二了。"

林老师淡定地点点头。

顾医生扶了扶眼镜："第一次的水都挂完了，身体适应得还可以。明天血检出来没问题的话就可以回家了。"说罢看了我一眼，往外走。

我跟在他后面出病房，没走两步，顾医生突然回过头："你们不要把他当病人，要把他当正常人。"

我看着眼前情绪难得有波动的医生，"哦"了一声。

顾医生扶了扶额，视线落到我手里的火龙果和勺子上："最起码，他吃东西是可以自己来的。"

"哦。"

"买个塑胶的勺子。"说完转身走人。

我看着手里的不锈钢勺子，慢慢地"哦"了一声。

Date: 2009.4.15

我回到学校，开始忙碌的毕业答辩事宜，期间时不时回家看看林老师，生活相当充实。

那本手札一直安静地躺在我包里，偶尔拿出来翻一翻，两个人的不同字迹靠在一起，让我想起一只骨节分明的手行笔流水的样子。

Date: 2009.5.5

如果说第一次化疗还算顺利，那么第二次化疗就可以算灾难了。

昨天我在病房一切都安顿好，却久等不来去开房门的娘亲。一个电话拨过去，那头声音糯糯："我不舒服。"

确实是不舒服，体温38.6℃。本身就属于办公室亚健康群体，从二月份起精神就一直处于紧绷的状态，前一阵子又是接连的出差。我摸了摸她的额头："睡吧。我爸那边有我呢。"

林老师这边半天都没撑住，药刚下去就起反应了。

Date: 2009.5.6

立夏已过，天气开始有些细微的燥热。我拎着早饭，撑着脑袋坐在电梯间的休息椅上等电梯。

"林之校？"

我睁开眼："顾医生早。"

我们被人流推进电梯，挤到贴墙的位置，我索性半阖上眼睛。

身旁的医生双手环胸，微微低下头："你妈妈去哪儿了？"

"宾馆，前天中午开始发烧，低烧一直退不下去。他们两个，晚上一个醒不透一个睡不着。"

"你——"他顿了顿，没有说话。

医生们查完房，林老师开始挂水，我嘱咐小羽帮我注意着点，便拎着保温桶匆匆往宾馆赶，在走廊上与顾医生擦身而过，他说："你慢一点跑。"

等娘亲吃完早饭，给她灌了药刮了痧，我奔去菜市场买菜，送去代客加工点再跑回医院，门一推开，看到林老师可怜地靠在床上："我的手脚麻得厉害。"

我掩去焦虑，伸手摸摸他的脸："没事，我在呢。"

中午下班前，顾医生敲门进来："有需要我帮忙的吗？"

我端着鸽子汤看着他："能帮我给林老师喂饭吗？"林老师已经彻底萎靡了，昨天还能喝点汤，今天什么都不想吃。

医生揉了揉眉毛，走到病床边："林老师，你得吃饭补充营养。"

"荤汤闻着恶心。"

"那素汤？"

"不想吃。"

"面？"

摇头。

"稀饭？"

摇头。

"馄饨？"

迟疑了一下。

我惊奇地看着眼前这两个谈判的男人。

医生转过身："出了大门向东一条街，有家馄饨馆，你买纯素的馄饨。"

下午，娘亲的温度终于退下去了，我赶回病房。

我想起中午医生的交代"奥沙利铂具有精神毒性，越想着它越难受"，于是按摩着林老师僵硬的肩膀："你睡一觉起来，这瓶保护血管的挂完，就舒服了。"林老师将信将疑地闭上眼睛。

鼻端若有若无地有布料滑过，我才意识到自己睡着了，睁开眼，看到眼前的白袍正伸手调着吊瓶滴速。

　　林老师似乎是睡着了，我慢慢地从他脖子下面抽出有些麻掉的胳膊，闭上眼睛趴在被子上，正准备伸个懒腰，感到头顶覆上一只手。

　　我睁开眼，看着顾医生以摸小狗的姿势揉了揉我的头发，然后悠然而去。

　　这是——突然被什么附体了？他离开之后我脑子里只有这一句话。

　　发小印玺曾经说过，男女之间的那道坎其实不是"做我女朋友吧"，而是首次肢体接触。我不知道这算不算是肢体接触，只是从那之后，我一看到顾医生，就会浑身不自在，一股热气从后背一直窜到后脑勺。

　　医生批阅：你中间那二十天倒是淡定。

　　（难道你不淡定？）

　　医生：淡定。

Date: 2009.5.27

　　第三次化疗是个痛苦的过程，林老师的体重已经掉了 20 斤，颧骨都突了出来，即使主任改了方案，把化疗药分到两天挂以减轻化疗反应，林老师还是从昨天上午就开始呕吐，通宵未歇，黄胆水都吐了出来。等到今天上午那瓶奥沙利铂挂完，趴在我怀里的林老师已经连声音都发不出来了。隔着汗透的睡衣，摸着他身上一根一根的肋骨，我突然有些想哭。

　　我去到医生办公室："可不可以不化疗？正常人不吃不喝不睡都吃不消。"更何况是刚动完手术的人。

　　顾医生递过林老师的病理诊断："你爸爸属于低分化腺癌。"

　　我茫然地看着他。

　　"恶性程度高，愈后差，易转移，易复发。"

　　我默不作声地盯着病理报告，半天才僵僵地问："手术之后的病理切片，不是说，很好的吗？"

　　顾医生望着我，不说话。

　　离开办公室之前，我问顾医生："化疗究竟有没有效，能不能……实话告诉我。"

　　顾医生眉头微蹙："消灭可能残留的癌细胞，防止转移。其他的……效果有限。"

　　晚上，我抱膝坐在电梯间的休息椅上发呆，隔着窗玻璃看外面的星空。

　　听到身后脚步声渐近，我转过头，顾医生在我身旁站定，两只手插在口袋里。

　　我礼貌地笑笑，扭回头继续看天空。

　　"不要一副天塌了的表情。"

　　"哪有？"

　　"你半夜三更地坐在这儿。"

　　我看了眼手表："北京时间晚九点十五分。"

　　他偏头看了看我："回宾馆休息吧。"

　　"不要，我不在林老师睡不着。"虽然我知道我在他也睡不着。

　　不过，还是起身和医生一起往回走。

"林之校。"

我回头，已经进入了办公室的人又走了出来，递过来一条巧克力。

"谢谢。"在这个时候，没有长篇大论的安慰或者危言耸听，只是浅浅地微笑。

Date: 2009.5.28

早上查房，林老师看到顾医生，只说了一句话："我要回家。"

"你两天没有进食，现在这样怎么回家？"

"我要回家。"

"要等你的血检报告。"

"我要回家。"就这四个字。

顾医生抬起头："自己能下床么？能走路吗？"

"能。"

"走给我看看。"

"……"萧瑟了。

"如果你指标不合格，又继续吃不下去的话，我只能建议给你挂脂肪乳补充营养了。"

"我不挂……"

顾医生完全无视，向我们点头告辞。

林老师委屈地皱着脸，在我们面前无法无天的混世魔王，遇到了完全不买他帐的医生。

Date: 2009.5.30

连着三天的脂肪乳挂下来，化疗反应渐停，林老师的精神略微恢复。

我端着水杯去电梯间透气，隔着玻璃向外望去。下午四点多下了一场雨，湿气还未退去。记得曾经看到过一句话，任何城市，从低处看，都是平凡的，从高处看，都是美好的。即使再简单的路灯，在湿润的空气里氤氲成一片，都能透出一种安静的美来。当我正嗅着被雨水洗刷得清新了许多的空气时……

"你爸爸怎么样了？还吐吗？"

我惊奇地转过身，看着眼前的白袍男人："顾医生，你今天又值晚班？"

"同事端午回家，和我调了一下班。"

两个人无声地看了一会儿街景，他走开去打电话，声音很低。我半眯着眼睛，被窗外拂进来的空气浸润得都有些睡意的时候，一只手机放到了眼前。

我看看屏幕上正在跳动的通话时间，再看向举着手机的医生，他只是朝手机抬了抬下巴。

我接过，屏幕上还留有他的温度，让我一时间有些无措："喂？"

"姐姐！"

"原来你的全名叫杜文骏。"

我看到医生脸别向一边，笑了，赶紧尴尬地补了一句："儿童节快乐。"

"……"

气氛更尴尬了。

我看看医生再看看手机，突然反应过来："快考试了吧？"

小杜："还有一个礼拜。"

我抓抓头发："在战术上藐视敌人，在战略上重视敌人，祝你早日取得抗战胜利。"就急忙把手机还给了顾医生。

电话那头不知道说了什么，顾医生笑了笑才道："好了，看书去吧。保持正常作息，不要开夜车，平常心迎考。"

Date: 2009.6.1

经医生们讨论，林老师的化疗反应过大，身体耐受性过差，此次化疗结束后先暂停疗程，回家调整一段时间后，再继续下一步治疗。

上午，我先行一步离开了医院，回学校进行毕业论文答辩。

小羽抱着我蹭了半天（其实我到现在都不知道她为什么格外黏糊我），直到我答应下次来给她带好吃的她才松手。

我没有见到顾医生，他没赶上查房就去准备手术了。

医生批阅：*你反正是不会顾虑我的心情的。*

（那会儿我怎么顾虑你的心情？况且那会儿我也不知道你是什么心情……）

Date: 2009.6.30

中药介入治疗一个月后，林老师气色渐好，体重见长。

从市医院做完常规检查回来，娘亲一进门就忙着炖汤，叮嘱我给医院打电话上报检查结果。

例行电话拨过去。

"喂，你好，这里是胃肠肿瘤外科。"熟悉的男中音。

"顾医生好，我是林之校。"

相当官方地你来我往，一直到快结束，对面才不经意地说："对了，杜文骏成绩出来了，过线 19 分。"

"很不错，恭喜他。"

"我会转告他的。再见。"淡淡挂断。

Date: 2009.7.4

在我成了一名合格的毕业生之后，我又成了一名合格的无业游民。之前娘亲一直以为我考的是和本科专业相关的研究生，结果看到通知书的那天东窗事发。她相当不待见地质这个专业，开始对我冷暴力。水深火热之中，我接受了三三抛出的橄榄枝，去给她当煮饭婆，她在 X 市成了一名光荣的工程师。

晚上洗完澡，两个人一起窝在床上，三三突然八卦心起："校，你现在开心不？"

"挺开心的啊。"

"像一个在单相思的人不？"

"……"

"你和那顾医生怎么样了？藏藏藏，藏什么藏？我对你手机没兴趣。"

我望着天花板："就……正常的医患关系。"

"然后呢？"

"什么？"

"然后，就没有然后了？我的姑娘啊！"三三弹起来，"别告诉我你喜欢一个人就这么看一看就完了。"

"啊……那不然呢？"

"想方设法在一起啊。"

那个时候，我是真没想到那个层面上去。只是单纯地觉得看到他心里高兴，别的，就真没有了……

"爱情，是一种强烈地想要和对方在一起的向往。就是你希望未来的日子与其相伴，执子之手与子偕老。"三三恨铁不成钢地看着我，"你这种喜欢，和喜欢一幅画喜欢一个花瓶有什么区别啊？"

"哦……"

三三突然狐疑地转头："医生对你有意思没？"

我严肃地摇头："没有。"（相当笃定。）

"不应该啊，这么水灵的姑娘，他又不是和尚。"

"医院的姑娘多得海了去了，你当他没事干就发情啊……况且，这才认识了多久。"

"亲爱的，你没听说过一见钟情二见倾心吗？时间不是问题，看对眼了就行。来来来，且把你二人之间的事与我一一道来。"

我道了二十分钟，三三老僧入定一般听完，突然戳我脑袋："你简直就是，少，女，的，外，表，大，叔，的，心！"

经过三三连续两晚的开导，我有了两条基本的认识：一，医生是男人不是莲花，不但要远观，更要亵玩。二，他可能依稀仿佛大概也是对我有意的。

有了这两层认识，我瞬间豁然开朗，虽然依旧前路迷茫，但好歹是看到路了。

Date: 2009.7.21

时隔50天，再次回到医院。我把外婆做的青团给小羽的时候，她的笑声响彻整个走廊，被护士长直接拎走……

这次住的是双人病房，隔壁床是名退役军人，刚摘了监控仪，陪护的是他儿子。晚上六点多，我洗完碗回到病房，就看到隔壁床病友靠在他儿子怀里小腿抽搐。

"麻烦你帮我叫一下值班医生。"身高马大的父亲靠在他怀里，他一时不好抽身。

我跑向护士站："F主任呢？"今天他值班。

值班护士："大概在值班室吧，你去看看。"

值班室房门并没有关死，我曲起手指轻叩了一下，门就滑开了一道缝，正准备喊人，就看见柜子转角，一个穿护士服的年轻姑娘趴在一个穿白袍的人怀里，两只胳膊环着对方的脖子。白袍的脸没看见，但他的手表我记得，一小时前出现在病房——"今晚我值班。"

我惊得往后倒了两步，脑子里就一句话：shit，这种事我也能撞上。

我慌忙转身，偏过头就看见顾医生从办公室出来，下意识地朝他的方向迈了一步。

据医生后来的形容，我当时的脸色很难看。他看了眼我身后值班室的门，再瞟了眼走廊，一把抄住我的胳膊迅速拽进了办公室："看到你没有？"

我立刻摇头。

我还没平复好呼吸，他忽然低下头，状似随意地翻翻手边的病历夹："你刚才说的这种情况也是有的，但是就各项指标而言，并没有什么太大的问题，所以你们要多加注意——"

我扬眉，却听到背后门被推开和渐近的脚步声，看着顾医生的侧脸，我轻声道："好的，知道了，谢谢顾医生。"

"不客气。"

"小顾啊，这么晚还没走？"

顾医生视线越过我，一脸风平浪静："走到一半发现手机落在办公室了。"

我吸了口气，转身微笑："F主任好。"

对方的视线在我们身上逡巡了一遍，点点头："早点回去吧。"就转身出去了。

我轻轻吐出那口气。顾医生的脸上看不出什么情绪，只是音量很轻地说："值班室以后——不要随便去。"

我点头："我问了护士站才找过去的。我们隔壁床痉挛了。"

顾医生抬腿往外走，经过护士站的时候，看了值班护士两眼。进病房之前，他低低地说了一句："下回让护士找。"

我心里默默吐槽：原来护士也是很八卦的，还借别人的手八卦。

医生批阅：你怎么什么事情都能碰上？

（运气不好。你那天怎么那么晚还没走？）

医上：耶稣让我留下来救你。

（……）

Date: 2008.7.??

林老师这次化疗虽然没有特别严重的呕吐，但是……变成了孕妇休质。白着一张脸，食欲瞬息万变，前一个小时想吃瘦肉粥，下一个小时想喝果汁。我奉命买水果回来，远远就看见护士站里，顾医生被三个护士围在中间。

"难得几个科聚在一起，晚上一起来嘛。"

"火锅？烧烤？酒吧？KTV？你定地方我请客。"

"放射科的那两个要求我必须把你拽上！"

现在的年轻人，夜生活真是丰富多彩啊。

经过昨晚，我已经把顾医生上升为并肩倒过霉的革命战友，可以在相处时真情流露。所以当我正准备目不斜视地经过护士站，对于"啊，林之校，A主任让我告诉你——"就脱离包围跟了上来，结果却没了下文的人，我近距离地表示了一下鄙视之情——自己应接不暇，借助无辜路人脱身最可恶了，我都能感到后背被道道视线戳中。

于是我继续目不斜视地往前走，回到病房。之后和娘亲说起某男子遭人觊觎的桥段，娘亲感慨："所以说不能找医生当老公，诱惑太多啊。"我颇为认可地点点头，随即心里有点闷，就好像平整的纸被人捏皱了一个角。

Date: 2009.8.11

小杜回到医院，发喜糖。

不知道这孩子是怎么想的，在医院里捧着一盒子糖，见到认识的就塞一把，这情景，无论如何和"拿到录取通知书"联系不起来。

不过我没看到这幕场景，只从顾医生那里收到一袋糖，很喜庆的红色锦袋，上面无厘头地写着"天上掉下个林姐姐"。

"这是他让我转交的。"顾医生笑得眉目轻扬，"你不在现场也好，不然他会兴奋地抱着你原地转一圈，再亲一口。"

"……"

"护士长就是那样。"

"……"不错，会开玩笑了。

认识快半年，虽然顾医生在绝大部分时候都是在淡笑，浅笑，微微笑，但是整个人说起话来相当端正，所以只让人觉得斯文亲和，这也是为什么我一直觉得此君只可远观而不可亵玩。但是不同于以往每次见面都要经过"一段时间不见，从陌生到熟悉"的过程，这次两人见面，熟稔得仿佛能拉家常，于是我熟稔地问道："程羽呢？"

"她转去心胸外实习了。又给她带吃的了？"

"嗯。"

"怎么不给我带呢？"相当自然的口气。

我当时哈哈一笑没往心里去，在他答应明天帮我打个电话到那边的护士站后，就谢过告辞了。

后来才知道，医生的那个锦袋上写的是："姐夫接好。"（杜文骏你的语文果然是……）

Date: 2009.8.12

九点多，我带着棉纱手套捧着刚出炉的鱼汤回到病区，在走廊遇到医生，一起并肩往回走："刚才给心胸外那边打了个电话，程羽说有空就过来。"

"谢——"

"姐——姐——"

我扭过头，看到小羽乳燕投林一般飞扑过来，下意识地往旁边一让。我的右手边是一间病房，一个护士正站在门口低头填记录，身旁的推车上是瓶瓶罐罐的药水以及注射器，正对我的是垃圾袋，里面是替换下来的针头、输液管和注射器。我那么一让，撞到了护士，条件反射地往后倒了一步，脚下一滑，就奔着垃圾袋栽过去了——

"啊！"护士叫了一声。

顾医生迅速地捞住我的胳膊，往怀里一带，踉跄着往边上退开一步，陶瓷汤碗跌到地上，"嘭"的一声摔成四块。

顾医生："烫到没有？"

我摇摇头，看看他，再看着地上冒热气的鱼汤，说不出话来。

"怎么回事？出什么事了？"护士长穿过人群疾步过来。

顾医生："没事，手滑了。"

护士长："人没事儿吧？"

顾医生："没事。"

一直到护士长转身走开，医生才松开环着我的手。

在我们身后急刹车的小羽呆呆地喘着气问："哎？怎么，怎么回事？"

我这会儿声音才回来，低低地"啊"了一声："手滑了……"

接下来的十分钟，外科第一病区的走廊里，两个女生一脸囧相地收拾残局。

离开医院之前，顾医生来病房找林老师签本次化疗结束的确认单。

整个过程，我望天，望地，望空气，浑身别扭，就好像是用很烫的水冲澡之后，皮肤一针一针地热，却又出不出汗来。

昨天清理残局的时候，小羽感慨："刚才顾老师反应好快。"

"啊……"

"姐，你有没有男朋友啊？"

"哎？"话题是可以这么拐的吗？

医生批阅： 你还可以再迟钝一点。

（你也表达得很隐晦啊……）

医生：我还能怎么择，总不能就这么扑上去。

Date: 2009.9.3

下午四点，最后一瓶水挂完，林老师的化疗疗程全部告终。护士长帮我们拍了张全家福，里面三个人笑得很傻。一张张翻过相机里的照片，恍然发觉已经过去了半年多，我们终于一起熬过了这段艰难的时光。

娘亲摸了摸林老师的脸："大难不死，必有后福。"

林老师笑道："我的后福，就是林之校了。"

Date: 2009.9.4

早上，顾医生带着出院通知来病房，娘亲去退房了，林老师去拿药了，只剩我一个人在收拾行李。他负着手静静地看着我翻箱倒柜，突然问道："听护士长说，你外婆也在这儿做过手术？"

"嗯，我初三那年，她鼻咽癌放疗。"

"哪一年？"

"零二年。"

"啊……"他沉默了半晌，"我比你大这么多。"

我愣在原地，心里微微一跳："嗯？"

医生已经恢复了官方的笑容："我今年应该都是周五值夜班，有问题可以打值班电话。

术后一年记得预约检查，明年 3 月。"说完转身离去。

　　出院之前，三三一个电话，十分钟后拎着大包小包出现在病区，冲着林老师甜甜地叫了声："干爸！"

　　我看着眼前这个一脸乖巧如数家珍地讲着干海参泡发的女人，实在有种上去摇一摇她是不是本尊的冲动。

　　不过，很快——

　　"那边那位是不是顾医生？"三三很低很低地在我耳边问了一句。

　　我就知道！

　　"不错，我这关通过了。"

　　这需要你批准吗！

　　三三掐住我的胳膊咬牙切齿："林之校！这是最后一次化疗了！"

　　"我知道……"我知道这是最后一次了，我知道接下来很长很长时间不会来这里，我知道我和他的交集基本到此为止了，我心里已经够难受的了，所以——"萧珊，把你的爪子给我放开！"你就不要再增加我的痛苦了！

　　隔着走廊与来来往往的人，顾医生远远望过来，淡淡笑了一下，转身离开了病区。

　　我与护士还有主任道别的时候，他已经不在了。

第三章
不动声色的男朋友

没有不走弯路的恋爱，只有摸索前行的情侣。

小草说："再一次成为新生的感觉，就是没有感觉。"

除了负责接待的学生一会儿喊"学妹"一会儿喊"学姐"让人有瞬间的错乱，其他还是比较顺利的，只是没多久就被师姐拐进乐团就不是件很美妙的事情了，初来乍到就要贴着"关系户"的标签去适应一个"各方势力博弈"的团体，实在有些劳力伤神。好在有可人的川妹子用各种稀奇古怪的美食挑战我的味蕾，草妈妈寄了一大箱吃的过来。原先鱼香肉丝就已经算是吃辣极限的我在短短一个礼拜内已经能流汗不流泪地干掉一整袋灯影牛肉了。

期间三三莅临参观了一趟："不错不错，我还以为老校区会是断壁残垣。"

小草一本正经地回了一句："经鉴定构成整栋危房的是不能住人的。"草爸爸在房屋鉴定机构工作。

三三直勾勾地看着小草："校，这姑娘不错，你好好珍惜。"

我……

三三走的时候突然揪住我："那顾医生呢？"

我："您怎么比我还上心呢？"

大概是三三"林之校你自己摸着心口想想！"的执念太过深重，第二天和林老师视频聊天到一半，娘亲突然岔进来"刚和医院通完电话"，我下意识地问了句："谁接的？"

"顾医生。他以为你还在家呢，我说已经开学了。"

"啊？"我对于电话中出现这些内容大感意外，"你们通话还能牵扯到我？"

"经常说到啊。就上次回来之前，还聊了很久。"说罢原音重现——

"林之校多大了？"

"虚23了。"

"有对象了吗？"

"还没开窍呢。"

"林老师很黏她。"

"是，马上又是三年不见人。"

"哦？那以后成家立业都准备在Y市？"

"她爸倒是想，但是孩子自己的事儿让她自己做主。"

……

我只觉得心跳一点点加速，状似无意地问："经常说到？"

"就类似聊聊天嘛。这些护士长啊病友啊经常问的啊。"

切断了视频，我坐在电脑前发呆，自己都能听到血液冲击耳膜的声音。想到那天他说"我比你大这么多"时脸上毫无讯息，突然有些恼火他的从容淡定，索性爬上床埋进被子里。

邻床的小草探过头来："怎么了？"

我昂起脑袋很认真地问："如果你摸不清别人的想法，很纠结，你会怎么办？"

小草突然很不脱线了："那你摸清自己的想法了吗？"

"算……吧。"

"如果特别纠结，那就索性摊牌啊。"

周五，乐团排练结束，我低着头慢条斯理地擦拭单簧管，莫名惆怅。我终于相信了印玺那句话："女人坠入爱河之后会智商下降？ No，事实上那会儿你根本没脑子。"

旁边的长笛姑娘正在向身前的小提琴姑娘抱怨："你看你看，我眼睛这里又多了条细纹！ Oh No！老了老了老了……"

我现在多希望自己窜个三四岁，至少不会得到一句语气稀薄的"我比你大这么多"。我觉得脑神经都被这句话磨细了。大六岁又怎样呢？我历史不好，举不出成串成串的人名字，但我知道世上和史上必然有许多相爱的人年龄相差不止六岁。

"如果特别纠结，那就索性摊牌啊。"我看看表，今天周五，医生值夜班。我不知道哪来的勇气，东西一装，拎了就往外走。

半个多小时后，病区电梯间，我站在落地玻璃前。我该说什么？说什么？我发现脑子里全是问题，没一个答案，甚至逻辑混乱地想到学校为什么不开门恋爱心理学。拐进走廊，我奇葩地想：现在把琴盒往地上一放，完全可以媲美地铁里的流浪艺人。我能说我是来行为艺术的吗？

我深吸一口气抬头，豁然看见顾医生刚和一个病人说完话，正准备往办公室走，视线瞥到我，人就停在了办公室门口。

十步之遥。我的肾上腺素一下子飚了上去。

他的双手垂在身体两侧，整个人站得很直，半晌，他侧身，让开办公室的门。

门被关上。一个房间，两个人，谁都不说话。

他立在门边，目光落在我的脸上，面无表情。

我的心跳渐渐回落，哭笑不得地想，至少他没有问"你爸爸最近怎么样？"之类的问题。

我不知道我们这么站了多久，直到他微微垂下头，慢慢走到办公桌边，背对我。

我憋了半天的眼睛一下子红了。拼命地深呼吸，咽口水，想把眼睛里的酸劲儿给憋回去。要真哭出来，真是解释都不好解释。

我还没调整完情绪，医生转过身，递过来一只干净的苹果："吃苹果。"

我当时就愣在了那里。乖乖接过他递来的纸巾，擦了手，接过苹果开始咬。（三三：你已经秀逗了……）

医生的指尖点点我的琴盒："里面是什么？"

"单簧管。"

请多指教

"波尔卡？"

"嗯。"我有些意外。

吧嗒两声，盒子开了。医生的手指慢慢划过管身："给我吹一首吧。"

我坐在椅子上，眼观鼻，鼻观心。本来想挑悠扬一些的曲目，但是想到刚才医生说起波尔卡时扬起的嘴角，就下意识地选了这首和我目前心情很不相符的曲目。

曲子不长，医生的微笑很安静。我的心渐渐平静下来，此刻的我，为你吹一首波尔卡，不高明，不复杂，如同我喜欢你，你听得到。

装包的时候，我有些如释重负，收拾好东西往怀里一抱："我回学校了。"就离开了办公室。

出了医院大门，经过一家常去的粥店，下意识买了两杯黑米粥，拎到手上才反应过来，另一杯要给谁呢？

正闷头往前走，电话响了。

"喂？"

"你在哪？"

我抬起头，看到医生从医院大门快步出来。

"我……在你三点钟方向。"

他转过身，一步步朝我走来，我握着手机，觉得有什么柔软湿润的东西揉在夜晚的风里，吹进我的身体，在那一刹那，心像春天泥土里的一颗种子，啪的一声发了芽。

医生立在我身前，递过一把折叠伞："要下雨了。"

他的表情有点难以形容，眼睛微眯，嘴角似弯非弯的样子。路过的行人一脸探究地看向我们，医生瞥了他一眼，伸手握住我的手腕，走回医院。

我就这么呆呆地由医生拖至荒无人烟的办公室，由着他关门，由着他把我拎到他办公桌旁边的椅子上，自己坐在我旁边，手才松。

医生尴尬地咳了声："嗯……你晚饭没吃？"

我："排练。"底气不足。

医生："女生很少有学单簧管的。"

我看着他曲着手指轻轻叩着桌面，笑道："我喜欢它的声音。而且走到哪可以带到哪。"

医生皱了皱眉："那学钢琴的不是很倒霉？"

我："你学？"

医生："没有，小时候被我妈盯着学了几年小提琴。"

小提琴？！我这算是又挖掘了医生的一个优点么？

我盯着他的手："帕格尼尼综合症。"（患者手指细长……）

医生不自在地握起手："没有，我很正常。"

尴尬了……我扭回头，拆了包装递过去一杯："夜宵。"

医生突然抿嘴一笑，耳朵红了。

安静了一会儿，我的思维逻辑又回来了："你怎么知道我的号码？"原谅我在如此关键的时刻如此煞风景地问出这个问题，因为医院登记的患者家属信息都是我妈。

我看着医生睫毛不停地眨。这是心虚吗？

"护士站登记过。"

我眯着眼睛拼命回忆，想起有一次林老师出院是我去护士站签的领药单。领药单由护士站存档，医生只要确认药领了签字就可以了，至于上面领药人的联系电话，是没必要记下来的——

我力作淡定："哦，好久之前了。"

医生："嗯。好久之前。"

好久之前就记我的号，你倒是很沉得住气！

像是突然想到什么，他掏出手机，翻了翻，笑眯眯地放在我面前。

[你有女朋友么？ —— 2009-4-3 20：27]

我的脑袋无力地磕在桌面上。

医生安静地坐在旁边，看着我的耳朵由白变红，再由红变白，才慢条斯理地说："不是你发的吧？"

我的声音无比微弱："交友不慎……"

医生笑着把空杯子扔进纸篓，看了看手表："九点了，我送你回去。"拎起琴盒，朝我伸手。

我心中交战，这是要谱子？还是要人？我是递手？还是递谱子？

我环顾四周，然后，大大方方地，把谱子递到他手里……

咳，在医院，要注意影响……

电梯下了两层，一个放疗师进来，和医生打了个招呼，就偏头打量我，医生对着他点头微笑，后者立刻一副了然的表情。

我……闷头。唉，很害羞的好不好。

出了大厅，真的飘起了小雨，但是，我们忘拿伞了……

地铁站不远，我朝医生伸手："给我吧，我跑过去就行了。"

医生看看外面，把谱子和琴盒合到一只手上，然后我又一次被握住手腕，呆呆地被拖着跑……

一进地铁站，我刹车，揪住医生的袖子："你，你不是天天坐办公室吗？"怎么比我这成日颠簸的人还能跑。

医生："生命在于运动。"

我……

一个帅哥穿着白大褂出现在地铁站门口，即使已经是晚上九点，回头率还是相当可观的。我从医生手里捞回我的东西："谢谢，你回去吧。"不然要被围观了。

医生笑："谢谢你。"

"啊？"我心里蓦地一惊，下一句千万不要是"但是我们不合适"。

估计我的表情太惊恐亦或太肃穆，医生失笑："粥很好喝。"

我下意识捏住他伸过来拨我头发的手："医生——"

"嗯。"

"你——送过几个人到地铁站？"我真的不是女主的料……

"堂弟，同学，朋友——"

"患者家属呢？"

"医生的工作不包括送患者家属坐地铁。"

我这是正名了吧？正名了吧？！正名了吧！！！

我迅速地脱下左手腕上一串绿檀木佛珠套到他的手腕上："辟邪的。"然后反应过来，我这是在说什么啊……

医生端详了一下手腕上的佛珠，笑道："定情信物吗？"

阿弥陀佛，我自我安慰，现在是晚上，脸红不显眼不显眼不显眼……

"唉。"医生看着我，"我还是送你进站吧。"

于是，我第三次被拖着走……

排队买票的一分钟里，我觉得自己踩在地毯上，虽然不至于踩棉花那么夸张，但总有点不太真实的感觉，忍不住偏头看身边的医生。

"怎么了？"

"看看。"

"以前没看过？"

"现在看得比较明目张胆。"

医生转过头，叹了口气："看吧。"

"嗯。"我认真鉴定，"皮肤真好。"

两个人一起笑起来。他轻轻推了我一下："进站吧。"

我刷卡进站，随着人群层层下移，直到看不见通行栏外医生的身影。

我正在爬宿舍楼梯的时候（天可怜见我住五楼），兜里的手机震动，我掏出来："嗯！"

"到宿舍了？"

"你不会连我学校都知道吧……"

"专业，年级……杜文骏很热心。"

"……"我总是交友不慎。

"早点休息。"

"睡不着。"我有些愤愤不平自己老是被卖。

"过来，我给你打一针。"

"……"职业病。

回到宿舍，我往床上一扑，给三三打电话："三三呵呵呵呵呵……"

"你抽风了？"

"我恋爱了。"

"啊……啊？啊？！！"

听完我的复述，她诚实地表达了她的不屑："你们这样实在让我怀疑，你们其实已经暗度陈仓很久了吧。"

表达得这么扭曲，也只有我能懂她了。我说："这说明我们有默契。"

三三："默契？默契之前还磨叽那么久！"然后风风火火地挂断电话加班去了。

医生批阅：战线是拉得有点长。

（好吧，我原谅你了。）

医生：……

第二天，我六点就醒了，盯着天花板发呆。窗帘缝漏过一缕一缕的阳光扑在地板上，耳边是小草清浅的呼吸声，我被催眠得又将睡去，手机震动。我摸过来，看着闪动的屏幕，昨晚的记忆一下子冲进大脑。

"喂？"

"……"（大脑还在缓冲。）

"林之校？"

"啊。"

"我是谁？"

"医生。"

隔着电话都能想象出他扶额的样子，"我下班了。"

"我——在宿舍，床上。我很早就醒了，只是还没起……"

"听出来了。"

我听着电话那头，车流的声音，地铁台阶的声音，刷卡入站的声音，意识渐渐归拢，心里一点点鲜活起来，轻轻叫了声"顾魏"。

"嗯。"

"你的手腕上有什么？"

"一串佛珠。怕我飞了吗？"

"哎，万一是个千年狐妖呢……"那么漂亮的眼睛。

对面笑出声来："那你一串佛珠镇得住么？"

"外婆在上面念了一百零八遍般若心经。"

"……"

电话那头默了默："你今天有什么安排？"

"没有。"

"我们——"

"哦，下午有个新老生交流会。"

"……"

我听到他穿越人群的声音："地铁来了，我应该一刻钟后就能到你学校了。"

电话挂断，留下我像被电击的鳗鱼一样，从床上翻起来。

这就是我们恋爱的第一天。一个无言以对的男主角和一个状况外的女主角……

我迅速洗漱完毕换好衣服奔到校门口，医生已经到了。

看到他的一刹那，我突然有些怔忡，站在台阶上人正低头安静地翻着手机，眉目清俊，表情安定，仿佛这只是属于我们俩的一个再普通不过的周末的早晨。

他不知道看到了什么，笑了笑，抬起头，慢慢朝我走过来，如同在医院的每个早晨。

这个人，真的是没有白袍都能走出白袍的气场，所以我下意识地点头打招呼："顾医生早。"

"……"

冷场了……

"什么时候交流会？"

"下午三点。"

他递过手机。

「姐夫，把姐姐电话给我呗。」

「干吗？」

「让姐姐请我吃饭。」

「没空。」

「那我请她吃饭。」

「也没空。」

「我白喊了那么长时间的姐夫！！！」

「我问问她。」

我窘迫地抬头："没带钱包。"刚才出来得太急，拎了手机就跑。

医生轻轻叹了一口气："我带了。"

地铁上，我吃着医生带来的三明治："小杜先认识你，为什么叫你姐夫？"道理上应该叫我嫂子么。

医生面向我撑着额头一动不动："林之校，专心吃饭。"

我闷头咬了一口，突然脑子里闪过一个更惊奇的问题："小杜是怎么知道……的？"昨天晚上才发生的事儿吧！

医生终于忍不住笑出声来。

我再度窘迫："我平时反应没这么迟钝……"遂严肃道，"你不要盯着我看……对心脏对大脑都不好。"

医生收了笑，翘着嘴角，盯着我一眨不眨。

"顾魏同志，你不要乱放电。"

"……"无语的顾魏同志拖着我下地铁转公交。

还没到 S 大门口，就看到小杜窜上跳下地招手："姐姐姐夫！"

一个夏天过去，他又蹿个子了，隐隐有超越顾魏的架势。

刚才来的路上，顾魏告诉我："他已经叫了三个多月的姐夫了。"

（早说啊！我白痛苦那么长时间！）

小杜没能报上心仪的临床，最后上了很"男人气概"的土木工程。我拍拍他的肩："改天介绍你认识一个很'男人气概'的师姐，也是学工程的。"

医生："你爸出院那天来的那个女孩子吗？"

小杜惊："姐夫你怎么什么都知道？！"

医生："猜的。那天在走廊上，她跟你妈聊天，说你脸皮薄，让你妈赶紧给你联系相亲，不然毕业出来就成灭绝师太了。"

我望天："那是说给你听的……"

一路参观到超市（究竟是为什么要参观这里？）的时候碰到了小杜的室友，索性一个宿舍叫上一起吃午饭。

一桌六个人相当热闹。一群大男孩开始还有些放不开，看到小杜肆无忌惮，也渐渐活脱起来。

甲："姐姐，S大逛一圈感觉如何？"

"美女很多。"据说X市三分之一的美女都在S大。

三个男生齐刷刷瞥向小杜："哦～～～"

后者炸毛："干吗？！"

我闻到了八卦的味道。

乙一脸愤懑："姐姐你是不知道啊，我们一个个的无人问津，他收情书收到手软啊！"

小杜涨红了脸："什么时候收到手软了？"

丙敲碗："前天还有美女上门表白！"

小杜怒："什么美女，和我姐能比么能比吗，嗯？姐夫你说对不对？"

顾魏微笑："嗯，榜样树立得很正确。"

我……

午饭在欢快友好的气氛中结束，我们被一路送到站台，四个少年齐刷刷地挥手："姐姐姐夫再见！"回头率那叫一个高。

他们走开好远，还能听到小杜的声音："那是，我姐姐我姐夫那是郎才女貌女才郎貌……"

顾魏调侃我："这会儿大脑正常了？"

我瞥了他一眼，无视。

"小杜很高兴，谢谢你。"

"谢我做什么，好歹我是姐姐，你是姐夫。"

其实我一直很好奇，顾魏为什么对小杜这么好。

"小杜的外婆，是个很和蔼的老人家。我那时候刚到医院，一边考资格证一边实习，晚上在办公室看书，她打好开水送进来，都会叮嘱我'年轻人要记得吃夜宵啊，不然身体吃不消的'，回家之前还会来叮嘱一遍'早点睡觉啊，被子盖盖好'。后来她提起她的外孙'小脑瓜也是很聪明的，就是没个人在前面引导他'。她年龄大，人也不算健谈，但是所有的医生护士都很喜欢她。"

我想到现在的小杜，鲜活快乐，挽了挽医生的胳膊："她看到小杜现在的样子，会很欣慰的。"

那天到最后，顾魏把身无分文的我送回学校，才向反方向的住所而去。

医生批阅： 我发现推波助澜的红娘很多吗。

三三：哈哈哈！一物降一物啊！你也有今天！

因为H1N1型流感疫情蔓延，大部分学校都把这一届的新生军训取消了，这就导致了一些生活极度松散空闲的孩子四处游荡，比如杜文骏小朋友。

我们俩的学校，说近不近，说远不远，用他的话说："刚好路上睡个觉，然后头脑清醒地体验一下研究生院的氛围。"

带他转悠过一遍之后，小杜同志不淡定了："一点没有学术氛围！"

我黑线万丈，从宿舍楼教学楼……能看出什么学术氛围来？

"你要感受学术氛围，还不如猫在医生办公室里看他们会诊。"

"听一群人讨论怎么切人肚子吗？"小杜摇头，"坚决不去。"

其实，对于手机上隔三差五就出现"体育选排球比较好还是跆拳道比较好？""考四级是这学期就复习还是下学期？""刮痧背后是刮两道还是三道啊？"……之类的短信，我实在很好奇，小杜怎么不去问医生呢？他应该是和医生比较亲近一点。

"啊，你不觉得顾医生看上去笑笑笑笑的，其实特别，特别，特别——"

"不动声色？"

"对的！不要随便招惹他。"

……

顾魏是个很不动声色的人。不动声色到，没经过任何所谓"情侣必做一百件事"，我就已经毫无压力地产生"其实我们已经在一起很久很久了"的感觉。刚在一起的情侣，多少都有点互相不习惯，而我们——没有磨合期。他的节奏拿捏得很好，在两人见面时间很少的情况下，每天一小步，十大一步，以至于十一长假结束后第一次见面扑上去抱住他胳膊的时候，我才惊觉自己是这么这么地想念他。

十一过后，顾魏他们组里的一位医生太太生孩子请假，再加上天气凉爽手术又比较集中，所以，顾医生很忙。煲电话粥是不可能的，通电话是不指望的，像别的情侣那样"我想你了""乖，我也想你了"的短信互动，也是比较浮云的，经常是——

"在做什么？"

三个多小时后。

"刚下手术。"

"……"我再也不发类似的短信了。

十一月的一天接到顾魏"我到你学校了，你在哪？"的电话，我正埋头在构造图里，扭过头问旁边的小草："亲爱的，今天礼拜几？"

小草摇头。

"礼拜六。"顾魏答得毫无障碍。我迅速脸红了。

之前由于各种原因没有见到顾魏，小草的好奇心已经被挑得异常高，见到本人后，小草的表情很微妙："现在的医生都长这样的吗？"她对医生的概念还停留在六岁那年"满面横肉不顾我哭得撕心裂肺就给我来一针"的阶段，所以对眼前这么个斯文青年一时难以接受。

"没有，我特意找了一个特别特别和善的。"

"哦。"小草点头，"医生，现在这个天气吃什么好？"

顾魏："吃什么都行。"

我无奈地带头进了一家火锅店。（我都不知道自己是怎么想的。）

一个小时后，涕泪俱下。

川妹子把辣椒酱当菜放……

顾魏索性摘了眼镜，一双眼睛湿漉漉的，隔着升腾的水汽伸手抹我额头上的汗水。

小草："我以为我是电灯泡，到头来被闪到的人是我。"

饭后，在顾魏"刚吃饱不宜运转大脑否则对胃不好"的建议下，小草决定——逛校园。

太阳晒在身上很舒服，三个人有一搭没一搭地聊天散步。经过小礼堂的时候遇到同系的几位师兄，打过招呼继续往前走。小草在一旁啧啧而叹："XXX输得不冤枉，不冤枉。"

我还没明白过来，顾魏已经抿嘴而笑。

后来，回到宿舍，小草看着我："阿校，你就没发现XXX看到你家医生的时候眼睛瞪得跟核桃一样吗？"

"什么？"

"唉，伤人，太伤人了。"

然后，我依稀似乎明白了些什么……

难怪顾魏走的时候笑得那么不动声色！

"不过你家医生气质是真好。"小草频频点头，"我要是你，早把他给灭了。"

整个十二月份的生活似乎只有一个主题，新年音乐会。宿舍里打电话不方便，我经常在排练完走回去的路上给医生打电话。

"来来来，让你感受一下X大的寒风！"

"……"

"怎么样？"

"我不冷你冷。"

"啊，医生……"

纵使之后我们有过各种各样相伴的夜晚，那段时光仍旧是我记忆里最为甜蜜的。厚厚的围巾拦住风声，手机贴在耳旁，两个人轻轻浅浅地聊着，随便什么，心里都有一种轻巧的快活，像是能站到他身边去。

医生批阅：笑而不语。

（你不要乱放电！）

进入隆冬，校园里青涩了很多。医生踩着积雪走到我面前，下巴磕在我头顶上，轻轻叹了口气。

前一晚值班，第二天上午查完房调休，来学校看过我，再回反方向的公寓。我抱着他微微倾斜的身体，有些心疼："你不要这么来回跑了。"

"你是不是快放寒假了？"

"嗯，6号中午的票，妈妈让我赶回去吃小年夜饭。"

"我5号值班……"

我感慨这年头谈个恋爱真是太不容易了，然后突发奇想，我们也是可以夜会的吗。

5号傍晚，我拎着外卖，刚拐过停车场，就撞上了许久不见的小羽。她正下班往外走，看到我一脸惊讶地扑上来："姐姐你怎么来啦？林老师的化疗不是都完了吗？"

"我——"我突然发现这是个陈述起来非常非常复杂的事情，遂长话短说，"来送饭。"

"给我吗？"

"……"

医生下来的时候，小羽刚得知我是来给男友送饭的，正在"你恋爱了你恋爱了你居然突然就恋爱了啊啊啊"，看见医生走过来，看看他再看看我："啊啊啊，你们！你们你们！！"

医生很自然地接过我手里的打包袋，看着她："还不回宿舍？"

小羽迅速退了两步："哈，哈哈，顾老师再见！"跑远了两步，扭过头，"师娘，师娘也再见！"

我多么希望，当时周围没有那么多人……

接下来的三个小时，两个人吃饭、聊天、发呆、大眼瞪小眼，然后医生说："值班室的床是单人床，晚上是你站着，还是我站着，还是——嗯？"

"啊，我回学校了！"我从椅子上弹起来。

跟在身后的医生笑而不语。

6号那天，医生下班的时候，我已经坐上车了。

"路上注意安全。"

"嗯。"

"到了给我打个电话。"

"嗯。"

"过年要注意饮食作息规律。"

"嗯。"

"你要不要和我每天通个电话？"

"……"有这么问问题的吗？我囧了囧，"通好几个——也是可以的啊。"

大年三十年夜饭，是和姨妈姨父表哥表嫂一起吃的。

酒足饭饱，表哥看着我："丫头，你嫂子都五个月了。"

"放心，压岁钱我早就准备好了。"

表哥叹了口气，摸摸我的头："你嫂子像你这么大的时候已经在和我谈恋爱了。"

我拨开他的爪子："啧，晒幸福。"

表嫂笑道："校校准备找什么样的对象？"

"医生！"我立即表态。

"好啊！"表哥。

"不行！"娘亲。

我望着娘亲弱弱插嘴："医生……稳定踏实有知识啊……"

娘亲："那你踏踏实实找个公务员。"

我瞬间萧瑟了……

表哥："找医生好啊！我们医院单身汉那是一卡车一卡车的！"

娘亲："免了，那粉红的诱惑也是一卡车一卡车的。"

表哥："您不能这么算啊，哪个行业都有花心的，也有痴情的。校校，你要是找我们医院的，他以后要是敢对不起你，我削他跟切菜一样一样的！"

娘亲："你就算剁了他，已经付出的感情是收不回来的。"

你们要不要一副我已经被背叛被抛弃了的样子啊……我看着这两个明显歪楼的人，彻底萧瑟了："我吃完了，你们慢慢聊。"

客厅里，表嫂慢慢走过来，坐在我身边："怎么？真找了一个医生？"

"女人这么聪明，男人压力会很大的。"我摸了摸表嫂已经显怀的肚子，"嫂子，你有没有后悔找了一个医生？"

表嫂笑："后悔啊，嫁给一个医生一点不像想象中那么美好，可是，如果再来一遍，我还是会选你表哥。"她凑近我，声音压得很低，"舍得还是舍不得，自己心里最清楚。

我一边看春晚一边神游。睡觉前和医生通电话，他很快嗅出了不对劲："你怎么了？"

"医生，你知道你们病区那 XXX 和 XXX 还有经常来串门的 XX 是对你有想法的吗？"

"……"估计医生也没想到我突然开了这么一个话题，"嗯，所以我从来不和她们单独相处。"

"你都知道啊。"

"你以为人人都像你一样迟钝。"

"医生……你周围的诱惑，太多了。"

那头沉默了半天，声音凉凉的："林之校，你不会就因为这个理由，就这样把我莫名其妙地枪毙了吧？"

我透过窗户看向外面的天空："顾魏，我平时没这么迟钝的，遇到你全都乱套了——"

"从小外婆就教我，话说七分满，事做七分全，给自己留条后路。可是……我把最真实的自己毫无保留地暴露给你了。"我突然发现这是个很难进行下去的话题，"以后，不论我们是好是坏，不论我们能走多远，你都要告诉我，哪怕是……哪怕是什么不好的事。"

爱，就是给予对方最大的仁慈。既然我舍不得与你分开，那么就把所有的信任全部交付予你。

电话那边沉默了很久。

"林之校，给你一年的时间，你用心看，把你想看的，都看明白。"

后来我才知道，就在三个小时前，面对旁敲侧击的家人，医生对大家长说："爷爷奶奶，我有对象了，人很好，过了年，我带她来给你们看。"

随后，一颗满溢的心被我浇得透凉。

寒假结束返校，我刚收拾好行李，接到医生电话："我在你楼下。"

我外套都没穿就跑了下去，却顿在他面前，突然不知道手该往哪里放。

医生看着我不作声，慢慢地张开手，把我抱在怀里，轻轻地叹了口气。

我埋在他怀里，被他这个温情的动作弄得眼泪差点出来。

"林之校，你的手往哪里钻。"

"冷……"

"晚饭吃了没有？"

"没。"

"跟我回家。"

"啊？"

就这样，我第一次去到医生——的公寓。

路上，我看着身旁开车的人。

"你什么时候有车了？"

"我什么时候说我没车了？"

"以前没见过。"

红灯刹车，医生转过脸来："很多事，你没看见不代表它不存在。"

我嗅出了危险的味道，弱弱地说了声："你专心开车……"

到了地方，我被裹挟着进电梯，上楼，带进门，然后，扔在了门口。

顾魏这个人，生气的时候也不发火也不恼，脸上始终是一副高深莫测的云淡风轻，这种冷暴力其实最折磨——我……

我简直就是硬着头皮挑话："毛主席告诉我们，不要为资本主义的糖衣炮弹所打倒，你家就在 X 市你还租房子住！"

"家太远。"

"你不是有车吗。"

"堵车。"

"地铁。"

顾魏转过来，露出森森白牙："附近没有地铁站。"

这个人，不会是气疯了吧……

我决定卖身求荣，往前一扑，抱着他的胳膊："医生我好想你！"说得太急，被自己的口水呛到……

医生递过一杯水，很自然地转换话题："今天晚上别回去了。"

我浑身跟被雷劈过一样，死盯着他。看着他泰然自若地削水果，恍悟：顾魏是个好同志，是我太邪恶了。

医生批阅：我不介意你邪恶一点。

顾魏的公寓，只有一张床，所以，我已经紧张到感觉不到紧张了。

我僵僵地躺在床上，浑身上下除了内衣是自己的，其他全是顾魏的，这是一种怎样的扭曲和羞涩啊……

正在我闭着眼睛思考"怎么就到了这一步了"的时候，顾魏从卫生间洗好澡出来。

我决定，继续闭着眼睛。

听着他擦头发，喝水，关电脑，给手机充电，然后，关灯。

我本来已经放松下来的汗毛，在被子掀开的那一刹那，通通竖了起来。

"林之校，我们谈谈。"

我呼出一口气，睁开眼："谈什么？"

"你对医生这个职业有什么看法？"

"救死扶伤。"

"婚姻方面。"

"普遍晚婚。"

"恋爱方面。"

"没有时间。"

顾魏彻底放弃了与我的沟通，躺下来把我捞进怀里，轻轻叹了一口气："睡吧。"

我沉入一股淡淡的香皂味道里，听着他沉稳的心跳，酝酿睡意，酝酿了五分钟，睡着了。用医生的话说，"一点适应障碍都没有。"

其实，这次过年期间虽说发生了一些不算愉快的事情，但是也不无好处。两个人少了一点相敬如宾的味道，情感似乎都——外放了一些。尤其是顾魏，虽然依旧是万年笑脸，但是眼角眉梢的小情绪，是越来越明显了。

接下来顾魏调休的两天假里，我都被扣在了公寓——打扫卫生。事实证明，在用来增进感情的时候，四十平的公寓，也是可以打扫两天之久的。

顾魏很好地解释了"美男子戴上胶皮手套，依旧是美男子"这个道理。

我深深地怀疑他是在用洗衣做饭无所不能的完美家庭妇男形象诱惑我。

被诱惑的我在第三个晚上，已经能无障碍地在他低声的絮絮叨叨里迅速入眠了。

（三三：道行！两天三夜就搞定你！）

第四章
保护爱情的萌芽

从一颗种子到参天大树，需要浇多少水？

2010 年 3 月，术后一年整，林老师回医院做全面检查。

晚上依旧是我陪护。时隔半年，又躺回这张窄窄的陪护床上，半夜听到同病房患者家属掉地的声音，不禁感慨这四十公分的床自己能毫无障碍地在上面翻身平躺侧卧蜷曲，其实我是小龙女转世吧……

迷迷糊糊感觉有动静，迅速睁开眼。天已经有些麻麻亮，我能清楚地看见，医生弯着腰，脸离我不超过三十公分，一只手在我的，睡，衣，纽，扣，上……

正常小言女主角的反应是——

"啊，色狼！"羞涩。

"啊，讨厌～"反扑。

"啊，混蛋！"一巴掌。

我的第一反应是，扭头，看林老师。要是他看到这幅画面，医生估计得英年早逝……

林老师的眼睛安静地闭着，趴姿很纯真。

我扭回头，看着突然出现在我床边的登徒子，虽然刚睡醒的人脑子还不大清醒，但不要告诉你大清早五点查房！

医生慢条斯理地扣好我睡衣下摆的纽扣，拉下来遮住肚子，再拉好被子，然后施施然走了出去。

我躺了一会儿，大脑才完全清醒，摸过枕边震动的手机："我们这边有男护士的。"

谁来管管这目中无人夜访香闺如入无人之境的家伙啊！

第二天来给林老师开加强 CT 单和 X 光单的是一个没见过的新面孔，相当淳朴，淳朴到林老师还没调戏，他就已经："你，你好，这个，是显影药水……"说完红着一张脸出去了。

我摸过手机看短信。

【刚轮转到我们科的实习生，姓高，性格淳朴，你不要随便调戏。】

我回了个鄙视的表情过去。

拿着单子去放射科排号，等待的空隙，林老师拽拽我："我们去散步吧。"

林老师有个嗜好——看车。我相信很多男同志都有这毛病。具体症状表现为大街上看到辆车，就开始牌子、型号、产地、发动机、车型、底板、油耗……细数一遍，再下个独家评价，车展什么的更是从不错过。林老师就是该病症群中病情相当严重的一个，严重到经常我和我妈一回头发现人没了，原路返回找，他肯定围着哪辆车旁若无人地研究着。

我："看什么，你又不买。"

林老师："不娶美女还不准看美女了？"

我妈对他实在是太仁慈了！

生病开刀非但没让他消停下来，反而有所加重。医院的消遣娱乐项目比较少，林老师从最早的躺床上想车，到站阳台看车，到后来"我们去停车场散步吧"……

这阵子，林老师对 SUV 产生了浓厚的兴趣，碰到一辆他就恨不能趴在上面研究。于是在这个风和日丽的上午，当他走到停车场东侧的时候，兴奋地说："哎，雷诺！"就飘了过去。

我随眼一望，浑身被劈了一下，医生的车，车内后视镜上挂着我过年陪三三去寺里烧香的时候买的桃木挂件。

原来他挂到这里了。不过现在不是想这个的时候，我飞过去架起林老师的胳膊："走了。"那时候他的鼻尖离车门不超过 20 厘米。

以为我怕林老师知道我和医生的秘密？No，我怕他知道之后要求试驾，那就太无语了。

奈何林老师很固执："我研究一下。"

研究？你就没发觉这车上的挂件和你车上挂的一样吗？！

我加劲："都要粘人车上了！注意形象！"

"你们俩干吗呢？"我妈拎着煲好的汤慢悠悠地走过来。

我怵了，我是真怕我妈知道，怕我们爱情的萌芽直接被她扼杀在摇篮里……

我决定恶人先告状："妈！你看你老公，趴人车子上不肯起来！"

我妈腾出一只手，一把挽住林老师的胳膊："走！吃饭！"

林老师一步三回头地被拖离车子。我正要舒口气，我妈回头扫了眼科雷傲，然后，目光削过我的脸，转了一圈。

我瞬间觉得自己五官模糊了……

"医生……"

"嗯。"

"这次……我是坦白呢，还是先不说呢？"

"你到现在才来思考这个问题吗？"

"……"这是生气了吗？

"你想怎么样，自己想清楚。"他轻轻叹了口气，"我配合。"

于是，大敌当前，先保住革命的火种。

于是，医生一视同仁，之前怎样，现在继续怎样……

自从他隐约地知道娘亲不是很赞同我找个医生之后，似乎就有点——清冷的矜持。（我实在不知道怎么形容。）

每次我夹在中间看着他和娘亲"端庄"地对话，那个泰然自若的表情，我怎么看怎么别扭。然后收到他眼角偶尔扫过来的小情绪，我内心的愧疚就翻滚得一塌糊涂。但是考虑到我和医生目前的状况，实在不宜过早就加入"丈母娘相女婿"这场大戏。（印玺：其实你们是打算把娃生下来直接逼宫的吧？）

复诊第三天中午，我刚盯着林老师吃完午饭入睡，手机响了。

"林之校，"刚睡醒的声音，"下午要不要帮你占座。"

"下午？干吗？"今天礼拜五没课。

"百家讲坛。"

这万恶的社会！

所谓"百家讲坛"是学校为响应"多元化时政教学"的号召，组织的"基于国内外时事热点，立足自身所学专业，结合多媒体工具，完成三十分钟的述讲评论"活动。以班级为参赛单位，各院选送。这向来是本科各院互相 PK 的娱乐活动，但是这次学校似乎发现研究生院"和师弟师妹们联系不够密切嘛"，就把有组织无纪律大龄青年聚集的研究生院按专业拆分回各院，加入这场莫名其妙的比赛。

天可怜见，经管文史法政大把时政英才，地院凑什么热闹啊……

小草："研究生院也是院啊！干吗拆啊！不拆的话绝对秒杀全场好不好！"

事实证明，小草的自信不无道理。各院层层筛选到最后，居然有超过三分之一的入围名额被研究生占掉。莫非——大龄学员往讲台上一站，有一种成熟的舍我其谁的流氓气质？

我们本想打酱油，奈何地院本科的孩子似乎比我们更正儿八经地打酱油，结果我们不幸中招……

等我赶到报告厅的时候，人已经到了六七成，观众席让我联想到运动会的方阵，壁垒分明。

小草是个根红苗正的好孩子，她占的选手席在第三排……我无奈地穿越大片人群找到组织。

"呦，神手来了。"正和小师妹侃得热乎的路人甲冲我挥了挥手。

于公，他是组长，于私，他是披着人皮的人渣，我保持沉默。数年的人品在复赛抽签那天爆发，十六个参赛单位我抽到十五号实在是个意外。对于行家们，这是个知己知彼钝刀子杀人的好位置，对于我们，这就是被钝刀子杀。

今天是第一场四支队伍。外院全程 Flash，还有全英文。除了外教，大部分人的脸上都混合着敬仰和茫然两种表情。

小草："我觉得我的六级太假了……"

路人乙："我那天请病假吧……"

路人甲："神手，我认为，你有必要修改 PPT……"

我："……"什么叫不怕神一样的对手，就怕猪一样的战友。

中场休息，我一边喝水一边翻看新来的短信。

娘亲："有医生看上你了，有没有意向？"

我惊了一下。当然，没咳着也没呛着。但是估计我全身都散发出惊悚的气场，前面一排的外教转过头来："Anything wrong？"

我抬了抬手里的瓶子："Just too hot。"

对方耸了耸肩转了回去，我才发现自己手里的是农夫山泉……

在未摸清状况的前提下，绝不跟高手直接对决。我把短信迅速转发。

没多久——

林老师："就是那个小高医生。"

我："你，你，你好？"

林老师："小伙子很憨厚老实的啊。"

搞清楚状况后，坚决不跟 EQ 过低的人过招。于是我回复娘亲："没有。"

"不问问是哪个你就没有？"

我背后窜凉，这绝对话里有话。

我义正词严："学业未成，无心婚嫁。我要上课了。"发出去才反应过来，最后一句太心虚了……

第一场结束，我往医院赶。一推病房门，医生们正在查晚房，B 主任旁边跟着顾魏和高医生。后者："啊，您女儿回来了。"

娘亲看了我一眼，我忍住扶额叹息的冲动，礼貌地冲高医生微笑了一下，继续盯着正在按压林老师腹部的顾魏，侧脸风平浪静："恢复得挺好的。"

B 主任点下头，微笑地偏头看了眼高医生，走了出去。

顾魏也礼貌地点下头，然后，从我面前，目不斜视地，走了出去。

剩高医生站在原地羞涩地冲着我微笑。

我的头嗡地大了，脑袋里就五个字："顾魏，算你狠！"

"下去给你爸买点水果。"真是母女连心，我接过娘亲抛来的钱包，转身就走。

走廊上，五六个家属围着 B 主任和顾魏咨询问题，我走过去对着顾魏的后背："借过。"

他转过身，略略扬眉，随即看向我身后。

我忍住想把他眼神掰回来的小火苗，压低声音凉冰冰地说："让。"

他立刻让开一步，我踩过他的脚，头也不回地扬长而去。

晚上睡得很不踏实，半睡半醒间以为护士查房，睁开眼，看见顾魏站在我床尾，瞟了眼挂钟，12 点 05 分。我抬起胳膊挡住眼睛，翻身继续睡。

第二天早上，我去买早饭。上来的电梯门一开，顾魏，高医生。

后者迅速地看了顾魏一眼，冲着我……什么也没说就走开了。

我看着他的背影迅速消失在病区，狐疑地转过头，顾魏长腿一迈，在我面前站定："早。"

我端庄矜持："顾医生早。"

目不斜视地等电梯，电梯到了走进去。门合上前，却看到顾魏在外面笑。

上午查房的时候，病房只有我一个人。林老师心血来潮拖着老婆出去吃馄饨了。

B 主任："你爸爸的报告还剩两项。平时让他多出去呼吸呼吸新鲜空气。"说完走了出去。

高医生闷头迅速跟上。

顾魏原地站着，看着我微笑："我查房去了。"

我无视，你查房关我什么事啊！

之后，此事不了了之，一个多月后高医生实习结束分在了别的科室。

医生批阅： 那天查房进门之前听主任那么一提，我才知道的。总不能留下看他被你拒绝吧。

（总比被你拒绝好吧？他之后见我跟见鬼一样。）

医生：这是正常反应。

（你不会是把他拖小黑屋里威胁恐吓了吧？）

医生：没。主任看到我手机桌面了。

（你故意的吧。）

医生：怎么会，我这么和蔼可亲的人～

（……）

我和顾魏渐渐摸索出了适合彼此的节奏和生活方式，周一到周五，他来一次学校，夜班那天，我去医院送饭，周末一起，逛逛超市，做做饭，聊聊天，偶尔也出去走走。都不是偏爱热闹的人，一整个下午，同一个空间里两个人安安静静地各忙各的，也渐渐有了相濡以沫的味道。

印玺说，朋友，就是不说话也不会觉得尴尬，伴侣，就是一辈子不说话也不会过不下去。

如果说最初的倾心像一颗种子，那么我和顾魏之间虽然没有生出藤蔓般妖娆的缱绻，倒像棵香樟，一天天抽芽，长高，逐渐枝繁叶茂。

五月下旬，天还没完全热起来，三三约我去逛街。经过一家男装店的时候看到一件衬衫，丁香绿的颜色很漂亮，就走了进去。

等我和营业员描述完身高尺寸转过身，三三双手环胸看着我一脸的高深莫测。

"顾魏……没有这个颜色的衬衫。"

等我付完钱接过纸袋出了店门，三三挽住我胳膊："你们认真的。"

我："啊。"你都用肯定语气了。

三三："多认真？"

我想了想："会一直走下去的吧。"

三三皱眉："你妈不是不喜欢医生吗？"

我耸肩："所以她没嫁个医生啊。"

"你严肃一点。"三三有些烦躁地捋捋头发，"女性对于医生这个职业，普遍很有好感。你……表嫂那前车之鉴，血淋淋的还没干呢啊。"

表嫂和表哥是大学校友，一个学新传一个学医，各自不乏追求者，但两人心若磐石，熬过了读书熬过了分配熬过了工作，恋情一路顺利，双方工作稳定已经论及婚嫁的某一天，表嫂被堵在了办公楼大厅。对方自报家门，是表哥同院的护士，说二人情谊甚笃已私定终身云云。表嫂自小与人为善的好教养没有发难，对方却一巴掌甩到了她脸上，连带甩过来的还有一件男士贴身衣物。

我知道这件事的时候，表哥已经因为医院和稀泥的行为，准备交辞职报告了。姨妈无论怎么劝都奈何不了他的倔脾气，才想让我去劝一劝。我当时完全想象不了这么狗血的事情会发生在自家人身上，表哥虽然是善舞长袖的性格，但是对不起表嫂的事是绝对不会做的。我直接杀去医院问他，表嫂人呢？表哥一脸消沉，人在Z市出差。我说，那你就去Z市，追不上你就别回来了。

后来发生的事，表哥表嫂都讳莫如深，从Z市回来没多久，两人就领了结婚证。至于那个护士，据说家中有关系，院方最后调她去了分院，不了了之。

我看着一脸严肃的三三，试图活跃气氛："这种事，发生的概率不可能高到我们家中标两次吧？"

三三："那要是你们一路走到最后，被长辈一票否决呢？"

"顾魏是顾魏，除了医生这个职业，他还有很多很多。何况，我妈有个当医生的亲外甥，不至于反感这个职业。以后的路，是我们两个人走。顾魏，不会让我碰到那种事的。"他是那么一个懂得拿捏分寸的人，那么让我放心。

三三看着我，失笑："唉唉，吾家有女初长成。你喜欢上他什么了对他那么死心塌地？"

我想了想："啊，他炒菜的样子特别好看啊。"

医生批阅：原来还有这么一回事。

（你们一个个的招蜂引蝶。）

顾魏其人，需要细品。慢慢地，就能体味到诸多好处。

比如，他无敌的好耐性；比如，他会尊重你的所有爱好；比如，他的手冬天也很暖和；比如，他即使不看着你，都能有种温柔……

比如我们不用追求小资情调在星巴克之类的地方解决下午茶。

顾魏说："星巴克？我更愿意去永和喝豆浆。"

甚合我意。

我曾经因为在星巴克想喝水被三三鄙视了很久很久。这不能怪我，我高三的时候把咖啡当水喝照样犯困，从那之后对各种咖啡敬而远之。而顾魏，他从小学起就开始跟着他父亲喝茶了……

我这人没什么口腹之欲，从来没经历过吃了午饭就开始想晚饭吃什么的日子。和朋友同学聚餐，我一般不点菜，一是不知道点什么，二是怕点了影响别人情绪。

三三曾经抱怨过："灭绝，我总觉得跟你吃饭像戒斋。"

我塞住她嘴巴："我妈喂了你那么多乌骨鸡汤也没把你的品味调上来，炸鸡你还能吃得这么带劲。"

两天没沾到荤就开始眼放绿光的小草非常不理解我怎么在连着吃了一个礼拜的"纯绿色植物"后还能活着。对此，我很无语，吃饭而已，为什么弄得跟做任务似的那么兴师动众呢？

所以当我和顾魏确立恋爱关系后不久，他把我带进西餐厅，看到我把牛排上配的西兰花全吃掉，牛排只动了三分之一的时候，给我又加了一盘水果沙拉，从那以后再没在西餐厅吃过饭。多么聪明体贴的男人啊。

顾魏知道很多味道很好的私房菜馆。我一直很好奇他是怎么找到那些偏僻的甚至有些稀奇古怪的地方。他的回答是"酒香不怕巷子深"。

在电影院，周围都是爆米花可乐奶茶，顾魏端着玉米汁和蛋糕的时候，我每次都特想亲他一口。

顾魏的手艺比我好，所以两个人的时候都是他主厨我打下手。他非常严肃地对我说："你必须每天都摄入脂肪。"

我很无奈："我又不是素食主义者，你做得好好的，我干吗不吃……"

我被他喂了多少黑鱼和猪蹄啊……

三三最近见我总说："小妮子皮肤怎么越来越好了。"

我大笑："顾魏传染的。"

当然，世间没有完美的事物。如果说和顾魏在一起，最明显的好处是吃，那么最明显的不好之处就是睡。

其一，睡懒觉问题。别的医生怎样我不知道，但是顾魏的生活观，非常健康。他的日常生活，不是那种刻意的严谨，而是看似悠哉，实则已经深入骨髓的规律化。他对时间游刃有余的感知力，总让我怀疑他上辈子是个钟表匠。我仔细观察过，顾魏睡觉从来不用闹铃，午睡 40 分钟，晚睡 7 个半小时，睡满时间就醒，正常情况下可以不用闹铃。

而我一向认为，没有懒觉的周末是不完整的。在知道我感冒，发烧，胃疼……睡一天就能好之后，顾魏对我的生理构造产生了极大的兴趣："成年之后还能睡得跟婴儿期一样……脑龄发育晚吧。"

实际上，小学毕业之后，我就没有过肆无忌惮从早睡到晚的生活。所谓懒觉，也无非是在不用六时三刻就爬起来的周末睡到自然醒，八点多……相对于周五通宵周六睡一天过得晨昏颠倒的三三，以及周末不到午饭时间不起床的小草，我觉得自己的自制力和生活规律性还是颇强的。但是这种在我看来无可厚非的小懒觉，在顾魏那里，就是浮云。他的小懒觉，比我还小，平时六点半起，周末七点……

于是，在顾魏没有特殊情况不需要加班而我也刚好在他那的周末，经常出现的情况就是，七点半——

"起床了。"

扭头，继续睡。

"太阳晒屁股了。"

翻个身，继续睡。

"再睡脑袋要睡扁了。"

脑袋钻到枕头下面，继续睡。

"起来吃早饭了，不然过点儿了。"

怒，掀被子，一把抱住对方的脖子："医生你再陪我躺会儿吧，就一小会儿。"脑袋往他肩窝一埋，眼睛一闭，手脚一缠——只有拉他下水，我才能无压力地继续睡。

顾魏："……"

最后……真的是一小会儿，八点被拎起来刷牙洗脸。

其二，低血压问题。我有点低血压，每次醒来都要躺一会儿才能醒透。于是这五分钟身体和意识脱节的"回神"时间就成了顾魏这个大龄巨婴的间歇性幼稚症发病时间。刮我眼睫毛，玩我手指头，戳我脸，编我头发，花样百出……

我看着他笑眯眯地自得其乐，真是一点脾气也没有：每个男人心里都住着一个孩子，我要母性母性母性母性……

我问："孩子，你在干吗？"

继续笑眯眯地戳我的脸。

"别戳了，脸已经够大的了。"

改戳耳垂……

"再戳我咬你。"

一张脸凑过来。

我叫没脾气我叫没脾气我叫没脾气……

其三，顾魏绝大部分时候是很稳重的，但是偶尔也会闹小情绪。

"医生，我要去趟安徽，系里组织旅游。"

"去几天？"

"五天。"

"然后回来放暑假，你回 Y 市。"

"嗯。"

顾魏撑着腮帮子，盯着电脑不作声。

过了两分钟，我觉得不对，气场不对。

"顾魏，你这是在闹情绪吗？"

"我表现得那么明显吗？"顾魏对着屏幕面无表情跟念咒一样，"平均一礼拜见三次面，一次两小时，一个月就是二十四个小时，等于一天。一年去掉寒暑假小长假三个月，还剩九个月——"

我打断他："顾魏——"

顾魏转过脸来："林之校你怎么每次走得都这么洒脱呢？"

我突然接不上话来。

顾魏扭回头去，继续默不作声地盯着屏幕。

我思考了半天，索性放弃思考："顾魏，我从来就不洒脱。"

这是我第一次这样郑重而用心地经营一份感情，希望它美好而长久。然而周围没有一个可以让我借鉴的榜样，我不知道怎样才算对才算合乎标准，只能慢慢琢磨。有时候我真希望自己会读心术，直接钻进他的心里，这样近了唯恐他热，远了唯恐他冷的滋味，实在太不好了。

顾魏叹了口气走过来："怎么就要哭了呢……"

"顾魏，你在前面走，我在后面跟着你，刀山火海我也跟，但是你总得告诉我是上刀山还是下火海吧。"

顾魏抬头望了望天花板："晚回 Y 市两天，陪陪我吧。"

"我准备推迟一礼拜的。"

"要么两个礼拜吧。"

"……"

我们的矛盾总是这样稀奇古怪地开始，再稀奇古怪地结束……

医生批阅：你刚睡醒那会儿比较像个包子，我就顺手戳戳。

（你见过这么苗条的包子！）

从黄山回到 X 市的时候，是下午五点多。我从学校出来，去了趟超市，回到医生公寓。给他发短信："忙不忙？"

没有反应，看来比较忙。我放下手机，专心对付手里的玉米。

煮熟，晾凉，剥粒，进搅拌机，然后发现，厨房的那箱特仑苏不见了……才一个星期不到，这家伙怎么干掉一箱的？

我纠结地开火，煮了把大豆，和玉米粒，老冰糖一起倒进豆浆机。

等到九阳欢快地转起来，手机才一震："还好，刚去病房转了一圈。"

"晚饭吃了没有。"

"吃了。不过不好吃。还带了一个苹果。"（先生，究竟我们俩谁更喜欢苹果啊……）

"我给你带了山核桃，还有墨子酥。"

"我饿了。"

我哈哈一笑，冲了个战斗澡出门，坐了四站路到医院。

推开办公室门，正背对着我敲键盘的医生扭过头来，眼睛睁得是平时的 120%。

我趴到他背上，温暖干燥的指尖，干净的白大褂上，领口有淡淡的洗衣皂味，混合在一起就是我的医生。

他看着我，眼睛眨了又眨。唉，一个男人是怎么做到腹黑和天然呆干一身的？

我笑："你傻了？"

"五天是指包括来回路上的时间啊。"理科男对于数字总有种下意识的执着。

我把玉米汁和墨子酥饼往他桌上一放："这不卡着点回来饲养你呢。"

我正准备伸手调戏医生，他对面的桌子后面钻出来一个人——B 主任。

我僵立当场。眼前突然冒出这么一个大活人，我没心理准备……

B 主任的目光在我和医生之间转悠了两圈，嘿嘿笑了："鞋带松了。"

我和 B 主任很熟，非常熟，他是林老师的主治医师。我脑子里飞快地转：我得解释一下，我得解释一下，我得解释一下……解释个毛线啊！自由恋爱的情侣送个爱心夜宵有什么好解释的！

然后我蹦出的第一句话是："主任，吃酥饼。"囧……

主任呵呵笑了两声："不打扰你们了，我先回去了。"然后迅速搜罗东西，出去的时候还体贴地把门关上了。

我一路目送他离开，转过头，医生捧着杯子盯着我笑："你脸红什么？"

"很尴尬啊……"

"那你以后见我爸妈准备尴尬成什么样？"

我觉得他大脑构造异常，恼道："专心喝你的！"

"你换了一家买的？"

"没加奶是吧？我没找到那箱特仑苏，你全喝掉了？"

医生愣了一下，看看杯子再看看我："你——"

"我买了台豆浆机放你公寓了。没牛奶我加的大豆，你就当试验吧。"

医生慢慢喝完，环住我的腰，脸贴在我的腹部，呼出的气息温热熨帖。他低低喊了声："唉，校校。"

我的心里一片柔软。

然而，计划赶不上变化，我在 X 市一天也没逗留成功。还在帮小草整理行李箱，手机已经欢脱地响起来："校校，你嫂子要生了！已经进待产室了！"

我拎了笔记本，行李都没收拾就奔着车站去了。

路上给医生打电话。

"医生，我嫂子要生了。"我身负"血库"重责。

"……"医生连叹气都懒得叹气了，"路上注意安全。"

二零一零年的夏至，表嫂顺利诞下小庚，七斤二两。

我给医生打电话："顾魏，我当姑姑了。"

"恭喜。"

"同喜同喜。"

挂了电话，恍然发觉，我刚才好像有什么话说得不对劲……

小庚完全袭承了表嫂安静的性格，吃了睡，睡了吃，偶尔醒着眼睛轱辘轱辘转两圈，一旁的表哥兴奋地说"来，儿子，亮一嗓子。"小庚完全无视他，闭上眼睛继续游姑苏了。

表哥："你这样不哭不闹，乖得让我很惶恐啊。"

众人："……"

表嫂出院回家后，我返回 X 市。事先没告诉医生，打算给他一个惊喜。结果事实证明，我果然不是女主的命。到了公寓，医生不在，我钥匙忘了带。

认命地摸出手机发短信："医生，你在做什么？"

一个电话很快追过来。

"校校，你……在哪？"带着不太确信的语气。

我百思不得其解，自己刚才那条短信究竟是哪里暴露了？

"你现在在哪？"电话那头的语气有点急。

"你公寓门口。我忘带钥匙了。"

"我在路上。还有大约一刻钟。"说完，电话就断了。

接下来的一刻钟里，电梯一响，我就歪着头看，闷热的天气，等得百无聊赖。等所有羞涩激动的心情已经磨蚀得荡然无存的时候，医生到了。

"你怎么……"

"想你了。"我抹着脑袋上的汗，"医生，我快脱水了。"

一进门，喝了半杯水，我就进了卫生间，洗脸。满满一池水，脸埋进去，瞬间起了一身鸡皮疙瘩，满脸水滴地抬起头，医生站在我身边。

我刚准备调戏一句"是不是很出水芙蓉？"，他已经上来揽住我的腰，脸放大放大再放大……

初，初，初，初，吻，吻，吻，吻，我觉得我快疯了……热疯了……

医生指尖滑过我的脸："你要不要再洗个脸？"滚烫。

我勾住他的脖子："你吻完了？"

医生："没……"

十分钟后，我冲着澡，笑眯眯地听着医生在外面叮叮当当地收拾。

刚才我说："如果我马上还要洗个澡，你是不是就——"

医生无力地扶额："林之校你离我远一点！"然后，红着一张脸出去了。

能成功地调戏到他，是多么有难度的一件事啊！

医生敲门："好了没有？"

"干吗？你要进来？"

"……"

我洗好澡出来，医生把我的手机递过来，两个未接电话，我拨回去。

娘亲："你的钥匙没带，你怎么回宿舍？"

我："在宿管那押身份证。"

娘亲："今天晚上回来吗？"

我："不了，我再待两天。"

娘亲："干吗？陪男朋友？"

我和医生同时惊了。

娘亲："开个玩笑你紧张什么？"

"妈，"我决定主动捅破窗户纸免得被东窗事发，"我谈恋爱了。"

"……"电话那头歇了三秒，"开玩笑呢吧你？"

医生扭过头，很不厚道地笑了。为什么明明压力很大的事，会突然变得这么有喜感。

"真的。有一阵子了。"

"人怎么样？"

"我觉得挺好，目前还在考察中。"

娘亲一副过来人的口吻："男人，别的都可以不重要，但是一，要对你好，二，品性要好。"

我瞥了一眼旁听的医生："品性要怎么观测？"

娘亲："所谓醉酒观其性。找机会把他灌醉。"

我囧："他醉了，那我岂不是很危险……"

娘亲："谁让你私下灌他了。同学同事聚餐的时候。"

我："他跟我——不是一个领域的，聚餐聚不到一起。"

娘亲："你到底找了个什么？！"

我大汗：“好人！大好青年！您肯定喜欢！”

娘亲：“你自己先全方位考量确认没什么问题了，再带回来我们把把关。”

然后就利落地挂断了。

医生终于憋不住了，在我旁边笑出声。

十秒钟之后，手机又响了。

“你晚上住到萧珊那里去。”

“啊？”

“我会查岗的。”

然后又利落地挂断了。

医生笑不出来了。

路人甲说过：男人最怕的，是丈母娘，最讨厌的，是闺蜜。这群雌性生物一切行为的出发点，就是为了让已经很多舛的恋情变得更加多舛。

我刚到宿舍里把假期要用的东西收拾好，就接到了三三的电话。

“位置。”

“学校。宿舍。”

“带顾医生来见见亲友团吧。我们在 XX 路必胜客。”

“你……们？”

“还有印玺金石两口子。”

“我能不去吗？”

“你是想长痛不如短痛呢还是——”

我立刻：“去。”

半个小时后，我和顾魏坐北朝南，沐浴着探照灯一样的阳光，接受对面三个人的检视。

印玺笑得很是温柔：“喝什么？”

我：“姐姐，你这样我不适应……喝不下去，有话直说吧。”

顾魏抿嘴笑了笑：“两杯热巧克力。”右手轻轻贴上我的后腰。

接下来的四十分钟里，顾魏应对自如，我基本就是个摆设，除了闷头吃，就是闷头吃，完全无视三三已经快要抽筋的眼角。

印玺到最后一副了了心愿的家姐模样：“校校别的事情上聪明，自己的事情上糊涂，以后你多操心了。”

顾魏：“放心。”

金石完全倒戈：“多来 Y 市走动走动，叔叔阿姨那关不好过。”

顾魏：“年内会上门拜访的。”

三三：“晚上干妈问起来，我就说她住宿舍了。”

顾魏难得卡壳了一下：“麻烦你了……”

回顾魏公寓的路上，我手机的短信一条接一条地跳进来——

“你刚从埃塞俄比亚回来么？就知道吃！你们发展到哪一步了？医生那个眼神

呦……"三三。

"此君靠谱，鉴定完毕。"印玺。

"可以开始和家里透透口风了。早做打算。"金石。

医生批阅：还是男人理解男人。

给得起信任，便经得起波澜。

　　2010 年的七月，对于我和顾魏来说，就是一道分水岭。之前的日子，就是过山车的前二十秒，慢慢爬坡，之后的日子，风波迭起。

　　我逗留在顾魏那里的第三天，周末，他被陈医生喊去医院找份资料，剩我一个人在公寓试验从娘亲那里新学来的山药瘦肉汤。正刨山药皮刨得一手黏液，门铃响了，我以为是顾魏，毫无心理准备地去开门——

　　"……"

　　"……"

　　对方微笑："林之校吧。我是顾魏的妈妈。"

　　"阿姨好。"

　　我觉得我的大脑跟锅里的水一样，沸腾了……

　　为什么我披头散发为什么我套着顾魏的 t 恤为什么我满手黏液为什么我完全没得到消息啊啊啊！

　　医生娘："刚好他爸到附近办点事，我就过来看看。在做什么汤？"

　　"山药，西红柿，瘦肉丁。夏天喝比较开胃。"

　　医生娘微笑着点点头，把购物袋里的东西一样一样地拿出来放好。我手摸进口袋，飞快地按下顾魏的快拨键之后，便力作淡定地继续刨我的山药。

　　半个多小时之后，顾魏开门："妈，您怎么来了。"

　　医生娘："你还真是卡着点回来吃饭。"

　　顾魏笑："啊，校校在啊。"

　　"啧，"医生娘轻轻打了下他的肩膀，转过身看着我笑道，"校校，你不要惯着他。"

　　我："不会……"

　　顾魏换了拖鞋掀开电饭煲盖："妈，你中午和我们一起吃吗？"

　　"不了，我和你爸回去还有事。"医生娘转向我，"校校有时间来家里吃饭。"

　　顾魏捏了捏我的手，我乖巧地点头。

　　大门关上之后，我靠在墙上长长地呼了一口气。顾魏伸手贴了贴我的脸："紧张了？"

　　"我已脱离紧张了……"

　　吃饭的时候，我问起顾魏父母的职业。

　　"我爸也是医生，我妈是老师。"

"老师？"对此我颇为诧异，"我奶奶也是老师，怎么和你妈妈风格相差那么大。"老太太比较犀利，而医生娘明显温婉了许多。

"教的专业不一样吧。你奶奶教什么？"

"魏晋南北朝文学。"

"哦，我妈教临床麻醉。"

"……"我扶额，"你其实可以直接告诉我你们一家三口都是医生的！"

一个麻醉，一个心胸外科，一个胃肠肿瘤外科。

"顾魏——"我咽了咽口水，"你们家配合一下，可以把人从上开到下了……吧？"

顾魏笑得无比温柔："啊，所以你要乖一点。"

不带这么恐吓的！！！

八月初，我从Y市返回X市，和小草一起跟项目，在外面跑了三个礼拜。回来之后，顾魏看到我们的第一句话："这个天，果真骄阳似火啊。"

小草："我现在看到比我白的男人，都有种除之而后快的心情！"她把我塞进顾魏的车，就头也不回地回宿舍敷面膜了。

车子开出去十分钟，我才发觉："这是去哪儿？"

顾魏："见公婆。"

我："什么！"不带这么玩的！

我开始打商量："医生，我，我没准备东西，空手上门拜访，是个礼貌的。"

顾魏瞥了我一眼："你想准备什么？"

"……"大脑一片空白，"呃，你等我想一想，等想好了之后——"

"没事，路上有五十分钟，你慢慢想。"

"……"这个男人什么时候变得这么难搞了！

最后，我无比纠结地被顾魏挟持回家，手里拎着一个硕大的果篮，以及一盒醉虾。

在经过之前医生娘的突然造访之后，当我发现家里除了医生爹医生娘，还有医生爷爷和医生奶奶的时候，已经完全宠辱不惊了……

"爷爷，校校买了您和奶奶最喜欢的那家醉虾。"

是你买的吧……

医生娘接过果篮："快进来吧。"轻轻拍了拍我的胳膊，"晒黑了。"

顾魏笑："没事，她白起来快得很，下回过来您就看不出来了。"

我："……"

顾魏的外貌袭承了爷爷奶奶的优点，性格则是父母的有机中和，我一边感慨这厮实在是会遗传，一边陪着爷爷杀了盘象棋。最后我和顾魏联手，才险险逼和。

我长长呼了一口气："如果不是我们占先手，肯定没这么幸运。"

爷爷大笑："下得不错下得不错。你们俩之前对过没有？"

顾魏笑："她在我们家的第一盘棋，是留给爷爷了。"

爷爷满意地挥手："吃饭吃饭，不要把小姑娘饿着了。"

众人起身去饭厅，我和顾魏走在最后，互相看了一眼，我摊开手掌，一手心的汗。

吃完饭，一家人坐在一起聊天。顾魏把我扔在爷爷奶奶旁边，悠哉地作壁上观（先生，你怎么就这么淡定呢？），我终于体会到那天他独战金、印、萧的忐忑。好在长辈问的都是些常规的学习工作，应对得还算自如。

之后，医生娘端来果盘。我削苹果，顾魏就在旁边盯着看。

奶奶："小北看什么呢？"

顾魏抿嘴笑："我在学习怎样把果皮削成半透明。"

奶奶笑："姑娘家手巧。"

我脸红了……削苹果皮的故事……

分完了苹果，我回头看见他眼巴巴的表情，塞了一牙到他嘴里。

"我还想吃柚子。"某人继续要求。

我拿起一只葡萄柚继续剥，看见他笑得眼里波光流转。

一旁的医生娘开口了："校校你不要惯着他，让他自己弄。"

"……"我看着手里已经剥了一半的柚子，"还是我来吧。"

我去厨房洗手的时候，听到医生爹的声音："还给你惯出毛病来了。"

医生批阅： 我哪里有那么心机深重。

（那你就是太爱我了）

医生：姑娘家矜持一点……

见家长能见得这样顺利，我觉得有些意外，用表哥的话说，顺利得让我很惶恐啊。

如果说，之前我和医生是两个人并肩而立，那么见家长则标志着我们开始完全入侵对方的生活体系。我的称呼瞬间从名字飙升到"嫂子""弟妹""师娘""顾魏媳妇"……

自从被顾魏拎去参加了一次聚会，一去到医院必遭调戏。陈聪医生每次见到我都特别欢脱地"弟妹，弟妹"，护士长明明之前都喊我小林的，那天突然冒了句"顾魏家的，给他拿生姜冰糖炖点梨。"

站在办公室门口的顾魏同志，戴着口罩对着我眨眼睛眨得特别无辜。

我："怎么突然感冒了？"

下班的陈聪从我身旁走过："相——思——"

九月下旬，顾魏意外迎来了一个手术高峰期，我实验排得满。于是两个见不上面的人，在恋爱一年后，迎来了短信密集期。

顾魏把我那些无厘头的短信都留了下来，据他描述，他的手机就像个杂货铺。

"刚才在三食堂，一留学生打的快餐里有不明物体，遂操着一口扭曲的中文与打菜师傅理论，结果还没说完，师傅惊为天人地爆了一句 So What？！"

"医生，你天天在手术台上……回家做荤菜不会有违和感吗？"

"那么多艺术家都是死了之后才身价暴增，我们死了之后……可以捐献器官。其实按黑市价格算，真比我现在值钱。"

我对医生向来想到什么说什么，好在数量不多。然后会在类似下午三点，晚上七点这种完全无迹可寻的时间接到他的电话。

电话内容也很简单：

"在做什么？"

"导师办公室……"

"……"

然后，就挂了。基本都是这么短的对话。

尽管如此，医生仍旧说，见不到面听听声音也好。

九月底的一天，医生打电话来。

"你什么时候回家？"

"怎么？你不是要代 XXX 值班吗？"

"不用了，他本来打算十一订婚，现在直接结婚，请婚假。"

"……"这样也行。

"我三十号夜班，一号上午交完班放假，三号值班。"

"那我三号回家。"

"一号晚上我是伴郎。"

"……"

于是十月一号中午在人满为患的商场为医生挑了条领带之后，我们打包了食物直奔公寓。

吃完饭他冲了澡趴床上补觉，我把他换下来的脏衣服扔进洗衣机，洗了盘水果，就抱着他的笔记本上网，戴着耳机一边听音乐一边做翻译。

由于医生一向行动无声，我又比较专注，一直等我被扑倒才意识到，自己被偷袭了。

说不紧张是假的，毕竟不是真的老夫老妻，虽然之前也亲一下抱一下，但大多数还是很清水的，现在整个人埋在他身下，我大脑控制不住地秀逗，往外冒感叹号问号省略号。

原来一米八躺下来这么长……

这算不算小别胜新婚？……

实践是检验真理的唯一标准……

咱俩肋骨硌上了！！

医生并没有像小言男主那样深情地望着我然后一个法式长吻，他只是扑倒，调整姿势，脑袋埋在我颈窝里，然后，不动了……

我在心跳过速之前，用手指戳了戳他："嗯——"

医生："嗯。"

我戳完的手不知道放哪，就那么悬在半空中。

过了一会儿，他抬起头，看到我悬着的右胳膊，抿了抿嘴角，捞到身侧一放，继续睡……

于是我……也就这么跟着睡着了……

等我一觉醒来，已经是下午两点半。身上盖着薄毯，医生坐在旁边的地板上，听我的音乐，翻我的文献。

他盘着腿，表情安静，敲了大半行，想想，删几个字，再敲。

我心里有种说不出的松软，伸手揉揉他的头发："这么好一青年能单到三十，实在是个奇迹。"

医生摘了耳机过来咬我。我发现这厮平日里一副正人君子的模样，其实也是一条狼。

我知道医生大学一直练太极，于是心血来潮抓住他手腕一折，扣到他身后，往上一推。一分钟后，医生借助狭小的空间和身高腿长的优势把我扣在身下："哪儿学的？"

"小时候跟院里的哥哥们学的。"我试图反击，奈何被他扣得死死的。

"快三点了，我们要在五点前赶到饭店。"

我一把把他推起来："速度！你的西装呢？"

医生平时白大褂里面都是休闲装，所以当我看见他扣上衬衫袖扣，穿上熨好的西装后，心里大叹"捡到宝了，真的捡到宝了。"

娘亲说，正装是最能检测一个人身材比例硬伤以及个人气场的着装。医生没有八块腹肌，但是胜在骨架匀称修长，平时注意锻炼身上没有赘肉……哎～我就喜欢腿长的。我一边喜滋滋地给他打领带，一边庆幸医院一般没什么穿正装的机会。

"傻笑什么？"

"我挑的领带漂亮啊。"宝石蓝多衬皮肤啊。

"不应该是打红色的？"

"打红色你是打算去抢亲呢吧？"我拿开他搭在我腰上的手，"我要去变身了。"从包里抽出一个纸袋，在他不解的眼神里闪进卫生间。啧，医生穿得这么妖孽，我无论如何不能牛仔裤加 T 恤啊。我再次感慨娘亲的目光多么具有前瞻性，开学的时候我还觉得她往我的行李箱里加了件小礼服实在是多此一举。素皱缎的无袖连衣裙，白底，复古的花纹，亲妈就是亲妈啊～

化妆是个技术活，我不在行，敷了张面膜了事。正在梳头发的时候，门外传来医生的声音："你没事吧？"

我环顾了一下四周，简单得不能再简单的卫生间，除了喝他的须后水中毒，我实在想不出还能怎么"有事"。头发盘好之后，我看着手里有点复杂的发梳为难，推开门，对着阳台上晾衣服的人喊："帮个忙。"

医生转过身来，愣了一下，慢慢走过来。

我清清嗓子，故作镇定："还不错吧？"晃了下手里的发梳，"我看不见后面，帮我别一下。"往他手里一放，背过身。

医生慢慢把发梳插进盘好的头发里，理了理周围的头发，然后在我的后脖子上，轻轻落了一个吻。

我们到酒店的时候，新郎正陪着新娘在化妆间补妆。新郎翟杰之前聚餐的时候见过，算起来和我是校友，新娘子在药剂科工作。

新郎调侃："唉，找顾魏当伴郎实在是砸自己的招牌。到时候别人拍张照片传到网上——看到伴郎，新娘后悔了……"

一旁盘头的新娘抿嘴笑笑没有说话，只是上上下下把我打量了两遍。

顾魏一会儿要同新人一起去门口迎宾，我就出了化妆室去大厅帮陈聪一起摆喜糖。

"弟妹，什么时候喝你们的喜酒？"

我抬头看看花团锦簇的大厅，好像从来没思考过这个问题。

"可以开始考虑考虑了。"陈聪笑道，"这么好的小伙子，抓紧时间，免得夜长梦多。"

我笑了笑，突然觉得有些怪怪的。

我坐的这桌有一半是顾魏他们科的，免不了被调侃两句，众人正聊得欢，大厅的光线突然暗了下来，司仪上台。我下意识地向门口望了一眼，只看到顾魏匆匆消失的侧影。等到新郎新娘上了台，顾魏才从台侧小门出来，立在暗处。

身旁的陈聪突然"啧"了一声，蹙了下眉，我顺着他的目光看去，一个女士跟在顾魏后面出来，应该是伴娘，与他并肩而立。

顾魏的目光远远地向我们这边扫来，晃了一圈，又面无表情地转回了舞台上。

我低声问陈聪："怎么了？"

他和护士长对视了一眼，淡淡地摇摇头，"没事。"

舞台上新郎新娘正在众人的欢呼声中互表忠心，舞台下的阴影里，顾魏颔着下巴，嘴巴抿起，脸上被灯光打得忽明忽暗看不清表情。我没来由地觉得有些不对劲。这种不对劲在新郎新娘敬酒敬到我们这桌的时候尤其明显。

顾魏明显喝了酒，眼睛水汪汪的。陈聪和翟杰两家父母本就熟识，新人一过来，就被他拦住："到了这桌，你喝一杯就走，说得过去吗？"

翟杰看了我一眼，对陈聪笑道："你想怎么喝？"

我正奇怪这新郎怎么这么听话，顾魏不动声色地站到我旁边。

我看着他变红的耳朵，微微偏过头在他耳边小声问："有没有先吃点东西垫垫胃？"

顾魏夹起我碗里的半块南瓜饼放进嘴里："没有。"

他趁着陈聪劝酒的时候，把我碗里的东西全部清光。

"嘿，伴郎干吗呢？"斜对面一个面色很白的人叫道。

顾魏走回新郎身边。

"这擅离岗位的伴郎，应该罚酒的啊。"白面君不依不饶。

"行了，你们别闹他了，他已经喝得够多的了。"

"唉哟，伴娘心疼了。"

顾魏的脸冷了下来。陈聪看了对面一眼："擅离岗位轮得到你罚吗？"

白面君立刻消音。

我突然间，看出了些门道来。偏过头看顾魏他们离开，却正对上了伴娘的目光。最终只是礼貌地笑了笑，回过头来继续吃。

陈聪夹了只螃蟹到我碗里："弟妹，多吃点，晚上你还要照顾顾魏。"

新人敬完最后一桌，顾魏不见了。我刚摸出手机，他的电话就打了进来："我在车里歇会儿，有点晕。"

我看到翟杰夫妇已经落座主桌陪着长辈用餐，便出了大厅往停车场去。

顾魏闭着眼睛斜靠在后座，我从另一边上车，伸手贴贴他脸："顾魏？"

顾魏"嗯"了一声，环住我腰，整个人倚靠在我身上。

很重的啊！

"顾魏，你醉了吧？"

"……"

"你这个姿势，不难受吗？"

"我心口烫……"

心口烫，心口烫我又不是冰块！

休息了估计有二十分钟，顾魏手机响了："伴郎，准备回来送客了~"

等送走所有的客人，处理好大厅所有的事，已经近十点了。

伴娘走过来："这么晚了就别回去了，这边房间都订好了。"

"不了。"顾魏向来是不喜欢住外面的，握着我的手腕跟翟杰夫妇打招呼，"我们先回去了。"

新娘："那高浠你怎么说？"

伴娘："我搭顾魏的车回去。"

看着眼前这个混乱的局面，我无奈地插话："顾魏，我也喝酒了，不能开车。"

顾魏蹙了蹙眉："老翟，我们的房间号多少？"接过房卡就拽着我往电梯走。

电梯里，三个人皆不出声，气氛沉默得有些怪异。

我的目光在镜子里和高浠不可避免地碰上，她面无表情，只是直直地看着我。

一到楼层，出了电梯，顾魏问："谁跟你喝的酒？"

"白面君，说要和我认识一下。陈聪怎么拦都没拦住。"

顾魏皱皱眉："下次别理他。"

身后有浅微的脚步声，我蓦地回头，意外地看见高浠越过我们，刷开了隔壁房间的门。

进了房间，顾魏冲了澡，没有干净衣服换，加上晚上没吃什么东西，躺在床上翻来覆去。我捞过毯子盖在他身上："我去旁边的便利店里给你买点酸奶。"

十分钟后回到酒店，却看到高浠站在我们房间门口。

她偏过头，看着我，表情自然："我来送点解酒药。"

顾魏没说话，接过我手里的袋子，表情淡淡地转身进屋。

高浠递过手里的小盒子："这个药他以前吃过，挺管用的。"

我接过，微笑地看向高浠："谢谢你。早点休息吧，今天都累了。"

关上门，顾魏正坐在床边，已经喝出了一圈奶胡子。我把手里的解酒药放在茶几上，想了想，终究什么也没说，进卫生间洗澡。

顾魏现年三十岁，三高五好，在我之前感情一片空白，连小说都写不出这么童话的桥段，我没必要为过去的事情矫情。

第二天，大家在餐厅一起用早餐。顾魏过去盛新出来的小米粥，高浠看了我一眼，起身跟了过去。翟杰的表情有些尴尬，我继续假装专心地吃饭，却仍是在余光扫见高浠手抚上顾魏胳膊的时候，心里一刺。

吃完饭，向翟杰夫妇以及双方长辈告辞，我和顾魏离开酒店，高浠随车一同返回。车里的气氛有点闷，我坐在副驾驶上，看窗外行道树一棵棵滑过。

下立交的时候，后排的高浠轻声说："顾魏，你开慢一点。"

"嗯。"

过了三个红绿灯。

顾魏开口："还在那个丁字路口下么？"

"对。"

高浠下车后，我们都没有说话，车里安静得只有外面透进来的车流声。

车钻进隧道，四周暗了下来，我偏过头看了眼身旁开车的人，心里像被扎了一下，遂闭上眼睛。装睡我是好手，唯一一项连我妈都识破不了的生存技能。我闭着眼睛，把胸口那些酸胀麻疼的东西平息下去，准时地在公寓小区前一个路口"转醒"。

"醒了。"

"嗯。"

"累了？"

"嗯。"

我推门下车，慢慢往回走。

曾经我以为自己是个没什么占有欲的人，现在发觉，未尝不是没有，只是不够喜欢，所以不曾放在心上。现在面对顾魏，我虽不至于奢望他之前一片空白，却也突然间无比希望他的前女友住在另一个机构另一个城市另一片天地。

回到公寓，我冲完澡换了干净衣服，把自己往枕头里一埋，睡觉。

睡不着，听着卫生间里的水声，一阵阵地发呆。

直到顾魏从背后拥住我："校校……"

我闭上眼睛："睡觉。困。"

下午，两个人坐在沙发上，他看电视，我上 CNKI。

"在看什么？"

"岩层破裂。"

这是两个小时内唯一的对话。

三点多，三三打来电话约我逛街，我看向顾魏，他撑着下巴盯着电视……上的广告，点了点头。

出门前，我想了想，还是走过去，亲了下顾魏的脸颊："我走了。"

他抬起头，握了握我的手腕："早点回来。"

所谓逛街，就是两个各怀心事的女人一人一杯饮料，在麦当劳里对坐着发呆。

我发觉这个画面有点诡异，是在隔壁桌一个年轻妈妈向我们行了 N 次注目礼之后。

我点点三三的手背："思春吗？"不然我实在想不到如此正气的人还能为什么发呆。

三三突然烦躁地抓了抓头发："一个男人，怎样才算——对你好得超出正常界限？"

我："你活到这个年纪来问这个问题——基本说明那个人对你已经超出一般界限了。

怎么？动心了？"

"谁动心了！"三三正色，"坚决不能被资本主义的糖衣炮弹所打倒！"（我们从小接受的都是怎样的教育啊……）

"啊——还是个有钱人。"

三三毒辣地看了我一眼："你出热恋期了？智商恢复了吗。"

轮到我烦躁地耙了耙头发："一个男人，怎样对待前女友……才算不超出正常界限？"

三三一下子精神了："余情未了？！"

我耸耸肩。高浠在我眼前的所作所为，无论如何都有失分寸了。

"对方我不管，也管不了。我现在只在乎顾魏的态度。"

三三一巴掌拍在我手背上："光长脑子不长心眼，都什么时候了你还豁达！一个医院里的你看不见的时间多了去了，不把她这心思给彻底灭干净了，你是准备未来若干年在你们家医生身边埋颗不定时炸弹么？！"

"灭干净了……也该是顾魏把她给灭干净了。"关键人物不是我，"对了，你那个超出界限的糖衣炮弹是怎么回事？"

三三："……"

我一开始真的是没想得太严重，主要是我想严重了也没用。但很快，我发现自己似乎想简单了。

十一长假后回到 X 市。论文项目一起上，一天去研究所向师姐要资料，回来的路上想到几天没见医生，就转车去了医院，陈聪告诉我，顾魏上门诊了。

这是我第一次去门诊大楼找他，已近五点，患者不多。我刚拐上楼梯，还没到他们科门诊室，就看到一男一女两个扎眼的白袍立在走廊最里面的尽头，一个低头一个抬头，离得很近。我的太阳穴抽了抽：公事交流，公事交流……

我立在候诊厅门口的样子，被正对着我的第一个办公室里的白面君看到，他晃出来，表情很是看好戏，低声道："来捉奸？"

我匪夷所思地看着眼前的人，顾魏和你有仇么？怎么能这么轻易地用上这个词？遂笑了笑："果然有那么一类人总是唯恐天下不乱，民间俗称——搅屎棍子。"无视他僵掉的脸，转身离开。

我把带来的野山栗放在顾魏桌上。陈聪笑道："你们两个要不要这么黏糊啊，啊？"

我笑笑，点头告辞。

二十分钟后，顾魏的电话打过来，大口喘着气："你人在哪？"

"回学校的公交上。"

两端沉默，我揉揉太阳穴："顾魏，有的事，我们两都先各自想想。先挂了。"

接下来的日子，实验楼——图书馆——导师办公室——宿舍连轴转，和顾魏的交流降低到每晚睡前的一句"晚安"。

进入十一月，天气一点点冷下来。期间三三来了两个电话旁敲侧击，都被我搪塞过去，终于，小草问出口："阿校，你没事吧？"

我把手里合订的地球物理学报翻得哗哗响："没事。"

下午和路人甲乙碰头的时候，手机响了。

"我们谈谈。"

"在开会。"

甲乙草三人面面相觑。

"那你先忙。"他挂断。

两个小时后，电话又响了。

我清清嗓子："我这边还没结束——"

"小草刚从我旁边过去。"

"……"

"林之校，一个多礼拜了。冤杀也不是你这么冤杀的。"越说越无奈的声音。

我拿着笔在纸上画来画去："我不知道该跟你说什么。"

"那就不说……"

"好的，拜拜。"我干脆利落地挂断。我是真的不知道从何说起，那么就姑且再鸵鸟一会儿。

二十分钟后，顾魏站在我身后。

我觉得这个人简直已经把 X 大摸得烂熟了，尤其在小草这个叛徒的帮助下。

他食指点点我手下的涂鸦，抬了抬卜巴："还有海南岛台湾岛。"

等我补上，他抽走："送给我了。"

我看着这个素来温柔的男人往我对面一坐，突然改走冷峻路线。

"我们是谈完了去吃饭，还是吃完饭慢慢谈？"

我拿笔敲敲草稿纸："那要看你说的故事是长——还是短了。"

顾魏扶扶眼镜："那你是想听前面的，还是后面的？"

我沉默了五秒钟："后面的。"

"同一家医院不同科室的同事关系。"他站起身，朝我伸出手，"走了，吃饭了。"

"完了？"

"不然呢？你还想有什么？"顾魏突然有些气急败坏，"我一个礼拜没踏踏实实吃饭了，我一个消化外科的总不能自己的消化系统出毛病吧？你倒是淡定，信不信我吃了你。"

我被绑去吃牛排，胆战心惊地看着顾魏一脸冰霜，餐刀划得餐盘吱吱响，想了想又失笑，觉得这真是场莫名其妙的无妄之灾。遂清了清嗓了："医生，你没觉得你很有流氓色彩？"

顾魏抬了抬眼皮，最终还是端过我的盘子，一边切一边忿忿道："我就是觉得我对你太绅士了！"

医生批阅：你真云淡风轻啊，跟风一样，高得就跟疯子一样。

（吵架很累，谈心更累的唉）

医生：你怎么没懒得吃懒得喝呢？

（吃饱喝好才有力气谈感情吗）

一整个晚上，顾魏都扣着我的手腕，没问我意见就直接押回了公寓。

路上，三三来短信："尘埃落定否？"

我看了看一旁闭目养神的顾魏，表情松散平和，要不是靠在座位上，实在是和坐禅无异。

遂回道："定。"

之前去他办公室那天，我刚要离开，被陈聪叫住："弟妹，有的事儿，当局者迷旁观者清。"

"我挺清的。但是就我一个人清没用啊。"被迫看戏，也是很痛苦的。

在一起这么长时间，顾魏的性格，不是会脚踩两条船的人。但是他对于高浠的纵容，不论是出于习惯，还是出于旧情分，都不是我所乐见的，而这些，只有他才能解决。所以我决定暂时撤离风暴圈，眼不见心不烦。至于顾魏，我相信他知道自己在干吗，就看他处理的效果如何了。

转回思绪，我戳戳顾魏的眼睫毛："这么困？"

顾魏低低地哼了一声。

"过年前手头的论文初稿要出来，项目那边也要多跑。"

顾魏睁开眼睛："我又得孤家寡人了？"

我赶紧顺毛："你是过来人，你懂的。"

顾魏出离愤怒了："你还真是放心！"

出离愤怒的医生，情绪起伏比较大。大的结果就是，这厮懂得要福利了。

晚上，狼变的人一口咬在我耳骨上："我怎么就找上你了呢？我怎么就找上你了呢！"

"明明我是受害者……"

"那我呢？嗯？你就那么直接走掉！"

这连本带利的，也不能一天就收掉啊。我鼻尖擦过他滚烫的锁骨，整个脑子都快烧成浆糊了，憋了半天憋出一句："医生，细水长流，方为真理。"

第二天早上起来，医生很是淡定："脸红什么？"

我悲愤地砸枕头过去："不准耍流氓！"

他去上班，我回学校，半路上被三三劫走。

隔着一杯热气腾腾的柚子茶，三三直勾勾地看着我，看得我发毛。

"我又不是赝品，你干吗这么看着我？"

"我早上六点打你电话你没接。"

正常人都不会接的好不好！糖衣炮弹的功力太深厚了，三三生物钟失常得厉害。

面对带着一对黑眼圈的三三，我完全牺牲了："亲，你需要咨询哪方面的具体问题？"

"天时地利人和，你们家医生居然没把你给办了？！"

我一脸黑线："这就是你要的正能量？"

"我需要劲爆的八卦来中和我的心情。"

我知道很多人好奇我和医生有没有……

"没有。"

三三一脸不能理解："你们俩谁有问题？"

这是个说来话长的问题。

医生么……他是个斯文人。（除了极其极其生气的时候，表现得比较难辨真假）

宋
牛
请
多
指
教

066

主要是，我要以"人一辈子就这么一个新婚之夜问题多着呢任务重着呢我不希望第二天在一屋子酒气里醒来！"为强大的借口，婚礼那天不让那群丧心病狂的白袍军队把医生灌倒！（三三：你这哪儿跟哪儿啊……）

　　以上撇开不说，平时我们隔着小半个 X 市，各住各的，理论上每周末可以相聚一次，可实际上要么他有事要么我有事，差不多两三个礼拜才能聚一次。（三三：对啊！所以更容易天雷勾动地火啊！）所以这么稀缺的夜晚，我们能踏踏实实地窝在一起说说贴心话，早早安心入睡就好了可以吗？！（三三：我还是觉得有问题。）

　　"好吧，似乎是有那么点问题。"

　　三三很严肃地对我说："医生别个是……"

　　我差点一杯开水泼过去。

　　"家长没见，名分还没定下来的痛苦，你不懂啊。"

　　三三切了一声："得瑟！"

　　世界上有什么事比你男友的前女友和他继续牵连更让你心烦？——她请你喝茶。

　　住院部大厅休息区，高浠递给我一瓶饮料："绿茶。顾魏身边的人饮食都比较健康。"

　　我接过，这是终于要短兵相接了吗？

　　"陈聪说，你还在读研。"

　　"嗯。"

　　"未来有什么打算？"

　　"能进研究所最好。"

　　"那家庭方面呢？"

　　"顺其自然。"

　　她扬扬眉，目光从窗外收回来："顾魏还像以前那样不懂浪漫吗？"

　　"我们两个人里面，更不懂浪漫的那个，可能是我。"

　　有点冷场……

　　"呵呵。"高浠笑得颇为兴味，"医生这个职业，外行很难理解。压力高，强度大，自由时间少——"突然变得尖锐，"但是喜欢医生的还是很多。毕竟职业稳定体面，如果再加上好的能力，前途，家世——"

　　真是神来一笔啊。你把顾魏当成了什么？

　　"高浠。"我觉得没有谈下去的必要，"你在顾魏那里说不通，你来说通我又有什么用呢？"我怎么可能舍得把他拱手相让。

　　我看着高浠有些僵硬的表情："过去的就让它过去吧。"

　　年少时你看得清浅，不知道自己错过了多么好的一个男人，现在才知道珍惜，已经迟了，因为他的人生已经继续上路了。

　　"谢谢你的茶。"我起身点头告辞，往门口走去，那里，顾魏已经拐出了电梯间，安静地等着我。

　　两个人并肩往前走，谁都没有说话。有时候我真弄不明白，顾魏这么聪明的脑子，看不出这时候需要点甜言蜜语吗？

到了十字路口等红绿灯，顾魏偏过头来，眼睛亮晶晶的，嘴角往上一翘，又迅速转回去，目视前方。他牵起我的手，绿灯亮了。

医生批阅：想得挺明白的啊，那会儿还折腾我。

第六章
拜见岳父大人

每个头回上门的小伙子，心里都有你不知道的忐忑。

2011 年的元旦，阳光很好，顾魏终于轮休，把我裹得严严实实拎出门，去看他和朋友踢足球。

到了地方，我有些意外。他牵住我的手："来，带你参观一下我的高中。"

门卫颇为熟识地拍拍他肩，就把我们放了进去。

放假期间，校园里零零散散的学生，有挽在一起嬉笑的，有打篮球打得一脑门子汗的，有站在走廊上晒着太阳背英语的，有聚在楼梯口一起争论答案选项的。

"那里，每次考试前都有人在那个雕塑上面贴求高分的纸条……"

"这个楼梯口，每次一下雪，第二天就结冰，走过去要特别注意……"

"篮球场现在扩建了，以前没这么多场地，每次班里跑步最快的先来抢位置……"

"食堂的早饭味道很不错，我一直好奇它在豆浆里加了什么，午饭就比较痛苦了，三年的菜基本都一个样……"

听他零星地回忆着高中生活，我突然很想看看，当年的顾魏是什么样子。是不是也穿着校服屁来跑去地大声说荤小或愁眉苦脸地抱怨试卷太难老师太变态。

"我每年都要来 X 市两趟，早知道就拐来这里看看……"我开始天马行空。

顾魏笑道："我上高中的时候你还在上小学呢。无论如何我也不可能对一个小朋友下手。"

下午三点，顾魏的朋友陆续到齐。被介绍为"我家属"的时候，我微微囧了一下。众人礼貌客气地打了招呼，脱了外套往草坪上热身，我留守在一堆衣服旁边。一群男人以为我听不见——

甲："顾魏你太不厚道了！就你有老婆啊！"

乙："你存心刺激我刚失恋是吧！"

丙："说！哪里骗来的？！"

丁："嫂子那还有资源没有？"

戊："今晚你请！必须的！"

我正想感慨男人三十也未必不幼稚的时候——

顾魏："你们稍微掩饰一下，羡慕嫉妒恨表现得太明显了。"

我……找了个最幼稚的。

那晚顾魏喝得很少，但是这厮双瞳剪水地坐在副驾驶上看着我的时候，我觉得我都快蛇行了。

"医生,你……没醉吧?" 我居然到现在都不知道他的酒量究竟是多少。

"你想我醉还是想我不醉?"

调戏!

我深呼吸:"把你的视线,转到窗户外边去!"

新年过后,我回到 X 市。

自上次和高浠挑明了之后,再在医院见到她,总觉得有种诡异感。现在这么执着,当初干吗去了?

我对医生的人品一向很信任,但是任谁知道自己男友和前女友天天相处,对方还贼心不死,心里能一点别扭都没有?即使红杏不出墙,天天有个人趴墙头一边砸墙一边伸手够,你心里也不痛快。

我决定向组织反映一下。

"医生,我是个懒得解释的人,你也是。但是有的时候,解释解释也是有必要的。"我搜索枯肠地想把我想说的话用正常的语言给组织出来,奈何我的语言细胞已经在高考考场上全体阵亡,"有的事,一方不方便问,如果另一方不主动解释,容易导致误会。"

医生:"你误会了?"

我:"没。"

医生:"那你什么不方便问?"理科生等量代换学得多么好。

"你和高浠。"

"哦。"应得这么痛快,然后没下文了……

"有个和你几墙之隔的人天天觊觎你,就像老有只苍蝇在飞,挥也挥不走,又不能用苍蝇拍打……"我突然觉得这个比喻极其不恰当。

医生沉默了半天:"我该和她说的都说了。"

我叹息:"就没有治标治本一步到位的方法吗?"

医生翻身压人:"有。"

"你干吗?"解我纽扣。

"一步到位。"

"你这是哪门子一步到位啊?!"

"嗯。"

嗯什么嗯啊!

"医生!!!"

"我们结婚吧。"顾魏看着我,"你也该给我个名分了。"

这是医生第一次提结婚,实在很乌龙。

但后续一点不乌龙。

三四两个月,医生和我的粘腻程度突飞猛进,在他整个四月几乎没轮休的情况下,我们差不多天天见面。他好兴致地把我学校食堂及附近算是招牌的食物全吃过了一遍。期间被小草、路人甲乙以及我们宿舍和隔壁宿舍敲诈了四顿。四顿,这个频率实在高得发指……

我也没少跑医院，医生的夜班明显增多，他对医院周边夜宵的伙食质量颇有微词，我带着各色食物去拉高他的夜宵水平。

虽然没挑破，但并不代表我感觉不到医生的"黏人"程度直线上升。我在一度怀疑"这会不会是回光返照？"被三三强烈鄙视之后，觉得双方既然都很享受，就保持着这种诡异的甜蜜吧。直到白面君做东邀大家聚餐那天。

席间，第二天要上班的是不能喝酒的，于是作为"家眷"的我就成了靶子，帮顾魏挡了两杯啤酒。兴头上大家说起小羽乌龙的相亲事件，白面君突然冒了句："你怎么不找顾魏呢？不是一天到晚老师长老师短的吗？"

小羽连忙摇头："不行不行，他脑子太好。"

一桌人哄笑。

突然，白面君端起一满杯的啤酒，冲着我道："我干了，你随意。"一下就见底了。

我不擅长喝酒，刚才连着两杯下去已经开始脸红头晕，无奈地看着这个连借口都不找的家伙，礼貌地笑笑："那我就随意了。"抿一口。

白面君："看来我诚意不够。"一杯又见底了。

我看着他这种喝法很纠结："我酒量不够。"再抿一口。

白面君："啤酒用什么酒量？"一杯又见底。

我玩味地看着他，要是换成白酒，这家伙还能这么自杀式地喝么？

于是摇摇头："我胃肠膀胱容积小。"不抿了。

白面君端起我的酒杯加满递过来："弟妹不给面子啊。"

明眼人都能看出来不对劲了，聊天声渐消，全都望向我们这边。

旁边的小羽下意识地拉我的袖子。对面的高浠，一边看着我们一边微笑地夹菜吃。我心头突然起了些烦于应付的恼意，正准备说话，面前的酒杯被端走。

顾魏心平气和地看向白面君："对我女朋友客气点。"

白面君："哪个女友？"

冷场了。真冷场了。在场没人作声。

顾魏把酒杯放在桌上，一手贴上我的后腰："对我未婚妻客气点。"

高浠的筷子"啪"地掉在了盘子上。

（三三：末梢神经故障啊？筷子哪那么容易掉？写小说啊！）

整个四月在顾魏的忙碌中很快过去，三十号中午，他开车来学校，我看到后排的礼品盒还有些反应不过来："你——"

顾魏："头回上门，要正式一点。"倾身帮我扣好安全带，笑意浅浅，"我调休了五天的假。"

我的第一反应，是不是要谢谢高浠？绝佳的反向催化剂……

医生批阅：就这没名没分的一年半。

出了市区，我往家里打电话。

"妈，我从学校出来了。那个……我带了人回家。"

"人？"

我妈抓的重点总是那么与众不同……

回 Y 市的路上，顾魏余光瞟了我一样："你不要紧张。"

"我没紧张。"

"你在绞手指头。"

"我爸妈应该，应该特别喜欢你，嗯，肯定喜欢，救死扶伤的大好青年。"我已经开始语无伦次了。

医生笑："我有心理准备。"

"准备？准备什么？"

"接受组织考验。"

"我爸妈还是很讲道理的，不耍流氓。"

下了高速进入市区，等红灯的时候，医生转过头慢声道："结婚终究是个复杂的事，你爸妈为你做任何考量，都是正常的。校校，能解决的问题都不是问题。"

家门口，我紧张又兴奋地摁响门铃。

林老师开的门，愣了三秒钟，第一句话："啊，顾医生好。"

医生笑眯眯："林老师好，身体恢复得怎么样？"

林老师笑眯眯："还不错，还不错。"

这是父亲见女儿男友的正常反应吗？难道不该是"好小子，就是你拐走了我女儿！"然后上下打量评估挑剔再来个下马威吗？

我居然是被医生，牵着，进了我家……

违和感太强烈了！

我在娘亲一声"发什么呆？换拖鞋"里回过神，医生已经把手里拎的东西转移到了林老师手里，两人热络寒暄。

我之前的紧张究竟是为哪般啊为哪般……

其实头回上门的女婿最紧张的不是丈母娘，而是老丈人。虽说现在到处是恶丈母娘伸手要房要车的报道，但是，我妈向来不耍流氓，金钱是搞不定的，所以——

"搞定老丈人变得极其重要，只要他和你同一战线，丈母娘就是纸老虎了。"医生。

我看了眼笑得无比端庄的钻石级纸老虎，心跳速率又上去了。

到家正好是午饭时间，双方寒暄过后洗手入席。

在此，我必须得描述一下我们家的餐桌。中式，长方形，宽一人座，长两人座，吃饭的时候，林老师坐宽边，我和医生面对面，医生在他左手，我在他右手，我的右手边是我妈。直到现在，我都觉得这是个灾难性的布局。

我们家没有给人夹菜的习惯，不过丝毫不影响我父母展现他们的热情好客。医生显得态度温文又得体，让我不住感慨这厮内心强大。反观我，面色平静，实则心里对他们集中在术后恢复话题上的互动完全摸不着底，最后飘忽的余光落到医生嘴唇，下意识地数他每口咀嚼的次数，我精神空虚地发现他基本每口都嚼十二次……

林老师胃小，吃完饭抽了张纸巾擦嘴，终于展现了他仅存的敏感以及惯有的迟钝："顾医生，你来 Y 市，旅游还是探亲？"

医生："嗯，都有。"

我妈估计被林老师这天外飞仙的问题雷到，下意识就去踢林老师的脚。

而我被医生话里有话的回答囧到，也下意识去踢医生的脚。

我妈和林老师之间隔着我……

我和医生之间隔着林老师……

很久之后，我们有一回说起当时桌下的情况——

林老师：谁踢我？还两次！

我妈：我踢第一下感觉不对，就再往那边踢了一点。

医生：我从侧面被格了一下，应该是林老师。然后我就把腿收起来了。

我：我踢到的到底是谁……

医生：你是打算踢我吗？

我：……

这件事到现在谁都没搞明白。

一顿饭自始至终，我都没怎么插上话，正在犹豫我是不是应该站起来振臂一呼"同志们听好了！医生就是我对象！你们给个痛快话吧！"的时候，门铃响了。

我一开门，三三进来："干爹干妈好！"然后，"哎？顾医生上门啦！"

我扶了扶额头，顾魏的名分，居然是三三第一个喊出来的……

众人冷场中，三三上来挽住我妈："丁妈，幼儿园的缪院长中风住院了，我们几个都是她带大的，想一起去看看。"

"我前阵子还见到的，怎么突然……"娘亲推推我，"你洗洗手赶快去吧。"

我就这么被三三拖了出来，留医生单独一个人面对二老。

去医院的路上，三三拍拍我肩："你妈什么反应？"

"问题就是她没反应。"我一直觉得我妈就是一女诸葛，拥有彪悍的智商，却没有淡定的性格，尤其在我的事上，马达全开，杀伤力太强。而她一贯的路线，爆发力度是随着酝酿时间呈几何级数增长的。

金石倒是一派平静的口吻："都要走这么一遭的。没事。"

由于医院探视时间有限制，我们并没有待多长时间，回到家的时候，父母正在午睡。我轻轻推开房间门，顾魏正站在书墙前，安静地端详着书架上的图册，手札，照片以及各种民俗小物。听到开门声，他转过头，笑得淡而温和。

午后的阳光里，我刹那有点恍神，想起一句歌词——

I've been waiting，

I've been searching

for a beautiful one like you.

"表情这么虔诚，许的什么愿？"他指着的书格上的一张照片。

那是十七岁的时候，在玉龙雪山上，我裹着一张大披肩，对着不知名的东巴木雕，闭着眼许愿。

我摇头："不记得了。"

他从背后将我揽进怀里，下巴磕在我头顶，默不作声。

我觉出些不对劲："怎么了？"

他摇了摇头，看着墙上被我画满各种标记的地图。

过了很久。他才慢声道："我从医，家人，朋友，大都是医生，所以我已经习惯了这样的生活。可能我没办法，在你三十五岁之前，陪你把剩下的十一个省走完。"

我握了握他的手："没关系的。"

"世界很大，生命有限，你希望等你有了另一半，他可以和你一起出去走走看看。"这是我手札扉页上的话，"校校，我很抱歉。"

我转身抱住他："那我就在你心里走，那里有个更大的世界。"

曾经，我想走过那些地方，是因为我知道自己拥有的太有限，不希望生命终了的时候心中空旷。现在，我和你一起，相携老去，即使没有遍走天涯，心中亦满溢。

医生说，这是他听我说过的最动听的情话。

吃完晚饭，医生被林老师引着去了客厅，我被娘亲扣在厨房间洗碗。

我竖起耳朵注意着客厅里的情况。

林老师："顾医生是哪里人？"

顾魏："我是 X 市人。"

林老师："这次放假放多长时间？"

"啪——"厨房移门被娘亲拉上，"多长时间了？"

我老实回答："林老师出院之后没多久。"

"发展到什么程度了？"

"发乎情，止乎礼。但是是奔着结婚去的。"

"两个人都这么想的？"

我看着娘亲："妈，顾魏不是个随便的人，他很早就想见你们了。"

客厅里——

林老师："我们校校，现在还小——顾医生有什么打算？"

顾魏："我希望二老能允许我和她一直走下去。婚姻大事，等到她毕业工作稳定之后。我尊重她的意见。"

医生批阅： 其实怎么可能不紧张。

（我基本没看出来。）

医生：林老师很减压。

（……）

晚上，三间卧室。我在中间，左边主卧，右边客房。

我趴在床上，竖着耳朵听，哪边都没动静，遂摸过手机发短信。

我：睡不着……

医生：数羊。

我：数羊也睡不着……

医生：我手边没安眠药。

我：你给睡不着的病人都开安眠药的？！

医生：严重的直接静脉注射。

我几乎可以想象得出他低头笑到睫毛遮住眼睛的坏样，于是我不淡定了，迅速跳下床，开门，左右环顾：三间卧室门都关着，客厅一片黑暗，甚好。

转到客房门口，一开门，我就惊艳了。

医生穿着墨绿色的睡衣，衬的皮肤羊脂玉一样，摘了眼镜，被子只盖到腰，整个人以标准的美人春睡图姿势侧卧在床上，左手撑着脑袋，右手拿着手机，脸上带着我想象的那种坏笑，看到我突然进去，表情有点呆。

我关上门，叉腰，一脸正气地做口型："顾魏同志，你怎么能这么淡定！"

顾魏坐起来："怎么了？"

我："你是来见老丈人丈母娘的！"

顾魏："啊。"

我："难道不该内心忐忑吗？"父母一直没有个明朗的态度，我心里的不安像是沸腾前一秒的热水，就快扑出来了。

顾魏失笑："我是娶老婆，又不是抢银行。"

"娶老婆"三个字让我瞬间淡定。他把我拎上床，被子一包，手指理了理我的头发，我这才想起来，刚才自己在被子里拱来拱去，肯定拱了个鸟巢……

顾魏："刚才跟你爸，我该表态的都表态了。"

我："林老师没为难你？"

顾魏："没有，不过问题肯定有，这会儿应该正在跟你妈商量。"

我："那——我们是不是也该商量商量？"

顾魏："商量什么？"

"通关秘籍？"好像确实没什么可商量的。

顾魏只是笑，并不说话。我靠在他怀里，出神地看着墙上挂着的油画，田园农庄，阳光正好，让人生出满心的柔软。

"顾魏，给我唱首歌吧。就上次世界电影之旅里的那首。"

"歌词不记得了。"

"那就哼吧。"

顾魏的声音很好听，别人不知道，反正我是很受用的。于是，我睡着了……

第二天早上，我六点就醒了，半闭着眼睛，额头顶在医生的背上，往洗漱间走，经过厨房，门开着，爹妈都在里面——这心里有事儿的人果然都睡不着啊。

娘亲手上拎着铲子，把我从头到脚扫了一遍。我当时意识还没完全清醒，被这么一扫描，瞬间一紧张，脱口而出："我们什么都没做。"说完我就后悔了……

林老师很蹩脚地缓和气氛："春卷，春卷要焦了，要焦了。"

我敏锐地察觉，今天要挑大梁的，是我妈。

男人和女人对于见家长，紧张角度是完全不同的。比如我，第一次见医生父母，脑子里的第一反应是做什么得体说什么合适会不会词不达意够不够娴良淑德是活泼点还是稳重点等等等等，恨不得自己是薛宝钗上身长辈们人见人爱。而医生，第一次上门拜访，肢体行为外在表现上比我淡定得多，他主要紧张的，是怎样说服我父母我们彼此合适并且将来可以共同生活得很好，最好还能给出一个稳妥的五年计划。

所以晚饭后，听到林老师说"林之校，陪我下楼散步"时，医生对我淡淡一笑，坐到了我妈对面。

我妈慢条斯理地给他倒了杯茶。

这是准备各个击破吗？！

出了电梯，我一把勾住林老师的胳膊："爸，你昨晚和医生聊了什么呀？"

"没什么。"

"林老师，我很严肃的！"

"这事儿是很严肃。"

"您好歹透个口风，您是支持呢，还是特别支持呢？"

"不是特别特别支持。"

我顿在原地。

林老师斜了我一眼："我也没说不支持，你紧张什么？"

"我妈道行太高，我怕顾魏尸骨无存。"

"啧。"林老师摇头，"女大不中留。"

我挽过林老师的胳膊，慢慢往前走："爸爸，我们之前已经经历过不少波折，有来自自己的，也有来自别人的。一路走过来，我想得很清楚。我想和顾魏在一起，两个人长长久久。"

散完步回家。

娘亲："林之校，你来。"

我想了想，坐到了顾魏身边。

"顾魏。"林老师第一次叫医生的全名，"你们两个都不小了，有自己的想法。未来的日子是你们自己过，原则上，只要你们自己想清楚，我们不干涉。"

"我们就校校一个女儿，林家也只有她一个女孩。我们不求她以后腾达富贵，只希望她过得平安健康。"妈妈转过目光望着我，"都这么大了，也没进社会打磨打磨，心性又直，我们是一直希望，能把她留在身边的。她以后留在 X 市，我们不能常见到她，心里是真的舍不得。可是，一辈子陪在身边时间最长的人，不是父母不是子女而是伴侣。我们也是几十年过来，才明白，什么是少年夫妻老来伴。你们俩以后的路还很长，互相商量着照顾着，好好走。"

顾魏向父母点头："之前，我一直把林之校当作未来妻子对待，未来，我会尽我最大努力。"

那晚，我莫名落泪。

医生批阅：

（明明是普通的上门拜访，为什么最后成了上门提亲的架势？）

医生：一步到位。

自从父母首肯后，顾魏整个人显得轻松了许多。

"医生，你走路都有风了好吗？"

"啊，精神压力会使体重增加。"

这都什么跟什么啊。

放假第三天，被印玺电召去婚纱店。我和顾魏被迎宾引进试衣室的时候，金石西装笔挺，印玺一袭白纱，夫妇俩正以标准的言情小说状态在落地镜前深情对望。

"咳，咳，我们这是来早了，还是来晚了？"反正来得不是时候。

印玺施施然走过来："我这是让你提前熟悉流程，免得到时候自己结婚的时候手忙脚乱。"原地转了个圈，"这套怎么样？"

我诚心实意地点点头："漂亮。金石，你小心有人抢婚。"

印玺妩媚一笑，拎起一件小礼服递过来："亲爱的伴娘，你也是要试衣服的。"

我看着眼前裸粉色的小婚纱："呃——我能当伴郎吗？"

金石："可以，伴郎要喝酒。"

我认命地进更衣间。刚把牛仔 T 恤脱掉，印玺就提着裙子钻了进来。

"你——"

印玺比了个小声的手势："萧珊什么情况？进了店就一直坐在沙发上走神。"

三三过年的时候，花九十九块钱烧了柱姻缘香。事实证明，佛祖诚不欺我。于是三三桃花泛滥了，用她的话说，二十多年的存量全赶着这一年来了……

我试图把问题简单化："一高帅富看上她了。萧珊同志宁死不屈。"

"不喜欢？"

"她，觉，得——她不喜欢。"

"啧，这孩子怎么这么矫情呢。之前有几次，晚上十一点多了打我电话，印玺一接，那头除了叹气声什么都没有，多影响生活和谐啊。"

"我已经习惯了……"

印玺叹了句"我待会儿给她疏通疏通思路"就钻了出去。

伴娘礼服是前短后长的款式，我换好之后，硬着头皮走了出去："印玺——"

彼时，顾魏正坐在沙发上和金石聊天，看到我出去，定定看着我，眼睛慢慢，慢慢地眯起来。

目光不善。

我觉得自己被钉在原地动弹不得，一股热气往脸上窜，遂咬咬嘴唇瞪回去，心里默念"大庭广众之下你收敛一点收敛一点收敛一点……"

"怎么样？好不好看？"印玺走过来，"医生？"

顾魏脸上又恢复了那种淡淡的笑容，点点头没说话，目光却没转开。

嘶——这个人！

我四下张望："三三人呢？"

金石："刚刚接了个电话，说有事先回去了，好像是同事来了。"

我和印玺对视一眼，迅速游移回更衣间换衣服。

回去的路上，金石对于我和印玺高昂的兴致表示不解："你们这么急着往回赶干吗？"

印玺和我异口同声："看戏。"

路上，我简单地向印玺介绍了一下高富帅。此君姓肖，才貌兼备，窝藏在中日合资企业里压榨同胞的劳动力，和三三她们设计院有长期合作关系，在各种机缘巧合下，对萧工程师一见钟情，玩命狠追。奈何正直的萧工从小生活在马列主义的光辉旗帜下，立场坚定，宁死不从，于是——就一直焦灼到现在。

"停车。"印玺眼尖地发现了当事人，"那是咱萧工不？"

车窗外十点钟方向三百米处，一双对峙的男女。皱眉，不说话，表情一致得相当有夫妻相。

"甚是养眼啊。"印玺感叹，摸出手机给三三发短信，"亲，需要场外援助吗？"

我没有错过身边顾魏的反应，扬了扬眉，眼睛慢慢眯起，然后，一边的嘴角小幅地往上一挑。多么纯正的腹黑笑。

"认识？"我用只有我们俩听到的声音问。

顾魏抿抿嘴，没说话。有情况。

我们一直看到萧妈妈下楼把这对男女拎上楼。

午饭前，和三三通电话。

"校校，医生有让你感到压力特别大的时候吗？"

"你指哪方面？"

"婚姻、家庭、未来。"

"没有。顾魏人很温和。"

"所以真正爱一个人，是一定会为对方着想而不是步步紧逼的对不对？"

"每个人有每个人的爱情，我们的模式不一定套在你身上也可行。三三，不要去纠结一些形式化的东西，看清楚问题的实质。你心里有他，那就给双方一个机会，不要白白错过。"想到肖君一路从 X 市追过来，我叹了口气，"三三，一个男人不可能有无穷无尽的耐性，除非他是真的放不下。"

下午，我们返回 X 市，三三搭车，表情甚是不安。

医生瞟了眼后视镜里一直没离开视线的黑色沃尔沃，笑得甚是高深莫测。

晚上，我听了半个小时，才弄明白医生和肖仲义的关系。具体来说，医生的爷爷和肖仲义的奶奶是从表兄妹，二老各自开枝散叶，两家关系不算很远但也不算近，但是在三十年多前的一次聚会上，老爷子的次子和老夫人的小女儿一见钟情，最后修成正果。

而医生爹是老爷子的长子，肖仲义的父亲是老夫人的次子。

简而言之，医生的婶婶，是肖仲义的姑姑。

我听完只有一句话："比红楼梦还复杂……"然后，"这世界也太小了！！！"

一礼拜后，我正和顾魏窝在沙发上看电影，三三发来一条短信："给我打电话。"

我认命地拨号："什么事？"

那头的语气很夸张："校校，你怎么了？"

"嘶——三三，这招太旧了。"

"什么？好好的怎么突然就发烧肚子疼呢？"

"你当肖君是白痴吗？"

"顾魏呢？他不在吗？"

"三，你差不多了……"

"你别急你别急，我马上过去，你等着我啊。"

啪，电话挂了。

医生坐在我旁边，表情很是玩味。

我耸耸肩："呃……友情客串。"

医生抿抿嘴角："喜欢就喜欢，不喜欢就说清楚，这么耗着，以后有的后悔。"

我："三三才想到1，肖君已经想到7想到8了，步调不一致。"

医生表情淡淡："如果不是因为感情深，怎么会想到那么远。"

想到医生那句"给你一年时间"，突然无比庆幸他的耐心如此之好，凑上去亲了一口："医生，你最好了。"

医生批阅：你就是大棒加胡萝卜。

获得了双方父母的首肯后，我和顾魏的生活产生了些许变化，相对于过去一有假期就两人独处，现在会花更多的闲暇时间在陪伴家人上。从女友突然升级成准未婚妻，有一种难以言说的微妙，一下子从两个人的事，变成了两家人的事，从两个人的感情，变成了和两个家庭的感情。

顾魏那边，我们差不多两周回一次，相处融洽。顾魏对于我和爷爷奶奶如此投缘感到很是意外。而我这边，潜水多年的林之学，都借回X市开会的机会和顾魏喝了个茶，履行了一下作为长兄的责任。远在德国的林之仁更是在QQ视频里赤裸裸地恐吓："你要是敢对我姐不好，离得再远我都会杀回去的！"

2011年7月，我有近一个月的假。回到Y市，陪陪外公外婆，帮着印玺筹备婚礼，日子过得很是滋润。

然后，某个不滋润的人，在我回来的第一个周末就杀来了Y市。和娘亲讨论讨论养花，和林老师讨论讨论养车，轻车熟路。

第二个周末，外婆看着医生把围裙穿得丰神俊朗，在厨房里切切炒炒，甚是满意。

第三个周末，顾魏同来Y市小住的奶奶聊了一个多小时的三曹，陪着林老师散步的时候，已经有熟识的人调侃："林老师，女婿陪着散步呢？"

返回X市前，顾魏很正式地向父母请示："这周末我爷爷奶奶结婚六十周年纪念，家人都希望，校校能和我回去。"

于是我就这么被打包带回了X市。

对于如此重要的纪念日应当送什么，我有些茫然，于是集思广益。

三三："送孙媳妇。"

印玺："送重孙子。"

我……

顾魏笑："你送什么他们都喜欢。"

最后，我挑中了一对杯子。烟雨青的薄瓷，干净温润。我不会品瓷，只是远远地便一眼看中。顾魏的爷爷奶奶，相识相恋于战火，半个多世纪的相濡以沫，使得他们的感情如同岁月洗濯的陶瓷，古朴温雅。

心满意足地包好礼物，奇怪地问顾魏："你不挑礼物吗？"

顾魏笑眯眯："你这份礼还不够大吗？"

回去的路上，我才反应过来，他说的礼——是我。

顾魏的爷爷奶奶是一对欢乐慈祥的老人，收到礼物很是高兴，奶奶握着我的手，对顾魏道："小北，让校校多陪我们两天吧。"

顾魏自然是没有意见。于是，我正式入住"小北的房间"，躺在"小北以前睡的床"上，翻着"小北小时候的照片"，给"小北"打电话："原来你小时候哭都是瞪着眼睛哭的啊！"正常人不是应该闭着或者眯着吗？

顾魏淡定地恐吓："林之校，现在路上没车，我开过去也就半个多小时的事。"他对于"全天二十四小时陪同，我都没有这个待遇"表示很不满。

周五晚，医生爹医生娘和医生都赶回了爷爷奶奶家。吃完晚饭，我刚准备和医生娘一起洗完碗，就被医生以"多日不见，交流感情"为由，拎回了房间。

"姑姑和表姐他们明天上午的飞机，从 Z 市过来。顾肖明晚的飞机，后天早上到了和叔叔婶婶一起过来。"

我突然觉得，这个阵势有点大。

顾魏："然后我们一起去影楼拍全家福。"

我的嘴慢慢张开。全，家，福？

顾魏轻轻叹了口气："奶奶的身体状况越来越不乐观。姑姑他们在 Z 市，不能常见，顾肖人在国外，趁这个机会聚齐了——可能是最后一次全家福了。"

我的手被顾魏握在手里，看着他的眼睛，从未这样清晰地感觉到，我不再仅仅是林家的二姑娘。

顾魏伸手贴贴我脸颊："知道为什么要叫你回来了吗？顾家长媳。"

我嗓子发干。缓了缓，闭上眼睛脑袋往他怀里一埋："顾魏，你要对我好一点。"

顾魏被我这种认命的表情逗笑："是，不然爷爷奶奶不会放过我的。"

顾魏的姑姑姑父表姐表姐夫要来，这是我知道的。但我不知道的是——他们不止四个人。所以第二天，当我打开门，看到台阶上一个比我膝盖高不了多少，戴着小贝雷帽，穿着海魂衫的小宝贝高举着小手眨吧着眼睛看我的时候，我光荣地愣场了。

顾魏从我身后走上前，一把把她抱起："六月来啦。"

小宝贝抱着医生的脖子，嘴角翘翘，软软地叫了声"舅舅——"，我心都酥了。

顾魏转向我："这是舅妈。叫舅——妈——"

小宝贝和顾魏如出一辙的长睫毛对着我眨了眨，糯糯地一声："舅——妈——"

我整个人像被扔进红酒桶里一样，彻底丧失抵抗力……

顾魏的表姐很彪悍，研究生期间不但搞定了学位，还把实习公司的上司的上司拐回了家。安德烈是英国人，瘦高个，温文尔雅，笑起来眼角有细细的纹路，非常有成熟男人的味道。

两人于前年六月初六诞下爱女，遂取名六月。

饭桌上无比热闹，我和顾魏自然免不了被调侃一番，安德烈一句"弟妹，是这么叫没错吧？弟妹，六月可以借给你们当花童。"让我彻底羞涩了。剩下的大部分时间里，我专心给六月剥酱爆虾。我们互动良好，她坚持用勺子喂我吃饺子……

大家都喝了酒，夜宿在爷爷奶奶家，家里大大小小五个有床的房间，二老一间，姑姑姑父一间，表姐姐夫一间，医生爹娘一间……

于是晚饭后大家围坐闲聊，医生娘对着我和顾魏："你们——晚上——"

顾魏问我怀里的宝贝："六月今天要和舅妈睡吗？"

六月专心地玩我的衬衫纽扣，点了点头。（六月在家是一个人睡的。）

顾魏："那要不要舅舅？"

六月："要。"

然后，顾魏很淡定地对我说："带六月去楼上的浴室洗澡吧，有浴缸。"

我突然觉得——其实真的没我什么事

给六月洗澡是个很享受的过程，不吵不闹。脑袋上包着粉色的毛巾，擦沐浴露叫伸胳膊伸胳膊叫伸脚丫伸脚丫，全洗完抹好润肤乳，还会亲我一口，糯糯地说："谢谢舅妈。"

我给她吹完头发，抱在怀里哼着不着调的摇篮曲晃回卧室的时候，顾魏已经冲好澡躺在床上看书了。

他抱过六月，比着口型："睡这么快。"

我："安德烈说，昨天晚上太兴奋睡得晚了。"

六月睡在我们中间，有微小的呼吸声。我看着她卷卷的睫毛和小小的嘴巴，揉着她的小手："如果所有孩子都像六月这样，估计就没有丁克族了。"

顾魏："我们家基因好。"

我撇撇嘴。

顾魏："不信你试试。"

我说："流氓！"

关灯。睡觉。

医生批阅：基因本来就很好。

爷爷奶奶端坐在我们中间。

摄影师说："大家笑一笑。"

身旁的顾魏握住了我的手。快门按下，就此定格了大家微翘的嘴角。一语成谶，最后一张全家福。

拍完全家福，一行人浩浩荡荡转至饭店。落座之后，我的斜对面就是顾魏叔叔婶婶一家。我的思维瞬间飘忽，摸着手机发短信："亲爱的三三，你将有一个无比端庄的姑姑——以及一个无比难搞的小叔子。"

我敏锐地感觉到，这个小叔子对我很不感冒。

席间，奶奶握着爷爷的手，望着子孙满堂，笑得一脸欣慰。然后话锋一转："小南，你什么时候把对象带回来给我们看看呐？"

此前，我从顾魏那里得到了三个信息：一，顾肖同志换女友的频率，有些高。二，二老表示强烈希望他回国，他不肯。三，最近刚和女友分手。

　　顾肖："奶奶，您这是逼婚吗？"

　　顾肖爹的脸暗了下来。

　　表姐赶紧打圆场："顾肖还小，爷爷奶奶还是着急着急顾魏这对儿吧。"

　　肖婶婶："小北，你帮顾肖留意留意，他过不了多久也是要回来的。"

　　顾肖搁了筷子，皱着眉头喊了句："妈——"

　　表姐及时打断："不知道顾肖喜欢什么样的？"

　　顾肖往椅背上一靠，朝我抬了下巴："反正不是这样的。"

　　冷场。

　　怎么最近老有人在饭桌上拆我的台呢？

　　顾魏微微皱了皱眉，凉凉回了一句："那真是再好不过。"

　　我抬头还给顾肖一个"大人不计小人过"的微笑。

　　顾魏第二天要上班，吃完晚饭把我一起打包回去。和爷爷奶奶道了别，医生娘正在嘱咐我们路上小心，旁边的顾肖对父母说了句"我住我哥那"就拎着包走了过来，门神一样往顾魏身边一站。

　　肖婶婶深吸了一口气："顾肖，你的房间收拾得好好的——"

　　顾肖："我和我哥好久不见，交流下感情。"

　　肖婶婶尴尬地看了我们一眼。我报以安抚的笑容："我回学——"

　　"我们没空接待你。"顾魏截断我的话。

　　顾肖呵了一声："这还没结婚呢啊。"

　　这孩子存心搅场子的吧！

　　表姐过来挽住顾肖的胳膊："你难得回来，多陪陪爷爷奶奶。唔，还有六月。六月都多长时间没有见过你了。"

　　被安德烈抱在怀里的六月望了顾肖三秒钟，然后，非常干脆地，扭过头，抱住了爸爸的脖子。生娃当如此啊！

　　顾肖三天后就返美了，表姐一家倒是在 X 市停留了一礼拜。此后，我和顾魏的生活中多了一项新的娱乐：和六月视频。

让自己变得更好，然后遇到那个对的人。

　　2011 年九月的一个周末，我去市图书馆帮小草找两本据说快绝本的书。顾魏只有半天班，我估摸着他快到了，就慢悠悠地晃出来，琢磨着中午要不要带他去一家刚发现的野山菌面馆，一抬头，就看到了邵江。

　　他慢慢走上台阶，举手投足一如当年。六年前我第一次见到他，也是在学校图书馆的正门台阶上。

　　"林之校？"他显然有些意外，"居然在这里碰见你。"

　　"嗨。"邵江高我一届，也在 X 市读研，算起来我们一年多没见过面了。

　　"你来借书？"

　　"查点东西。"

　　"毕业论文？"

　　"嗯。算是吧。"他怎么会知道我在读研？

　　"准备升博还是工作？"

　　"还没定下来。"

　　邵江笑了笑："好久不见。"

　　"是。好久不见。"我觉得这句话作为开场白才正常。

　　陷入沉默。

　　我觉得这种沉默有些别扭，于是主动挑话："你在读博？"

　　"没有，现在在电视台了。"

　　"好单位。恭喜。"

　　"其实也没有想象的那么好。"接下来，他说了说做纪实新闻栏目的辛苦和枯燥。其实我想说做新闻栏目挺好，别的节目说不定更混乱。比如娱乐类节目，不确定性高，录制过程状况百出，从内容到形式。比如生活类节目，各种繁琐，遇到你感兴趣的还好，要是遇到你不感兴趣的，那真是种折磨。

　　邵江看了我手里的书："你一个人回学校？"

　　"不，我等人。"

　　我们三句不搭两句地聊着天，直到顾魏出现。他们俩互相点头打了个招呼，我与邵江就此道别。

　　中午吃饭，顾魏问："刚才那位——"

难得他八卦，我笑："我本科时期的暗恋对象。"

来蹭饭的三三抬头，满目精光："你碰到你喜欢的那个学长了？"

顾魏表情淡淡："难怪你吃个饭心不在焉。"

我什么时候心不在焉了？我只是回想起本科时光……"他高我一届，大二的时候，校庆晚会认识的，我们院和他们院本来也没什么交情，之后也就没什么接触了。"

"哎，对了——"大快朵颐的三三突然抬头看向顾魏，"我一直觉得你们俩长得挺像的。"

顾魏笑了笑，低头专心吃东西。我觉得气氛有点怪，又说不出哪里怪。

三三饭吃了一半就被电话 call 走加班。饭后，顾魏默不作声地坐在沙发上看书，我熬八宝粥，一边搅动勺子一边对着沙发上顾魏的侧面发呆，真是百看不厌，我都觉得自己心理变态了……直到现在我都难以理解，为什么没人觉得顾魏特别好看。这皮肤，这眉毛，这鼻子，这眼睛，这嗓音，再搭上这气质——完全可以去拍电影。我不知道是情人眼里出西施还是我审美迥异，我喜欢的男人都是斯文沉着型，我觉得无比耐看，但是别人都觉得"是不错，但也不至于到那么那么好看的地步"，比如说顾魏，比如说邵江。

啊——我转恍然反应过来，顾魏不会是以为我把他当邵江的影子或后续了吧。

我喊："医生，医生——"

医生撑着下巴，姿势没变，嗯了一声。

我："你没发现你长得特像林老师吗？"

他继续一动不动。

我："都是白皮肤，戴眼镜，斯斯文文，不过你笑起来比林老师好看多了。"

他依旧一动不动。

我继续搅我的粥："你知道每个女孩对异性的审美观都会受父亲影响吗？我的审美观早被林老师定型了。要是林老师长得是胡军那风格，我当初就看上你们科那小高医生了。"唉，还要我说得多明白？你和邵江没关系，根源在林老师那。

我瞟了一眼顾魏，依旧托着他的下巴，但是我看见他笑了。

当时，我以为他是吃醋了。

午睡醒来，我盯着天花板回神的时候。

"你那个学长对你有想法。"

"嗯……嗯？"

"嗯。"

"哦。"

"不想和他再续前缘？"

"这个，这个不行。"

"为什么？"

"你长那么好看，我哪舍得。"

"你冲着我的脸喜欢上我的？"

"不是，你不觉得你笑起来眼睛里有反光吗？就碎碎碎碎的那种，多面晶体一样。看多了我会晕的……"

医生批阅：哈哈哈哈哈

（以后不准趁我没醒透的时候逼供！）

医生：你那会儿好问话。

（你要是哪天问我银行卡密码呢？）

医生：我早知道是林老师生日了。

（！！！）

国庆节前一天，我回到 Y 市为第二天金石印玺的婚礼做准备。作为兼任婚礼知客的伴娘，整整一天都在对着密密麻麻的清单核实各项东西以及盯着婚礼彩排中度过。晚上八点多收到医生的短信："已安全到达。"

我抱了抱印玺："好好睡个美容觉。"便告辞回家。

娘亲来开门，低声告诉我："顾魏说是不饿，就喝了杯豆浆。"

"大概累了吧。"我轻轻推开房间门，顾魏半靠在床上，闭着眼睛。

我蹑手蹑脚走过去，蹲下身看他。

记得小时候，外婆从朋友家抱回来一只小猫，通体纯黑，还没断奶，眼睛半睁不睁。我每天吃完早饭就坐在它旁边，捏着滴管喂它牛奶，喂完就一直看，一眨眼就到了吃午饭的点，吃完午饭继续看，一眨眼又到了吃晚饭，时间真跟流水一样。

爱因斯坦同志告诉我们，和喜爱的人在一起，度日如秒。我和顾魏，就这么互相看着看着，转眼两年就过去了。听着他均匀的呼吸，我拿手指尖拨拨他的眼睫毛，心里柔软得一塌糊涂。

顾魏睁开眼睛，慢慢眨了眨。

我摸摸他脸："饿不饿？"

顾魏摇摇头，伸手拨过床头柜上的液晶钟，九点半。慢慢坐起来，然后："啊，客房……"

我看着他撇撇嘴角，拿着睡衣去洗澡，心里没来由地想笑，起身去厨房给他打了杯米糊。

顾魏洗完澡，乖乖喝了米糊，然后亦步亦趋地黏在我身后，我擦桌子，他跟着，洗碗，他跟着，收豆浆机，继续跟着。我忍不住破功，笑出来，牵了他的手拽进卧室。经过客厅的时候，淡定地无视了林老师睁圆的眼睛。

十点半，房间门被敲了三下，林老师探进来半个身子。彼时，顾魏躺在床上，靠着床头翻杂志，我坐在电脑前，敷着面膜和小草聊天，两个人一齐抬头看他。

"嗯——"林老师看着眼前无比纯良的画面，"我们先睡了。你们也早点休息。"

我和顾魏："晚安。"

林老师："晚安……"默默退了出去。

新人在婚礼那几天往往是忙得脚打后脑勺的，有哪个新娘能奢望婚礼当天还能睡懒觉的？

印玺说，我能。

化妆师都到了，她活生生睡到快九点，才被金石给拎起来。我在堆满婚纱礼服的房间里看着她慢条斯理地喝牛奶敷面膜，深深觉得这样悠哉的新娘真是世间少有。

中午，金妈妈印妈妈下了一大锅饺子和一大锅元宵，寓意团圆美满。众人填饱肚皮就各就各位开始忙碌。顾魏比我辛苦，吃完饭我坐在房间里化妆换衣服的时候，他被抓差去车站接人。

晚上六点零六分，开席。

金石亲自操刀，做了一部 Flash 小短片开场，他和印玺的二十年。简单黑白的笔调，最后那句"我们的一辈子，才刚刚开始。"骗哭了现场无数女同胞，包括新娘本人，她显然没预料到当晚的 Surprise 会来得这么快。

我们在台下拼命尖叫，于是我们的"悠哉女王"不悠哉了——金石呈现的婚礼与她之前彩排的婚礼，相差太多了。前半场婚礼她的表情除了意外，就是意外。交换戒指之前，她下来换衣服，一进更衣室就掐住我腰侧："你个叛徒！"

我被她挠得直笑："有惊喜，才有幸福嘛。"

交换完戒指，定情之吻结束，台下众人起哄丢捧花。

一群未婚男女青年齐齐站成一排。印玺拿过司仪的话筒："我有个附加要求，接到捧花的，一年之内，必！婚！"

然后在众人的起哄声中，捧花直直地奔着我而来，与此同时，以我为圆心，两个人为半径范围内的人，往旁边退成一个圈挡住抢捧花的人。我下意识地伸手一接，火红的玫瑰花球就落在了我的胳膊弯里。

我看向周围退开的人，三三，印玺表哥，印玺堂妹……不带这样作弊的！

下意识地寻找顾魏，却发现他在远处笑得白牙闪闪。

婚礼下半场，走到哪里，都有认识的人调侃我："林之校，一年内必婚的啊。"顾魏那桌，更是有人直接跟林老师打听："什么时候喝你家的喜酒？"

真真是万般羞涩。

晚上，父母先回，我安排完宾客和顾魏一起回家，手上抱着火红的花球。

顾魏突然冒了一句："结婚的时候用白色的捧花吧，你拿白色的比较好看。"

我觉得自己的脸快和手里的花一个颜色了。

第二天上午，门铃响。我一打开门，就差点被表哥那一口可以做广告的牙齿闪瞎。

"嗨，好久不见，听说见你都得预约了。"

"嘿嘿！丫头，我听说你找了个医生。"表哥伸过手来把我的头发迅速地揉成鸡窝。

我耙耙头发："你们医生是不是一天不用手破坏点事物就难受？"

表哥清清嗓子："我这双手可是制造生命——"看到从我房间出来的顾魏，愣住，然后……眼睛瞪大，大步走了过去——"拐人拐到我们家来了？！"

其实，有顾魏和肖仲义居然是远房亲戚这种巧合在前，我本来不该对"表哥和顾魏认识"这件事如此惊讶，但是他们两个既不握手寒暄也不骂架互殴只是默然对望的状态，让我凌乱地产生"不会他们俩之前有什么吧？"的想法……

我走过去："认识？"

表哥把面无表情的顾魏从头到尾扫描完一遍："一起踢过两次球。"

你们俩差了一届，学校隔了半个城市居然还能踢到一起，X 市真是开放的国际化大都市……

我不知道他们交流沟通了什么，等我洗了盘水果回客厅的时候，两人已经相谈甚欢，一副熟络的样子了。趁顾魏去阳台接电话，我八卦地问表哥："顾魏大学的时候……"

表哥剥着橘子："哦，球踢得不错，过人技术挺好。"

我真想说，你这人怎么这么不会聊天呢？！

送走了表哥，我踮脚把顾魏脖子一勾，恶狠狠地说："老实交代！你们俩有什么不可告人的猫腻？！"

正在逼供，我爸进客厅："林之校，不要欺负顾魏。"

然后我妈跟着进来："林之校，不要欺负顾魏。"

医生笑眯眯："你不要欺负我。"

我："啧，我难得耍流氓……"

后来，我得知事情始末。

两个医学院友谊赛，表哥他们啦啦队某队员看上顾魏了，要顾魏的号码，表哥帮忙打听了。于是，顾魏觉得表哥像妈妈桑，表哥觉得顾魏是花花公子。

我想起社会学老师的一句话："误会，都是由沟通不善引起的。"

医生批阅：说是通过6个人就可以认识世界上的任何一个人。

（你去认识一下奥巴马吧？）

地质专业，向来是女生当男生使，男生当畜生使。用小草的话来说，研二活得跟狗一样，研三活得猪狗不如。结项，学论开题，结实验，签约，一个接一个。我惊悚地看着小卓的体重一路90，88，87，85，82……眼见就要跌破80的时候，她的推免终于定了下来，阿弥陀佛。

我和医生似乎一直保持着一种此消彼长的工作状态，一个人忙碌的时候，另一个人就相对轻松些。我这边忙得昏天暗地，于是医生升级为二十四孝男友，又开始了一周跑三趟学校的生活。

小草惆怅地说："现在没对象的女生申博都受歧视……"

我摸摸她的脸："莫愁前路无知己啊。"

小草拍开我的手："找你的知己去吧。"

我推开店门，在回廊拐弯的地方，看着两位女士走向医生，指了指他对面的空位置，估计是问能不能拼桌（这种中式快餐店用餐高峰期拼桌比较常见）。

医生背对着我，不知道说了什么，两位女士朝不远处的空桌走去。

医生摸出手机正准备打电话，我走到他身后压低声音："嗨！先生一个人吗？方不方便拼桌？"

医生猛地回头，看了我一眼："不好意思，我太太马上到。"

我捏了捏他的耳垂，往他对面一坐："兄台，行情不错。"

医生："过奖过奖。"

你能不能不要这么淡定啊！

吃完饭起身，之前那两位女士的目光在我们身上来回扫射。医生无比好心情，把我一拉：

"走了，接孩子了。"（陈聪的外甥，我们帮忙带两个小时。）

我无语望天。咳，都老夫老妻了……

下午，陈聪把外甥接走后，我去厨房收拾小家伙吃剩的水果盘，听到手机响。

"顾魏，谁的电话。"

医生面无表情地走过来，递过手机："邵江。"

上次碰到互留了号码，但是我实在想不出有什么事。擦干手接起。

无关痛痒的开场白后，他问起了下个月 L 的婚礼。L 是本科时期高我两届的学姐，虽然同一个院，但基本都是些公事来往，和我也就比点头之交略微好些。她结婚的消息，也是不久前听同学圈里有人提起的。邵江这么一问，让我有些摸不着头脑："她没有发请柬给我。"

"我是伴郎之一。"

"哦。"总不能说恭喜吧？

"嗯，实际上，伴娘团现在还缺一位伴娘。"

"哦。"怎么现在流行结婚一群伴郎加一群伴娘弄得跟集体婚礼一样……

邵江在那头笑了："你能不能支援一下？"

我在心里迅速权衡了一下，说："我和她关系没铁到那种程度。找你们同届的同学应该会更合适。代我说声恭喜。"

邵江并没有再强求，说了两句便挂了电话。

一周后，学校。

"我来帮 L 送请柬。"

我接过精致的信封，看着眼前的邵江，以及他旁边的法国友人安菲，只觉得局面有些诡异，下意识地挽住了身边准备回宿舍的小草。最后不知道怎么回事，变成了参观校园。

送走两人回到宿舍，小草问："什么情况？"

我回想起之前医生说过的话，耸了耸肩："没什么情况。"

日子波澜不惊地过。之后，安菲托我帮她找一本老期刊，来拿的人却是邵江。我对这两个人的行为，实在是琢磨不透，索性也不去琢磨。

半个月后，L 的婚礼。一桌上没几个熟识的人，一整晚，我除了闷头吃菜，就是抬头看舞台，百无聊赖。婚宴结束后，我向 L 道别，一旁的邵江开口道："一会儿我送你回去吧？"

一旁的安菲眼皮抬了抬。

"谢谢。"坚决不趟这趟儿浑水，"我男友马上到。"

医生到的时候，周围一小圈人有三秒的静默。我看见邵江以及安菲对他笑得礼貌端庄，没来由地有些烦躁，挽了他的胳膊点头告辞。

回去的路上，医生看着我捧着热豆浆一口接一口地喝，笑道："婚礼怎么样？"

我摇摇头："人不熟，菜也不合口味。"

此后，便和那边再无联系。

我发觉不对劲是在年底邵江来还那本合订刊那天，顾魏刚好来接我回他父母家吃饭。

从邵江那里接过合订刊，厚重一本复印本带着也不方便，于是就转身到宿管那里寄存，留下顾魏和邵江单独相处。

五分钟后我出来："好了，宿管特意找了袋子装起来，防水防盗。"

顾魏浅浅一笑。

我转向邵江，他点点头："麻烦你了。我先告辞了。"便匆匆离去，临走前看了眼顾魏，什么也没说。

一路上，顾魏眉眼沉着，到了家，打了招呼就进厨房帮忙，我更加觉得不对劲儿，往常他都会把我一起拎到客厅或者厨房的。

我想到之前三三说"你俩赶快把事办了，戴着戒指出去晃悠一圈，免得夜长梦多"，遂坚定地钻进厨房。

医生娘扫了眼锅上熬着的汤和专心洗手的顾魏，了然地把围裙摘给我。

我走到顾魏背后，抱住，整张脸埋进他背里。

顾魏："快好了，出去等吧。"

我不动。

顾魏"负重"向砂锅里加完盐："考拉，摆碗筷去吧。"

我继续不动。

顾魏："好好的你怎么了？"

"顾魏，我们在一起两年多了。"你有点情绪波动我可能看不出来吗？

顾魏抬抬眉毛，转身搅拌汤，态度相当不配合。

"伯母！"我扬声。

顾魏迅速转身把我扣进怀里。

"怎么了？"医生娘推开门。

顾魏："嗯，吃完饭我们有些事。"

"下回有事就不要急着赶回来了，来回跑也累的。"医生娘完全无视了我和医生缠在一起的胳膊和手，"汤差不多了，端出来开饭吧。"说完，淡定地出去了。

顾魏眯着眼睛看我。我无视他端汤出去。

吃完晚饭我刚起身帮忙收拾完碗筷，就被医生娘往外赶："你们忙你们的去。下次回来想吃什么提前跟我说。"

我们道别出来。顾魏默不作声，出了路口就准备打灯往公寓的方向拐。

我："XX 路。"

顾魏："买东西？"

我："已经买完了。"

半个小时后，顾魏被我霸气地套上一枚戒指的时候，瞬间呆滞的表情让我很有成就感。他盯着自己的中指看了有 5 秒钟，迅速回神看向我的手。我很大方地亮了亮，突然觉得有点尴尬："那个，你手术前记得拿下来。"

顾魏看着我不说话。

我："之前就订好了，放在这加刻字母的。"

顾魏依旧不说话。

每次他用这种难以名状的目光看着我，我的间歇性脑残就发作了："嗯，投，投我以木瓜，报之以琼琚，投我以木桃，报之以琼瑶，投我以木李，报之以琼玖……"

顾魏："我是理科生。"

我："嗯，你要好好回报我。"

顾魏："以身相许。"

我难得一次的浪漫……

医生批阅：你也知道你是难得。

放假回家前，接到了一个很意外的电话。

咖啡店里，我和安菲对坐。她看着自己的咖啡杯，用几乎听不出任何口音的英语，慢慢说起她刚到中国时对邵江的惊鸿一瞥。在她的家乡，爱情单纯热烈得像葡萄酒一样，所以遇到了邵江，她决定留在中国。

安菲是个漂亮的法国姑娘，拥有法国南部人健康的肤色和热情的性格。而现在的她，说话不再像原先那样睫毛张扬，而是低敛着声色，端庄秀气。

"中国人很奇怪，一个女孩子，先要看她的学历，再看她的家庭背景，最后看有没有好工作。好工作的标准就是体面，只要够体面，哪怕你其实并不喜欢。"

她一直难以适应中国社会特有的虚荣，但依然追着邵江申请了 X 市的研究生，放弃喜欢的专业读了管理，毕业后进了外企，拿着看似优厚的工资，在人际复杂的办公室里想念家乡的酒庄。

安菲摇摇头："我不知道别人在羡慕我什么，现实版杜拉拉？"

她一直和邵江保持着异性好友的关系，努力把自己打造成端庄，稳重，聪慧的完美女性，当她觉得自己可以与邵江般配，再一次提出交往的时候，邵江对她说："You're not the one."

安菲说，现在的她，远离家人、喜欢的事业和单纯的生活，邵江是她坚持下来的唯一动力。她抬头看我，声音很低："Please……please……"

我心里突然为这个女孩感到难过。

学校里大多数留学生的异国恋情都是热烈而短暂的，安菲是少见的长情，而我却成了她委屈和迷茫的第一个倾听者。

我不知道怎样准确地表述"求而不得皆因虚妄"，只能望向玻璃外，顾魏正走过人行横道，眉目清朗："My fiance. He was and is and will be the only one that I love."

安菲的表情很微妙。

我道了再见，出去和顾魏会和，他带我去向爷爷奶奶拜早年。我们并肩而行，沉默了一会儿，顾魏说："你情绪有点低落。"

我想到刚才安菲被眼泪晕开的睫毛膏，挽住他的胳膊："一个法国人，为了一个中国人，留在中国，把自己变得都不是自己了，可那个中国人不爱她。"

"为什么不回家？"

"回去了心也在这。"

顾魏试图调节气氛："那个中国人不会是你吧？"

我无语望天，谁跟三三多吃两顿饭，都会被传染一些彪悍的思维："那个中国人是邵江。"

顾魏微微皱了皱眉头，没有接话。

我后知后觉地想广羊补牢："那个，呃，嗯……"我该说什么？一个追求邵江的女士却跑来找我谈心？

我决定还是实话实说，我对医生的胸怀和心理成熟程度保持绝对信任。

"她可能对我和邵江之间有些误会。"

"嗯，然后呢？"

"然后解释清楚，告诉她我名花有主，跟你走了。"我不好意思地略过 fiance 这段。

医生批阅：女性的思维逻辑有时候真的挺莫名其妙的。

2012 年的农历新年，就在亲戚间相互串门中度过。

年初三那天抱着小庚和顾魏视频。

"我是谁？"

"姑姑。"

"那里面是谁？"我指着屏幕上撑着脑袋笑的顾魏。

小庚无辜地看着他："叔叔。"

"是姑——父——"

小庚茫然地看了看两边，然后坚定地指着屏幕："叔叔！"

顾魏差点笑翻。

于是大年初四，他亲临 Y 市，教了小庚十分钟，具体怎么教的不知道。只是此后，小庚一见到他就脆生生地喊："姑父！"

医生批阅：我只告诉小庚叔叔不会给他买好吃的，但是姑父会。

（这孩子立场太不坚定了！）

大年初五，返回 X 市，晚上同学聚会。

我终于明白了林老师那句"没事搞搞同学会，拆散一对是一对"的时候，已经被各种理由灌了两杯红酒，敛着下巴强装镇定。

本科毕业后在 X 市混的前后三四届人都被凑到了一起。人数不多，俱是精华。本就是各色人精，又或多或少或真或假的喝高了，饭桌上必然不太平。印玺曾传授我经验：当你的酒量没超过桌上半数的情况下，沉默是金。于是我低调，低调得恨不得隐形，还是被高我一届的 F 君一巴掌拍在肩上："林之校，跟你吃个饭够难的啊。"举了举杯子里的白酒，"怎么着，咱俩走一个？"

"师兄，我难得放假改善改善伙食，你就让我消停消停吧。"红酒我都扛不住还跟你来白酒，又不是疯了。

对方直起腰朝邻桌喊："哎，我说邵江，国家每年补贴那么多钱，你们研究生伙食怎么还那么差？"

邵江笑而不答。

F君的手又揽上来："哎，我们这帮子人不思进取，就你们俩高材生，还不喝一杯交流交流吗？"

我在心里对他翻了个大大的白眼，对面就坐了一博士您是瞎了吗？

娘亲说过，对于喝醉了酒喜欢对女人勾肩搭背的男人，不用客气。于是我拎开他的爪子："我们这些研究生都是纸上谈兵，您是实战派，现在正儿八经地在研究——生——"上上个月才结婚，下个月就要当爹，还是被女方逼进礼堂，鄙视你。

果然，大众舆论总是被新的爆点所吸引，众人端了杯子轮番祝贺，对面的博士直接拎着酒瓶去调戏他了。小样儿，你太小看真正的知识分子对名分的重视程度了。

到后来越闹越凶，F君的手机都被搜出来，众人嚷着要给嫂夫人打电话拜年。

我正乐得清闲一个人对付一桌菜时，身边空座上多了一个人。

"你倒是捞了个清闲。"邵江。

我笑了笑，闷头吃菜。

"大学的时候，我不知道你喜欢我。"

我一口玉米虾仁差点喷出来。这个话题是怎么跳的？

我清了清嗓子，本来想说"谁没个年少无知的时候"，又觉得太不礼貌，卡了半天："那你就当不知道吧。已经是过去的事了。"

"为什么后来不喜欢了？"

我看着双目清明，并没有喝高的邵江，想了想："因为慢慢知道了自己真正想要的是什么，然后碰到了那个对的人。"

邵江的表情始终淡淡的，听到这句微微一笑："我知道得有点迟。"

我没去推敲他的"知道"指的是我曾经对他有好感还是我爱上了顾魏。

邵江举了举酒杯："那祝你们幸福。"

我点点头："谢谢。"

然后看他离开。

离开饭局，也离开我的青春。

缘分真的很奇妙，它从来不等人。倘若你当初回过头来，或许我们会有一场开始，但是一旦错过了一个路口，我们就渐行渐远了。纵然没能有一场风花雪月，但依旧谢谢你，在我的青春出现过，作为一个优秀的可以学习可以倾慕的对象，甚至无关性别，让我在独自等待的过程中，努力把自己变得更好，努力成长，直到遇见我的心之所属。

医生批阅：我这是捡了便宜了么？

【金石印玺番外之侃大山版】

金石和印玺是对奇葩。

他们是我真正见到的一对一点波澜起伏都没有的夫妻。爱情之路平坦到让人匪夷所思，让愤青三三都不得不相信爱情。

金石大我们一年，却高我们两届，因为这货跳了一级。

印玺和我们同年，却高我们一届，因为这货也跳了一级。

所以说，不是一家人不进一家门。

印玺四岁那年，金石家搬到了她家对门。新邻居串串门拉拉家常，发现俩孩子在一个幼儿园，俩爹在兄弟单位，俩妈是一个局的，一路往上扒拉，印玺爷爷和金石爷爷都曾效力于东北野战军，印玺外婆和金石奶奶在同一个农场改造……年轻的父母还没聊完，印玺已经歪在金石胳膊弯里睡着了。

所以说，缘分来了，挡也挡不住。

一直到印玺初中毕业。

十年邻居。

我们那会儿还是比较单纯的，除了三三偶尔敲诈金石的零花钱，印玺跟着分赃之外，一圈人倒真没发觉两人有什么猫腻。

一直到印玺中考结束的那个暑假，两人手牵手坐公交去学校参加集体补课的时候——量变终于引起质变了。

那年头，早恋还是个比较不得了的事儿，但奇怪的是，没人觉得突兀，也没人觉得诧异，包括两家父母在内，大家头一回看到都是"嗯？哦。"就理所当然接受了。

我不知道是他俩道行太高，还是我们心理素质太好。

等到一年后我杀进高中，发现，连学校的老师都选择性失明了。据说，当时金石他们年级组组长训斥早恋的末尾都会加一句："有本事你们也谈得跟那谁和那谁一样啊！"

高中三年，三三唯一一次来我们学校，就是为了趁金石毕业前，瞻仰一下这对神奇的情侣。

结果她什么也没看到。没有热吻没有甜言蜜语没有亲密的肢体接触，两个人只是淡定地肩并肩，没有粉红没有荡漾没有情欲，浑身洋溢着圣洁的光辉……

当时金印二人合租在一套两室一厅的小套里。三三仔细勘察了房间的每个角落，没发现任何两人"有染"的蛛丝马迹。我只能说，这两个人活生生地把爱情谈到了亲情的高度。

金石高考结束后，我接手了他的位置，和印玺成了室友。在无数高考毕业生三毛钱一斤卖书的时候，金石把自己的笔记整理成套，从他的房间端到了印玺的书桌上。

这就是爱啊！

印玺高三那一年，我没见着他俩煲电话粥，也没像我和三三那样鸿雁传书浪费纸张，因为他们的感情，比钻石都坚硬，比空气都淡定。

偶尔在节假日，金石会从 K 大回来，给印玺做顿爱心大餐，我就跟着蹭吃蹭喝，吃完就直勾勾地盯着他俩瞧，也没瞧出什么花儿来。基本是印玺做题，金石靠在她床上看书，或者印玺躺床上补觉，金石坐在桌前看书。他们的感情，已经超越人类理解的范畴了。

一年后，印玺没有辜负"神仙眷属"的称号，考进了 K 大。而无数人觊觎的那套凝结着她和金石两代高智商的复习笔记，被她淡定地三毛钱一斤卖了……

印玺的谢师宴上，金石全程陪在美人侧。估计教过他俩的老师看着这对璧人，内心都扭曲地自豪着。

接下来的四年，他们同校不同院系。两人没同居，各自身后一个加强连，巴望着他俩早点散伙。二人依旧我行我素地扫落一身桃花，视那些狂蜂浪蝶如无物，丁点的暧昧也没有。每次我去 K 大串门，都能看见他们身后碎了一地的少年少女玻璃心……至于他们二人具体如何相处，我不得而知，因为我没拿到那套复习笔记无缘 K 大。

金石毕业那年，两人订婚了。

过了这么多年，大家收到请柬的态度依旧是"嗯？哦。"就理所当然地去混吃骗喝了。

他俩的水平就在于，感情几十年如一日，都没人会觉得不可思议。

这是多么不可思议啊！

订婚宴上，院里一起长大，大了我们四五岁的猴子调戏二人："我说你们俩究竟什么时候勾搭上的？"

印玺："记不得，太久远了。"

猴子："你们俩也不历经下花花世界，这辈子就这么着了，哪天互相看腻味了，七年之痒怎么办？"

金石："我们两个七年之痒都过去了。"

三三那天握着我的手说："我相信爱情了！我真相信爱情了！"

我也信了。不信都不行。早在两人订婚前，他们两家的新家又选的对门，两边阁楼直接打通做新房。人家订婚交换戒指，他们直接交换家门钥匙。

金石毕业后进了市委组织部，然后继续读在职研究生。

印玺毕业进了外企，然后准备考 MBA。

两人顺风顺水，爱情事业双丰收。

金石研究生毕业前，印玺忽然辞职了。

"我没工作了，你养不养我？"

"养。"

"那我们去旅游吧。"

"好。"

然后金石真的就排除千难万险请了假，两人去西藏待了快俩礼拜。

回来不久之后的某一天。

"我被地税录了。"

"？！"

"这样我们工作休息时间就比较一致了。"

"那领证吧。"

"好。"

这就是这对奇葩的求婚和回答。

金石求婚成功后，一路熬过了准老婆大人适应工作，上学……相当的好耐心。

然后据说是被猴子一句："我都快当爹了你们俩这速度要抓紧啊"给刺激到了（不管你信不信，反正我是不信），在印玺同志逍遥了两年多之后，于其硕士毕业典礼第二天，押至民政局，修成正果。

第八章

三分之一个地球的相思

我不会告诉你，我是那样的想你。

医生爷爷奶奶家有个大院子，老两口种了很多树。不是花不是草，是树。袖珍型的小香樟，小铁树，小腊梅。午后，老两口并排坐在阳台上一起晒太阳。看着他们的背影，想到几十年后，倘若我和顾魏也能够这样，牵挽手，互相絮絮叨叨，那是多么好。

我曾经问过顾魏，如果不是我，那么会是谁。

顾魏想了想说，可能会找个同行，医生或者医院的行政人员。

我恶行恶状地问为什么。他说，年龄逐渐大了，父母也会急，自己没有充足的时间去经营一段恋爱，所以，应该会接受父母或同事介绍一个同单位或同圈子的人。找个医生，不会嫌他上班忙。找个行政人员，就有个人能多偏顾家里一点。然后两个人中规中矩地熟悉，恋爱，结婚，生子，过日子。

他说得很平淡。

我可以想象他和另一个白大褂在一起时微笑的样子。我不会矫情地评论那是不是爱情，因为，如果不是顾魏，我或许也会在同圈子找一个别人眼中合适的对象，面对同样的婚恋过程。同一工作系统内的恋人，由于工作性质和内容的相似性，总是比跨系统的恋人更能理解对方。

我看着他的眼睛，想象他现在面对我的眼神和面对他"可能女友"的眼神会有什么不同。顾魏安静地任我盯着他看。他在我面前一向安然而坦诚。

"我要是当初也学医，这会儿我们孩子都能打酱油了。啊，白白浪费这么多年。"

顾魏莞尔："那我们俩估计一个月才能见一面，太忙了。"

我捏捏他的耳垂："你当初要是不忙，我就找不到你了。"

顾魏一直觉得医生是个非常不适合恋爱的职业，疲倦，忙碌，不自由。他非常努力地想弥补这些不足，嘴上不明说，但是字里行间举手投足，会时不时有歉意流露出来。过去的三年，他一开始的靠近，到后来的犹豫，再到之后的笃定和努力，我都看在眼里，看得我无端地心疼。

我连忙转移话题："医生，你上学的时候语文和英语哪个好？"

顾魏想了想："英语吧。"

两个悲剧的理科生……

"那……以后孩子拿回来的语文试卷成绩太难看，我是训还是不训啊？不训吧说不过去，训吧他这基因不好。嗯，这么着吧，以后所有日常管理我来，思想工作我也能做，打屁股这种暴力事件还是等你回来吧，咱们俩先分下工……"

顾魏笑得低沉："你又转移话题。"

2012年的元宵节，我留在X市和顾魏的家人一起过节。

晚饭前，顾魏去卧室叫奶奶。一分钟后，房间里传来他的喊声："校校！打120！"

那天晚上，我们在医院度过。

影像科主任一张张翻过CT扫描图，最后什么也没说，拍了拍顾魏的胳膊。顾魏看着屏幕上那张片子，不动也不说话，良久之后，点头道了声谢。虽然早就有了心理准备，但是等到真正到来的那天，他依旧觉得"胸口闷"。

相比顾魏，爷爷反倒沉着许多。两周后，他握着奶奶的手："我们回家吧？"

病床上的奶奶一脸安详地点了点头。

顾魏明显瘦了下来，他坚持隔一天回一次爷爷奶奶那。我抚过他手腕突起的骨头，终究什么也没说。

2012年的新年，大家的心情都有些沉重。过年时，我给奶奶打电话拜年，顾魏把手机贴到她耳边。

"奶奶，给您拜年了。"

"好，好。"

我听到奶奶轻而低的声音，鼻子有点酸："过几天我就回去看您。"

奶奶笑得柔和："好。爷爷奶奶想你了。小北也想你了。"

世上最难过的事，莫过于看着亲人的生命在眼前流逝。回到X市后，我有空就会陪着顾魏去爷爷奶奶家。在老人面前，他滴水不漏，笑意温和，只有回到房间的时候，才会流露出无力感。

4月17号，凌晨三点多。

我睡得很不安稳。黑暗中，手机震动起来，我蓦地醒过来，按下接听键——

"奶奶不行了。"

我听见顾魏低低的声音，心也跟着沉下去。

"我刚打电话给陈聪让他提前来顶我的班。"他必须要保证岗上有人。

我立刻起床换衣，跑出校门拦了出租往医院赶。天还黑着，我看见顾魏奔出大楼。身后大厅的灯光只能照出他大口呼出的白气，却看不见他的表情。一路上我们谁都没说话，车里气氛沉默而低迷。等红灯的时候，我看见他的食指缓慢地点着方向盘，只能抚一抚他的手臂。

到了家按门铃，我的手被他握得有些疼。门很快被打开，医生娘轻声说："快去。"

我们直冲卧室，奶奶正躺在医生父亲怀里。

顾魏单膝轻轻跪在床边的地毯上，伸出手与她的握在一起。

奶奶眯着眼睛，缓慢地打量他，拇指轻轻摩挲他的手，视线又转向我，嘴唇动了动没出声。

我环着顾魏的肩膀，一起看着这个温柔坚韧的老人，在经历了一生的跌宕起伏之后，在子孙的环绕中闭上了眼睛，安静得好像睡着了一样。5 点 57 分，医生父亲抽出托住她侧颈的手，摇了摇头："走了。"在早晨稀薄的阳光里，平静地离开了人世。

顾魏握了握她的手，再轻轻放开。医生娘上前给老人换衣服，我们退了出来。

我牵着顾魏来到阳台，眯着眼睛看天边慢慢洒开的阳光，穿过这个季节特有的淡淡晨霭。

顾魏坐在阳台的小方桌上，木质桌面上刻着的棋盘已经褪了颜色，表面由于经年累月的擦拭泛出光滑的色泽。他伸出手指滑过上面的凹痕："小时候，爷爷就在这张桌子上教我下棋，我和奶奶两个人对他一个。"

我抚了抚他的背，顾魏慢慢眨了眨眼，抱住我的腰，将脸埋进我怀里。早晨的空气有些凉，他呼出的气息温暖地熨贴在我胸口。我抚着他的头发："你以后可以继续用它来教我们的孩子。"

生命总是不断轮回，我们不能控制它的来去。所以我们坦然面对曾经经历的，珍惜正在经历的，对即将经历的抱持希望，这样，至少在我们离开的时候，可以安详平静，没有缺憾。

从小到大，我参加过很多葬礼，最近的一次是大三，离世的是我的同学，血液方面的疾病。那是一场所有人都觉得难以接受的葬礼——那么年轻，那么突然，三个月前还活蹦乱跳地和我们在一起。

在葬礼上，一位留学生做的最后致辞，有一段我到现在仍然记得。

"During our lives, there've always been departures with families, friends or lovers.

They passed off, ran away or just disappeared, things that you can't get control of. It's terribly insufferable, however, you will accept, at last, watching their receding backs. Until one day, we know how to lose, how to gain, how to cherish what we have with her. Then we finally learn how to say goodbye.

Wish that her best time was spent with you, and with her forever."

顾魏是长孙，守孝任务重。他自从早上在我肩上闭目养神了一刻钟后，就再没合过眼。灵堂布置好之后，他换上了黑色西装，接待前来吊唁的人。

守灵三天，顾魏基本没睡过。

"校校，带小北去休息一会儿吧。"医生娘拍拍我的胳膊。

我过去牵起顾魏的手，拉他进书房，把他安置在靠椅上："睡一会儿。"

他看着我不说话。

我拉住他的手："闭目养神。"

顾魏眨了眨眼，慢慢闭上。我靠在他面前的书桌上，看他呼吸平稳，却很不踏实，眉头时紧时松，十分钟都没有，就又张开眼，看着我不说话。

我直起身，被他拉到身前。两只手从我的线衣下摆伸进来，环到腰后，慢慢往上走，一直贴上蝴蝶骨，收紧，脸贴在我的胸口。

我吻了吻他额头，抱住他肩："我在这看着你，睡吧。"

顾魏终究睡了过去。

如果说顾魏的反应让我心疼，那么爷爷的反应则让我忧伤。他端坐在椅子上，安静地望着遗体，吃饭，睡觉，出神，带着老人特有的沧桑和安定。

顾家的男人，他们的悲伤，不外放，不失常，没有眼泪，没有絮聒，得体地待人接物，礼貌地迎来送往，却把自己静默成一尊空心的木头，不冷不凉，却清晰地让你知道，他的心少了一块。

葬礼结束后，爷爷拿出一方盒子："这是奶奶挑的。"

一旁的医生爹朝我们微微颔首，顾魏接过："谢谢爷爷奶奶。"

盒子里，是一对羊脂玉挂坠和一张小帖子——佳儿佳媳。

不知道是不是奶奶去世造成的影响，顾肖同志倦鸟归巢了。我答辩那两天正好他返回X市，顾魏去接的机。等我忙完学校的一摊子事回到顾魏公寓，一打开门，一股酒味，我看见瘫在床上"大"字形的人，头疼地拨通电话："医生，你的床上，究竟是怎么回事？"

简单地说来，顾肖同志又失恋了，被伤透了心的人终于悔悟好姑娘还是在祖国，于是回来了。在酒吧窝了一晚上，昨天中午被顾魏拎回公寓。晚上顾魏值班，于是没人管的人，就继续喝。

看着面目全非的公寓，我实在很想吼一句：在国外漂了几年您这是养成了什么破毛病啊！

顾魏交接完班回来的时候，我刚把沙发清理出来，让他开窗通风后，我出门去附近的便利店买东西。

正抱着一堆东西，手机狂震，我腾出一只手费劲地接起——

"老婆！"喊得惊天动地。我怀里的东西差点掉一地。

"婶婶过来了。最多还有半个小时就到。"

"婶——顾肖妈？！"

"嗯，我妈告诉她人在我这，婶婶一听二话不说就过来了。我妈现在追在后面。"

"Jesus！"肖婶婶那女王脾气，看到一片狼藉，顾肖会被现场拆了的。我赶紧把手里的一堆东西堆到一边，"你先把顾肖弄醒，拎去冲澡刷牙，被子晾出去，床单扔洗衣机，我马上回去。"

我们刚勉勉强强打扫完战场，人就到了。

肖婶婶："你什么时候到顾魏这儿？"

"前天。"顾魏。

"昨天。"顾肖。

我扭脸，你们俩要不要这么快就露馅啊……

整整半个小时，面对肖婶婶的所有提问，顾肖一概不作任何回应，颇有几分流氓色彩。

肖婶婶起身："跟我回家。"

"我住我哥这。"顾肖态度坚决，死不松口。

最后，医生母子一同和稀泥，才把肖婶婶给劝回去。

顾魏送走人回来，顾肖对我抬了抬下巴："她怎么还不走？"

嘶——

"顾肖，是佛也有三分火。"你当我是石头雕像不会上火的吗？

顾肖撇嘴："我现在看到女的就烦。"

顾魏打开门："马路斜对面有个公共厕所，你到男厕所里，爱怎么清醒怎么清醒去。"

顾肖默不作声，过了半天，眼睛红了："找个好姑娘怎么就这么难？"

顾肖其实算得上是天之骄子，良好的家世相貌，学业上工作上更是算得上顺风顺水，说起来花名在外，其实——他不是泡妞，他是被泡。有时候条件好也不见得好，因为太容易被人当成狩猎目标。并且，他偏好和他背景经历类似的女孩子，走到后来往往成了一盘王见王的死棋，再加上在私事上他又是个刺猬性格，所以每次分手都得不到别人的同情。

我看着明显萎靡的人，叹了口气："顾肖，婚姻和爱情不同。面对相亲对象，你可以把对方的家世学历身家相貌加加减减，看看和你在不在一个区间，但是这样的评估不能帮你找到一个女友。"爱情或许到最后会是一场加减法，但是开始不会是，"一个女孩子只因为你上过什么学赚了多少钱做着什么职务而决定和你在一起，这种女孩子不要也罢。再理智的爱情，总归有个不理智的诱因作为开始，那些条条框框的东西，绝对不会成为爱情里心动的理由。"

我不知道我和顾肖算不算冰释前嫌了。虽然他在我面前依旧刺猬一只，但是自从那天我和顾魏与他促膝长谈了一下午之后，他倒是再没找过我麻烦。想想，我真是个善良的嫂子

医生批阅： 你这句话最好别让顾肖听到。

六月，又是一年离别季，我们完全不悲伤。

我和小草顺利地迈入第四年的同居生活，用路人甲的话说，就是"阴险地占用学校宿舍资源"。我的单位离学校不远，边学边工作，路人甲和路人乙都签到了不错的单位。自此，第一小组的所有成员都继续顺利地在 X 市存活下来。所以这个月，免不了在一起混日子。如此一来，难免忽略了医生。

对此，医生由一开始的特别理解，到比较理解，到最后，不想理解。

这天，接到医生电话："咱们俩在一起三年了，吃个饭庆祝一下。"

现在六月，这个三年怎么算的？？

泰国餐厅，一进门香辛料气味迎面扑来，我冲着医生的肩膀打了个喷嚏："唔，味儿很正。"医生大笑，天知道他今天心情为什么这么好。

我们来得比较早，人不多。室内芭蕉叶层层叠叠，大理石水池引了活水，里面的小红鲤相当活跳，医生经过的时候，有一尾从水池里跃出来，翻了个身扑通一声栽了回去，他笑着挽我在池边的位置落坐点餐。

水池前方是个小舞台，一支三人小乐队在表演，主唱和贝斯手都是典型的泰国面孔，唱着柔软的卡朋特。等餐的时候，我折着餐巾，无意识地跟着哼唱，直到一曲终了，一声"Hi！"，我抬头，贝斯手转向我们这边竖了竖大拇指，我瞬间不好意思了。看向对面的医生，左手托腮，右手好整以暇地点着桌面，镜片后面波光流转，我被秒杀，红着脸往桌上趴，被他托住下巴："不要乱趴。"

我哀号："医生，你这个眼神太勾人，我吃不消……"

医生笑："到底谁勾引谁？"

我抱着医生的柠檬汁不撒手，看着对面的人专心地拆烤小排，白皙的皮肤因为吃了辣

椒染上点粉粉的颜色，看得我满心欢喜，突然想给他唱首歌。其实我和医生平时都算是稳重的人，只是撞到一起……

吉他手刚唱完一首 Hotel California，我就在医生诧异的表情里踏上舞台。

I was standing all alone against the world outside

You were searching for a place to hide

Lost and lonely，now you've given me the will to survive

When we're hungry，love will keep us alive

……

下台的时候，贝斯手用生硬的中文调侃："新婚，夫妻？"

周末，三三照例抽空到我单位视察了一圈，给了个中肯的评价："采光不错。"

两人一人一杯果茶，有一搭没一搭地聊天。咱们萧工大脑里短路的那根筋，是终于通了，肖仲义总算守得云开见月明。

茶还没喝完，三三接到加班电话。

"这劳动力压榨的，你干脆跳槽去肖仲义他们公司吧。"他肯定求之不得。

"坚决不！"三三傲娇地昂起头，"距离产生美。"

我们进地铁的时候，刚好是客流高峰，地下通道一拐弯，一对男女正在颇为激烈地吵架。自从医院破相那次之后，我对于女性愤怒时飞扬的指甲很是有点心理阴影。尤其两个人吵的话题还……三三向来看不惯这些，"啧"了一声，拽住我的胳膊往旁边一拉想让开那对男女，没想到后面一位低头赶路的男士撞了一下，他手里一杯新鲜出炉的咖啡，就这么泼在了我的脚上。

欲哭无泪——为什么受伤的总是我。

回到公寓，打开门，医生已经交班回来了，他看着我一蹦一跳地进门："怎么回事？"

"不小心撞翻了人家的咖啡。"

医生摇摇头，洗了手过来帮我擦完药，起身去厨房洗水果。我跳到阳台上，百无聊赖地望出去，两条街外的电影院又打出了巨幅海报。我们只去过那家一次，去年 11 月 11 号看《失恋 33 天》。想到王小贱最后那句"我陪着你呢"，以及三三刚才"我总害怕以后会和他分开"，转过身来对着正在切水果的医生问："两个人在一起……你能承受的最糟糕的事是什么？"

医生没想到我会突然问出这么个问题："最糟糕的事？我们两个……最糟糕的……离婚？"摇了摇头，"没想过。"

我看着他递给我的苹果，表情严肃："嗯，即使你有问题，你不举，我都要和你在一起。我们可以想各种解决办法，现在科技那么发达。"

我到现在都不知道我当时怎么就那么不加思索地冒出这些傻气的话。

医生显然被我惊着了，看着我哭笑不得："怎么……突然想那儿去了？"

"今天我和三三在地下通道看到一对夫妻吵架，那女同志最后冒了句'你孩子都生不出来，就不是个男人！'我当时都看傻了。回来的路上三三说，这种问题虽然不能明面儿上说，但真的挺影响感情的，很多夫妻就因为这方面问题散了。我当时就想，那我也不散，大不了当自己找了一女的，多少 lesbian 不也过得好好的……"

越说越小声，因为我意识到跟一个男性讨论不举的问题，实在是不太礼貌。

医生细嚼慢咽吃完水果，沉默半晌转过来，看着我慢慢地说："林之校，嫁给我吧。"

我看着他深棕色的眼睛，这个话题，是怎么跳跃的？

"医院里，因为生病，一个家，夫妻俩，散掉的很多。知道你爸为什么特别招人嫉妒吗？因为他从来就没想过你妈会不会嫌弃他抛弃他。那种理所当然的有个人会一直在他身边陪着他的满足感，我特别羡慕。"医生抬手贴住我的脸颊，"工作，孩子，健康，方方面面，我不能保证以后我们的生活就一定一番顺遂，但是我能保证，不论好坏，我都在你身边。你可以像林老师一样，理所当然，理直气壮。"

谁说咱理科生不懂浪漫的？咱实诚的浪漫比两首小情诗的杀伤力大多了，我的眼睛瞬间就发酸了，说不出话来。

医生抚抚我脸："傻了吗？"

"嗯，有点。"我头回遇上这种事，反应有点慢是可以理解的……

医生看着我："那……你……给个话。"

我吸吸鼻子："好的呀，可是户口本在我妈那儿。"

医生把我抱进怀里，笑了，是那种从胸口噪于眼里出来的笑，低沉欢畅。

整个晚上我一直有点脑部神经游离，什么都不干就看着医生的眼睛，看得自己都要掉进去了，他问什么我都不记得自己回答了什么。

"明天我给两边父母打电话。"

"嗯。"

"要不马上十一，让两边见个面一起商量商量婚事？"

"嗯。"

"去 Y 市还是在 X 市？"

"嗯。"

医生狐疑地看着我，随即有点紧张："你……不是不愿意吧？"

我迅速从这狐狸精漂亮的眼睛里钻出来，挺直了腰板儿："我刚才说了好的呀。"

医生笑了，第 N 次把我扑倒。我发现这厮一到沙发上就老仗着身高腿长的优势把我全境覆盖。

我被闷在他震动的胸膛下，伸手拍拍他背："你这是在傻笑吗？"

"嗯。"

"放心了？"

"嗯。"

"那你把接下来的事都计划安排好。"

"嗯。"

"你是不是都计划好了？"

"嗯。"

"哦，那我接下来有什么任务没？"

"嗯。"

所以，其实那晚，傻掉的不止我一个……

三三听说之后，彻底惊了："这叫什么求婚啊？！戒指都没有！"

"咳咳，那些形式的，不重要，不重要……"

我和医生的爱情，或许从不浓烈，但却有我们自己的固执，纯粹和深厚。

医生批阅：唉，你这个思维乱跳的……

（明明你比我还跳……）

医生：你都跟我讨论不孕了，我能不跟你讨论结婚么？

之后的日子，可以称得上是顺风顺水。头回觉得，原来自己身上贴上"某人专属"的感觉不差。偌大的城市里，有一个人，与我息息相关，他需要我，我需要他，这种强烈的归属感，想想都能笑出来。

九月初的一个周末，去看爷爷。晚饭的时候，顾魏回来。一顿饭，不停地看我，又不说话。

饭后，我正在洗碗，顾魏站在我身后，欲言又止。

我看了他一眼："怎么了？"一整晚都有些奇怪。

"我……要外派。"

"嗯……嗯？！"我猛地掉过头。

去年表哥也被外派支西项目三个月，很快的，很快的。我力作淡定，问："多长时间？"

"半年多。"

我愣了一下："去……哪儿？"

顾魏看着我："德国。"

德国……我转过身继续洗碗。

顾魏的手穿过水流握住我的手："我昨天接到的通知。我们医院这批派送两个人。"

"哦。好呀。"我不知道这一刻自己是什么心情，只是觉得脑袋里一团一团的白雾，根本找不到完整的句子。

我抽回手，继续洗碗。

顾魏皱着眉头："校校……"

我低头看着水流："有点突然。"

晚上，我躺在床上发呆。虽然我和顾魏真正在一起的时间并不算多，但是也从来没分开过，想见就能见到，现在突然要分开，横跨三分之一个地球，三分之一个地球……

"校校。"一只手环过来，把我拉进一个温暖的怀抱。

我轻轻叹了一口气："出去自己照顾好自己。"

顾魏把脸埋进我的头发："那你怎么办？"

我抚过他的戒指："我等你回来。"

自从知道要出国进修后，顾魏对我很纵容。具体表现为，他对于我变身考拉成天趴在他背上不说话，一点意见都没有。

我有。

我舍不得。

但是我深明大义。

于是我继续淡定地趴在他背上。

我正常上班，空余的时间，要么去医院，要么就去公寓对着清单一点一点准备顾魏的行李。

顾魏的笑容少了很多，偶尔两个人有空在一起，他也只是静静地看着我。我知道他的心里也不好过，于是安慰他也安慰自己："没事，时间过得很快的。"

时间确实过得很快，和流水一样根本抓不住，很快就到了月底。

二十九号晚上，顾魏坐在沙发上看着我最后一次清点行李，明天他们的行李就要提前托运过去了。

我阖上盖子，拨好密码，坐在箱子上发呆。顾魏走过来坐在我旁边的地毯上，递过来一本口袋大小的手札："这个给你。"

我接过来翻开，瞬间没了话。里面列满了注意事项，所有家人朋友的联系电话，车子年审时间，房子装修进度……连林老师复查挂周几的专家门诊都列了出来。

"水电气我都挂到工资卡上了。这是爸妈那边还有爷爷家的钥匙。"顾魏从钥匙包里拆出钥匙再一枚枚串进我的钥匙包里。

我看着他低垂的眼睫，顾魏，你这样让我怎么舍得你走？

三十号，和顾魏回家。爷爷和医生爹依旧很淡定，交代了些注意事项，医生娘的目光却是在我们身上转了一圈，欲言又止。

午后，一大家子各自午睡。我趴在顾魏怀里，窝在阳台的大躺椅上。就着夏末的阳光，顾魏慢悠悠地数着一路走来的心事。

"那会儿都不知道怎么跟你开口说话……"

"当初啊……当初想了好几种方法准备把你骗出来，不过最后都没用上……"

"你不知道你有时候迟钝起来——我真是一点办法都没有。"

"林老师很严肃地恐吓过我……如果我辜负了他女儿，我的下场他都告诉我了……"

"我在想，如果你毕业签到 Z 市或者签回 Y 市，我要怎么办……"

我安静地听着他一一道来。很多事，现在看来都是美好有趣的，只有一路走来的当事人，才能体味到当时的焦虑、不安、纠结，以及忐忑。我无比感谢我的人生在林老师生病那一年，由晦暗意外地转为幸福，遇见这样一个人，给你信赖，任你依赖。幸福有的时候无关承诺过多少，无关一起做过什么，甚至无关所谓的"只要你要只要我有"，幸福最原始的意义就是陪伴，就是你知道你的生活里有一个人，他一直在那，不会离开。

顾魏最打动我的，是他自始至终对于这段感情的态度，干净、坦诚、尊重，以及完整。我很久之前就知道，顾魏的家人是盼着他早日成家的，但是他从来没让我暴露在这些压力之下。多少 30+ 的男人遇到个姑娘都想尽办法赶紧往民政局拐，他有很多的理由和我速战速决直奔小红本而去，但是他仍旧选择按部就班专心恋爱，好好地经营一段完整的感情。

我的一个师姐，三十岁的女博士，在家人介绍下认识了现在的先生，大她 4 岁，门当户对，四个月不到就领证了。婚礼那天在酒店化妆间，她对我说："女人啊，婚姻家庭的压力大，找个差不多的，也就不折腾了，两个人一起过日子，其实比恋爱容易得多。"听说他们婚后相处得很和谐。上个月碰到，已经怀孕 30 周了，和先生在公园散步，脸上是将为人母那种特有的温柔平静。我无权判断这是否就是爱情，但至少是亲情，足够支撑他们幸福的生活。

顾魏说："为了结婚而结婚，我怕你以后会后悔。"

回头看我和顾魏，从开始到现在，都是纯粹的。虽然谁也不能保证，由爱情走下去的婚姻就一定会平坦顺利，但一段完整美好的爱情教会我怎样去善待那个在爱情中善待你的人。

我在顾魏怀里换了个姿势："我高中的时候写过一篇日记，内容不记得了，但记得当时语文老师给的评语：人一辈子，与之相爱的是一部分人，与之结婚的是另一部分人。唉，我都是同一个，算一算我亏了。"

顾魏："你这个算法有问题……"

我笑着吻他，顾魏，谢谢你。谢谢你的耐心，给了我完整美好的爱情。

顾魏顺着我的头发，我舒服得简直要打呼噜了，觉得能这样一直到老，实在是很好。

"顾魏。"

"嗯。"

"你走了就没人陪我晒太阳了。"

"校校……"

"嗯。"

"两边父母长辈一起正式吃个饭吧。"

我从他怀里支起身子。他抬手摸了摸我的脸："我好心里踏踏实实地走。"

传说中的订婚吗？我呆了呆："哦，可以的呀。"

顾魏做事向来是不拖沓的。晚上就跟父母提了，一家人都表示赞同，接着就联系 Y 市父母和 X 市的一众亲属。

正好国庆长假来 X 市的表姐一家甚是兴奋："这种好事都能撞上，六月，跟舅妈要改口费。"

我囧……

一号，顾魏载我回 Y 市，正式以女婿的身份拜见父母及外公外婆。

二号，返回 X 市。当天晚上，满满三桌亲属。（居然三等亲内有这么多人……）

我很意外这么多人，处得一点不生疏，六个老人讨论养生，表姐和表嫂交流育儿经，娘亲和医生娘沟通退休以后自驾游的路线……很是热闹。

既然是订婚，自然是要喝酒的，人多一高兴，自然是要多喝的，医生第二天要登机，自然是不能多喝的，于是我……喝高了。

彻底的喝高了。

回去的路上，我窝在医生怀里，鼻尖贴着他胸口："我一直没告诉你，我高考第一志愿报的是你们学校。我再多考一分的话，我们就是校友了。"

医生的声音低沉温柔："没关系。"

我突然有些纠结："可是早遇到，就可以早在一起了。"

医生吻了吻我的额头："现在这样很好。"

"哪里好？"

"哪里都好。回到那个时候——什么都说不准。"

"嗯？"

"万一我们没碰上呢？万一碰上了错过了呢？现在多好，你人已经好好地在我这里了。"

"唔。也对。"我抱着他的腰迷迷糊糊地睡去，后面，就记不清了。

2012 年 10 月 3 日，顾魏飞赴柏林。

顾魏走后的第一个月。我很正常。

三三说："正常得都有点不正常。"

印玺说："这是还没回过味来呢。"

顾魏走后的第二个月。我依旧很正常。

三三说："还真有你这种没心没肺的啊。"

印玺说："故作淡定呢吧。"

顾魏走后的第三个月。我继续很正常。

小草说："阿校你瘦了。"

陈聪说："弟妹，你注意身体，注意安全啊。"

顾魏走后的第四个月。我出项目的时候冻着了，回来之后感冒发烧。其实病得不算重，只是断断续续半个月都没好透，精神有些不佳，晚上睡觉觉得骨头冷。周末，我依旧会回他的公寓，打扫打扫卫生，躺在床上睡睡觉或者发发呆。一天，半夜醒来裹着被子找水喝，一边喝一边就突然哭了。那是他走后第一次觉得难过，赤裸裸的难过，想到嘴里都发苦。

顾魏走后的第五个月。我恢复正常。

在两个城市间穿梭，一个人忙着两人份的新年。年夜饭开席前，我接到顾魏的电话，他的声音依旧温柔低沉："新年快乐。我很想你。"

我握着手机笑："好好学习，莫要辜负我的牺牲。"

挂了电话才发现，眼眶很酸。

如果翻开这五个多月的日记，那么主题基本都是"各种忧郁的深闺怨妇"。

时差且不论，医生毕竟不是出去旅游，日程比较满，我间或出项目，偶尔还要去和大一大二的少男少女们斗智斗勇，也不是很闲，所以我们电话打得不多，大多是写邮件。纵使我很想把这边的情况事无巨细地告诉他，但真正写的时候又实在怕做祥林嫂，所以，每天的邮件基本和短信差不多。

我："今天陪爷爷下了一上午棋，奶奶走后他话少了很多。下午去花鸟市场散步，他说了很多你小时候的事。原来'砸缸'的壮举，您小时候也干过……"

顾魏："药房只管开药，诊所只管看病，医院只管治疗，什么时候中国也能药院分开，每年能少掉多少没必要倾家荡产的人。今天观摩了一台手术，中外的治疗理念终究是不一样。"

我："今天去看了房子，飘窗护栏给拆了，我想我们应该是掉不出去的。瓦工师傅特别有爱，我送了他一个苹果，他送了我一支他儿子的棒棒糖……"

顾魏："这边手术室器械架设计的比我们的合理多了。张维的太太给他发了一张大肚照，五个月了，他说但愿别错过孩子出世。我忽然觉得自己还是比较幸运的。"

我："今天监考，收上来一张小抄，能赶上微雕了。看了十秒眼睛就花了，我果真不是作弊的料……又掉网了！"

顾魏："今天和张维去了一家据说小有名气的中餐馆。宫保鸡丁里面有黄油，服务员端过来一篮面包，一脸经验丰富地跟我们说，Put the chicken, in the bread, um~~ taste good~ 我们立刻就无语了。"

我："这周要去趟四川。小草和路人甲居然早就情定终生了，我到现在还没缓过劲来……"

顾魏："今天陪张维去婴儿用品店买礼物，店里最小的鞋子比我的手指长不了多少，简直跟玩具一样。他买了一条背带裤，我真觉得一时半会儿也穿不上。我买了套积木做见面礼。"

我："今天阳光无比好，你家露台晒满了东西。你爸说他也要晒晒，就在阳台躺椅上，晒睡着了……先生，我才知道原来你有那么多双球鞋……"

顾魏："你想象一个中国人和一个德国人用英文掐架吗？今天张维和组里唯一未婚的 Grtner 掐克林斯曼和贝肯鲍尔谁的综合实力更强，两个人跟语言障碍一样手舞足蹈。"

我："杜文骏打电话来，强烈要求你带特产回来，我想了想诉他，汽车带不起，啤酒带不了，他说，那就带欧元吧。现在的孩子，大脑构造都和我们不一样了。"

顾魏："今天同事邀我们去他家吃饭，他太太和你外婆一样，有圆圆的自来卷，煎的小香肠味道很好，没有喝酒，因为'德国人的啤酒都在酒吧里'。"

等等等等……

以上算长的，言之有物的，当然，还有一部分属于无主题无逻辑无内容的。

我："晚上睡得不踏实，算相思病的吧？"

顾魏："今天在儿童区看到一个玩魔方的小孩，特别像你。"

我："我觉得我都快记不得你什么味道了。"

顾魏："今天发现行李箱夹袋里有一根皮筋。你头发现在多长了？"

我："今天下雨，衬衫打湿了半边。不过那是你的衬衫。"

顾魏："今天下午去博物馆，然后看着看着就开始发呆。"

我："我给你画了张素描，不过画得很写意……"

顾魏："Grtner 让我形容一下你。我找了半天形容词，最后只能告诉他 Good。"

我："台历上所有的八叉连起来，很像华夫饼干。"

顾魏："好像睡眠是不大好。"

我："你觉不觉得心口痒痒？"

顾魏："没，耳朵烫，估计你在腹诽我。"

等等等等，诸如此类。

我之前从来没经历过这样的生活，大脑里有百分之一的空间，始终不受自己控制地游移在外，天气、国际新闻、报纸、时差……不至于扰乱正常的工作和生活节奏，但却总觉得，那些飘飞的思念我控制不住。这些淡淡的情绪好像一层薄膜，在周身细细地缠了一圈又一圈。

　　进入二月后，天气变得很好，办公室窗外的那棵树开始慢慢抽出新芽，一小颗一小颗的绿点憨憨地冒出来。

　　春天终究是来了。陌上花开，可缓缓归矣。

第九章
顾太太

爱人的怀抱，才是心灵宁静的栖息之所。

　　我和小草默默相对，她修改她的报告，我……拿着马上要答辩的论文神游……

　　路人甲周末回学校混吃骗喝，悠哉地拿了本和专业完全无关的变态心理学坐在小草旁边，旁若无人地对女友行注目礼。路人乙睡眼惺忪地翻着装订刊（他是被路人甲拖过来给小草的报告帮忙的）。

　　我的目光一会儿飘到书架上，一会儿飘到窗外，一会儿飘到和小草之间的那堆草稿上，心神不宁得居然连粗线条的路人乙都看出来了："唉，是哪一个风一样的男子让你如此神伤？"

　　我觉得跟路人甲混久了的人，都近墨者黑了……

　　我时不时地瞟一眼黑沉沉的手机屏幕，等得抓心挠肝。在过去五个多月的时间里，我数度抑郁，为什么非要在医生走之前那晚订婚？大好时光浪费在敬酒喝酒上，难道就没人体谅一下即将分隔两地的两个人需要些单独相处的时间互诉下衷肠吗？！第二天我头重脚轻地从床上爬起来，医生已经走了，这叫我情何以堪啊！！！（三三：你自己那一杯倒的破酒量，怪谁？）

　　医生回来，没轮到我接机，医院先把人接回去开会交接资料了……还有没有点人文关怀了啊？！

　　"阿校，你先回去吧。"小草的声音弱弱地响起，"真的，我都有罪恶感了……"

　　我摸摸脸，内心狰狞的女人总是很可怕的："没事。"其实让我一个人在公寓无所事事地干等，更抓心挠肝……

　　等天色渐暗，手机桌面上医生的头像闪动，路人甲率先从座位上跳起来："散了散了散了！你们准备拿诺贝尔奖还是怎么的？我都快饿死了，吃饭吃饭。"然后，三个人风卷残云般扫空桌上的资料，扬长而去……

　　我尽量放慢脚步往校门口走，发觉耳朵里除了心跳的声音，什么都听不到。不知道你有没有过这种感觉，你似乎绞尽脑汁地在思考问题，却发现脑子里连问题都没有，就更别说答案了。

　　等到医生的车停在我面前，我机械地开门，坐好，深呼吸，扭过头——又转回来——是不是德国伙食比较好，怎么感觉这厮又变帅了……

　　医生倾过身帮我系安全带："不认识我了？"

　　我抬手一挡："你……让我缓缓……"有种不真实感。看了看车内的布局，实在不适

余生
请多指教

合做什么出格的动作，遂目视前方，故作平静："晚上什么安排？"

医生看着我："先去爸妈那，刚才打来电话，饭都做好了。"

我扶额闭眼："你先开车。"

进门，送礼物，吃饭，闲磕牙，然后，医生娘一句"前两天爷爷和校校奶奶通电话，说一起着手挑个好日子"把一直盯着医生手的我迅速震回魂。

面对满眼期待的医生娘，我集羞怯，尴尬，惊讶于一身，说不出话来，其实，我感觉我昨天才订的婚……

医生爹问："你们自己是什么打算？"

医生看着我，笑得眉眼弯弯："我时刻准备着。"

刚回来就下猛料，我的小心脏有点受不了……

医生转向医生娘："等校校答辩完拿到学位吧。"

医生爹："对了，校校有没有读博的打算？"

医生娘忙道："读博也是可以先结婚的。"

我只有点头，点头，再点头的份儿……

晚饭后，老两口雷打不动地出去散步，我立在茶几边，看阳台上医生浇花的侧影。他已经回来了，这个事实还是让我觉得，没缓过劲来……

医生转过身看着我："不去看看你的礼物吗？"

他的床头柜上有只方盒子，我打开盖子——石头，各种各样的石头，不同颜色，不同形状，不同种类，从贴着封签的标本到表面已经非常光滑的火山石，满满一盒。

"有的是买的，有的是同事送的，有的是自己捡的。"

我憋在心里许久的东西终于从眼睛里冒出来，瘪着嘴叫了声"顾魏……"，抱着他的腰大哭，"六个多月，你们怎么进修那么长时间。

顾魏抱着我笑道："我还和张维说，你很淡定。"

"我总能不讲道理啊！"我蹭了他一身眼泪鼻涕，缓了一会，瞥见那个木盒子，又继续大哭，来势汹汹。

顾魏一贯的好耐性，不说话只是抱着我。我不知道自己具体哭了多久，只知道等我平静下来，医生爹娘已经回来了……

为了维护我的形象，出了房间他直接把我推向浴室："王宝钏同志，去洗澡吧。"

我一直觉得，我和顾魏之间有种奇异的感知互通，比如当我在床上调整了半天姿势睡不着，鬼使神差地下床打开门，门外的他离我不到两米远。

我仰起脸，四周一片黑暗，只有外面路灯极淡的光影，我却能看见他的眼睛眉毛，光洁的皮肤，以及脸上淡淡的笑，如同月光穿透云层。我的心仿佛融在一片不切实际的雾气里，他张开双手把我一抱，那些雾气就渐渐散去。

顾魏把我带进他的卧室，那架我白天上下其手很多遍的望远镜已经在床边架装好。我坐在床沿，眼睛往上一贴。

满目星辰。

我长长叹了一口气。

顾魏用被子包住我们："叹什么气？"

"以前都是看老师放的幻灯片，这回真正自己看，才发现一个星座都看不出来。"

顾魏低笑："刚才怎么知道我在门外？"

因为闻到你的味道了？我脑海里瞬间浮现出自己变成鼻尖四处嗅的黑猫形象，遂坚定地回答："心有灵犀。"

"医生，我觉得还是橙色星比较好看。"

"嗯。"

"月球移动速度很快。"

"嗯。"

"最大的那片是风暴洋吗？"

"嗯。"

我狐疑地转头，今天怎么这么配合？

顾魏抬手捂住我的眼睛，然后低头一个吻。

唉，着实很浪漫啊……

顾魏在我耳边笑道："良辰美景——"

我迷迷糊糊差点接一句"洞房花烛"，瞬间清醒后赶紧念道："唔，黑，黑夜给了我黑色的眼睛——"

"你的瞳仁是棕色的。"

"好吧，因为我在里面点了灯，方便更快找到你。"

顾魏把下巴磕在我头顶："还好，还不算太晚。"

我们就这样有一搭没一搭地低声聊天，聊分开的半年里我们各自的生活和思念，直到我在他怀里睡着。

凌晨，突然醒过来，猛地扭过头。

顾魏听到动静掀开眼皮："还没到点呢，继续睡。"

我说："我眼睛怎么疼呢？"

顾魏伸手，暖暖的掌心捂住我的眼睛："没事。睡吧。"

我嗯了一声，迷迷糊糊睡去，意识渐渐丧失时，听到他在耳边低低的声音，却听不清他在说什么。

我只知道，他回来了，我可以安心入眠。

第二天早上，我醒来。

睁眼四顾，客房。

扭头一看，顾魏。

垂下眼，腰上有只手，但衣衫比较整齐。

我捏顾魏的手指头，低声叫："顾魏。顾魏。"他慢慢眨了眨眼睛，早晨刚醒的时候，他的双眼皮总是特别深："嗯？"

"你应该关上门的。"垂死挣扎。

"哦，早上我妈去我房间没找到我。"

所以门是医生娘开的？我钻进被子，我这云英未嫁的矜持形象啊！！！

顾魏笑："没事的。"

唉，你怎么会懂得我内心的羞涩啊！

洗漱完毕，我去厨房帮忙。向医生娘问早的时候，尴尬得手都不晓得怎么摆。

听到客厅关门声，顾魏拿牛奶和报纸回来了。

"小伙子啊，嗯？"医生爹。

"嗯。"医生。

"嗯。"医生爹。

这是多么高智商的对话啊……

医生娘笑着拍拍浑身尴尬的我："小北好久不见你，黏你黏得厉害。"

瞬间明白医生昨晚把我抱回客房的原因……

医生批阅：我觉得我当时就是抱着一个水袋子，只不能撒手。

乱入的三三：为什么金子里没钻石？！重头哦好不好！

我：…………

当天，吃完午饭回到公寓。心血来潮想喝银耳汤，钻进厨房开始熬。刚把汤从压力锅倒进汤锅，医生已经收拾完了他所有的行李，启动洗衣机，人走了过来。

我慢慢搅着老冰糖："尝尝够不够甜。"舀了一点喂他。

然后，四目相对。

我眨眨眼睛："你耳朵红了。"

医生扶额："我出国前那天不该订婚的。"

"是啊，我都喝醉了……"

"我该结了婚再走的。"

然后，我尝到了银耳汤的味道。很甜。

两人刚窝上沙发，手机就响了，小草的声音无奈："阿校，答辩程序又调整了。你要不要去你导师那问一问啊？"

我无奈地把医生的手从衣服下摆里拉出来，唉，这就是命……

送我回学校的路上，医生表情淡淡的有点高深莫测。

我这才迟钝地反应过来，他刚才是不是准备那什么什么的呀？……满脸通红。

医生："脸红什么？"

我看着他一脸淡定，突然觉得自己思想太猥琐了，医生只是因为好久不见，在一起的时间被打断有些不高兴而已，于是惭愧地低头。

他伸手贴贴我的脸，嘴角勾勾："有点可惜，不过来日方长。"

我果然不能把你想得太善良！

接下来，我才知道这个"有点可惜"的意思。

我在学校，改论文，打申请，交数据，还要应付论文抽检，兵荒马乱。

小草抱着一摞论文纸冲回宿舍："阿校，我随手抽了一张刚打好的，就发现有个单词拼错了！我都审了六遍了！报告而已啊！"

"嗯——"我试图安慰，"接下来我们不缺草稿纸了。"

医生在医院，忙着大大小小的报告，整理手稿，交接病例，排班值夜，刚好赶上上面检查，人仰马翻。

中午在食堂碰到张维。

"没在家陪着孕妇大人？"

"我倒是想呢，手里资料还没整完，手术又排下来了。你多长时间没见着你家林妹妹了？"

"我估摸着我现在请婚假，都批不下来。"

所以等两个人再见面，已经是快一个礼拜以后了。一起吃了晚饭，回公寓洗完澡谁都没说话，往床上一倒，足足睡到第二天九点多才醒。

"还是自己的老婆自己的床睡着踏实。"医生把脑袋埋进我颈窝长长叹了一口气，"早上起来还是看到你心情比较好。"

我闭着眼笑了："希望五十年后你还这么觉得。"

午饭后，医生载我回 Y 市。

妈妈坚决认为顾魏出国被饿瘦了，吃晚饭的时候恨不得把所有的碟子都端到他面前。

晚上，依旧是我睡我房间，医生睡客房。

医生颇郁卒地看着客房新换的床单："父母们为什么这么执着于把我们分在两个房间？"

"因为我们还没结婚。"

"那我们结婚。"

不带这样拐的！

第二天上午，医生陪林老师打羽毛球，我在 QQ 上和三三聊天："金石这厮闷归闷，手脚倒是相当快。还有一个月我就能当干娘了。"

正说笑，医生推门进来。刚冲完澡，头发湿答答地就往我床上一趴，怎么拽也不起来，我忍不住笑了出来。

以前在医生床上迷迷糊糊醒来，都能看到他抿着嘴角笑得一副"你有所不知"的样子，我一直以为是我那会儿的表情太呆滞。现在才明白，我的床，上面躺着一个人，他心安理得地盖着我的被子，理所当然地枕着我的枕头，在我的私人领地肆无忌惮，那是一种绵实的满足感和归属感。

午饭后，我们回 X 市。出门前，妈妈抱了抱我："乖，和顾魏两个人好好的，互相照顾。"搞得我感动得莫名其妙。

当时我以为，顾魏这次来 Y 市，是因为久在国外，要来增进与二老的感情的。后来的事实证明，我太单纯了，他还带走了我的户籍证明……

两天后，北京时间 10 点 16 分，张维的太太顺产了一个女宝宝。

张维的太太属于古典美人，爱妻如命的张医生最大的梦想，就是以后出门手里搂着个薛宝钗，怀里抱着个林黛玉。

顾魏打电话祝贺的时候，张先生兴奋得发出的声音都是带拐弯的。

顾魏说："张维现在高兴得快疯了……"

顾魏一下班，我们就奔妇幼医院去了。

"我决定叫她桐桐，梧桐的桐，怎么样？好不好听？"新晋人父张维激动得拍着顾魏的肩。

六斤六两的宝贝啊，太小了我都不敢抱，还是张维太太把她放到了我怀里。

桐桐打了个大大的哈欠，然后左手握成小拳头，闭上眼睛睡觉。她指尖的皮肤都是半透明的哎！我心里软得简直就是一池春水啊……不想撒手！

后来张维喂太太喝汤，顾魏走到小床边弯腰和我一起看睡着的桐桐。

"校校。"

"嗯？"

"咱们也生一个吧。"

"嗯。"

等我反应过来答应了什么，瞬间脑充血了……（我总是很容易被他拐跑。）

晚上到家，我正抄着剪刀专心修理阳台那盆长相很奔放的吊兰，听到顾魏喊我。走到床边，看到他从床头柜里拿出一沓存折，卡……

我傻眼："丁什么？"

顾魏："我这是在转交我们家财政大权。"

我伸出手指拨了拨。

"这里面是什么？"

"工资。"

"这些？"

"入学开始满一万存一张死期。"（习惯多好！）

"你还买国债？"

"嗯，跟在师兄后面买的。"（觉悟多高！）

"你不炒股的吧？"

"……"

"你炒股？！"

"一个同学刚好在证券……"（还真是……）

我翻了翻，还真是遍地开花。一推："我不要。"

顾魏握住我手腕："什么你不要？"

我猛摇头，开玩笑，好不容易才从会计专业爬出来的。

顾魏漂亮的眉头开始皱："这些是结婚和以后要用的。"

我摇摇头，起身找钱包，刚拿到手里，整个人却被顾魏往怀里一捞："我很严肃的。"

"我也很严肃的。你那五花八门的……不行，既然要结婚，那结了婚你管。"说完开始掏钱包，"这张是我的工资卡。这张学校的，开了网银。密码你都知道的。这张，这张我就零花吧。基金保险什么的，你下回问我妈吧。"

看到顾魏挑着的眉毛，我突然有些心虚，戳着他胸口："那个……手机里自己下个挖财，我包里有记收支的小本子自己去找，定期给我汇报收支情况，嗯，没钱花了我会跟你要的。"

十八岁开始被娘亲强制要求记流水账，还不定期抽查，不记都不行。阿弥陀佛，烫手山芋终于推出去了

看顾魏一脸玩味，我更心虚："你……你看你多幸福。多少男人被老婆卡钱。"

顾魏挑眉："嗯？"

"我会不定期抽查账目的啊！"

"嗯？"

"我学过会计的啊！"不要做假账！

"嗯？"

我看着他越来越勾的嘴角，悲愤地反应过来："顾魏！不准调戏我！"

顾魏笑出声，松开我往回走。

"卡给你呀。"我摇了摇手。

"给我干吗？"

给你账就归你记了！

"拍婚纱照用啊。"

"拍婚纱照的钱我已经存好了。"

"买结婚礼服。"

"我也存好了。"

"你怎么什么都存？"

"不知道男人要存老婆本么？"

"戒指！还有戒指！"

顾魏转过头，我怕他再说存好了，忙开口："你的戒指，必须得我买。"

顾魏笑："嗯，那你留着吧。"

你个狐狸！我拿钱包砸他！

顾魏拾起来放到桌子上："幸好你是找了我，找别人估计被卖了还在帮人数钱。"

医生批阅： 我现在都不敢乱说话。

我提早回到公寓，翻着手上的杂志，看到一则笑话特别逗，就摸过手机。

"医生，在哪儿呢？"

"坐地铁呢。"

"克里姆林宫的主人有着这样一个规律：列宁没有头发，斯大林有头发，赫鲁晓夫没头发，勃列日涅夫有头发，戈尔巴乔夫没头发，叶利钦有头发，普京没头发，梅德韦杰夫有头发。十二月杜马选举结束后，俄罗斯人在网上补充道：普京没头发，梅德韦杰夫有头发，普京没头发，梅德韦杰夫有头发，普京没头发……"

"……"

"哈哈哈……"

"你等着。"

我等着，等什么？我莫名其妙把手机塞回口袋，到冰箱里拿了盒酸奶慢慢吃。还没吃完，医生回来了，手上拎着一袋芦笋。

我看着这袋"抗癌最佳食物"，觉得医生的职业病已经病入膏肓……

医生放下包，换了拖鞋，冲着我笔直地走过来，伸手捏住了我的脸。

我抗议："你不会就是让我等着你来捏我吧？"

"唉，你说你脑子什么构造？一天到晚在想些什么？"

"你啊。"

"……"

我的表情特别无辜，然后这厮就泄气地往我身上一趴。

"我们抽空去拍婚纱照吧。"

"医生你每天都求一次婚呀"

"……"医生直接无视我，"天气暖和了，打电话预约吧。对了，你小说也好结束了。"

我把剩下的酸奶往桌上一搁："医生，你知道这世上有个东西叫番外吗？"

医生一脸茫然。

我说，"结婚了照样写。你以后要是对我不好，我就引导人众舆论刘杀你！"

我有时候真的觉得医生的心理素质已经被我锻炼上来了，他特别淡定地扬扬眉毛，端起我的酸奶继续吃……

吃完，打电话通知两边父母选日子。接着联系影楼定拍照的时间。

我看着他有条不紊地一堆电话打出去："医生，你蓄谋已久了吧？"

"那是。好几年了。"

"……"

拍婚纱照那天……

我一直对水下摄影很感兴趣，于是决定人生的第一次尝试就放在婚照上好了。等看到那么大的一个水池的时候，立刻就移步困难了。

"怎么了？"

"医生，我有没有告诉过你我不会游泳……"

医生看了一眼水池："就——这么个深度？"

我看了一眼，手一挥："甚好，下水。"

摄影师说："你们先随意摆动作，我抓拍。"

我深呼吸，下了水，然后就呆了。不知道该做什么，只觉得头发一根一根离开了头皮。两只手因为浮力悬在身前，我一根根打开手指，皮肤在被水中的灯照着，颜色好像暖玉一样。

一只修长的手穿过水流握住我的手。在水下十指相扣的感觉，很细腻。

我看着医生停在我对面，摘掉了眼镜。我不知道他怎样能在水下也把眼睛睁得那么好看。此刻我只想闭上眼睛。闭上之前，看见他带着浅浅的笑意慢慢靠近……我觉得，再美的梦境也不过如此了。

那天，后来的单人照，医生都陪着我一起下水，躲在镜头外面，但我总是游着游着就游到他身边去了。他对我，总是有种，不可抗拒的，吸引力。

拍完照三三打来电话："怎么样怎么样？水下热吻没有？"

"Not French Kiss. Only Friend Kiss。小说电影骗人的，什么接吻渡氧气，渡二氧化碳还差不多。"

医生批阅：哈哈哈哈哈

从民政局出来，我呼吸了一口新鲜空气。

2013 年 4 月，我们领证了。

早上躺在宿舍床上接到医生电话的时候我还有点反应不过来，然后被他拎着去人事科开证明。我拉拉他袖子："为什么今天领啊？"

"我今天轮休。"

你给的答案为什么总是这么奇葩。

"你那天在妇幼医院答应了。"

我想起那个"嗯"，无语得不行，医生你真的很没有诚意啊！！！

抬头望天，晴空万里，好天气！

遂勾住医生的脖子："走吧，今天是我们私定终身的大日子！"

医生把我的手拉下来握住，朝车子走去："私定终身？我们已经被催婚 N 次了。"

到了民政局填单子。登记员伯伯审核资料的时候，我问："不是应该问一句'是自愿的吗？'"

老伯伯笑了："姑娘，你是自愿的吗？"

"自愿的自愿的。"

我看向一旁瞪着眼睛一脸惊奇的医生："你不自愿？"

医生扶额："我很自愿。"

接过婚检单，谢了老伯伯出来。我一路被医生扣着去做检查。

"你扣着我干吗？我又不跑。"

"我防止你扰乱社会治安。"

"我是良民！"

做完婚检，送交审查。

签字前，医生看着我说："想好了再签啊。"

我看了他一眼："你的卖身契，我当然要签。"

再到登记处排了一刻钟，小红本才到手。（所以同志们，结婚证不是像小说里写的那样两人拍个照盖个章就能拿到的那样简单啊。）

出了民政局，我长长呼了一口气，看着两个小红本都被拿在身边这个男人手里。天马行空地想象了一下我娇羞地对着医生喊"老公"的样子，瞬间被自己雷到，哆嗦了一下。

医生问："怎么了？"

我抬头："我还是叫你医生吧。"

医生的表情告诉我他很莫名其妙："随你叫。"

我攀住他的胳膊，无比娇羞地喊了句："老公～～～"

他下意识地"嘶"了一声，清了清嗓子笑道："顾太太，注意形象，注意形象。"

"顾先生，恭喜你革命成功，加入已婚大军，迈入人生的新阶段。"

"感谢领导关心。吾必将竭诚尽力。"

我摸摸他的脸："乖。自己回去吧。我要去趟学校。"

"刚结完婚，你就不要我？！"

两个路人打我们身边过，被顾魏的话惊到，诡异地看着我们。

我黑线万丈。

"我回学校找导师啊。"你跟着去干吗？

"那刚好找完了去趟你宿舍收拾东西。"

"干什么？"

"有已婚妇女住宿舍的吗？"

"嗯……"

医生停住脚步，表情严肃，"你不是打算领了证了，我们俩还每天各回各家吧？"

好像是不应该。

"可是……我还没毕业呢。"

"没毕业和你回家住有关系吗？"

"……"我才发现我以前一直没有思考过这个问题。

"我怎么觉得你结婚了跟没结一个样呢？"

我突然也这么觉得……

"唔，不该这么早领证的。"我脑子飞转，印玺，表哥，学姐……难怪大家都卡在毕业之后领。

"林之校……"医生皱眉。

"不是，我不是那个意思，我特想跟你结婚！"我抱住他胳膊，"就是，就是我觉得，现在从学校完全搬出去……马上答辩就要开始了。"

我看着依旧蹙眉的医生，婚后第一次闹矛盾么这是？还真是够快的。叹了口气，认命地拽着医生，碎碎念地往车边走："好吧，我争取每天回家，可是不保证。一会儿别把我所有的衣服都带走。书和资料的话，都先留在学校吧，我白天过来。我这时候跑路太没阶级感情了，小草一会儿打我你挡前面啊……"

医生去图书馆帮我借要带回家的书，我从导师那出来一个人先回宿舍收拾东西。

小草在知道我的已婚身份后尖叫一声："林之校你有没有良心！这会儿走人，阶级革命感情你说抛就抛，这么急着领证你怀上了啊！"

我很惆怅……多么好的一个姑娘，就这么被路人甲带坏了……

突然，小草轻声道："阿校……我毕业就回去了。"

"什么？"我停下手里的活，"你不留在X市了？"

"我爸刚才打电话过来了，还是希望我能回他们身边，他们就我一个孩子……我答应了。"

医生上来的时候，就看到我和小草红着眼睛抱在一起，一时间站在门口进也不是退也不是。

小草瞥见他，松开我去阳台拿箱子。

医生把手里的书放在书桌上，看着我。

我："小草要回 S 省了。以后见一面就难了。"

医生沉默半晌："今天领证，你总得和我一起吃个饭吧。"

我："啊？"

医生叹了口气："你毕业前想住学校就住学校吧。"

最后，我除了一套睡衣一套换洗衣物，什么都没带走。

从宿舍出来，我突然想起："你刚才怎么上去我们宿舍的？"物业管理员查人很严的。

"出示结婚证。"

这个男人……

突然，我灵光一闪，掏手机："路人甲，小草要领父母之命回 S 省了。"

"What？！"

"刚接到的电话。"

"嘶——"

"算了。您节哀。"

"什么节哀？！节什么哀？！我机票改签！"

"改签？"

"我本来定的五一上门的！"

电话被迅速挂断。

医生瞥了我一眼。我把手机塞回兜里："咳咳，你知道，已婚妇女一向热衷于牵线搭桥。"

医生批阅：以前没看出来你这么热衷牵线……

领证之后，我深深觉得，医生变得嚣张了。

曾经打着电话温文尔雅"今天回不回来？要不要我去接你？"的好青年一去不复返了，取而代之的是"我过去，还是你回来，你二选一。"

哟兮~一股子无间道的味道，一起吃个晚饭而已吗。

领证后，医生对于一同吃晚饭，那是相当执着，原因我不得而知。然而由于两人手头都忙，同吃晚饭这件事，基本上只能口头交流却难以付诸实施。

领证之后的第五天，被医生拎回公寓吃饭。

吃饭的时候，医生比较安静。

我问："几天没见，你都没话跟我说吗？"

医生："跟你说什么？"

"啊，那就不说了吧。"我闷头继续吃。

洗完碗，两个人大眼瞪小眼。

医生："我今天推掉了两个饭局。"

我："啊，你行情这么好。"

医生的脸扭曲了一下："就是为了陪你。"

“我可以自己吃的。”

医生扶额：“我迟早被你气死。”

“我哪里舍得……”

医生自言自语道：“不行不行。”

我还没问什么不行，他人已经走过来把我往怀里一扣，铺天盖地就是吻。

医生的唇很软，所以我一向是开始很享受，到后来，就有点喘不上气……

“你你你干什么？！”

“不能这么便宜你了！”

“我干吗了？”

“我现在每天看到你没心没肺的我就不舒服，血压就往上升。”

“胡说！你那是欲求不满。”

“那你满一下。”

“啧——”出了趟国你就学无赖了，“我这云英未嫁的，你也敢公然调戏！”

医生眼睛一眯：“你再说一遍。”

“我这……你也敢公然调戏！”

“再，说，一，遍。”

“……找错了。”

领证后，除了回家一夜，我大部分时间和小草粘在一起，所以没忽略掉神出鬼没的路人甲以及小草眼角眉梢的情绪波动。

五一放假前，我和医生，小草和路人甲，四个人凑在一张桌子上吃饭，为小草送行——她马上要被手脚迅速的路人甲绑回S省见父母了。

我：“同志，有绑着新娘去见泰山的吗？”

路人甲认真思考了一下：“你的意思，直接绑进民政局？”

“当我什么都没说。”

饭后，我目送小草被拖走，转身对医生说：“今天可以回家。”

医生扬眉：“不然你还准备去哪儿？”

“宿舍……”

我被医生无情地拖上了地铁……

晚上洗完澡，卫生间门被敲了两下。

“洗好没有？”

“在抹润肤露。”

然后，医生就开门进来了。

彼时，我套着一件他的大T恤，光着两条腿，举着两只满是润肤露的手，眼睁睁地看着医生关门，换洗衣服放上衣架，然后，开始脱衣服。

医生解完衬衫扣子，扭头看我：“有什么问题？”

“没，没有……”我游魂一样飘了出去。

晚上，我伸手关了台灯，盖好被子准备睡觉。却总觉得哪里不对劲，转头看医生，他一眨不眨地看着我。

大眼瞪小眼了一会，我豁然开朗，在他脸上亲了一口："晚安。"盖好被子睡觉。

医生依旧一动不动，一眨不眨地看着我。

继续大眼瞪小眼了一会，我觉得不对劲了，后脊梁开始发毛："你不睡吗？"

盯得我脖子后面都开始冒汗了，伸手捏捏他手指头，没反应，再捏，被一把攥住。我的心一跳。

医生慢慢地翘起嘴角："林之校。"

"啊。"

"你有没有一点'已婚'的意识啊？"

"嗯？"

一只温暖的手放到我的肚子上，慢慢环住我腰，将我拉得侧向他。

我看着顾先生的脸越来越近，脑子里噼啪作响："嗯……"

然后眼睛被捂住了。

为什么医生吻我的时候老喜欢捂我的眼睛呢？这是我大脑最后一个清醒的意识，然后，就一团混乱了……

以前我总说路人甲是"满嘴跑火车"，那么现在，我就是"满脑子跑火车"，除了轰隆隆的细胞沸腾声，什么都没有……

第二天早上，我是被痒痒醒的——有人在玩我的眼睫毛。

我睁开眼，医生还是那个医生，笑容还是那个笑容，只是脖子以下一片春色。我下意识地闭上眼。觉得不管用，脑袋又埋进枕头底下。

可惜枕头很快被掀开："怎么？不想负责？"

"没有没有，我负责我负责。"

怎么觉得角色有点倒反……

说完继续埋回去，我对坦诚相见还是有点适应不良。

医生笑："今天想干什么？"

"睡觉……"我元气大伤……

"嗯？"

我听到近在耳旁，那个扬起的尾音，立刻炸了："盖，盖着棉被纯睡觉！什么都不做！"

医生笑了，来了个绵长的早安吻。

等我从浴室出来，床单已经被换掉，早饭也在桌上了。我闭着眼睛抓了两片吐司就倒在床上——昨晚到底是被就地正法了，今天我可以名正言顺地赖床了……

迷迷糊糊睡着，再醒来的时候，医生已经把午饭准备得差不多了。

我游魂一样飘到饭桌边，看着菜发呆："医生，你这是在给我大补吗……"

医生端汤过来，笑眯眯："应该的。"

下午，我继续睡……（三三：你猪吗？）

醒来的时候，发现医生躺在我旁边，手里握了本书，嘴角翘翘地看着我。

我钻到枕头底下："顾魏，如果我老了得心脏病，肯定是你的问题。"有几个人受得了一睁眼，就有人对着自己放电……

　　所以第一天第二天，就是这么睡过去的……

　　医生批阅：睡那么长时间，你也不觉得累……

我从来没想到，我和医生结婚的消息，传播得比 H7N9 还要迅速，让我一度怀疑他们是不是有人在民政局安插了眼线。领证第二天起，就陆陆续续地收到各种非主流的结婚礼物和包裹。

印玺送 sexy 睡衣和一箱 TT 的猥琐已经不足为奇了，顾肖一箱子《婚姻，你准备好了吗》《中国式离婚》《打响离婚反击战》的恶劣我已经泰然处之了，最奇葩的是三三，硕大的盒子一拆开，里面三双 UGG（两大一小）。肖君你都不把下关的吗？！

顾魏看到上面绑着的粉红色蝴蝶结，面部肌肉都僵硬了。然后，毫不犹豫地把这个盒子扔在了顾肖那箱的上面。

【番外之我和三三的二十年】

三三是我的死党，幼儿园打架后英雄相惜，遂狼狈为奸至今。

之所以叫她三三，因为她在她这辈排行第三。

林老师有阵子被央视二台举案说法类的节目浸淫得很恶俗，听完我跟三三打电话，问："你怎么不干脆叫小三呢？"

我无奈地看着他："因为你排行第二……"

林老师是个单纯得心思从来都不会拐弯的人。我要敢叫一声小三，她绝对能用千百句老二砸死我。但是我叫她三三，她的反击除了让她舌根僵硬外没有任何杀伤力。

在外人眼里，我和三三是对完美的互补型闺蜜，一个闷骚一个彪悍，一个冰山一个热情，一个单调一个活泛，两人一路手拉手冲杀到初中毕业，然后考进两所不同的高中，然后——

鸿雁传书继续奸情不断。

在那个手机不甚普及而小青年们又追求小情调的年代，我们俩隔着半个城市以平均一周一点五封信的频率干掉了无数信纸信封明信片，在三年只见了三次面的情况下，经受住了时间和距离的考验。

三三是地道的理科生，选科是王道的理化组合，那阵子，她的口头禅就是，"学好数理化，走遍天下都不怕"。

我选的是地理物理，在理化班和史地班跑班上了一年多的课，高三下学期才在史地班有了稳定的座位。

三三在文科重点高中读理，我在理科重点高中读文，这是段纠结的岁月，不回忆。

三三总是嫌弃地说："你就是个伪理科生！"

　　我说："你不能因为你立体思维差从来算不对球体上两点间的距离就这么歧视地理。"

　　这是三三的死穴，她到现在都算不清楚公转角度自转角度同时作用下太阳会对一棵树的影子产生怎样的影响。或者类似一架出北纬30°东经120°的飞机在2012年2月29日23时以880公里的时速自西向东飞往南纬30°西经120°时，当地时间是几点这种问题……其实我还没跟你算地速空速转换。（三三：信不信我废了你！！）

　　她总说知道这种事没有什么实际意义，也不会在我说"迷失在空无一人的森林，根据一棵树就可以推断方向和时间，然后走出去！"这种激动人心的事件时配合地兴奋一下。所以说，学地理的人都是寂寞的……

　　高考之后，她以彪悍的物理成绩入主X市T大土木工程系。我以彪悍的地理成绩，入主离她136公里的Y市T大会计系……

　　"虽然大学里地理是正儿八经的理科，但是亲爱的你已经万劫不复了。"自此，三三把我彻底划出了理科生的范畴。

　　我很忧郁。

　　因为高中三年，没 个人当我是文科生……

　　我就是夹缝中顽强生长的迎客松！（冷笑话……）

　　会计实在非我所愿，我是被调剂的。为此，审计出身的娘亲由最早的"会计其实很简单"的循循善诱，到后来恨铁不成钢的"你这究竟遗传了谁"，直至最后"你自生自灭吧"的放养，她很无奈，我也很无奈，因为我的专业课成绩其实不差……我只是不感兴趣。

　　所以我毫不犹豫地修了第二学位，大四那年考研转行。在三三进入X市一家设计院成为了一名青葱鲜嫩的工程师时，我拿到了X大的研究生录取通知书，成功会师。

　　关于研究生这个事，很多家长的第一反应都是，啊，爱学习的孩子，随后基本都会问："读的什么专业？"

　　从这里开始，有差别待遇了。

　　你说，经济，人想，哇，真有钱……

　　你说，建筑，人想，哇，真彪悍……

　　你说，哲学，人想，哇，真深邃……

　　你说，物理，人想，哇，真学术……

　　你说，地质，人想，哇……你刚才说什么？

　　脸上往往呈现出难以形容的表情，混合着诧异，茫然，钝化……等多种情绪。我在二十二岁那年，在我妈脸上，第一次看到了这个表情。

　　我理解她对通知书上"地质学"三个字的震惊，一名成天和数字打交道的人，是无法理解我对这片土地的热爱的。

　　但是我也理解念在X大的份儿上，她不会削我。她捏着通知书，似笑非笑地哼了一声："会计跨地质，够混搭的啊，跟谁学的？"

　　我试图搞活气氛："林老师啊，你看林老师，他物理学混搭作曲。"要是搁现在，不但跨校跨专业跨学科，他还从文化生跨艺术生。

　　我妈最终选择了，继续放养……

三三是继我父母之后第三个知道这件事的人，她那画设计图的玉手把通知书拿过去一展，摸了摸，掸了掸，对我进行了精准的定位：贼！心！不！死！

三三，你太懂我了！

什么叫死党？死党就是如果我是男人，我一定不娶你！否则我私房钱要藏哪儿？！

三三和我都是很实用主义的人。比如：

她刚大一，我就定了她的毕业设计："记得主题是我的婚房"。三三嫌弃地看着我："亲，我学的不是室内设计。"

我准研一的暑假陪她为她第一个接手的项目找灵感逛楼盘的时候，三三趁漂亮的售楼小姐指着样板房天花乱坠地胡侃时，迅速地调过头对我说："给我算下 B 座一楼冬天的光照时间，快。"

我嫌弃地看着她："三，地质学主要研究的是地球的物质构成和圈层构造……"

三三飞来一记眼刀："那你给我预测个地震？！"

我……抬头望天，认命地在脑子里画三角，估算经纬度层高楼间距……

由此可见，第一，我们对对方的专业领域理解得毫不透彻，第二，她是 S 我是 M……不过这并不影响我们的友谊历久弥新。因为我们深知对方都不是明面儿上的样子。她说我脾气好但不能掩盖腹黑的体质，那她就是洋溢着御姐气质内心柔情的豆腐西施。

所以她在反抗父母安排工作绝食的那天，我吃着她的那份午饭，一脸不经意地用一连串"父母安排通天大路，走出一曲人生悲歌"的社会恶性事件成功说服了她父母。在我妈和我冷战两顿饭后，她挽着我妈出去散了一小时的步，用"哪个父母不为子女好，哪个子女想让父母担心？"这个在我看来和地质学完全没有任何关系的柔情攻略搞定了我妈。

所以我们互补，我们臭味相投，我们互相善后……

二十多年的相伴，我们的感情早已超越了友情。在对方的人生道路上，进进出出得肆无忌惮。

和顾魏领证之后的某天，我和三三吃饭，吃完被她拖去 KTV 唱了三个多小时"朋友一生一起走"。

我能理解那种看着最亲密的朋友和自己形影不离的时间逐渐转移到另一个人身上时，憋闷酸胀但又打心眼里为对方高兴的感觉。

没有三三的推波助澜，可能我和医生不会如此顺利地一路走下来。

亲爱的三三，很多事，介于不说憋屈和说了矫情之间。而矫情的我们一般都不会选择矫情地说出来。咱都这么多年了，未来我们会一直这么走下去的。

最后，三三，你抓紧时间减肥，我给你定的伴娘礼服还是抹胸的那款，穿不上你就只能披床单了，是惊艳还是惊悚，你自己选。

【番外之寻觅西南】

思澜算是我不同门的师姐。来自杭州，却散发着一种不同于一般江南女孩的气质，就如同她手腕上那个图腾复杂的老银镯子——古朴里面透出一种端庄的妖冶来。

思澜的长相有点像杨丽萍与阿朵的结合体，棱角分明的槟榔骨遗传自她土家族的阿婆。

我们常开玩笑地唤思澜化缘师。她总是背着一个苍黑色的大包，仿佛随时都可能四处去流浪。

我刚认识思澜那会儿，她还没开始流浪，安静沉着地等着她的费晓光。他们是少年恋人，一路从高中走上来。他学经济，她学历史，课少，就跟过来旁听，一来二去就和我们认识了。平时聊天，话也不多，偶尔几句都是和费晓光有关。

费晓光高我们一届，年年奖学金公告栏里都能看见他的大名。见到他本人那次，我有点意外，白面书生却配了副过于严谨肃穆的表情，怎么扶得起思澜骨头里的灵气劲儿呢？

但是思澜喜欢。

"晓光说了，等毕业了就陪我一起，把西南走遍。"

我没敢告诉她，一个天天往教授和辅导员那儿跑的男孩子，如何能放下这边的大好前程，同你去西部？

一次，学院举办晚会，她跟着费晓光一同参加。期间过来与我们谈笑，一个师姐夸张地模仿摩梭人的走婚歌，一群人笑得东倒西歪，费晓光突然面色沉郁地过来带走了思澜。

师姐说："我怎么觉得这姑娘亏了呢？"

不论别人如何看，思澜依旧死心塌地地等着她的费晓光，等着她的费晓光陪她一起实现走遍西南的梦想。

我曾好奇地问："思澜，为什么对川藏滇那么感兴趣？"

她说："这个故事讲起来太长了。我答应阿婆帮她找个人。"

他们刚升大四没多久，思澜突然不来院里了，我们谁都联系不到她。我问师姐有没有思澜的消息，她不会像狐妖一样突然就不见了吧？

师姐道，聊斋里最多的就是被白面书生辜负了的狐妖。

后来，那个白面书生的故事传到了我耳朵里。我以为借口会是老套的"我认为我们不合适"，没曾想到却是"我觉得你的心不在我这里"。

师姐当时气冲云霄地骂了句："放屁！心不住他那，好好一个姑娘十吗守着那么个拙夫！滥情劈腿找这种借口也不怕被雷劈！"

毕业前夕，我在图书馆碰到来还书的思澜。她的笑容依旧安静："前阵子我回去奔丧。"她阿婆走了。

对于费晓光，她的话少而简单："一个男人，担当不起并不可笑，但是，没有担当便很可恨。"

她送给我一只绿松石挂坠："我要去四川了，走川藏线入藏。"

那样纤细的个头，眼睛明亮。我抱了抱她："一路顺风。记得给我寄明信片。"

之后，就断了联系。

费晓光如愿以偿地进入了一家很不错的外企，听同学圈里谈起过他，事业和生活上一直不太顺利。我不好说这是不是报应，但是错过了思澜那么好的姑娘，他心里后不后悔，只有他自己知道。

大学毕业那个暑假，回家清理信箱的时候，才发现了一张落了灰尘的明信片。正面是布达拉宫，天空的颜色很漂亮。反面是思澜的字："有机会你一定要来这里看看。"

我突然很想念这个风骨独特的女孩子。

后来跟师姐联系，才约略知晓了她的经历。

毕业后，她带着一万块钱出发，一路颠簸，过了甘孜自治州后，就和这边断了联系。再次收到她消息的时候，她已经在一所小学支教了五个月，给了一个地址："大家不用的东西，可不可以打个包裹邮寄过来？大人小孩的都可以。"

"我搜罗了五大包干净的衣服和文具寄过去，她回了封信道谢。信里夹着邮费。"师姐摇摇头，"再写信过去，回信说她留下三千块钱，人已经走了。"

再后来，又是大半年的时间，接到了师姐转发过来的邮件。

我有些紧张地点开图片。丽江古城护城河旁，细瘦的姑娘坐在石阶上，晒黑了一些，长发盘成髻插了簪子，古朴淡然。

"这里很好，离天近，漂亮。"

思澜就像个小散仙一样，断断续续零零落落地和我们保持着联系。有时候是一封邮件，有时候是一张明信片。

直到我接到她即将嫁人的消息。

师姐身怀六甲，于是我只身前往。时隔三年，我再次见到思澜，抱着她开心得说不出话来。

婚礼前一晚，我和思澜窝在一张床上，听她讲了一个很长的故事。

土家族姑娘爱上了大自己九岁的康巴汉子。

他躲，觉得能歌善舞花骨朵一样的姑娘，怎么能跟着他一个军人东奔西跑。

她追，硬塞给他一只银镯，另一只在自己腕间，是一对。

他终于软化，托人带了约定的口信。

她赶到阿坝州，却再也没见到人。

她在阿坝等了五年，音讯全无，最后嫁给了去当地考察的学者，跟随丈夫回到了江浙。

我问："后来找到了吗？"

思澜摇头："没有，找了一辈子都没找到。"

她一直坚持往阿坝州写信，后来还联系到了他的家人，然而谁都没有他的音讯。那个年代，上了前线……

思澜摸了摸腕间的银镯："外婆一直觉得，他就在这里。有这么个念想，其实也挺好的。"

迎婚那天，我将思澜送上了马背。她在寻找另一只镯子的路上遇到了桑吉，一个多重的行李都愿意帮她背，多远的路都愿意陪她走的康巴小伙。

我想，这未尝不是她外婆曾经缘分的延续。

上个月，我不抱什么希望地向思澜的信箱里发了电子婚束，月底学校那边签收了一个包裹，打开是一尊小铜菩萨像，一座佛塔和一对精致的银嘎乌。

思澜说："这是嫁妆。"

医生批阅：很多次好奇，你怎么会有这么多风格各异的朋友。

整个五月，我和医生的工作比较忙，但是，医生曰：明日复明日，明日何其多。反正已经都这么忙了，索性就让暴风雨来得更猛烈些吧！

关于婚礼，我和医生决定，不麻烦两边家长，自己来。

找了个周末，开了两听百威，书桌，对坐，碰杯。

"顾先生加油！"

"加油，顾太太。"

一人一摞 A4 纸，开工。

医生负责敲定酒店，我负责排宾客名单，医生负责定菜单，我负责请柬和喜糖，医生负责婚庆公司，我负责礼堂装扮……

期间他继续他的手术，我完成我的答辩，他做他的报告，我出我的差……

结婚真是个很累人的事，每天到家，两个人石头剪刀布，赢的人先洗澡，等输的人洗好，赢的已经睡得丧失意识了。

两边父母屡次表示想帮忙，医生都淡定地回："四位安心上班，到时候带着红包来参加婚礼就行了。"

然后回家对我说："顾太太，你要挺住！"

我豪气万千地拍拍他的肩："不怕，有你呢！"

整个婚礼大致定下来那天，两个人早早趴在床上发呆。

我说："如果婚礼都由当事人自己策划，就不会有那么多小青年随便离婚了。"多辛苦才结的，哪里舍得离。

整个婚礼，从开始筹备到结束，医生的体重掉了六斤，我掉了五斤。

试结婚礼服那天，医生对着更衣镜说："嗯，结婚果然既塑心又塑形。"

整个婚礼的前半场还是比较四平八稳的，回顾恋爱史，亲朋好友祝辞，奉公婆茶。司仪——是个浪漫的文艺青年，具体来说，就是喜欢自由发挥，相当地考验新人。

司仪："爱情是人类永恒的话题，请问新娘，你觉得爱情是什么？"

我说："两个彼此合适的人，相遇，然后默契地走到一起。"

司仪："那么新郎，你认为婚姻是什么？"

顾魏沉默了几秒，说："就是这两个人互相扶持，一直走到老。"

顾魏的话让我的眼眶蓦地有点发烫。

司仪："新娘感动得好像要哭了，新郎官有什么话要说？"

顾魏："乖～"

台下哄笑，我立刻囧囧有神。

在被司仪磨练大脑若干次，我都怀疑他要不要我们背圣经的时候，他终于宣布交换戒指。

戴着花冠，背着小翅膀，穿着白色蓬蓬裙的六月捏着两枚戒指走上来，踮着脚尖举到我们手边，我和顾魏正准备交换戒指，司仪临时兴起："在众人的见证下，在交换戒指前，请新人向对方说出你'爱的誓言'。"

"说'我爱你！'"台下顾肖接了一句，众人哄笑。

我看着对面的顾魏，从最初端着手术钵只露一双眼睛，到现在笑意盈然将为人夫，时光荏苒，他依旧是当年的模样。我想，即使再过很多很多年，我依旧会在看见他的眼睛的时候怦然心动。

我说:"未来不论发生什么,我都一直在你身边。"

顾魏握着我的左手,说:"你不会后悔。"

"以戒指作为信物,你们将交付对方剩余生命中所有的信任、忠诚与责任。"

顾魏将戒指慢慢套进我的无名指,在我耳边小声地说"顾太太新婚快乐",抬头看着我微笑。

我从六月的小手里接过戒指,趁视线彻底模糊之前,套上医生的无名指:"很好,顾先生,你是我的了。"

在催泪的背景音乐和鼎沸的欢呼掌声里,把头埋进了顾魏怀里,到底还是哭了出来。

后半场基本就是大家自由发挥了。

除了顾肖借了乐队的贝斯来了首摇滚版的《月亮代表我的心》,路人甲在配合猴子变魔术时说"你袖子里的露出来了"之外,大部分时候还是比较和谐的。

我和顾魏一桌桌敬过去。身后的三三和肖仲义跟两尊门神一样,一人拎着一瓶白开水,兵来将挡水来土掩。当然也有诚心找茬的,敬到青年外科白袍军队那一桌,张聪挡住正准备斟酒的肖仲义:"顾魏,你那瓶里酒精含量多少啊?能达到医用比例不?我们这儿给你们已经准备好了。"指向桌子中央放着的两杯色泽极其诡异的炮弹酒,"保证二位喝完如入天堂。"

顾魏:"我们晚上十二点多的飞机。还有两个小时我要开车。"

这就是顾魏比我阴险的地方,在我发愁要被灌酒的时候,他已经把机票订在了婚宴当晚。然后扛着这个免死金牌喝了一晚上人尽皆知的白开水。

"那这两杯怎么办?"

三三接了一句:"自产自销。"

这下捅了马蜂窝。众白袍不乐意了。

关键时刻,肖仲义挺身而出:"我来。"当然,在三三呆滞的时候也一并解决了第二杯。唉,有俊男如此,怎能不让人犯花痴。

据三三后来回忆:"周围一圈小尼姑瞬间荡漾了。"

(不过在接下来的时间里,肖仲义一直黏在三三身边吃豆腐,让我深觉这斯目的不纯。)

如果这么容易就能摆平,就不是白袍军队了。所以在我看完祝福 DV,回过头医生已经不见了。

陈聪手里抓着麦克风:"新娘,新郎在哪里?"

整个大厅渐渐安静下来,最后剩我一个人站着。

陈聪:"来来来,谁都不准帮忙,让新娘自己把新郎找出来!"

我看向最近一桌的家人,一个个都表情茫然。

司仪掺一脚:"让我们一起来期待,新娘会怎样找出新郎。"

真想骂一句"Shit,这司仪没事捣什么乱啊!",但是,大婚的日子,我忍。

"Shit!这司仪专职捣乱的吧!"三三骂出了我的心声,被肖仲义按住了。(之前司仪调戏"伴娘伴郎也一起吻了吧"。)

我只能硬着头皮问:"他人在这个大厅里吧?"

白袍军甲："在。"

我扫了一圈，全是人。

"顾魏？"我喊了一声，没反应。

白袍军乙："不用喊了，喊是喊不出来的！新娘子快想办法！"

喊不出来？我脑海里顿时浮现一副医生被双手反绑，嘴巴贴着胶布的样子。

白袍军丙："我们外科科草哪是那么容易就能带回家的？快点快点，爱的表白！"

我慢慢走到陈聪面前，鞋跟慢慢放到他皮鞋面上，慢慢踩下去："你小子以后最好别一落一我一手一里一"不然你就等死吧！

留下原地乱嘶的陈聪，我掉头上台。

唉，太顺利的爱情果然容易招人嫉妒。我看着键盘，无奈地叹了口气，我只会弹和弦啊，和弦就和弦吧……

Why do birds suddenly appear

Everytime you are near

Just like me

They long to be close to you

Why do stars fall down from the sky

Everytime you walk by

Just like me

They long to be

close to you

On the day that you were born

The angels got together

And decided to create a dream come true

So they sprinkled moondust in your hair of gold

and starlight in your eyes of blue

That is why all the girls in town

Follow you all around

Just like me

They long to be close to you

……

我都这么下血本了，他们居然还不把顾魏放出来！！！

底下掌声过后开始起哄："再来一首！"

我正准备对陈聪进行武力打击报复的时候，身后靠墙一人多高的落地音响后面被推出来一个人，顾魏他们科的小杨，还没站稳就一边嘶一边揉肩膀："你下手要不要这么重啊！"

然后顾魏走了出来，理了理袖子向我走过来，揽住我的腰，低头吻了吻我的额头。

下面炸了，口哨尖叫什么都有。

我心想，这婚结得，也太不容易了。

【婚后】

结婚之后，顾魏各种嚣张。

譬如睡觉的时候，我总觉得自己成了只抱枕。他手长脚长的，我是才发现165的自己是如此娇小啊！

"医生，你以前的睡姿不是挺正常的吗？！"远远没有现在这么的……缠绵。

"现在难道不正常？"

"……"

"自己老婆我这么抱着我开心。"

"好吧，你随意…………"后来，我也就麻木了。

这阵子学校单位两头跑，婚礼筹备又比较忙，自己倒也没怎么在意。睡觉的时候，顾魏抱着我："你再这么平下去，我就要抱到我自己了。"

我怒："说谁平呢？！"

"你的腰。"

"……"扭回头不理他。

这厮突然奇葩了："怀上了这里真的会鼓起来啊？"

我再怒："你行医执照马路边上五十块买的吧？"

"我只是觉得很神奇。"

沉默了半晌，我弱弱地问："你想要孩子了？"

医生沉思了三秒半："还是算了，刚结婚弄个第三者。"

"……！"

"等三十五再说。"

"那很好。从明天起别碰我。"

结果那晚上我生不如死。

结婚之后，除了三三张口乱扯的"婚后的女人更滋润"之外，我觉得自己没什么变化。至于医生，我深深觉得——他成了一个哲学家。

"老婆？"

"嗯。"

"顾太太？"

"嗯。"

"校校？"

"嗯……医生，有什么话，可以直说的。"

"这三个感觉不一样。"

"法律上而言，都是我。"

"精神层面不一样。"

"医生，你文艺了。"

"好像叫老婆比较兴奋？好像都挺兴奋。"

有一天，我们聊天。（我们婚后的主要消遣——就是聊天。）

据医生说，他是很想早点结婚的。

"那怎么不早点结呢？"

"你还在上学。学生…………有辱斯文。"

"可惜了，我还想拐我们院长当证婚人来着。"

"人家是正统的斯文人，你不要乱调戏。"

"那你还读着博士结婚呢，再说你们院长就不是斯文人了？"

"我不入地狱谁入地狱。死贫道……不如死道长。"

"滚！"

一次我出差，就两天不在家，三三觉得医生太凄凉（到底哪里凄凉了啊？！），就把人拖他们家吃饭去了，具体吃了什么，我不得而知，只是一回家就看见一只大号虾米蜷在被子里，可怜兮兮有气无力。"林之校，你看你抛弃我吧。"

门诊说，急性肠炎……医生喝了两天菌菇蔬菜汤。

"怎么教育你的？除了家里人，别的任何女人请你吃饭，都不要答应。"

"这回记住了。下回男人请我也不去了。"

"……"

"哎，顾太太，这里面没荤的。"

"顾先生，你现在不能吃荤的。"

"我已经好了。不吃荤不利于健康。"

"谁昨晚上还在说肚子疼的？"

"……"他撩着头发，眯着眼睛慢慢吃完，整个人缩回被子望着我，眼神款款，没有戴眼镜，没有戴眼镜，没有戴眼镜，没有戴眼镜……

唉，我扶了扶额，还是倾身吻了他一下，说："呐，荤的。"

"您真客气。"他舔舔嘴。

"肉吃多了不消化。"我笑。

医生扭头望天……花板："主啊，这美丽的罪恶，倘若您不将她收回，那么就请让我永远沉沦。"

"……"

最后，咳，还是多吃了……

第二天。

医生边扣衬衫纽扣边叹："失之东隅收之桑榆啊。"

"……"

某日，我们靠在沙发上看书。

我看的是《明朝那些事》。他看的，我不认识。

医生："这书你看了多少遍了？"

我："唉，为什么当年明月不是我的历史老师啊！"

医生："你想干什么？"

我："勾引他。遇到你之前，我一直想找个像当年明月那样的老公。睿智，幽默，以后有了孩子，床头故事什么的信手拈来。"

医生："……"

十分钟后，我合上书。

"医生，这里面你最喜欢谁？"

"王守仁。"

"什么？"

"该玩玩，该学学，该娶老婆娶老婆，该工作工作。爱情工作两不误，家庭事业双丰收。"

"……专业对口的话你应该喜欢李时珍。"

"那你就只能喜欢徐霞客了。"

不带这么挪揄人的！

某日早晨，我洗漱完毕，正在穿衬衫。

身后大床上医生闷闷道："这么早……"伸手捞过床头闹钟，已经八点零五了。我从更衣镜里看到他不自在地捂了捂眼睛——我发誓他脸红了。

"你要去哪儿？"

"去学校登下成绩。"我闲闲地回他，继续扣扣子。

背后半天没声音。

我转过头："嗯？"

"我怎么觉得，你现在特别像那些电视里演的，吃干抹尽不负责。"

黑线万丈……

我走回床边，深情款款地看着医生，脸越凑越近，越凑越近，听到他喉结动了一下——迅速拎起床头柜上的车钥匙，坏笑道："人财两失，车我开走了。"

"嘿！"医生敏捷地一把扣住我手腕："张无忌他妈说的没错，越漂亮的女人，心肠越坏。"

我再度黑线……

最后，在医生的要求下，他开车载我去学校，我还得苦命得给他在车上喂早饭。我才是人财两失……

到了办公室，我开了电脑誊分，医生四处溜达完，坐在我旁边百无聊赖地看试卷。

"怎么分数不高？"

"85 挺高了。"

"这么多 70 档的，你们太草菅人命了……"

"你知道，现在的孩子没几个愿意背书的。"

"也是，我上学那会也不喜欢医学史这类的科目。"

"多少分？"

"90 多吧。"

"！！！"

"主要是我们老师比较善良，不翘课的都给 85 以上。"

"……"

据说，两个人结婚后，就会感觉无聊，就会想出去找乐子。

我和医生……

全部精力都放在了在对方身上找乐子上。

比如，他把以前的小提琴找了出来。于是那阵子，他午休都会在一阵销魂的"拉锯声"中醒来："林之校！你在拉什么？！"

我毫不心虚："华彩。"

医生："你在滑我的命吧！"

再比如。

医生带回来大大小小的手札，笔记便签纸片，我帮他整理。

我："我这算枪手吗？"

医生："不算，你这算练字。"

我："……"

再比如。

医生："怎么又在沙发上睡着了。"然后抱我回卧室。

半睡半醒的我心中暗爽，有了丈夫了这个待遇是真心好。

结果第二次，"怎么又在沙发上睡着了"，这厮就把我抱进了浴室！！！

医生批阅：我怎么觉得哲学家不是褒义词。

我：就是高级流氓嘛。

医生：

Part 2

时光里的零零碎碎

The Luckiest Couple
on Earth

即使生命再来很多遍，那个春天，我依旧会对你一见钟情。

曾经以为，自己这辈子都等不到了，世界这么大，我又走得这么慢，要是遇不到良人怎么办？

早过了"全球三十几亿男人，中国七亿男人，天涯何处无芳草"的猖狂岁月，越来越清楚，循规蹈矩的生活中，我们能熟悉进而深交的异性实在太有限了，有限到我都做好了"接受他人的牵线，找个适合的男人慢慢煨熟，再平淡无奇地进入婚姻"的准备，却在生命意外的拐弯处迎来自己的另一半。

2009 年的 3 月，我看着父亲被推出手术室，完全没有想到那个跟在手术床后的医生会成为我一生的伴侣。

我想，在这份感情里，我付出的永远无法超越顾魏。我只是随着自己的心，一路只管跟着他，但是顾魏却要考虑两个人的未来。他总开玩笑地说："林之校，我现在都不敢犯错误。"

这个绝大部分时间深沉、偶尔幼稚的男人，几乎占据了我对爱情的全部看法。

他说："我会一直在你身边，不论好坏。"

我告诉他："即使生命再来很多遍，09 年的那个春天，我依旧会对你一见钟情。"

其实那会儿真不熟

确定恋爱关系之前，两个人着实是互相摸索了很久，之后稀里糊涂地成了恋人。

顾魏说："半空中飘了那么长时间，脚终于踩到地了。"

我说："我怎么跟你反着来，我觉得我现在脚不着地……"

是那种介于"唉，终于！"和"这是真的啊……"之间的不真实感。

顾魏牵住我的手，很淡定地说："好了，飘不走了。"

其实现在想想，那会儿我们真不熟。他不了解我，我不了解他，两个人就这么笃定地走到了一起，倾尽全力慢慢磨合。最后能磨得严丝合缝，不得不说是种幸运。

刚在一起的时候，有一次顾魏问："你不嫌我比你大了六岁吗？"

我没想到他会担心这个问题。我以为女人才会对于年龄比较在乎，怎么我这位……

顾魏尴尬地清清嗓子："当我没问。"

我每次看到他耳朵发红，就有想调戏他的冲动："嫌啊！"

顾魏完全呆掉。

我："我嫌你不够老。我巴不得你比我大十六岁，这样就没人跟我抢了。"

顾魏叹气："你风华正茂，我已经人老珠黄。"

在一起儿个月后，我发现顾魏对我的学校挺熟门熟路的，才想起来之前从来没问过他本科时期的学校，当时还一激动地以为我们是校友，结果他说："上学那会儿友谊赛来过。"

啧，您的研究生生活真是比我丰富多了。

我凉凉道："足球吧。"

顾魏："为什么不猜篮球？"

我猥琐地扫了眼他的长腿："你不知道足球踢多的小孩会有点 O 形腿吗？"（其实一点也不明显，只是我看得比较仔细。）

顾魏破天荒地脸红了，随后跟我聊起他本科时的事，基本内容：学习，学习，还是学习。出场人物：学霸，学霸，遍地学霸。

于是我严肃地说："我要读博，我要超越你！"

顾魏想了想："嗯，想读就读吧，我供你。"

我一下子感动得不行。

他又接了一句："结了婚再读。"

我："……"

顾魏："先结婚后读博是为你着想，不然一个单身女博士住宿舍，是个多惆怅的事儿。"

后来慢慢了解到，顾魏一直坚持自己学医是为了拿手术刀，而不是为了拿试管，所以上学那会儿压力很大，学术临床一个不能放，三年时间基本跟在导师后面连轴转，毕业考进医院后，依然两手抓两手都得硬。

有一天，我心血来潮上百度上查顾魏的名字，看到他在校期间就发了那么多论文，想着这光文献资料就得翻多少，多累，瞬间就心疼了。随即又决定，如此人才不能浪费，于是在自己写论文的时候，坚决地把他拖下了水。

五一过后，顾魏皱着眉头，万般委屈欲言又止地看着我。

我问："怎么了？"

顾魏："护士节有活动。"

我看着他万分纠结的表情，笑道："不会是大型生活服务类节目，以解决天使们的个人问题吧？"

"没有没有，那个我没报。"顾魏迅速表态。

我正感慨居然还真有相亲。

"我被分去跳舞。"他扶扶额头，"跳舞……我怎么会被分去跳舞？！我从来就没跳过！"

我瞬间觉得十字筋乱跳的医生颇具喜感，忍着笑，沉着地拍拍他的肩："小同志，不会是可以学的，革命的队伍需要你，放心，你不是一个人。"

顾魏："你怎么这么淡定？！"

当然淡定，之前陈聪已经偷偷告诉我，顾魏这副好皮相有多么树大招风了。

我一脸正经："我只是在想，一会儿要怎么帮你拉韧带。"

顾魏的脸立刻黑了。

我："放心，我很专业的，保证循序渐进。"

他诧异："你什么时候会跳舞的？！"

我："我什么时候说过我不会跳舞的？"我娘亲是单位 N 年的舞蹈队长。

顾魏狐疑地伸出手，捏我腰捏我腿，边捏边摇头："不像啊……"

我鄙视他趁机吃豆腐的行为，手机里找了一首巴萨诺瓦："来来来，跟我一起。"一分钟后，成功收获一枚眉毛挑得高高的傻蛋。

后来，顾魏真的去跳了，陈聪很恶劣地把他举着花束左右摇摆的样子拍了下来发给了我。顾魏囧得不行，迅速把邮件删了。至于后来他和陈聪发生了什么，我就不知道了。

一个访问团到顾魏他们医院做交流报告。那天下午我刚好没课，就好奇地溜进报告厅，坐在角落看顾魏上台做报告。之前没听他大段大段地讲过英文，不知道他的口音和咬字这么的英伦，配合他的嗓音，清晰稳重，让我有种想做笔记的冲动。

我自以为没被他发现，结果他下台的时候，朝我的方向看了一眼，笑了。

报告结束后，我站在门口等顾魏。陈聪先出来，见到我就调戏："呦，来视察工作啊。"

厅里出来两位其他医院的医生，和陈聪认识，握手寒暄完毕调侃道："这是你们院新来的师妹？"

陈聪："不是不是，这我们院家属。"

我默……低着头玩手机，突然脑袋上多了只手，一抬头，顾魏正笑眯眯地看着我。

"顾医生，我能对你犯花痴吗？"

"可以，批准了，不收你钱。"

"你做报告的时候太有魅力了。我一直纠结于该看你，还是该查字典。"投入而养眼的男人和艰涩的专业词汇势均力敌地拉扯着我的心。

和顾魏并肩往外走，在大厅碰到陈聪和之前那两位医生。

两人："原来是顾医师的家属啊！"

顾魏："是。"

两人："好福气好福气。"

顾魏："是。"

顾先生你能谦虚点吗？

其实我一直都不知道顾魏是什么时候看上我的，怎么看上我的。

虽然郑板桥先生建议我们做人糊涂一点，但是有的事不能糊涂。遂旁敲侧击，奈何顾魏从来都是笑而不语。

退而求其次，旁敲侧击顾魏对我的第一印象。

答曰："记不得了。"

我拿枕头敲了他一下。

顾魏推了推眼镜，捞过旁边的杂志开始状若无事地翻："有多少女人肯为一个认识没两天的男人破相啊？"

我脑袋里噼里啪啦一想，"哦"了一声。心想，是在我后面动的心啊……

直到后来某次听到顾魏表姐和安德烈小声八卦："William 对 Alex 是一见钟情。"

安德烈："为什么这么肯定？"

表姐："嗯……William，一见钟情是什么感觉？"

坐在一旁看电视的顾魏答："小脑正常，大脑像被泼了开水。"

这叫什么形容？

第一次带顾魏去我的大学校园，两个人手挽手在林荫道上散步。

他很少见我联系大学时的同学，于是问："你大学过得怎么样？"

我想了想："记不大清了。"好像匆匆忙忙的，四年就过去了。回头清点，留在记忆里的，都不能算是很美好的事情。

我问："顾魏，你相信我入学那会儿，是个不讨人喜欢的姑娘吗？"

他看着我，没有点头也没有摇头。

一个宿舍四个人，A 出国后断了联系；B 一直怀疑我和她男友有不正常的关系；C 认为我个性冷漠，直到现在联系的频率仍旧停留在半年一次'最近怎么样？''还行。''我也是。'的程度上。

四年里似乎没有多少开心大笑的时候，一直是不温不火的状态。

那时候三三第一次来看我，站在宿舍楼下等，听到两个拎着开水瓶的姑娘聊天。

"我男朋友轮得到她打电话吗？"

"勾搭成习惯了吧。"

所以一进宿舍发现两个姑娘是我室友时，三三当场就笑了，朝 B 抬抬下巴："林之校，你勾搭人男朋友干吗？"

我皱眉："都在乐团，公事联系。"

三三撇嘴："就是嘛，我还奇怪你什么时候口味变了。"

三三第二次来看我，被室友摆了脸色，当场发飚："姑娘，你被迫害妄想症吧？你对象那型的，我们还真心看不上。"

我得承认，三三帮我出气那瞬间，很爽。爽完之后，宿舍气氛就冰得不能再冰了。

后来，修第二学位，课一满，回宿舍的时间也少了。

后来，认识了圆墩墩的资深吃货——图书管理员 Q 伯，他能把豆汁喝出鲍汁的感觉。

后来，认识了 L，热爱甜点和手工的南国姑娘，立志做一个 SOHO 笔译。

后来，认识了许多师兄师姐，其中，对邵江颇为欣赏。

后来，认识了思澜，一个天生具有流浪气息的艺术家。

再后来，Q 伯中风离职。

再后来，L 得了血液病，我带着生平第一盒手工巧克力参加了她的葬礼。

再后来，师兄师姐们深造的深造，工作的工作，和邵江再无交集。

再后来，思澜远走他乡，我只能收到千里之外的明信片。

我的大学，似乎是一场接着一场的离别。那些给我留下美好回忆的人，最终一个一个离场。

　　"我毕业之后再没回来过，不知道回来干吗。我现在记得最清楚的，反倒是有一个下雨天，在考研教室里一直做题做到凌晨一点多。是不是很糟糕？"

　　顾魏笑了笑，握住我的手开始逛校园。

　　去了图书馆，查了课表旁听了一节专业课。听完顾魏耸肩："比我想象得要枯燥。"

　　去了食品店，买了我曾经很喜欢的特大号泡芙。顾魏吃完一个："这么高热、高甜的东西，你一次能吃三个？"

　　去了足球场，坐在看台上看了小半场不知道哪两个院系的友谊赛，一人赌一边，结果顾魏押的那支赢了，我请他吃了一顿晚饭。

　　去了考研教室，我曾经的座位上坐着一个正埋头猛 K 单词的小姑娘。

　　去了琴房，顾魏安静地站在我旁边，看着我磕磕绊绊地弹了段土耳其变奏。

　　去了宿舍楼，我指着曾经的寝室给他看，顾魏抬起头，眯着眼睛仔细打量了一番："采光不错。"

　　晚上坐公车回家，靠在顾魏肩膀上，我的心情很平静。

　　他说："你总是要经历过一些不快乐，才能经历快乐。"

　　很多电影小说里，女主角遇到男主角，总会被描述成"遇见你之前我简直活得没有意义"的状态。

　　可是遇到顾魏后，却让我逐渐觉得，遇见他之前，经历的所有事都是有意义的，不论好坏。

　　曾经我想，如果早些遇到对方，那多好。但是现在只觉得，在最好的时间遇见对方，没有错过，才是真的幸福。大约是年龄长了，更懂得知足。

老夫老妻恋爱模式

　　恋爱的时候，一直没有像别的情侣那样，在一起的时间很多。想尽方法地增加两个人相处的时间，要么顾魏来学校，要么我去医院或者他公寓。即便如此，碰上两个人都忙的时候，经常两三个礼拜见不到面，于是假期对于我们就成了难能可贵的相处时间。

　　第一次放暑假，在 Y 市待了近一个月回到 X 市，火车站摩肩接踵。我出了出站口，顾魏走过来，扣了我就往外走，和逃难一样。

　　我有些哭笑不得："医生，你什么时候变得这么不稳重了？"

　　医生："我们好歹快一个月没见面了。"

　　我想了想："这很正常的啊。"

　　医生炸："你不要把热恋期过得跟老夫老妻一样！"

　　我忍不住笑出来。

　　我们的约会是非常老夫老妻式的，做做饭、聊聊天、听听音乐，简单得不能再简单，因为能够同在一个屋檐下，无论怎样都是甜蜜的。

医生："我正在解压你发到我邮箱的东西。"

我："一份食谱。专为两人小家庭定做，健康美味、图文并茂，你抓紧学习。"

医生："我鉴定一下。"

我："嗯，我负责做素的，你负责做荤的。"

医生："食谱上还标注家庭成员分工了？"

当然不是，因为我不怎么碰鲜肉。于是我理直气壮："您是专业的，手法比我娴熟。"

医生总说，我把他形容得像屠夫。

我洗完碗去找顾魏，他正在阳台修剪一盆鸭掌木。

相比侍弄花草，我更喜欢欣赏，如果让我养，估计我会经常忘了浇水。因此我很佩服顾魏的耐性和记忆力。

看着他悠哉地拿剪刀这里一下，那里一下，我问："你的性子是从小这么好，还是被你爸妈磨炼出来的？"

顾魏："你猜？"

我把他从上到下打量一遍："你从小就觉得世界和平、众生美好？"

顾魏："我没那么缺心眼。我工作生活都不错，有必要脾气不好吗？"

男人骨子里多少都有些金戈铁马的梦想，期望有朝一日大展宏图，于是对于骨感的现实总有些失落和暴躁。一个师兄，在校时也是风云人物一枚，意气风发，貌美女友伴在身侧，羡煞众人。毕业后自己签到一家很不错的合资企业，女友考进了事务所，所有人都以为这对金童玉女会继续一帆风顺下去。前两天，师兄回学校，整个人萧瑟很多，酒过三巡，长叹一声"这都是什么世道"，上司百般刁难，前途一片迷茫，正削尖了脑袋往上冲的时候，后院起火，女友劈腿。

师兄感叹："再深的情意，比不过跑车洋房，再强的能力，比不过镀金海龟。"

众人唏嘘不已。

我："最后男儿泪都出来了。感叹所谓的成就一番事业全是泡影，二十有七，事业爱情，一事无成。"

顾魏收了剪刀，一边洗手一边说："告诉他，二十岁就都有了。"

我："……"

顾魏："在现实面前，可以有理想，但不能有幻想，没有人可以一步登天。该努力的努力，走一步踩实一步，这就是最好的人生。"

付出的终将会得到。这就是顾魏能够安之若素的原因。

我摸摸他的脸："医生，你真好。"又想起，"我这算不算窃取了你三十年的革命胜利果实？"白白收获一个各方面都很上轨道的人。

顾魏："没事，你属于高回报率的，不急。"

我："……"

我觉得顾魏各方面都挺好的，但是——

陈聪："顾魏的路数吧，比较缥缈，只有他自己才知道他出什么招。"

我："我也知道啊。"

护士长："小伙子比较端正，就是有时候太端正了。"

我："啊……"那是您没看见他在家里扭得跟虫子一样。

张维："放心，这小子很…冷感的，乖得很。"

谁告诉你他…冷感的？

顾魏觉得我各方面都挺好的，但是——

小草："阿校雷厉风行，冷酷起来可以冻死人。"

顾魏："雷厉风行？"

路人甲："你不觉得林之校很枯燥吗？"

顾魏："没有。太聒噪不好。"

三三："唉，她自己就是个木头，一辈子都在研究石头。"

顾魏："挺好，没人跟我抢。"

所以，两个人在一起，只要自己觉得好就行了。

要牵手，就牵一辈子

有阵子我和三三两个人的状态都不是很好。她是工作上了轨道但孤家寡人，我是恋情日渐明朗，但实验处处碰壁。

一次她来找我，我刚从超市拎着一袋子东西出来，于是就一起回了医生公寓。三三抱着茶杯半天不出声，开口第一句就是："校校，你打算留在 X 市了？"

我嗯了一声。

三三："我想回 Y 市。"

我有些意外，三三不论在同学圈还是朋友圈里，工作都是让人羡慕的，从事着自己喜欢的本专业，前景看好，平日里工作压力再大她都甘之如饴，所以工作必然不会是她想离开的原因。

三三："很多时候，我真的觉得自己不属于这个城市。每天下了班走在路上，脑子里都是空的，回公寓，随便凑合一口，上上网、洗澡、睡觉，眼睛一睁，又是一天，跟机器一样。这个工作，哪里不能做呢？如果在这个城市，没有自己的家，留在这里又有什么意义呢？"

我的很多同学，尤其是女同学，似乎都是这样，毕业的时候，拿着优异的成绩想尽方法留在 X 市，几年后却在众人诧异的目光中辞去已上轨道的工作，回到家乡结婚生子。年轻的时候，总认为一人吃饱全家不饿，自己赚钱自己花的单身生活真是逍遥自在，却在年龄逐渐长起来的时候发现，家庭和婚姻对于女性始终有种难言的诱惑。

三三："如果你是我，你会回去吗？"

我说："我做不了这个假设。我已经遇到顾魏了。"

三三："即使你以后必须得去做会计？"

我想了想："即使没能从事喜欢的职业，我还是会留在 X 市。"

留在顾魏身边，好像是一种难以抗拒的本能。父亲、兄长、老师、朋友、恋人、伴侣、儿子……这个男人在我的生命中扮演了一切可以扮演的男性角色，我难以想象自己与他分开。

三三笑了笑："你以前那么不喜欢 X 市。"

小时候，每年暑假都会和小仁一起被打包送来 X 市看望爷爷奶奶，以及接受大哥的耳濡目染。年幼的我们都不能独当一面，每每面对严肃的长辈，都忐忑得如同接受检阅。每次和小仁手拉手四处游荡，每次两个人走错了路故作镇定地一路问路回家，每次穿过车流人流母鸡护雏一样拉着小仁，我都会冒出"明年不要来 X 市"的想法。

"可是顾魏在这里啊！"因为他在这里，所以我就留下来。

三三叹气："姑娘，你怎么傻得这么可爱啊。"

送走三三后，我一个人靠在门边发呆。

咔嗒一声，卫生间的门被打开，顾魏走出来，头发还是湿漉漉的，走到我面前，伸手把我抱进怀里。

我没有问他为什么会在家，听到了什么又听到了多少，只是抱住他的腰，轻轻叫了一声"顾魏"。有的感情，一牵手，就是一辈子。

公寓对于顾先生而言，基本和宾馆没什么区别，披星戴月地出门，披星戴月地回，回去就睡个觉。基于这个主要且基本唯一的功能，顾魏的床垫很好，不软不硬，于是周末他上班的时候，我就把他的公寓当成了补觉的地方，一个人霸占大床睡个昏天黑地。

顾魏对我说："我站在楼底下一看，灯是黑的，想着'啊，没人'，上来一开门，发现你闷在被子里睡觉。当时就好想把你弄醒。"

我："……"

顾魏："以前觉得公寓就是个房子，现在有点家的味道了。"

他总是喜欢在我没醒透的时候浪漫一下，说说隐晦的情话，一是那个时候我没什么抵抗能力，二是我会下意识地把他那时候说的话复读机一样在脑子里一直播放一天。

由于全程无人骚扰，环境太过美好，我常常睡着睡着，就睡过点了。

一次醒来得晚，顾魏已经回来了，坐在我旁边玩我的头发。

我看着他，开始神游。

顾魏失笑把我拉起来。我手里的一本《世界电影之旅》滑到床上。

他问："有没有看过一部电影，《What's Eating Gilbert Grape》。"

我迟疑地点头，老电影，只剩模模糊糊的印象。

顾魏："女主人翁叫 Becky。她在哪儿，Gilbert 的安宁就在哪儿。"

当时的我并不完全明白他的温柔，之后重温了整部电影：周而复始的每一天，琐碎的家事，波澜不惊的麻烦，简单得没什么成本的快乐，这些才是真正的生活。或许一个人也能过，但终归会出现一个人，给你带去人生的方向，然后一起走下去。

我算不上是一个很柔情的人，或者说，我觉得自己很柔情的时候，在别人眼里还是凉冰冰的样子。平时没有太大的情绪波动，即使有，别人也看不大出来。加上我又比较健忘，很多事即使当时被感动了，回头没两天我也就忘了。我妈说，我这是对什么都不上心。但我觉得，忘性大其实没什么不好，快乐的事我同样经历着，不快乐的事也不会太严重地影响我，这样人生能简单很多。

路人甲常说，林之校这个人只能谈公事不能谈私事，当同事当搭档很好，当情人能把人活活闷死。所以有时候我忍不住会想，顾魏是怎么受得了我的性格，然后数年如一日地对我那么好。

他只道："我们在一起闷吗？我觉得很好。"

直到有一次和朋友出去旅游，泡温泉，旺季，一路大大小小的池子或多或少都有人，却有一个池子非常冷清，引导员说，那是山泉池，基本就用于观赏了。

我走近看，水很清很凉，里面一块挺大的天然石窝在池心。不知道为什么就想到顾魏，他的性格真的像山泉，看上去文质彬彬又清冽冽的，但是捧到手里，会生出形容不上来的开怀。那么在他怀里，一辈子做个石头也是很幸福的。

第二章

狐朋狗友

不知不觉间，我们成了彼此朋友中的"传奇"。

顾魏和我都不属于善舞长袖的性格，但是身边都有处得很不错的朋友。在我们这个年纪上，有谈得来的朋友、处得好的同事，闲来无事插科打诨，遇到困难相互帮衬，着实是一种幸福。

在我的朋友圈里，顾魏被誉为"驭妻有术"。

在他的朋友圈里，我被誉为"驭夫有道"。

我们解释："没有，我们只是性格相合而已"，从来都没人信，原因不得而知。

陈聪是个宝

陈聪总说："你们俩能修成正果，哥真是操碎了心，捧出来就是现成的饺子馅。"

作为和顾魏关系最铁的朋友兼同事，他们同一个初中，同一个高中，同一个研究生院，虽然不同级，但总之是颇有渊源。两个人一路铁到现在，用陈聪的话说："就咱们这关系，以后完全可以指腹为婚。"

奈何陈太太过门都两年了，顾魏还是孤家寡人，出于自己孩子未来幸福的考量，陈聪自诩"肩负起了开解顾魏的重任"。

在刚得知我们的恋情的时候，陈聪还是颇为担忧的："顾魏，找个比自己小这么多的，压力不大吗？"（这是什么逻辑？）

顾魏："她小小的，你不觉得很有意思吗？"

陈聪茫然："啊？那……那老了呢？"

顾魏："她老老的，你不觉得很有意思吗？"

陈聪："……"

后来，陈聪对我说："顾魏有时候啊，那个说话的思路啊，不对。"

高浠的事，陈聪是第一个嗅出不对劲的，第一时间提醒顾魏："这事你想清楚了，就利索点。"

陈聪也是第一个找我谈心的："校校，顾魏没想过跟高浠再有什么。"

我说："我知道。"

再续前缘这个事，其实真的不像小说里写的那么简单。回眸一望就能干柴烈火的事，纯属扯淡。很多时候，一段感情过去了，认清了，放下了，再回头看就真的是往事随风了。

145

第二章　狐朋狗友

当你身边有了彼此相爱的人，你们一起慢慢摸索，交付，融合之后，是不会那么简单地就能分裂开来的。放弃手中的爱而回头奔赴一场关于过去的新鲜和好奇，傻子才会这么做。

陈聪："顾魏的方法是最恰当的，不给对方机会，时间长了也就冻住了。毕竟在一个单位，闹起来也不好。况且，顾魏人前人后都黏在你旁边，眼睛瞎了才会看不出来。"

毕竟两人曾经有一段情，不论情短情长，倘若顾魏对高浠恶言相向或者视若敝屣，最失望的反而是我。不要去爱一个和前女友藕断丝连的男人，也不要去爱一个把前女友贬得一文不值的男人。前者渣，后者也渣。一个真正已经将一段感情视为过去的男人，心境是平和的，举止是礼貌的，态度是严谨的，因为不论曾经是好是坏，现在的她已经不会对我们的生活产生影响，未来也是。

那段时间，在医院里陈聪几乎和顾魏形影不离，尽可能地杜绝了高浠和顾魏单独接触的机会。顾魏最后一次和高浠摊牌的时候，陈聪就在旁边。

"高浠，我有家庭了。即使我没有家庭，我们也不可能，我们俩的问题我们都清楚。你还是你，我还是我，再来一遍也没用。以后不要来我们科了，避嫌。"那个时候，顾魏甚至还没见过我的父母。

虽然事后陈聪调侃说，他的心其实都白操了，但是我们依然感谢他，因为没有几个男人，愿意做这种吃力不讨好的事，除非铁了心把你当兄弟。

陈聪的性格就是这样，不是真感情的，甚少啰唆，是真感情的，就掏心掏肺、荤素全上、百无禁忌。友情如此，爱情亦如此。

当年他是这样向未婚妻求婚的。

陈太太："我怎么知道你以后不会花心。"

陈聪："花心求什么？不就求个色吗？所有的女人搁我面前，剖开了都一个样。我早透过现象看到本质了，还花哪门子心啊？"

他未婚妻想想就同意了。真是神奇的一对。

传闻陈太太"极其难搞"，作为一名优秀的新闻记者，辩才无碍，反应敏捷，气场强大，分分钟就能镇压陈聪。

我第一次受邀去陈聪家，见到陈太太本人，出乎意料的纤秀，当真是"腰如束素、齿如编贝"。发现陈太太的外表极具欺骗性和迷惑性，是在她叉着腰做茶壶状霸气地使唤陈聪十五分钟内买来七种蔬菜的时候。

后来四个人洗洗切切一大桌，涮火锅。

食至酣处，陈太太决定玩真心话大冒险！说，"顾魏什么时候最性感？"

突然被一只筷子指中，我有点状况外，转过头看看身边正往锅里放土豆片的顾魏："切菜的时候。"我一直觉得，顾魏系上围裙，切土豆丝，胡萝卜丝……各种丝的时候，哒哒哒哒哒，手起刀落、一气呵成，实在是性感得不能再性感。

顾魏在一旁边摇头边笑。

陈太太："说，校校什么时候最性感？"

顾魏面对突然转向他的筷子尖，显然淡定许多："你直接说你想八卦好了，拿筷子做什么掩饰。"

陈太太："我稍微掩饰一下，你就不用掩饰了。"

顾魏一边淡定地放菜，一边说："熨衣服的时候吧。那时候比较有相夫教子的模样。"

陈聪突然一脸猥琐地"哦～～～"，被陈太太横了一眼，立刻消音。

后来，陈太太意味深长地对我说："下回熨衣服的时候，把自己包严实点，要么，就干脆暴露点。"

我似乎突然明白了什么……

霸气夫妻

每次一开电脑跳出来的那些悬浮窗里，总是充斥着各种社会新闻：打架斗殴的，威胁恐吓的，寻死觅活的……

顾魏总结过，我和三三碰着跳楼割腕的，绝对不会上前以春天般的温暖循循善诱把人劝下来，只会——

"跳啊，有种真跳啊，又不是什么高难度动作你磨叽半天，要不要外力协助啊？！"嗤之以鼻的，这是三三。

"唉，白便。"走过路过的，这是我。

所以我得找个热心肠的，三三得找个冷心肠的。

相对于陈聪对我的"护短"，三三对于顾魏的态度是严肃的、理性的、带有批判主义色彩的。她的理由是：能在人身上下得去刀子的，都不是善茬。

曾经，三三畅想的美好未来是这样的："等你来了 X 市，咱俩相依为命，我主外，你主内，我劈柴，你做饭。"结果她又说，"你哪里是来加深革命友谊的？明明就是来培养奸情！"

我不能理解："当初不是你一个幼儿怂恿我去找我顾魏的吗？"

三三："我那是看你从来不往河边走，担心你不开窍！谁晓得你一到河边，鞋没湿，人直接栽进去了！你看上他什么了？"

我说："他什么都不用做，往那一站就是一幅画啊！"

三三鄙视："以前没发觉你这么花痴。"

我叹了口气："年轻人，你是还没碰到，所以不懂。"

后来，肖仲义同志横空出世。我早早就嗅出了粉红的味道，因为三三在还很懵懂的时候就很直白地花痴过："他们副理特别年轻，主要问题是，还特别俊俏。"

我问："怎么个俊俏法？"

三三："就是……看了心情会好很久的那种。"

所以，真的是有情人眼里出西施这回事。

三三是个生活得很鲜活的人，在她身上总能看到一种很倔强的朝气，经历许多变故都不曾消失，因而显得难能可贵。三三也是有过一段纯纯的初恋的。高中的时候，她是班长，和副班长一来二去的就有了些小暧昧。不过那个时候，除了金石印玺之流，一般人是不敢以身犯险去早恋的，所以两个人也就是偶尔地眉来眼去。

高考后三三到 X 市，副班长去了 Z 市，两个人开始远距离恋爱。后来的故事一点新意也没有，副班长这边对着三三"痴心不改"，那头又对着"候补女友"深情款款。三三空降 Z 市想给他个惊喜，结果有惊无喜，她干脆利落地骂了句"浑蛋！"就回来了，趴在我怀里哭了一晚上。从高二到大三，她等了他四年半。

我安慰她："没事，谁年轻的时候没爱上过几个人渣？"

伤心过后，三三恢复了生气："老娘大好的年华，怕什么！"然而之后她再没给过任何一个男人机会，"认真赚钱！男人哪里有钱靠谱？"

工作后的一次同学聚会，三三又遇到了那个副班长，她波澜不惊地应对，到了家给我打电话："我真的想开了，但是还是会难过。"

想开的是脑子，难过的是心，那是被书本累压的青春里唯一的粉红色。

三三这边还没处理好情绪，同学圈里却开始有些风言风语流传出来。

同学会那晚，三三喝高了，同桌热心地送她回家，她心里一感动头脑一热，就透了口风。并没有什么实质性的内容，只提到当年和副班长有情，但是对于有心人，已经足够编排出 N 出戏码，再加上副班长犹抱琵琶半遮面地煽风点火，流言愈烧愈烈，越编越离谱。

三三气得哆嗦："我高中同桌怎么能编排出这么多东西？她就没有罪恶感吗！"

三三虽然一副热血小青年整日里喊打喊杀的模样，骨子里却是很柔软的。她总习惯把人往好处想，为此吃了不少亏。我实在不想看着她好好的日子就折在这么些事上，于是告诫她："记住了，以后不要把伤口揭给不相干的人看。他们看的是热闹，不会心疼你的。"

我一直在想，这么好的姑娘，什么时候会有一个好男人出现，爱她护她许她一世安宁。

肖仲义追三三的时候，正值三三草木皆兵一身刺。肖仲义迎难而上，水里水里来，火里火里去，一切拦路的、搅事的、挡害的、作乱的幺蛾子，遇神杀神遇佛杀佛，通通灭了个清净。

三三在放弃抵抗之前问了一句："你看上我什么了？"

肖仲义看着她："为什么就非要有理由？只是因为我想和你在一起。"

自此，三三完全沦陷。

在肖仲义和三三长达一年多的拉锯战期间，三三万分纠结，数度抑郁，不爽的后果就是"校啊咱们吃好吃的去吧""校啊咱们逛街去吧""校啊这周末咱们出去玩一趟吧"……

对于我被瓜分掉的时间，顾魏很不爽，加上三三对他也抱持着"科学谨慎的怀疑态度"，所以一开始顾魏和三三碰到一起，总是有些"火星四溅"。

一次，被三三拉去喝一家据说味道很好的咖啡。我对咖啡这东西向来没什么感觉，所以表情很寡淡。顾魏交接班之后就直接过来了。

看到顾魏来之后我明显兴奋起来的情绪，三三一嘴的冰碴子："你怎么老跟我抢女人？！"

顾魏很淡定："放心，绝对不跟你抢男人。"

我差点一口鲜血喷出来。

三三冲着我恼羞成怒："女大不中留！今天咖啡你请！"然后头发一甩转身就走，留下一个风情万种的背影……

作为我的发小，三三肩负着考验顾魏的重任；作为三三的发小，我肩负着考验肖仲义的重任，偏巧这两个人还是远房兄弟。印玺事后总结，这种混乱的关系只能有一个结果，就是我和三三被双双拿下。

关于肖仲义，一个形容词就够：Boss！

三三认识他的时候，刚报的驾照，但是因为种种原因，学得慢，考得也慢，差一点结婚证就拿在了驾照前面。对此，她很悲愤："我这人生路已经够坎坷的了，突然一个急转弯，刹车都来不及踩，就撞上了下半辈子的冤家。"

对于此等言论，肖 BOSS 淡淡道："撞上了还能让你跑？"

肖仲义嗅觉敏感，三三身上一有什么情况，他总是能第一时间发觉并加以规避，有了他保驾护航，三三吃亏的次数呈几何级数减少。

一次二人起矛盾了，三三说："你们男的都不靠谱！"走人。

肖仲义："你去哪儿？"

三三："我去找林之校！"

肖仲义："她现在应该正和一个不靠谱的男人在一起。"

三三立刻掏手机："二选一！要我还是要顾魏！"

当时我在收衣服，就让顾魏帮忙接的电话。

顾魏："找。"

那边肖仲义立刻一把捞过手机："顾魏，忙什么呢？"一副没事人的口气。

顾魏："忙着接你们的电话。"

肖仲义："啊，那不打扰了，先挂了。"迅速挂断。

事后，他传授三三：顾魏此人，只能腹诽，绝不能当面调戏，当然最好背后也别调戏。

和三三一起出去，在地铁站看到一对乞丐，女人病恹恹地躺着，男人端着一碗类似菜粥的东西慢慢喂她。三三感慨，再贫贱的夫妻，也能够做到不离不弃。回去之后就问肖仲义："如果我们俩快饿死了，就剩最后一碗粥，你给谁喝？"

肖仲义答："一人一半。"

三三："骗我一句'全给你'会死吗？！"

后来，三三又拿相同的问题问顾魏，顾魏答："给林之校，看她剩多少给我。"

我听后："啧，踢皮球。"

肖仲义听后："阴险。"

后来我们和印玺严肃认真地分析了这个问题。

一对快饿死的乞丐只剩一碗粥，这时候，愚蠢的女人认为，男人把这一碗全给了她才是真的爱她；更愚蠢的女人认为，全给男人哪怕自己饿死才是真的爱他；理智的女人会分食；聪明的女人会按比例给男人更多一点，同时让自己活着，等待下一碗粥的到来。

一对快饿死的乞丐只剩一碗粥，这时候，把粥全给女人的男人，痴情但愚蠢；自己独占的男人，要么认为大难当头各自飞，要么认为放长线可以吊到大鱼给女人，前者是人渣，后者是自负或者更人渣；理智的男人会分食；聪明的男人会按比例给自己略多，因为他需要更多的能量去承担更多的责任。

发现我们很无聊……

三三："找医生有个很严重的问题：他会不会，嗯……冷淡。"

我："他，不，在，妇，科。"

三三："那天天在手术台上也该看够了。"

我觉得额角十字筋直跳："亲爱的，为什么你总能发现各种……匪夷所思的问题？"

三三："亲爱的，我是怕你闪婚闪离。"

顾魏无奈叮嘱肖仲义："你赶紧把萧珊收了。"

肖 BOSS 恐吓三三就一句话："你与其对付顾魏，不如把精力留着对付我。"

此后，三三和顾魏相处融洽。

肖仲义有一只哈士奇，据说它曾经有个洋气的名字，叫菲利普，但是由于老肖工作繁忙经常出差，菲利普被寄养在宠物店的时间不比在家的时间少，而老肖平日里又不是个会和宠物腻腻歪歪的性格，导致菲利普对自己的主人以及名字认可度不高。

后来，三三接手。都说狗似主人形，自此菲利普在接地气的大道上一路狂奔，离冷艳高贵是越来越远了.

我第一次见到菲利普，要是不是看脸，完全认不出这是一只哈士奇，从背后看活生生就是一只增肥版的比熊，这是一件多么有难度的事情！

我问："老肖，你究竟喂了他什么？"

答："狗粮。"

问："哪家产的？没有激素吧？"这么圆……

答："狗粮没问题，萧珊有问题，她一天喂六顿，狗就吃六顿，还不算加餐的。"

我："三三，你当喂猪吗？"

"嘿嘿嘿。"三三憨憨一笑，"养肥了杀肉吃。"

也就肖仲义能扛得住她。

三三把菲利普成功地喂胖乃至喂得变形后，把它的名字改成了费列罗。

费列罗显然是个有奶就是娘的好孩子，迅速地接受了新名字。

老肖发现后不是一星半点的嫌弃："好好的给它改什么名字？换回来。"

三三："不换！你给狗取一人名，它能开心吗？！"

老肖："你给狗取一巧克力的名就对了？"

三三："反正它就一吃货，也算揭露本性了。"

自此，只要老肖带着费列罗出门散步，从来不叫它名字，只叫它"哎"。

白衣天使 & 白袍军团

程羽的姨妈特别喜欢女孩儿，奈何自己生的是男孩儿，所以一腔母爱洒了半腔在小羽身上，自从小羽上大学之后，手里就一本电话号码："小羽啊，你喜欢什么样的？跟姨妈说，姨妈一定给你找个你满意的。"

于是小羽年方二十的时候，已经经历过不下五次相亲了。

别人都是苦恼找不到男人，或者是找不到好男人，而小羽同志苦恼的是："我该找个什么样的好男人？"

一次，大家一起在食堂吃午饭，小羽问："找个什么样的才比较踏实靠谱呢？"

众人给建议的时候，顾魏很自然地说："学地质的。"

小羽恍然大悟："对啊！地质男多朴实啊！多脚踏实地啊！"遂告知大姨，"我要找个学地质的。"

后来，她找了一个地理老师。

顾魏他们医院食堂的菜，比较两极分化：好吃的菜，让你觉得厨师是刚办了婚事；难吃的菜，让你觉得厨师是刚被女友甩了。

吃到哪个，那就是个概率问题了。

前者数量趋向无限小，后者数量趋向无限大。

所以只要时间和精力允许，顾魏他们是偏向于自己带饭的，想吃什么做什么。

护士长常感叹："这世道是要反了，男的嘛（医生们）一个个的带饭，女的嘛（护士们）一个个的叫外卖。"

有阵子他们食堂检修，顾魏很忙，又对附近的几家外卖无感，刚好我在假期，于是自告奋勇做饭。早上菜做到一半，厨房门被推开，他睡眼惺忪地叫了句："老婆——"

那是他第一次这么叫我。叫完游魂一样磨蹭到我旁边，对着锅里的菜出神，眼睛慢慢地眨啊眨，一直等我把菜装进密封盒，他才口齿清晰地说："我可以叫外卖。"

我说："行，那我全带走了。"

顾魏立刻端走饭盒。

中午，他去加热，回办公室的路上碰到陈聪："老婆做的？"

顾魏："嗯。"

陈聪："啧啧啧。你要不要这么高调？"

顾魏："你现在比我高调。"

当时陈聪一手端着外卖，一手拿着苹果，胳膊弯里还有一盒酸奶。

陈聪："那我们俩换？"

顾魏："我走我的阳关道，你过你的独木桥。"

陈聪："……"

我问了一个很严肃的问题："你收不收红包的？"

顾魏眉毛微微一扬："你是希望我收，还是希望我不收？"

我松了口气："听这话就知道还没收。"

之前去导师那交材料，刚巧老师们刚散会，正坐在会议室里唾沫横飞地讨论《心术》，突然系主任冒了句："林之校，你对象就是医生吧？"

真是躺着也中枪。我不得不感慨，在他人眼中高不可攀的学者们，其实私底下也是相当八卦的。被迫听一个讲师一副"我这儿都是秘密"的口吻爆料了快半个小时医院红包的金额，我才从那里解脱出来。

我："据说，你们医院红包金额很可观。"

顾魏："军总的市场价应该更高。"

我："那红包一般都怎么塞？"

顾魏："各种场所，围追堵截。"

我："一般有多少？"

顾魏："具体不知道，没打开。"

我一下子从沙发上弹起来："你……"收红包！！

顾魏："一个老人家硬塞的，天天晚上守在办公室门口，A主任怕不收她心里不踏实。等手术完就全部还回去了。"

我不吭声。

顾魏："怎么？你这是表示遗憾还是表示欣慰？"

我："没，这老人家真大手笔，主刀、主治、管床……如此糖衣炮弹，你们医院有没有被打倒的？"

顾魏淡淡一笑："人上一百，形形色色。"那就是有。

"你们那纪检办不是天天突击吗？"神出鬼没跟狗仔一样。

顾魏叹了口气："现在物价高，养家压力大啊！"

"我很好养的！"我立刻表态，想想再加一句，"还自带工资！"

顾魏笑："哦，那下回人家再塞，我就说，我不差钱，媳妇儿好养，还自带工资。"

我："这话挂网上你就火了。"

顾魏说，其实收红包这种事，上梁不正下梁歪。上梁正了吗？比如A主任这种相当铁血外加相当铁腕的科室主任，他们科是比清水还要清的。

顾魏的三十岁生日周末与家人提前过了，生日当天，一下班就被白袍军团拐走。

酒基本没什么人喝，除了顾魏真金白银地喝了小半高脚杯红酒。所以我对白袍们不喝酒都能闹腾成这样表示相当惊讶——这平时是有多憋屈啊，一个个出来跟放风似的。

陈聪一脸坏笑地端过蛋糕盒的时候，我就知道大事不好，但想着，好歹先吹个蜡烛唱个生日歌什么的你们再砸吧？

他们直接略过了这个环节，盖子一掀，我就觉得眼前一白——

过生日有抹奶油的，譬如无数正常的地球人；有砸蛋糕坯的，譬如无聊的路人甲；有砸面包的，譬如奇葩的三三；但是你见过砸面团的吗？！

这群祸害深深发挥了自己的专业知识，精心挑选了介于面团与面糊之间的混合物，调以糖浆之类的增黏物质，经过发酵后，整整一盒往人脸上一拍——真的是黏得拿都拿不下来，洗都洗不掉啊！

和顾魏在一起后，我无数次感慨，惊喜无处不在。

不幸中招的我们白着脸看着推出来的正常蛋糕欲哭无泪。

之后在包厢洗手间，不知道洗了多少遍，依旧洗不干净。散席后，我和顾魏不论谁开车估计都会被交警拦下来，陈聪很愧疚地帮我们叫了出租："弟妹，我真不知道威力这么大，真的，我也是网上看的。"

我特豪迈地对他说："以后别让我见到你，见一次我杀一次！"

女神与流氓

自古川蜀出美女。小草不仅漂亮，还善良贤惠，娶回家那是莫大的福气——无数男同胞都是这么想的，却都没成功。路人甲之所以能抱得美人归，纯粹是因为他潜伏得够久，脸皮够厚。

路人甲这个人，是比较不靠谱的，连室友路人乙都吐槽："看着人模狗样，其实就是一流氓。"

路人甲始终坚持"流氓也要流氓得有自己的格调，不能流于肤浅，不能止于形式"，我们这么一群正常人"熏陶"了他三年，也没把他熏陶正常了。

一次，我们四个去系里整理资料柜。我去洗抹布的时候手机响了。

路人甲一看屏幕显示，接起来："帅哥。"

顾魏："……"

路人甲："找我们校校干吗呀。"

顾魏："大人的电话不要乱接。"

路人甲："干吗？讨论成人话题啊？嘿~嘿~嘿~"

顾魏："算了，刺激单身汉不道德。"

路人甲："……"那时候他和小草还没在一起。

我回来之后，路人甲愤怒了："他怎么知道是我的？怎么知道的怎么知道的？"

我说："我周围这么猥琐的有几个啊？"

路人甲："……"

路人甲逢人便调戏，宁可错杀，绝不放过。我们几个已经被他淬炼得刀枪不入水火不侵，他便把魔爪伸向了我们周围的人，比如顾魏。

路人甲："顾医生，你和林之校平时都谁做主啊？"

顾魏："要看什么事了。"

路人甲："啊哈，大事你做主，什么是大事她做主吗？"

顾魏摇头。

路人甲："不要告诉我她小鸟依人，我不信。"

顾魏："我的事她做主，她的事我做主。"

路人甲："……"

路人甲一直不靠谱，但是在讨老婆这件事上，难得的高质高效。悄无声息地表白了，悄无声息地赖上女神了，悄无声息地把女神追到手了……

毕业前夕，他快手快脚地去拜见草爸爸草妈妈，从 S 省回来，便各种得瑟各种风骚地联系一干同学："同志们喝喜酒了喝喜酒了啊！"

我问小草："什么情况？"

小草："人不要脸天下无敌。"

路人甲一见到小草父母，就把房产证和存折双手奉上："叔叔阿姨，我所有的家底都在这了。我没钱，但我有心。等我们生了娃，叔叔阿姨来 X 市帮忙带娃啊。"

小草："然后我娘突然就热泪盈眶了，说不想我待在 X 市就是怕我以后孤苦无依当大龄剩女，现在她说她放心了。"

我："……"

一同学前来取经："甲兄，一套房啊，你就这么供上去了？！"

路人甲："诶，钱财乃身外之物，一套房换个老婆换个娃，贴过来一个爹一个妈（小草爸妈人极其好），怎么算怎么是我赚啊。"

众："甲兄乃真汉子！高瞻远瞩！佩服佩服！"

小草是比较认命的好孩子："除了我，也没人受得了他了，我就当日行一善把他给收了吧。"

订婚宴上，连导师都被路人甲拖了过来，说是要做个鉴证。（导师：这年头，当个老师都消停不了，给你上课，盯你科研，管你实习，改你论文，你都毕业了我还得给你证婚！）

订婚宴后一个礼拜，我的答辩顺利结束，留校任教的小草也被路人甲的三寸不烂之舌说服下学期退宿。（主任：去吧，手里有未婚女博士，我都觉得压力大。）

周六，顾魏风姿绰约地站在我宿舍楼下，笑得极其诱惑："顾太太，收拾东西，回家。"

路人甲啧啧道："不怕贼偷，就怕贼惦记啊……"

爱情的模样，只有爱情里的人才知道

朋友们各有各的爱情，各有各的幸福，然而世间爱情千百种，那都是别人眼里的。就好比金石和印玺——在我们这群一同长大的发小眼里，他们是水到渠成的青梅竹马，是上天注定的缘分。

在金石大学同学眼里："白富美带着原装跑车海景洋房倒贴他都不要，这是傻呀还是傻呀还是傻呀？"

在印玺同事眼里："守着个公务员，唉，当初要是选了那个高富帅，现在都是阔太太了。"

对于这些言论，金印二人听了就当没听到，因为他们的爱情很简单："换成别人我不舒服。"

所以，一些人看来令人艳羡的爱情，在另一些人看来，也许就一文不值。

金印大婚那天，他们很多同学来参加婚礼，有祝福的，有调侃的，有羡慕嫉妒恨的，最后一种占据大多数，无非是羡慕他们的顺遂，嫉妒他们的忠贞，恨他们的波澜不惊。

但是，有几个姑娘能熬得住一腔柔情加一腔黄金的富二代？又有几个小伙能熬得住投怀送抱送车送房的白富美？如果没熬住，结局又会怎样呢？

曾经看到过一句话：聪明的人之所以成功，从来不在于他们做了什么，而在于他们选了什么。这个世界的诱惑太多，大家只看到了他们的得，却没有看到他们的舍。

如鱼饮水，冷暖自知。爱情的模样，永远只有爱情里的人才知道。

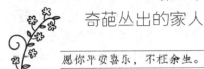

据说，性格的形成受家庭影响极大。如果说顾魏是正向影响的代表，那么毫无疑问我就是反向影响的代表。有了"不靠谱"的爹在前，导致我对顾魏身上散发出来的"靠谱"气息毫无抵抗力。

然而，爷爷经过深入分析做出了总结："顾魏看着乖，骨子里还是有调皮劲儿的，校校看着乖，其实是真乖。"

顾魏听完，对我颇有深意地一笑，让我莫名觉得自己掉进了陷阱……

资深美男子和皇太后的幸福生活

五十多年前，林家二子诞生了，袭承了父母的优良基因，模样俊俏、头脑灵光、知书达理，从小跟着父母出门，看到的人都会夸一句："这二小子以后肯定有出息。"

对此，林老爷子颇不以为然"光长脑子，不长心眼儿。随他去吧，以后不祸害社会就行。"

谁家里有三个儿子，基本上养育模式都是：老大扛门楣，老小得宠爱，至于老二——那就二着吧。

于是在父母的无意识放养和自我的有意识放养下，林二成长为一个高智商低情商的少年。低到什么程度呢？数学满分，语文不及格。你以为他语文不好？NO，因为他考语文的时候在睡觉，他觉得睡觉比考试重要。

林老爷子工作繁忙，难得关心一下孩子，一看林二的成绩单，气得抓起来一顿胖揍，踹去补考。林二补考的时候，教室就他一个人，三个老师盯着，他毫不紧张，拉过草稿纸慢条斯理地打草稿。监考老师看着墙上的钟，看得心脏病都要出来了，一把撸下手表放到他眼皮底下："时间！注意时间！"还剩二十分钟了作文还空着，这孩子是怎么想的？！林二听话地拽过试卷，刷刷刷开始往上抄作文，最后高分通过。所以老师都恨他！破孩子忒不让人省心了！

林二基本就以这种散仙的状态一直活到父母去劳改，兄长参加工作，他便承担起了养育幼弟的责任。家庭的变故和生活的磨炼让他学会了谨言慎行，然而，艰涩的生活他依旧活得简单而快乐，这种天生的善良和单纯伴随了他一辈子。林二耐心地熬到了父母平反，熬到了恢复高考，熬到了工作，熬到了喜欢的姑娘，熬出了自己的小家庭，然后，有了我。

林老师和娘亲的爱情故事是颇具传奇色彩的。

当年林老师毕业前参加了两家单位的录考，Y 市的通知比 X 市的早一天到。爷爷奶奶自然是希望孩子留在身边的，但是林老师把两份通知往枕头下一压睡了一觉，醒来很神棍地说了一句："既然老天爷让 Y 市的早到，说明那儿有什么等着我。"于是收拾行李挥别家人开赴 Y 市。

风平浪静了半年，和别的单位打篮球赛友谊赛，人山人海、彩旗飘飘，林老师的目光却穿过层层拉拉队员落在了对方场边负责供应饮水和毛巾的娘亲身上——这个姑娘真好看！然后就想尽方法创造机会一路猛追……

那会儿娘亲住单位宿舍，和家里隔了小半个城市。一次，外婆去看她，等在门卫室的时候恰好看到林老师打门口过，当时外婆心里就想，这个小伙子，要是给我当女婿就好了。

后来娘亲带林老师回家，外婆一看——哎呀，真的是他！丈母娘相女婿，当真是有眼缘的！遂对林老师特别亲切，一路绿灯。

两人正甜甜蜜蜜，X 市的爷爷听说了，直接派伯父走了一趟 Y 市，告知娘亲：林老师是有未婚妻的，对方是爷爷老战友的女儿，指腹为婚、门当户对。

娘亲宁为玉碎不为瓦全，第一时间和林老师掰了——此后婚嫁各不相干。

都什么年代了还包办婚姻啊？指腹为婚也太扯淡了！林老师气得连夜赶回 X 市，结果被爷爷一顿敲打："关进屋里饿着！"

不给吃饭也阻挡不了林老师的愤怒："不让我娶我喜欢的，我就谁也不娶。"

关键时刻伯父站出来说话："Y 市那个姑娘我接触了，人挺不错的，对老二也好。"

156

再加上奶奶和伯母在一旁劝说"强扭的瓜不甜"，爷爷才勉强同意，拎着饿了三天的林老师负荆请罪，去老战友家解除婚约。据说"未婚妻"对林老师情有独钟，听此变故伤心不已，但是没心没肺的林老师一恢复自由身就连夜赶回 Y 市。

为了挽回佳人芳心，弹琴唱歌写诗全用上了，佳人不为所动，心力交瘁的林老师没绷住，进医院了。

娘亲听说后终于心软，前去探望。林老师一见她立刻委屈了："那姑娘我真不熟，从小到大见过几次面，一个手都数得过来！我连她脸上的痣长左边还是长右边都不知道，这是包办婚姻！是糟粕！是对人性的掠夺！"

两人遂和好如初。

后来，林老师带娘亲回 X 市见爷爷奶奶，外婆有些担心娘亲不得婆家喜欢。娘亲霸气道："又不是我上赶子要嫁！"

林老师："是是是，是我哭着求着要娶。"

人心都是肉长的，感情都是处出来的，一接触发现娘亲是个靠谱的好姑娘，爷爷也就不再反对了。

婚礼当天，那位"未婚妻"出现了，上来就趴林老师肩上哭。

林老师直接懵了，好半天才反应过来："男女授受不亲，授受不亲。"推开对方迅速追上娘亲的脚步，"老婆，我是无辜的，老婆……老婆……我西装脏了怎么办……"

在我们家，娘亲的意见被反对时，她会说："你们两个姓林的欺负我！"

林老师的意见被反对时，他会说："你们两个女的欺负我！"

我的意见被反对时，我憋了半天："你们夫妻俩欺负我！"

然后，这对恶劣的夫妻会摆出一副理所当然的表情异口同声地说："怎么的？"

林老师和娘亲从谈恋爱到我出生，整整八年，他总是一脸辛酸地形容为"八年抗战"。他们有过拌嘴，有过争吵，但是感情一直都很好。人前都是严谨端庄、不苟言笑，人后……就比较黏糊了。我小时候还顾虑着"家里有个未成年，要注意影响"，等我上了大学，两个人就肆无忌惮了：早饭吃个包子都要一人一半，散个步都要手牵手，看个电视都要靠在一起，中间放广告的时候，还要亲一下……

我硬着头皮抗议："你们俩注意一点！这儿还有单身的呢！"

他们俩继续异口同声："怎么的？"

不怎么的，我眼不见为净。正准备撤离到安全范围，娘亲落井下石："与其在这嫉妒我们，不如自己找一个。"我发誓我当时脸上绝对没有任何与嫉妒有关的表情。

后来，我带顾魏回家。这两个人倒是注意了很多，一起看电视的时候，都正襟危坐，一派长辈的架势。林老师看到我靠在顾魏胳膊弯里，各种不自在："林之校，站如松，坐如钟！"

我撇撇嘴："钟倒了。"

顾魏抿嘴笑得耳朵都红了。

绷了一天，林老师恢复本性了。

"老婆，给我剥个橙子。""老婆，我要喝水。""老婆，我脖子酸，给我揉一下。"顾魏在旁边，娘亲还是有些不好意思的。

我说："你们俩当初在医院那么黏糊，当顾魏没见过吗？"

于是乎，他们黏糊他们的，我们黏糊我们的。

林老师的外表是极具欺骗性的，我小学一年级入学前，林老师第一次出席家长会，金边眼镜，眉高目深，讲台上班主任长篇大论，下面家长们各自神游，就他一个人坐姿端正做笔记，班主任讲完了他还及时提问，给出建议，言辞得体，切中肯綮。

第二天早上，我刚进教室，班主任就问："你爸爸是记者还是研究员？气质真好。"

所有教过我的老师，对林老师的印象都是"书香门第，斯文谦和"，对此我只能呵呵，实在说不出口他在家卖萌傲娇、幼稚无聊得有多么登峰造极。

一、黏人。

四十岁之前，下班到家进门第一句话："老婆……我老婆呢？"四十岁之后，下班到家进门第一句话："丫头……我丫头呢？"

只要出差在外，就短信不断："你知道我在哪里吗？XXX酒店XXX房。""你知道我下午碰到谁了吗？XXX，XXX，还有XXX。""你知道我晚饭吃的什么吗？XX，XX，XXX……"睡觉前还会发短信"我睡觉了"。娘亲一度恨不得把他拉黑。

二、自恋。

每天对着镜子刮完胡子都会自我感叹一句："太帅了。"

娘亲经常一脸"菩萨保佑"的表情对我说："还好你性格没遗传你爸，不然我得累死。"

林老师："遗传我怎么了？遗传我那就是个倾国倾城的大美女。"

三、嘴硬。

出差从来不肯带特产，觉得"商店里的特产都是骗假洋鬼子的"，可每次都带一堆回来，美其名曰"我买了给你用来得瑟的"。（这究竟有什么好得瑟的啊？！）

我的性格之所以比较少年老成，主要是拜林老师所赐。二十岁那年，我就立志："以后坚决不找林老师这样的！"长得再帅也吃不消。

据说林老师内伤至今。

林老师说："我切了块肉，换了个女婿。"形容得无比血腥……

在家跟我撒娇而我不理他的时候，一开始还傲娇："我要是不生病，你这会儿还单着呢。"到后来就变成，"有了对象就忘了爹啊！"

娘亲总说，林老师就是个少爷命，一辈子都学不会操心家事，然而就是这么一个不会操心的主，在我谈恋爱这件事上，他所有的操心因子全爆发了。听说我有男友之后，他就不停地琢磨。

"哎，你说她找的是什么性格的呢？活泼的还是稳重的？啧，还是稳重点好，不过活泼也有活泼的好啊。"

"那男孩不会和她一个专业的吧？那以后两个人都在外面跑啊，这不行。"

"白皮肤还是黑皮肤？嗯，肯定是白的，黑的和她不搭调。"

"哎，那男孩工作了没有啊？哪里人啊？能不能跟着她回 Y 市啊？最好是能跟着回来。"

第一次带顾魏回家，一开始林老师心里是很高兴的，他之前对顾魏的印象就很好，可是想到喜欢医生的人那么多，就开始发愁，晚上躺床上都在叹气："诱惑太多，校校对付得了一天两天，也扛不住十年二十年啊……"

于是，林老师单刀直入地和顾魏谈心："你们现在是热恋期，看对方什么都好，时间长了呢？周围诱惑那么多。"

顾魏："我知道别人看中我的是什么，知道校校看中我的是什么。所以别人，我不会想的。"

林老师明确顾魏坐怀不乱之后，就开始和娘亲商量："哎，要么让他们先处着吧。都这会儿了你再拆，孩子不得伤心坏了。没事，我盯着，顾魏要是出什么问题，我第一个收拾他！"

娘亲："那校校就要留在 X 市了。"

林老师又开始发愁："对啊，这也太远了，我手够不着。"他觉得我离他只要超过半小时车程，都算远。

于是林老师又和我谈心，知道我立场坚定之后，又去和我妈商量："你说让顾魏调来 Y 市也不好啊。要么我们退休之后去 X 市吧？"

我妈说："人生地不熟的，一把年纪了你再去买房子忙装修？"

林老师又开始发愁，愁了一会儿，想开了："房我买，装修让顾魏盯着。"

后来，顾魏上门的次数多了，和林老师越处越好。林老师越看越欢喜："小伙子很不错，挺好，挺好。"

再后来，林老师开始操心别的了。

"哎，我刚才看报纸，说现在过劳死的年轻人比例逐年上升。顾魏忙成那样，怎么办啊？"

"哎，顾魏上班那么靠近放射源，对身体不好吧？"

"哎，杂志上说，医生是工作压力最大的十大行业之一。"

"哎，听说校校表哥参加支西项目去贵州了。孩子还那么小就出去，那以后万一校校正生着孩子呢，顾魏出去了怎么办？"

······

印玺金石大婚那次回来，我把顾魏拖回了自己房间。晚上——

娘亲："你翻来覆去的干吗？"

林老师："哎，还没结婚，这两个年轻人，血气方刚的，住一起不好吧？"

娘亲："孩子心里有数。"

林老师："那也不行啊，感情上来了，是吧？控制不住的。我要不再去看看？"

娘亲："你给我老老实实睡觉！"

标准的男主角之家

据医生爷爷说，医生爹当年很矜持，害怕孟浪的追求吓着心爱的姑娘，于是压抑，压抑，压抑了近两年，听说心上人可能要调动工作，迅速出手。

互表心意之后，医生娘很矜持，于是慢慢处着，处了快四年，被两家家长逼婚了。

我恍然大悟，原来顾先生的耐性都是从那儿遗传来的，而且情节都莫名相似······

医生爹抱得美人归后是很不急着生孩子的，想着把医生娘的身体状态调理到最佳。结果家长们急了。顾魏出生后，名字本来应该是按辈分排的，但是看到医生娘被推出产房时虚弱的样子，医生爹决定："叫顾魏吧，把我们俩的姓合在一块儿。"

榜样在前，顾肖远是个受精卵的时候，名字就给起好了。

在医生父母家，经常能看到这样的场景。

医生娘递给医生爹一块干净抹布："书柜擦擦干净。"医生爹就开始整理书橱、擦书架。

医生娘拍拍医生爹："你去弄弄花架。"医生爹就放了报纸去露台整理盆栽。

医生娘："老顾，过来做个鱼。"医生爹就去厨房系上围裙掌勺。

从来没有半句废话，说干就干。

我感慨："妈太厉害了。"

医生："我们家教育子女，向来是言传身教。"

父母这个年龄，尤其工作又比较忙的，很多人都找家政来定期保洁，但是医生爹觉得"陌生人老进进出出自己的生活空间不大好"，所以从来都是坚持夫妻俩自己打扫，这点被医生袭承了百分百。

工作后，医生一直一个人住公寓，医生娘隔三差五地会给他打电话。我们恋爱后，她经常问到我。

某次。

"校校做什么呢？"

"在洗澡。"

某次。

"校校做什么呢？"

"在床上。"

某次。

"校校做什么呢？"

"在穿衣服。"

某次。

"校校做什么呢？"

"还在睡。"

其实我当时分别在：洗澡，坐在床上擦头发，出门前穿大衣以及午睡。明明很纯良，被他那么一说立刻变得激情四溢。

偏偏医生娘每次都会叮嘱一句："嗯，你们都要注意身体。"

医生娘喜欢旅游，但是医生爹比较忙。

娘亲也喜欢旅游，但是林老师也很忙。

于是，这两位为了共同的爱好走到了一起。直到现在我都不知道她们两位究竟是怎么搭上线的。2012年的暑假，两个娘突然决定，一起去神农架玩一圈，于是这对性格迥异的组合兴高采烈地出发了。

两个娘去旅游的第二天，林老师就给我打电话："丫头，你什么时候回来？"

当时学校里有些事走不开，于是告诉他："等我忙完学校的事就回去陪你。"

林老师抱怨："唉，辛辛苦苦拉扯大的丫头被拐跑了，现在连老婆都搭进去了。"

两个娘在外旅游，和两个爹打电话的风格完全不同。

医生爹："今天累不累？"

医生娘："不累不累。"然后开始介绍她们一天去了哪里，哪里，哪里。

娘亲："今天乖不乖？"

林老师一副无所谓的口气："反正你也不要我，我就一个人，我还能干什么？"委屈得不行，还向我抱怨，"唉，辛辛苦苦拉扯大的丫头被拐跑了，现在连老婆都搭进去了。"

从神农架回来后，医生娘对医生说："都说现在的丈母娘就是三十年后的老婆。我认真接触了一下，挺好的。"

娘亲对我说："我认真接触了一下，你未来婆婆挺好处的。"

医生和我："……"

由于医生与父母工作有相通之处，所以经常会聊到专业性的问题，隔行如隔山的我听得云里雾里，每逢此时，爷爷就和蔼地说："来，咱们俩聊天，不理他们。"

顾魏对我们如此投缘感到意外，总说爷爷奶奶对我比对他都好。

有一次和顾魏去看爷爷，晚上留宿，两人住隔壁，门都没关。冬天，我忘了开电热毯，洗完澡往被窝里一钻，然后就"啊"了一声。

顾魏过来问："怎么了？"狐疑地把手往被子里一伸，"你过来跟我睡吧，这要焐到什么时候？"

我死命摇头，还没结婚呢。

顾魏扶了扶额头，掀了被子就躺了进来。

我急："你干吗，回你的窝去。"

顾魏特别淡定："帮你焐被子。"

我："那你自己的呢？"

他用一种看白痴的眼神看着我说："我电热毯开了保温。"

后来，就那么睡着了。

第二天醒来，他已经起了。我看了看旁边的枕头，再爬起来看看隔壁已经叠好的床，不知道他最后是在哪边睡的。

正站在两个房间门口发呆，爷爷从外面露台进来，经过我旁边的时候特别随和地对我说："没事，啊，没事。"

等爷爷走开老远了，我才窘迫地发现，这句话含义太深刻了……

医生奶奶还在世的时候，常和我聊起顾魏："小北不见得完美无缺，但是个好孩子。以后就辛苦你了。"

我有些不好意思："其实他照顾我比较多。"

奶奶笑道："哪有什么谁多谁少。两口子就是要互相宝贝，你越宝贝他，他越宝贝你。你们以后的路长着呢，会碰到很多事，小北心重，遇到个坎儿，你拉他一把。"

奶奶去世的那个礼拜，顾魏的睡眠很不好，大部分时候只是闭目养神，一有什么动静眼皮就掀开。从小父母工作忙，他的童年基本在爷爷奶奶身边度过，和二老感情深厚，所以对于奶奶走前没能多陪陪她尽尽孝，始终介怀。

一次半夜醒来，发现他皱着眉头一身的汗，问他，只说是梦到了奶奶。

我将他抱进怀里，一下下抚过他的背："奶奶走得很安详。"

顾魏绝大部分时候是很无敌的，各个方面似乎都拿捏得很好，从小到大没让长辈操过什么心。他就像棵小白杨，噌噌噌一路往上长，遇到问题自己掂量决断，没冒过歪枝没开过旁岔，就成了一株修森秀木。家里早早就把他当成一个独当一面的男人，没人把他当孩子，除了奶奶。只有奶奶会笑眯眯地挽过他的胳膊问"上班累不累？"，会牵他的手"你来看看我的这棵红豆杉长得怎么样"，会揶揄他"顾大先生，我都看出来你有多喜欢人家了"。

顾魏身上那些温暖、柔和、明亮的地方，都有着奶奶的影子。尤其他们笑起来的样子，眼睛里都有着同样的神采。失去这样的一位长辈，对于顾魏而言，悲伤难以形容。我只能努力填补他生活中的空缺，把这些坚韧而柔和的力量输送给他。

亲爱的小仁
我的爷爷奶奶当年因为工作原因，一直到三十岁才正式完婚，之后有了伯父和林老师。

爷爷看着家里两个调皮捣蛋的小子，特别希望能有一个女儿，日盼夜盼奶奶终于又有了身孕，爷爷突然接到通知被派调到另一个大区两年左右的时间，想了想，毅然决然地让奶奶跟着他走，两个儿子扔给了保姆。

奶奶那时年近四十，再加上战乱岁月留下的旧疾，孩子最后没能保住。与此同时，爷爷收到消息，他的弟弟牺牲在了战场上，弟媳七个多月的身孕。

小叔叔出生后，爷爷和奶奶商量："弟媳还年轻，孩子我们养吧。"

就这样，襁褓中的小叔叔被过继过来。所以，小叔叔其实并不是我的亲叔叔。

爷爷奶奶回到 X 市的时候，小叔叔已经两岁，虎头虎脑的可爱，伯父和林老师整日兴高采烈地围着弟弟打转。

爷爷奶奶是完全把小叔叔当作亲生孩子对待的，这么多年来，三个儿子一视同仁。一直到小仁出生那一年，爷爷才说出真相。他认为，男人有了自己的孩子，就真正成熟了，能够为家庭担得起任何事情。

爷爷对小叔叔说："不求成大器，但要成人成材，不要愧对你的父亲和儿子。"

所以我喜欢和老人聊天，因为他们走过我们不曾走过的路，经历过我们不曾经历过的故事。那些岁月在他们身上沉淀下来的东西，能够给人一种质朴而安心的力量。

从小，小仁就被小叔叔灌输了这样一个思想："姐姐是咱们家唯一的女孩子，你要保护她。"

小仁从小对我就有些愣头愣脑的好，话都说不清的时候，就揪着我的衣角"姐姐姐姐"地跟在我后面。

相对而言，大哥和我们的接触非常少，他大了我八岁，大学又离家非常远，他走的时候，我小学还没毕业，小仁刚背上书包。

那时候真的是艰苦岁月。我父母忙，一个轮一个地出差、学习、开会，一年里两个人一同在家的时间不到一半。叔叔婶婶也是经常出差，家里就剩我和小仁，所以处得就很有些相依为命的味道。

小仁的姨妈受托照顾他，但是他不喜欢那个"浑身一股香味的女人"，于是自己坐车跑到了我家，眼睛圆溜溜地看着我："姐姐我跟你住吧？"

让他睡父母的房间，他不愿意，宁愿睡沙发，然后晚上把我房间的门打开正对着他。后来我又搬了一条被子，一人一床，晚上两人一头一脚地睡，他睡着睡着，一只手就跑出来搭在我的被角上。

现在回想起来，一个六七岁的孩子，他是多没有安全感。

爷爷过世那年，小仁刚升初三。

举行完葬礼后的一天，他给我打电话："爷爷不是我亲爷爷。"

我不知道他是怎么知道的，一时不知道怎么回答他。

"姐，你不会嫌弃我吧？"

十五岁的少年，有的时候敏感起来很敏感。

我说："爷爷是爷爷，姐姐是姐姐。我们俩名字就差一个字，我怎么可能不要你呢？"

余生请多指教

小仁初中毕业就出去了，那时候问他为什么选德国。因为大部分他那个年纪的孩子都选择去英语国家，德国毕竟语言关难过。

十五岁的少年答："我是军人的后代，我要选个有军人气质的国家。"

小仁那么小就出国，语言又不通，我是很舍不得的。大哥也觉得不好，不过他的理由是："从小就是个少爷，自理能力过关吗？"

我不知道为什么这两个人总是不对盘，大约是差了整整十二岁了，实在是太远了。

我告诉大哥，一个一年级就敢背着书包从姨妈家转公交来我家，就敢不要大人打理，就敢每天自己坐车去上学并且从来没抱怨过也没出过事的男孩子，他的骨子里是独立而坚强的。这需要多么小心谨慎，想想都很心疼。

大哥遗传了爷爷严谨方正的性格，有过之而无不及，严于律己，也严于律身边的人。他对我的态度是"女孩子也应当能够雷厉风行独当一面"，所以对我总是比较严格，甚至会有些苛刻。

高考前的那个寒假，他来辅导我的数学，忘了当时是个什么题，做错了，大哥拿笔点着我的草稿纸："这道题不是前面有过类似的吗？怎么同一个类型的你错两遍？"

趴在旁边的小仁一下子就毛了："你对我姐那么凶干吗！错两遍怎么了？凶什么凶！"那时候他的个头刚到大哥下巴。

这两个人从来就不在一个频率上，见面就炸，我就负责和稀泥，一和就是二十年。

小仁出国前严肃认真地警告大哥："我不在的时候你不准欺负我姐！"

我抱着发飙的小仁，眼泪就那样落了下来。

小仁在视频里第一次看到顾魏之后，就念念叨叨："长得帅的男人都不靠谱。"

我笑："那你呢？"小仁白白长的就比较欧化，眉高目深，东方、西方都很有女人缘。

小仁炸："他能跟我比吗？我们这是多少年的感情了！"

他身在国外，不能亲自考察顾魏，于是给当时还在 Z 市工作的大哥打电话："你什么时候回 X 市的时候去看看，我姐谈恋爱了。"

大哥："有什么好看的，她这个年纪，谈恋爱不是很正常的事。"

小仁当时就火了："林之学，我就知道指望不上你！"

一个月后，大哥来 X 市开会，开完会第一时间找顾魏喝茶。

放假回来第一次见到顾魏真人的时候，小仁撇嘴："我姐大好年华的就砸你手上了。"很是一副"大势已去"的口气。

回法兰克福后，他时不时发邮件给我："那医生最近听不听话？欺负你没？欺负你你告诉我啊。"

后来顾魏去柏林进修，林之仁专门去看他，被登记处问起二者关系的时候，他说"Brother-in-Law"，但是见到医生之后，立刻开始威胁："不要以为天高皇帝远就没人盯着你！"

这个小了我四岁的弟弟，我亲眼看着他从一点点小长成了一个翩翩少年，现在已经俨然一副男人的模样了。他去看顾魏的时候，带过去一大盒东西："给我姐的。"临走前警告顾魏，"我们林家就这么一个女孩，宝贝着呢，你要对她好一点。"

我问顾魏，盒子里是什么，顾魏说，是四十三国的明信片，还有邮票，一沓一沓的，码得整整齐齐。

小仁知道我喜欢集风景明信片："姐，你快来旅游吧，我线路都给你设计好了。"

我一直很想告诉他，亲爱的弟弟，我一直很爱你。

天上掉下个弟弟

作为见证我和顾魏在一起的第一人，杜文骏第一时间把顾魏出卖了："顾医生看着挺阳光的，但我总觉得他有点阴险，要么就是脑子太好。"

所以他时不时提醒我一下："姐，你注意啊，不要被卖了还帮着数钱。"平时还总是贱贱地提议，"姐，你收拾收拾他。"实在是让我好奇顾魏之前究竟是怎么折腾他了。

有一回小杜来我学校看我，去吃饭的路上，小草拉了拉他的胳膊，朝远处的某某某抬了抬下巴："那人最近在追你姐。"

小杜眯着眼睛打量了半天："没戏。没我姐夫高，没我姐夫帅，没我姐夫气场强。"

其实他在外面是相当维护顾魏的。

小杜和我们通电话，基本都是在宿舍。每次挂电话之前，都能听到四道齐刷刷的"姐姐姐夫再见。"

小杜说："你不知道，你们俩在我们班人气超高的。"

就去了两三次，怎么就冲出宿舍，走向班级了呢？

后来才知道，这家伙把一张我和顾魏的合照放在手机里："这是我姐姐姐夫，郎才女貌吧？女才郎貌吧？羡慕吧？"

顾二少

那句话问得好："人和人的差距怎么就这么大呢？"

同样是弟弟，顾肖怎么就没修炼出林之仁和杜文骏十分之一的可爱呢？

顾二少和我一直是比较不对盘的，至于原因——"要脸蛋没脸蛋，要身材没身材。"

我鄙视他："难怪你遇上的都是些有脸蛋、有身材，但是没心没肺没脑子的。"

顾肖对这事特别忌讳，一戳到痛处马上就炸："Shit！也就顾魏脑子进水看上你！"

顾魏对于我们见面就互呛冰碴子的场面已经习以为常了。

奶奶去世后，顾肖收心回国，他的公司又刚好离我学校比较近，接触便渐渐多起来。其实顾二少人不坏，工作上是有为青年，学习上是高材生，生活上就是纯粹地闹别扭，从心理学角度解释，就是"求抚摸，求关注"。之前顾魏在他心目中一直是"无欲无求没女人照样活得很完美"的精神楷模，现如今被我拐走，多少有点心里不平衡，于是就跟我杠上了。

摸清了思路，我第一时间表示："顾魏跟你的兄弟情，我干涉不了，我也不干涉，顾魏跟我的男女之情，你也干涉不了，所以你也别干涉。"

顾魏补上一刀："你提前改口叫嫂子吧，校校，给他改口费。"

我递过去红包，里面包着222块钱："来，长嫂如母，有困难和嫂子说。"

之后顾肖"意外"发现，他未来的表嫂萧珊和未来的堂嫂林之校居然是穿一条开裆裤长大的发小，双重打击之下，二少彻底消停了，虽然依旧一身刺，但也就是个纸老虎。

一次我从医生父母家回来，带了医生娘做的点心给顾二少。送去他单位的时候刚好是午休时间，盒子递给他，叮嘱他两句好好吃饭就撤了。出来的时候听到身后——

"顾少，哪来的美女？还单身不？"

"滚！那我哥老婆！"一巴掌拍在对方后脑勺上。

顾肖回国后不久，恋爱了，给我打电话："来帮我参谋参谋。"

我："我出场费很高的。"

顾肖怒："有你这么不讨好小叔子的吗？！"

我："讨好你没价值。"

顾肖炸："顾魏怎么就看上你了？！"

我："说明他审美观正常。"

顾肖出离愤怒了："信不信我把你们的事儿给搅黄了！"

我："你觉得是我把你的事儿搅黄了容易，还是你把我的事儿搅黄了容易？"

顾肖内伤了……没处告状。

———————————————————
既然你没有浪漫细胞，那就只能我来了。

原本斯斯文文一本正经的顾医生恋爱后渐渐原形毕露，以端庄之姿行调戏之实，美其名曰："既然你没有浪漫细胞，那就只能我来了。"

据说调戏是会上瘾的

导师常教育我们：身体是革命的本钱，身体不好，怎么学习？怎么工作？怎么谈恋爱？于是每周我和小草都会以出汗为目的搭伙做运动。

周五下午刚打完球，顾魏就到了，接我去医生爹娘家吃饭。上了车，汗湿的外套黏在身上不舒服，于是脱下来准备换件干净的衬衫，身上只剩一件背心。顾魏突然凑过来，低低地叫了声"校校"，我扣好衬衫纽扣，一抬头就被突袭了。

等两个人吻完，顾魏极具流氓特色地问："你不会以为我只吃素吧？"

我看着已经开了两颗纽扣的衬衫，发现我没什么想说的——我也没反对你吃荤啊……但是作为一个矜持传统的女孩子，还是强作镇定，道："你的定力真的是越来越不好了。"

晚上，这厮洗完澡，松松垮垮穿着浴袍，锁骨胸口若隐若现地在我面前晃。

我说："医生，麻烦你注意着装严谨。"

医生回一句："你的定力真的是越来越不好了。"

我："……"

每逢手术高峰期，医生们就基本进入了"朝五晚九"的上班模式。某周末上午近九点，我到顾魏公寓，发现他还在睡，这对于"活闹钟"而言实在是难得。

我拉开窗帘，床上的人眯了眯眼睛，扭头看了眼挂钟，脑袋又埋回枕头里。

我心想：你现在知道人在困的时候是多不想起床了吧？

但是光吃饭不睡觉伤胃，做好早饭，我摸出手机，音量调到最大，放孙燕姿版的Venus，萨克斯前奏嚣张地穿透空气。顾魏低低唔了一声，撑起上半身，掀开眼皮看了一眼，又栽回去，伸手覆住半边脸。

我举着手机跳上床跟着唱："I'm your Venus ~ I'm your fire ~ At your desire ~"

顾魏费劲地睁开眼睛，坐起来捉住我的手，拽进怀里，拿过手机静音，扔得远远的，然后，把我一压，脑袋往我颈窝一埋："再陪我睡一会儿。"

咦，这不是我的惯用台词吗？

我清清嗓子，语重心长地说："哪，你这样打乱惯有的作息时间不利于身体健康……"把他平时念我的全部念回去。

我说了一大段他一点反应也没有，我吸口气正准备继续，他冷不丁冒出一句："再说我马上办了你。"

不带这么玩的！！！

"办了你"在顾魏手里已经成了核威慑，难得动用，但只要一用，我立刻老实。

一次，我被顾魏调戏得恼羞成怒口不择言，张口恐吓道："小心我办了你！"

顾魏双手一张，一脸"任君蹂躏"的表情："来吧。"

我一头黑线："下辈子我一定要当男的！"让你尝尝被恐吓的滋味！

顾魏乖巧地眨眨眼睛："那我绝对不反抗。"

我："……"

我怕痒，顾魏一挠我毫无招架之力。觉得没有痒痒穴的人体构造都不科学，于是我不信邪地在顾魏腰上找。

因为工作以及经常锻炼的缘故，他的身材保持得很好，腰上没赘肉，摸起来手感很好。正摸着，他一只手钻进我衣服下摆，热热的手指贴着我后腰，声音低低的："要起火了。"

当时两个人窝在沙发上，我立刻正襟危坐，他就继续衣衫不整，一副被蹂躏过的样子躺在那里："还有你这样的。"

"哪样？"

"挑起来就不管了。"

觉得他越来越流氓了。

林老师打电话来，我正在晾衣服，手是湿的，于是叫顾魏帮忙接一下，刚一接通。

"闺女啊你们千万不能去开房知不知道？"

顾魏："叔叔……"

林老师立刻转移话题："啊，顾魏啊，忙什么呢？"接下来从天气到交通一通乱扯。

顾魏静静地听，抿着嘴浅浅地笑，酝酿了半天，还是清清嗓子道："林老师，您放心，我不会乱来的。"

林老师心思被戳破，讪讪道："你们……你们……自己……自己定吧。"

名正言顺的重要性

顾魏第二次去我家，晚饭之后陪着林老师散步，碰到了杨栎父子。

杨伯伯："老林，这位是……"

顾魏不着痕迹地看向林老师，心里各种紧张。

林老师："校校的对象。"

杨伯伯："啊？校校找对象了？呦，那我们杨栎怎么办？"

回来之后顾魏逼供，我老实交代："从小两家就一直说要结亲家。"

林老师是一直很喜欢杨栎的，为人孝顺细心，工作踏实稳定，最重要的是："离家近啊！在一个小区啊！走路十分钟啊！"

顾魏："所以呢？"

我看着他："所以现在是我单方面撕毁合约。"

顾魏："真的有婚约？！"

我失笑，摸摸他脸："没有，逗你玩的。"

顾魏抬起左手覆在胸口："我都一把年纪了，你这样我很没有安全感的啊。"

我看着一脸委屈的医生，黑线万丈，无奈地凑过去亲了他一下。

为了彻底搞定林老师夫妇及一众长辈，顾魏往返 X 市、Y 市数次，直到有一次，饭后娘亲使唤我从储藏间搬了个箱子出来，推到顾魏面前。我一打开，直接懵了。

一条围巾：我十八岁第一次给自己买生日礼物，去商场却意外看中了一条男士围巾，从材质到纹理都说不出来的喜欢，那个时候并不知道买下来送给谁，但仍然是毫不犹豫地买了下来。

一只公文包：林老师和娘亲出去二度蜜月，不起眼的意大利小镇，不起眼的老手工店，里面是各式各样的包，都是孤品，林老师一眼就相中了这只公文包，于是把黑色、棕色两只都买下，回来后自己用棕色的，黑的"留给女婿"。

一套完整的床品：娘亲去杭州开会，恰逢丝绸博览会，看到一套床品，给我打电话："我给你找到了一份结婚礼物。"于是大老远带了回来。

一对巴林冻石：开采出来的时候是一块非常干净的羊脂冻，再被琢磨成两个印章，一直没有刻字，爷爷去世前把它们留给了我。

一整套手抄经：外婆虔心茹素，为我和表哥一人抄了一套，成家后以镇家宅安宁。

等等等等，满满一大箱子，都是我的家人在过去的十年里一点一滴积累起来的。送给我的时候，谁都不知道顾魏会在什么时候进入我的人生，但是他们都相信，会有那么一天，会有那么一个小伙子，值得这些东西。

顾魏全程都很安静，听娘亲讲述每一样的来由。

他带着这只箱子回到了 X 市，之后便以"有妇之夫"自居。

有了名分，我和顾魏就顺利迈入了"调戏与反调戏"的人生新阶段。

顾魏："今天有五个加护。"（要不停查房，基本就不怎么能睡觉了。）

我："睡不着就躺床上闭目养神。然后想想我。"

顾魏："这么热的天，你让我躺床上想你？"

我："如果我没有理解错的话，你刚才是……"

顾魏："你不要思想猥琐。"

我："在撒娇吗？"

顾魏："……"

我："思想猥琐的是你吧？"

顾魏："……"

患者家属询问护工要注意什么忌口，要怎么帮患者做饭，护工忙不过来，就指指我说："问她去。"于是我被迫答疑解惑。

一次，顾魏下班去洗手换衣服，我在他办公室等，一个患者家属（第一天来陪护，还不认识医生）手上拿着挂水记录单，过来特别激动地拉住我："医生啊，这瓶是什么？黄色的，干吗的？"

我看了一眼："啊，啊……生脉，软化血管，化瘀抗凝的。"

患者家属："那我爸现在能不能吃饭？"

我东张西望，顾魏怎么还不回来："嗯……半流质，干饭不能吃，稀饭可以。"

好不容易，正牌医生回来，耐心答疑解惑完。

该患者家属看着我缩在顾魏背后，突然冒了句："你们医生和医生谈恋爱啊！"

我："我……不是医生。"

家属："那你怎么知道这些？"

我总不能说我曾经也是一名患者家属吧，那样显得顾魏太"监守自盗"了。

顾魏笑道："夫唱妇随。"

我："……"

医院几乎全年开空调，尤其冬天，暖气一开，医生又是忙起来会忘了喝水的人，于是嘴唇起皮了，干裂了，出血了。

我买了男士唇膏给他。

医生抗议："我是男的！"

我说："这就是男士专用的。"

依旧不肯用。

我说："你就这么由它去吗？"

医生："我喝水！"

我说："一天中，你有几小时是和你的杯子待在一个房间的？"

医生想了想："两小时。"

我说："那好，一天八杯水，你两小时解决，一小时四杯，平均十五分钟一杯。"

医生："……"

我说："林老师也用的。男士用唇膏很正常。"

医生不情不愿地接过去。

晚上洗完澡。

"林之校！这黏糊糊的怎么擦啊！"

"没吃过猪肉还没见过猪跑吗？女同志怎么抹口红，你就怎么抹唇膏。速度！"

医生游魂一样晃出来的时候（什么也没抹），我正在抹唇膏（我在他公寓床头柜里放了一支），他往我旁边一坐，盯着我看了一会儿，把我手里的唇膏拿过去："我觉得这个比较靠谱。"

结果，那个冬天两人合用一支唇膏。他的那支，就拆了个包装。

寒假陪娘亲一个同事阿姨的侄女去招聘会，回到家给顾魏打电话。

"医生，我这个专业是不是有点冷门啊？"

"嗯，有点。"

"Y市形势太严峻了。我觉得我有当无业游民的潜质。"

"……"

"我要是毕业找不到工作，我就投奔你去吧。"

"X市形势也很严峻。"

"没事，我吃你的住你的用你的！"

"您是来度假的吧？"

"……"

毕业前夕有个去Z市的机会，职务待遇各方面都很好，导师和师兄师姐都建议我过去。

我问顾魏："我能去Z市吗？"

顾魏："不能。"

我："为什么？"

顾魏："你去了我怎么办？"

我："你来投奔我啊。"

后来，顾魏给表姐打了电话问Z市那边的情况，得知确实不错之后，就沉默了。沉默了许久，对我说："你想去就去吧。趁年轻积累两年经验再回来也是可以的。"

最后，我没去Z市。

导师有些惋惜："条件真的是挺不错的，不过女孩儿嘛，一般都不想离家太远。"

顾魏问起，我说："不去了，再好的待遇，也不够周末来回坐飞机的。"

顾魏："想好了啊，以后不要后悔。"

我说："唉，你怎么一副很舍得的样子。"

顾魏："选哪条路，是你的权利。我不妄加干涉。"

我瞬间感动无比："那我要是一冲动去了呢？"

顾魏摸摸我的头："没事，我有的是方法把你骗回来。"

其实你就是笃定我不会跑吧！

大学期间，虽然也有个别人追，但是绝大部分时间是无人问津的。遇到顾魏之后，突然桃花运就起来了，还都是一些非常态的桃花。

顾魏："反正所有权在我这里。"然后就淡定地想怎么收拾战场就怎么收拾战场。很多时候我都不知道他是介意还是不介意。

三三："你长得就一副招人调戏的样子。"

我惊："啊？我长得这么不严肃？！"

三三："就是长得太严肃了，有种禁欲美，才招人犯贱想挑战一下。"

顾魏对于两个人身边的桃花的态度一向是："随他们去，他们会知难而退的。"

在这件事上，他简直自信心爆棚。

平凡生活里的浪漫

不知不觉，恋爱迈入第三个年头，我们的感情进入了小火慢炖的悠然阶段。

两边的亲友都不把我们当外人，顾魏对这个状态很享受，我就比较窘迫了，因为每次他跟我回 Y 市，都有一群"自家人"完全无视我，主动向他爆料我小时候的黑历史。

林老师："林之校小时候，说话特别早，而且很突然，说整句，把她外婆都给吓着了，但是她走路特别晚。萧珊比她大不了两天，走得很溜了，她还在以爬行为主，能坐着不站着，能躺着不坐着，能睡觉那当然是最好的，特别爱睡觉，我们一不注意，她就睡着了，哪儿都能睡，不挑时间不挑地儿。"

顾魏看了我一眼，眼角一挑："嗯，这习惯保持得挺长久的。"

我："……"

猴子："小时候，印玺萧珊林之校她们仨一起被送去学跆拳道，家长们想的是女孩子学着以后能防身，结果她们仨第一天去就把教练给掀了。一个人跳上去勒脖子，剩下俩一边一个，踢膝盖窝，钩脚踝。教练直接说，不用教了，再教就要翻天了，哈哈哈哈哈……"

顾魏："没看出来啊，小林同志，原来你还有这么热血的时候。"

我："……"

印玺："她 20 年前就说自己要嫁给医生。"

我惊："我怎么不知道？！"

印玺："我们这一拨人她小时候身体最弱，三天两头去医院，回来就跟林叔叔说以后要嫁一医生，打针挂水通通在家搞定。"

顾魏听得津津有味，偏过头调戏我："林之校，真是惊喜不断啊！"

我："……"

晚上，我坐在床上严肃地思考人生问题。

顾魏要笑不笑地问："想什么呢？"

我幽幽道："要么嫁给你，要么就得杀你灭口，你知道得太多了……"

冬天，我的脚总是凉冰冰的，于是听从医生娘的话，睡觉前用姜片热水泡半个小时。

顾魏坐我旁边看电视，视线时不时往我这边飘。

我："怎么了？"

他目光转回电视。

过了一会儿。

我："你老看我的脚做什么？"

顾魏："自己家的看看也不收钱。"

我："……"

随后他索性扭过头来直勾勾地看，看得我后背都出汗了，他才冷不丁冒了一句："有没有人说过你的脚很漂亮？"

我汗："您……不是恋足癖吧？"

顾魏抬头，眼角一挑，那叫一个波光流转流光溢彩。他每次出现这种妖妖的不奸不杀的眼神，我的心跳速率就往上飚，然后就条件反射地"你你你"结巴，一般还没结巴完一句话，他就开始耍流氓了。

顾魏的眼睛很漂亮，目光清亮深邃。自从他发现我对他的眼睛完全没有抵抗力之后，便善加利用，我常常一回头就撞上他一双美目流转，直直地看着我，于是我看着看着，就不知道把自己看哪儿去了。

一次出项目是在野外，正儿八经的风餐露宿，我们都习惯了。但是那次不知道是被当地什么虫子咬了，回来之后小腿上起了一片一片的疹子，不敢挠，因为林老师说女孩子身上不能留疤，但是又痒，于是就拽拽顾魏的袖子："顾魏，你讲个笑话，我转移一下注意力。"

顾魏："徐韬他们医院急诊推进来一个被车撞了的老太太，状似昏迷，徐韬刚过去拨开她的眼皮，就被老太太一把抓住：'撞我的就是你！'"

我："……"

顾魏："……"

我："好冷。"

顾魏："唉。来，看着我的眼睛……"

我："流氓！"

后来每次我出去，不论远近，走之前顾魏都会打电话提醒"记得带上防蚊喷雾"。

我在顾魏面前一直是比较放肆的，不怎么掩饰情绪，想干什么干什么。

顾魏："林之校，你在我面前稍微稳重一点。"

我："我都没嫌弃你幼稚。"

顾魏伸手抓我："谁昨天晚上在床上 360 度打转说不想考试的？"

我闪开："谁今天早上趁我洗苹果的时候偷喝我牛奶的？"

顾魏再抓："然后你就在我面包里抹辣椒酱？！"

我继续闪："就一点点！"然后就被他借口"相濡以沫，同甘共苦"吃豆腐。

最后我们倒在沙发上互相揭对方的囧事笑了一晚上。在极其有限的相处时间里，我们的快乐往往简单得没什么技术含量，却又无比踏实。

我整理顾魏脏衣服的时候，从他衬衫口袋里摸出了他当月的工资条。

顾魏进门看到我坐在床上一脸严肃，走过来："你拿着我的工资条怎么跟拿着病危通知单一样？"

我鄙视他造比喻句的能力，然后无比惆怅地说："我发现我们的工资是一样的。"

顾魏的眉毛挑了一下。

我："数字都一样，就是顺序不一样。"这是多么悲催的巧合。

我叹了口气："我拉低咱们家的收入水平了。"其实我知道助教的工资基本就是个形式，没有什么实质内容，但是对于这个诡异的巧合，我实在是——

顾魏看了看两张工资条："这么巧。"

情何以堪……

顾魏："我刚当助教的时候，也和你差不多。"

我瞬间原地满血复活："真的？！"

顾魏："嗯。你现在又不以挣钱为目的。"

我："我心里平衡了。"顾魏当年比我辛苦了三倍不止。

后来和娘亲说起，她一针见血："顾魏是 06 年，你是 12 年。人民币贬值的好伐？"

我："……"

"医生，你有一根白头发。"

"拔掉。"

"不拔。"

"那就留着吧。"完全没有"我正值青年怎么会有白发"之类的感慨，"留着提醒你，你都是怎么气我的。"

"我哪有……"

"听着怎么这么心虚。"

"医生，我长了一根白头发。"

"你最近是不是用脑过度？哪儿呢？"

"这儿呢。"

然后医生迅速地拔掉了。

"你怎么拔了？！"

"不然呢？"

"留着做个纪念啊！"

"这种暴露年龄的纪念品还是算了吧。"

"哦。"就被这么带过去了，完全忘了之前想要很拽地说"你看，被你气的，你要对我好点"。

我喜欢把手绕到顾魏脖子后面，那里的皮肤温暖光滑。每次我一摸，顾魏就一眯眼睛："我想睡觉。"特别像只猫。

一次我洗完澡靠在床头看书，他洗完澡出来，往床上一倒，枕在我肚子上就不动了。

"顾魏，把头发擦干再睡。"

一条干毛巾塞到我手里。

我无奈地擦擦擦，擦完："去把头发吹干。"

顾魏含含混混地嘟囔一声"困"，依旧不动。

我捞过电吹风给他吹吹吹，吹完，他已经睡着了。

我也动不了，结果那天两个人呈 T 字状睡了一晚上。

那时候，顾魏刚发现我会一点擒拿。

"身手不错。我不用担心你被人吃豆腐。"

"你身手也不错，那我不得天天被吃豆腐。"

此后相当长一段时间内，顾魏同志养成了一个习惯：切磋。我的擒拿都是小时候跟着大院里的哥哥们混的，相当的三脚猫，但是顾魏经常赢绝对不是因为他功夫好，而是因为他总偷袭！

一次在爷爷家，我去院子里拿晒太阳的小文竹，顾魏可耻地偷袭我手里的蛋挞，一推一挡，两个人就那么切磋到一起了。估计当时两个人表情比较认真，被出来找人的医生娘看到，惊得叫了一声："顾魏、林之校！"

我是第一次被医生娘这么大声地喊全名，当场懵了，然后顾魏的手刀就劈在了我手腕上。医生娘上来直接拎走顾魏进书房训话。

"怎么能打起来呢？！"

"闹着玩的。"

"闹着玩也不行。你男孩子手劲那么大，万一误伤呢？"

"妈，我误伤自己我也不会误伤校校啊，这年头追个老婆多难啊！"

我在门外听得一头黑线。

一次回顾魏公寓，他闭着眼睛躺在床上。

我凑近他脸，呼吸清浅平稳——睡着了。

我正准备越过他捞被子给他盖上，一低头，他正半眯着眼睛看着我，也不说话也不动。

这是睡着了……还是没睡着啊？

我悬在他上空盯着他看了有一分钟，他慢慢伸手，抱住我的腰拖进怀里，然后合上眼睛继续睡，从头到尾呼吸都没波动。这算不算梦游？

后来，两个人睡到九点——饿醒的。

顾魏在厨房下饺子。我问："我来的时候，你是睡着的还是醒着的？"

顾魏："半睡半醒。"

我："我小时候后特别喜欢在沙发上睡觉，一睡着林老师就会把我抱到床上去。他那时候工作特别忙，和我相处的时间很少。有时候我并没有睡着，但是为了让他多抱抱我，就装睡。后来长大了，有一次他抱我去卧室的时候自言自语，又重了，要抱不动了。从那之后，我再也不在沙发上睡觉了。"

顾魏伸手把我捞进怀里，贴在胸前，也不说话，继续煮饺子。

这个男人有时候心思细得实在是没话说。

偶尔恶劣

顾魏去外地开会，晚上快十二点给我发短信。

"室友打呼噜，睡不着。"

"你捏住他的鼻子。"

"干吗？谋杀？"

"憋死前会醒的。然后他醒了你睡。"

"你这都是哪儿学来的？！"

"路人甲就这么对付他室友的。"
"你以后离他远一点！"

两个人夫买鞋，听到营业员甲教育乙："钱是谁掏啊？男的！所以还是要盯紧男的！"
转头看见我们，异口同声："欢迎光临！"
接下来顾魏挑他的，我挑我的，两个营业员都黏在他后面。
"先生喜欢什么样式？""正式一点还是休闲一点？""您看这款怎么样？小羊皮的。"
……
顾魏捂着嘴不作声。
我挑中一双，转过身，发现顾魏手里拿着和我一样的男款。
坐在一起试鞋，刚穿好——
营业员甲："你们的脚好有夫妻相！"
我是头一回听到脚也可以有夫妻相。
顾魏很淡定："谢谢。我们是兄妹。"
我惊悚地看着他把脸凑到我脸边上，两个人的脸并排靠在一起。
营业员乙干笑："呵，呵呵，难怪，我还说二位长得这么像。"
我："……"
顾魏："开玩笑的，这是我太太。"
营业员甲乙："……"
顾魏被烦到的时候，会突然变得很恶劣。

有一次重感冒，刚好是周末，去顾魏公寓昏睡。一睁眼，白天，再睁眼，天黑了，再睁眼又是白天，整个人伴伴噩噩，像是陷在温暖的沼泽里。好不容易熬了清醒过来，嗓子发干，叫："顾魏。"
医生过来摸摸我额头："醒了？"
我迷迷糊糊地看着他："现在是二〇几几年？"
医生一脸正经："二〇二一年。"
我看着他："你四十了。"
医生："嗯。"
我说："你怎么还这么好看啊？"
医生："……"
他说，每次我犯迷糊的时候，他就有种调戏我的冲动。

一辈子的迷恋
有阵子看程又青、李大仁，看完对医生感慨："啧，男人果然迷恋永远的二十五岁。"
医生一边发邮件，一边啃苹果，头都没抬："没有，我迷恋的是你。"
只有他能讲情话讲得一点该有的面部表情都没有。

农历新年后，气温渐暖，短短的一截"春脖子"就成了上半年的手术高峰期。

2012 年的手术高峰期后，身体一向很不错的顾魏意外病倒，感冒转肺炎，加上之前忙得饮食不规律，肠胃也出了些问题，几乎没好好吃东西，大部分时间就躺在病床上，整整一个礼拜，烧烧退退，昏昏沉沉。

一直以来，顾魏都像是一棵不会倒的树，遇到什么事，都能看到他斯文淡定地站在那，忽然他躺在我面前，水一瓶瓶挂下去，没有好转，整个人亦没有声响，我心里像是有个不知名的东西跳来跳去，跳得我发毛。

主治大夫说，长时间疲劳，身体需要休息。

顾魏半夜醒来，我正抱着加湿器坐在床边眼巴巴地看着他。

"你要不要喝点粥？"

他微微摇了摇头。

"果汁？"

继续摇头。

"水呢？"

还是摇头。

后来，顾魏说，我的表情跟看见十天没吃竹子的大熊猫一样，还没哭就已经呆了，看得他突然就有点想笑。

"陪我去阳台透透气，病房有点闷。"

岑寂的夜晚，我们偎依着站在阳台门前，天上没有星星，有我也看不见，我在看顾魏。

顾魏收回目光："看什么？"

我："你什么时候会好起来？"

顾魏伸手揽住我，笑道："让我再多享受几天你这个贵宾级待遇。"

我："你随时都能享受，级别比这还高的都行，只要你别躺在病床上。"

顾魏："那行，我以我的职业道德保证，明天就好转。"

我继续眼巴巴地看着他。

顾魏失笑："你这么看着我，我把持不住啊。"

我："女性平均寿命比男性长。"

顾魏愣了一下。

我："你要保持健康，这样，到老了，陪我的时间才会长。"

我的爷爷去世后，奶奶每周给他写一封信，写好后装封放进抽屉。

一年又一年，一封又一封，写着写着，就老了。

每次看到她孤单单翻看爷爷的老照片，都觉得心酸。

我抱着顾魏的腰："你心理素质比我好，怎么的也该是你给我写信吧。"

顾魏把我揽进怀里，沉默不语。过了一会儿回病房，乖乖吃饭。

第二天，病情果然开始好转。

陈聪说："顾魏恋爱后，越发懂得养生了。"

我说："他得攒着劲儿以后给我写情书。"

七月，受陈聪夫妇的邀请，第一次和顾魏一同出远门旅游。飞机抵达昆明，和在当地采风完毕的陈太太会和，一行人转乘火车，再转乘大巴，顺利抵达丽江。放下行李出门觅食，经过大厅的报刊架，陈聪看着各式各样的地图，突然："啊！我就说我有什么忘带了！地图！"遂抽了一份旅游交通地图，打开作认真研究状，半分钟后，"我觉得这些旅游地图都设计得特别不合理！我想找的地方从来都找不到！"

午饭之后，大家开始游古城，陈聪再一次证明了"男同志中也潜伏着为数不少的路痴"，加上大研古城本身布局就类似一个八卦阵，他很快就分不清东西南北了，穿梭的人流很快把我们冲散了。

顾魏摸出手机，看了眼屏幕上的名字，直接递到我手里。

陈聪："你们在哪儿？"

我："你们在哪儿？"

陈聪："我不知道我们在哪儿！"

我："……"

陈聪："我觉得哪哪儿看着都差不多。"

我："先找到有水的地方，沿着护城河，顺水进，逆水出，就不会迷路了。我们晚饭的时候在门口碰面。"

陈聪："唉，行吧。"

我挂断电话，偏头看向身边的顾魏。他一脸怡然自得，如同闲庭信步："怎么了？"

我狐疑："你没晕方向吧？"

顾魏："这种地方，需要方向吗？"

我："……"也是。

晚饭时，陈太太随口一问："离宾馆最近的超市在哪儿？"

陈聪："……"

陈太太："哪儿有卖水果的？"

陈聪："……"

我们三人大快朵颐，陈聪抱着手机一脸艰涩地查地图，我于心不忍，从包里拿出手札递给他。

陈聪："这什么？！"

我："我画的地图。宾馆附近的主干道、标志性建筑、超市、医院、餐厅、出租车点，景点大巴的班次、我们往返的路线，都在上面。"

陈聪迅速转过头，愤愤地指着顾魏："你！"

顾魏好整以暇："怎么了？"

陈聪："你！"

顾魏："嗯。"

陈聪："你故意的！"

顾魏很淡然："不能因为我老婆有职业病，就降低你的独立生存能力。"

我："……"顾先生，你能不能把赞美说得像赞美一点呢？

饭毕，陈聪："校校，你晚上跟不跟顾魏睡？"

我噎住，这叫什么问题？

顾魏目光凉飕飕地转向陈聪。

陈聪："咳，不是，我的意思，如果你觉得跟顾魏住不方便，你可以和我老婆住一间，然后我和……"

顾魏阴森森道："我不想跟你住。"

于是房间就这样分好了。

旅游旺季，标间紧张，陈聪定的是大床房。

对于和顾魏同住，我本来是很坦然的，但先是被陈聪一番问，又是被陈太太一番意味深长地笑，突然羞涩起来。

顾魏："你什么表情？"

我："没。"

顾魏："乖乖睡觉，不要瞎想。"

我炸："谁谁谁瞎想了？！"

顾魏从善如流："那就我瞎想了。"

我："你要干什么？！"

顾魏笑得温柔而妖娆："我要干什么我早干什么了，还能留你到现在？"

我再次确认，斯文的顾先生，其实就是个危险品。

顾魏把四肢僵硬的我拽上床："明天爬雪山，今晚要养精蓄锐。"

我看着他近在咫尺的脸，眼珠子都不会转了："顾魏……你……你……如果……如果哪天……你……你……你要提前跟我说一下，我好有个心理准备。"

顾魏："嗯，好，我提前一个礼拜打报告。"

六月的玉龙雪山，温度与空气湿度的配合非常微妙，冷而不寒，润而不湿，凉意扑面，直沁心脾。

顾魏抬头看着远处积雪的封顶，我看着他的侧脸，在大片草地和红豆杉群的映衬下，干净而清越。

第一次登玉龙雪山，身边是父亲母亲，在漫天细雨里微笑着亲吻对方。

第二次登玉龙雪山，我独自一人。

第三次登玉龙雪山，身边是我的爱人，偏过头来看着我笑意欣然："你要不要再许个愿？"

我说："好啊。"我希望我们就此相伴，直至耄耋之年。

以前看过一篇文章，说女人二十五岁之后开始衰老，应当"优雅地老去"。现在的我，还达不到优雅的气度，只能做到坦然接受。然而，有顾魏在我身边令我安然了许多，因为知道有个人，会牵着我的手，和我一起老去。

七月，我迈入职场，一边工作，一边继续攻读学位。单位男女比例不协调，上班的、在读的、实习的，许多单身汉。

上班第一天，另一个研究室的男同事 A 来串门，问我们办公室一姐姐："刘姐，新来的姑娘哪儿人啊？"

刘姐："算盘别处打去，人家有对象了。"

同事 A："没有拆不散的夫妻，只有不努力的小三。"（他个性比较无聊。）

刘姐："人家对象是外科医生。"

同事 A："哦，那算了，没缘分。"掉头就走。

我发现顾魏的职业杀伤力很大。

到了我们这个年纪，最常做的一件事，就是参加婚礼。用路人甲的话说："跟大姨妈一样，每个月都要让人放点血。"（这男人就是个极品。）

一次参加完婚礼回顾魏公寓，一边翻手机，一边说："下个月还有两场。"

顾魏当时坐在书桌边玩电脑："我是先看着师兄结婚，再看着同学结婚，现在是看着师弟结婚。"

我抬起头来："你想结婚？"

顾魏立刻转过头，小狗一样睁圆了眼睛，很有神地点头点头点点头。

我"哦"了一声，就进去洗澡了。

等我出来，他还保持着撑着腮帮的姿势，看了我一眼，又一脸怏怏地转回去对着电脑。

他身上极偶尔地会出现这种类似小动物的状态，让我觉得可爱得不行。

想想，我让他内伤过多少次啊！

工作和感情的顺利，让我身心舒畅。人一舒畅，就会导致警惕性下降。

八月的一个周末，顾魏来单位接我，成功被围观。

同室的刘姐毫无预兆地问："医生，什么时候喝你们喜酒啊？"

顾魏笑眯眯地答道："快了，等她反应过来就行了。"

我看着他，完全没有反应过来！

一路处在"这是求婚吗？是吗？不是吧？是吗？不是吧？"的状态，直到被带进陌生的小区，陌生的房子。

顾魏递过一沓装修效果图："装修公司到位了，基本建材也到位了，给点意见吧。"

我四下望了一圈，反应了三秒钟："顾魏，不带你这么玩的！"

顾魏看着我，眼角眉梢都是笑意："对你就得快狠准。"

事后，我摸出手机给娘亲打电话，正琢磨着怎么告诉他们"看架势你们马上就要多个女婿了"，却意外得知，他们支援的"婚房装修费"早在上个月就到位了，我彻底沉默了。

顾魏捏捏我的手："众望所归啊，顾太太。"

之前有阵子实验不顺，心里总是有点说不上来的压力。

"医生，我困得眼睛都睁不开了。"

"那就闭上眼睛睡觉。"

"但是我睡不着。"

第四章 情调 & 调情

179

医生无奈："你睡对角线吧。"

我每次睡对角线，两腿伸直，手举过头顶，都会觉得自己很像一条双向延长线——特别放松。

医生就倒霉了，他公寓的床是一米五的，我一对角线，他一米八的个子就哪边都塞不下了，最后只能委屈地和我并肩一起对角线。

新房买家具挑床的时候，店员问："两位想要什么尺寸的呢？标准床宽一米五，一米八的都有。"

顾魏坚定地选了两米的。

X市闷热的夏末，没有课，工作之余，我窝在顾魏公寓，一边研究家装杂志，一边在纸上涂涂画画，顺便研究怎么把顾魏养胖一点。工作之余，顾魏一边好整以暇地计算装修进程，一边当我的小白鼠试验各种菜品，还真被养胖了几斤。

装修队的一个老师傅道："你们小两口脾气倒是真挺好，上一家也是小两口装婚房，意见不合吵得差点打起来。"

顾魏："我很放心她的审美。"

我撇嘴："因为找了你吗？"

顾魏笑眯眯地看着我不说话。

日子过得简直没心没肺的舒畅，直到九月的一个周末，我们照常去看望爷爷，在厨房里，顾魏告诉我："校校，我要去进修，柏林，最少半年。"

生活有时候是来不及擦掉的问号。

生活往往不会按照写好的剧本上演。在我以为即将和顾魏朝夕相伴的时候，接到了他即将外派柏林的通知，大脑像是满满一黑板的板书突然被一个特大号的板擦抹得一干二净。

订婚就是"本来想结婚的，但是时间来不及"

知道顾魏要出去进修后，两个人着实沉默了一段时间，不知道说什么。晚上我洗完澡，出了浴室正准备去客房，却被等在门口的顾魏拉进了他的房间。爷爷和医生爹娘看了我们一眼，又迅速地将目光转向电视。

既然家长们不管了，那我也不管了，索性躺到床上酝酿睡意，酝酿了半天，掀开眼皮，就看见顾魏坐在我旁边悄无声息地看着我。

说舍得那是假的，但是机会难得，不去我都会替他后悔。我伸手捏了捏他的手指："就当借你半年，以后记得还。"

我列出长长的清单，开始一项项准备顾魏的行李，一项项叮嘱他注意事项。

"出去之后，回住的地方记得提前拿好钥匙，不要到了门口再拿，不安全。"

"嗯。"

"每天至少要吃一样水果。"

"嗯。"

"枕头睡不惯就往下放一点，把颈椎垫起来。"

"嗯。"

"天冷出门不要忘记手套。"

"嗯。"

"洗完澡头发要吹干，不能光毛巾擦。"

"嗯。"

顾魏坐在沙发上，撑着下巴看着我，眼睛眨巴眨巴。

我："在外面不要对异性露出这种表情。"她们会扑上来把你拆吃入腹的。

顾魏乖乖地"嗯"，半响又轻轻叹了口气。

我被那声叹息勾出了离愁别绪，垂头慢慢收拾东西。顾魏走过来，下巴磕在我头顶上："半年快得很，快得很。"不知道在安慰谁。

顾魏出国进修的通知来得比较突然，导致我们的订婚也比较突然。

三三不以为然："毛线订婚，还不就是怕你跑了。"

我："我能跑哪儿去？"

顾魏对于三三动辄"离间"我们"夫妻感情"的行为已经习以为常："订婚就是本来想结婚的，但是时间来不及。"

订婚宴当天，气氛轻松。

席间，表姐调侃道："当初顾魏怎么都不肯去相亲，我们还以为他准备出家了。后来问他，他说'为什么相亲？你急着喝我喜酒吗？'，一听我就觉得不对劲，威逼利诱之下他招供了：'我有喜欢的人了，还在追。'"

我听得无比黑线——顾先生，您哪里追了？

后来问顾魏为什么之前空窗那么长时间也没相亲，他说，人一辈子不过几十年，两个没什么感情基础的人捏在一块，不想委屈自己，也不想委屈对方，遂笑道："我守株待兔这不也就等到了吗？"

据说人在有情绪的时候很容易醉，订婚那晚，我没喝多少就莫名其妙地高了。酒品还行，一直乖乖窝在顾魏旁边，半路就睡着了。

第二天醒来，顾魏已经走了，留下一张便签："到了给你电话。"

我捏着便签坐在床上发呆，半天才琢磨过味道来：顾魏就这么走了，连告别都不告别一下。

接下来的近二十个小时里，看书、听 CD、打扫卫生，认真地思考一个问题：我怎么就喝醉了呢？

一直到凌晨，接到顾魏的电话。他的声音穿越三分之一个地球，落在我耳边："我到了。"

我从床上翻起来，囧囧有神："昨晚谁给我洗的澡？"

顾魏："……"

我："……"

顾魏："咳——"

我干干地"哦"了一声。

顾魏失笑："你喝醉了……主动投怀送抱，我当然是高兴的，但是你那么不清醒，我实在下不去手。"

思念苦口

后来顾魏告诉我，他去柏林那天早上醒来，我整个人跟条虫子一样蜷在他怀里，他等了半天才找到机会抽身，然后洗漱吃早饭，期间我动都没动一下。他拎包出门，到医院，再到机场，过安检，登机，心里一直都挺平静。一直到下了飞机，接通电话，听到我在电话另一头喊了声"顾魏"，才觉得"唉，怎么这么可怜……"

顾魏开始调时差，适应新的房间、新的床、新的环境、新的学习、新的工作。

一天午休，同事 Grtner 指着他的手机屏幕问他："William，your wife？"

顾魏点头。

"Do you have children？"

"Not yet."

"What kind of person is she？"

"She's——good."

"You miss her？"

顾魏笑笑没说话，他不知道如何去形容想念的感觉。

一次下班，他同 Grtner 一起往外走，经过街区绿化坪的时候，看到一个小姑娘被一只牧羊犬拖着跑，不由自主地笑出来。

Grtner 一头雾水，顾魏告诉他："很像我太太，我很想念她。"

以前忙的时候，两个人也经常半个月见不到面，所以顾魏刚走那阵子，我并没有觉出什么不对劲，直到陈聪问起一个 09 年的患者的复诊情况。顾魏记在了工作日志里，他走的时候，所有的钥匙都留在了我这里，于是我屁颠屁颠地跑大医院开他的置物柜。

陈聪抄走病例后，我闲来无事，就随手翻日志。这个男人把笔记写得好像哈利波特里混血王子的魔药学课本一样，页码距上都是笔记和草稿，还贴着即时贴。

翻了两页，看到一张页码旁边写着"下巴"。我心里一跳，飞快地往后翻，又一张页码旁边写着"林之校"。

我一张张翻过去，都是在页码边上，都很简短。

"45kg"，"巧克力"，"一星期"，"通宵"……"胖了"，"出院"……

一直到十月份，有一页会议记录，页边距上练字一样写满了"林之校"。

顾先生，你这样算不算开会的时候开小差啊？我笑出来的时候才发现眼眶酸得厉害。

其实，他一直都在。

年前，我去医院帮顾魏领过节发的东西。和护士长聊天，不知道怎么就聊起医院的伙食问题，她说："每次你来送饭，时间差不多了顾魏就去电梯间等，站在落地窗边上一路看着你上来。"

我看着那扇窗户，想象他望着楼下时会是什么模样，思念就这么扑面而来。

思念这件事就像发酵，一旦琢磨出味道来便一发不可收拾，脑海里除了工作，便满满地都是另一个人的模样。以前觉得相思成疾是个很夸张的事，该吃吃该喝喝，哪里就能成疾呢？后来出差时受了风寒，感冒绵延了一个月都没好。周末回到顾魏公寓，窝在床上睡得昏天黑地，夜里醒来，一冲动就给顾魏拨电话过去，拨了两通都没人接，我握着电话突然眼眶发酸，之后又迷迷糊糊睡着。

第二天醒来，手机上有十来通未接电话，脑子正懵的时候，电话打进来。

医生娘："小北说一直打不通你电话。"

我真的羞于承认我睡着了，于是不吭声。

沉默了半晌，医生娘说："校校，搬来和我们住吧？"

我："不，不了。"

最后医生娘低低叹了口气："周末多回来看看爷爷，自己照顾好自己。"

我没拨回去，怕顾魏正在睡，于是蜷在沙发上看短信，最新的一条是"电热毯睡前记得关掉"，心叹一声："我算是栽在你手上了。"

大哥年前调回 X 市，随即开始筹备婚礼。年轻的一辈中，小一点的都还没放假，所以我忙得比较多一些。医生父母家离大哥那边比较近，所以医生叮嘱我周末住到他父母那去方便照应。

一次医生打电话过来，医生娘接的电话："校校睡觉呢。"

"这个点？"（当时北京时间晚上 8 点左右。）

"这阵子跑得累了，回到家冲了个澡就睡了。"

"体重掉了没有？"（我的体重一直都很稳定。）

"反正看着是瘦了。"

接下来的一段时间，因为各种各样的原因，没接到医生的电话，接到也是匆匆说两句就挂断，他基本是从医生娘那知道我的近况。

婚礼彩排那天晚上，医生打电话过来："累不累？"

我："还好。"

医生："没午睡不困？"

我："稍微有一点。"

正说着，大哥在不远处喊"林之校，音响！还有戒指托盘！"

医生："把电话给你哥。"

我把手机递过去，就转身去了音效间，回来就看见大哥黑着一张脸，遂问道："怎么了？"

大哥："你婆婆让你回家。"

我莫名其妙地赶回医生父母家，发现医生娘正在淡定地看电视："校校啊，去喝碗银耳汤。"

后来，全程旁观的小仁向我复原了通话内容。

医生："头回看见新郎妹妹比新郎还累的婚礼。"

大哥："你什么意思？"

医生："她刚出差回来，你好歹让她休整两天。"

大哥："她没跟我说。"

医生："你不会看吗？"

大哥："这是我们家的事儿。"

医生："人也是我们家的。"

大哥："合着我成了虐待妹妹的恶兄长了？她已经二十五了，应该学着怎样操持……"

医生："她已经二十五了，不是你的孩子，不是你的妻子，你的那些教育理念，不适用在她身上。她连着两晚加班，现在让她回去睡一觉。"

小仁感慨："男人一上三十，说话的那个气势，太招人羡慕嫉妒恨了。"

不知道为什么现在这么多人出国，周围那么多人，一个接一个地飞去世界各地。大学毕业那年，家人极力撺掇我出国，我没同意，一是专业问题，二是我一走，这么多人在国内的根据地就没了。现在想想，幸好没走。

顾魏上学期间在国外待了两年不到就回来了，这次被派出去，我问他："感觉如何？"

答："不好也不坏。"（完全不是什么"思念如斯，身在地狱"之类的。）

问："哪里不好？"

答："这个时差实在比较缺德。"

我起床的时候，他在深睡眠；我午休的时候，他还没醒来；他起来的时候，我正在忙；他下班的时候，我在深睡眠。真的是很令人抓狂。

继续问："哪里不坏？"

答："很多。风景不坏人也不坏。"

我作悲凉状："乐不思蜀了。"

顾魏笑："六个月的时间，刚好够你认认真真地体会一下我不在你身边的感觉，但又来不及发展个第二春什么的。"

我："……"

深冬，进入考试季，没了课，自由时间一下子多了起来。周末一个人漫步在 X 市的大街小巷，看它的热闹嘈杂，看它的沧桑平和。

因为顾魏，我爱上这座城市，纵使它有千百种不好，它端稳大气的气质却烙印在顾魏的整个成长岁月，酝酿出一种沉静的气质，令我着迷。

顾魏的电话打进来的时候，我正坐在公园的长椅上晒太阳："X 市下雪了。柏林冷吗？"

顾魏："柏林的冬天很长，已经习惯了。"

我："哎，冬天都过了一半了，春天就不远了。"

顾魏："我其实有点后悔。"

我问："后悔什么？"

顾魏："应该结了婚再出来。"

顾魏的鼻梁高，一到冬天鼻尖总是有点凉，于是常把鼻尖贴在我太阳穴或者脖子上焐。

他睡左我睡右，两个人都喜欢朝右侧睡，然后他会把我嵌进他怀里。

他买了一只小的保温杯，每晚睡前倒一杯温水放在床头柜，因为半夜我会醒来喝水。

他在沙发上补眠的时候都会侧着睡，留下一半空位置等我悄无声息地窝上去。

他衣橱最边上固定地挂着一薄一厚两套运动服，给我当家居服。

他去超市买牙刷、毛巾、拖鞋之类都是两份两份地买，虽然我的那份用得很少。

冬天两个人窝在沙发上看电视或者电影的时候，他会习惯性地把手焐在我的肚子上。

……

才发现，他有那么多的小习惯，与我相关。

缓缓归矣

2013 年的除夕，我打电话给医生爹娘拜年。爷爷接过电话同我聊天："小北刚刚打了电话回来。说了很久，就一个主题：一个人过日子的感觉很不好。"

我略略窘迫，干笑了两声。

爷爷："小北不是个很会表达情绪的孩子。男孩子都是这样，很多话，不会放在嘴边上。他心里再想，都不会好意思开口的。"

我失笑："爷爷，您放心，我都明白。而且，顾魏在我这儿的意思表达，一直都清楚明确。"

第二天午后，柏林时间的早上，我拨通视讯。

我："顾先生，新年快乐。起床了。"

顾魏睡眼惺忪："昨晚睡得很晚。"

我："为什么？"

顾魏："孤枕难眠。"

我笑："要不要我去看你？"

顾魏一下子目光清晰："真的？"随即又摇头，"你不要来了。"

我："为什么？"

顾魏："你来了就回不去了。"

爷爷对他的担心，完全是多余的。

心胸外科的张维和顾魏一同被外派，两人是室友，被外派时张太太正在孕期，于是张医生每天早上起来的第一件事就是拿过手机对着太太发来的大肚照傻笑。

两个人聊天时不时会聊到自己的另一半。

顾魏："她淡定得很，从小一个人过惯了。"

张维："我家那位有点小迷糊，我出来就老操心她要有个什么事，我飞都飞不回去，你多省心。"

顾魏："是，有时候我觉得她没我过得也挺好。"

张维："哈哈哈，这就是一围城，你羡慕我，我羡慕你。"

后来，张维半开玩笑地向我提起"两口子应当互相依赖"，于是我问顾魏："我是该再黏你一些吗？"

顾魏没说话。

其实哪有不希望一直被男朋友捧在手里的女生呢？只是——

"我不希望你在做一台重要的手术的时候，接到护士站的电话，跑出来一接，是我迷路了，或者水管漏水了，或者和同事闹矛盾了，或者只是在纠结裙子买白的还是黑的。我也不希望，你忙得脚打后脑勺的时候，手机上还设着提醒我吃饭或者睡觉的闹铃。"

选择一个伴侣，就是选择一种人生。表嫂说，做一名医嫂或许和做一名军嫂一样艰难，后者是常年不见照顾不上，前者是你知道他明明离你没有多远，也照顾不上。

"顾魏，我选择了当一名外科医生的太太。"

"我知道。不过，我不忙的时候，你是可以黏一黏的。"

我默了默："顾魏，你太低估我对你的依赖了。"精神上心灵上的依赖远比日常琐事上的依赖更为厚重。我们都不算是善于用语言表达感情的人，于是下意识地选择控制自己的情感，因为害怕太浓烈，喷薄出来会控制不住。很多话，我们只是不曾说出口而已。

归来

2013 年的四月，顾先生终于如期归来。

再次看到实实在在的人在自己身边，真是比什么都好。

回国当天，随顾魏回到他父母家，我洗碗他就默默跟到厨房，我帮爷爷找老花镜他默默跟到书房，走到哪儿跟到哪儿，也不吭声，爷爷和医生父母看到都笑而不语。

我有些不好意思，小声道："你跟着我干吗？"

顾魏笑眯眯地看着我，目光柔和而明亮。我放任自己跌入那片温暖的目光，像是徜徉在海洋，找不到尽头。

爷爷从我们身边经过："小北，你的眼珠子要掉出来了。"

我速速回神，去厨房帮忙。

晚上，夜深人静，我趴在望远镜前看星星，顾魏撑着脑袋看我，看着看着吻就落下来。周围的空气甜蜜而温暖，和着顾魏的味道钻进我的鼻腔，再从皮肤蒸腾而出。思念的难熬被迅速地抹除，想到以后我们互以为伴，不再分离，就觉得踏实并且快乐。

顾魏问："我不在家，感觉如何？"

我说："再也不想经历了。"

顾魏回来的第一个礼拜，对我就一个要求："不要住宿舍。"

他的理由是："我怕我认床，旁边有个熟人，适应起来比较快。"（什么叫有个熟人？）

头两天倒时差，顾魏晚上总是睡一会儿醒一会儿。我半夜醒来就看见他眯着眼睛，看着我眨了两下，再慢慢闭上。

早上，顾魏问："你凌晨怎么还老醒？"

"你刚回来我不大习惯吧。"我不打算告诉他，从他出国后我睡得就一直不太踏实。

顾魏皱了下眉头，"合着我不回来你睡得比较好？"

我："没……"

顾魏狐疑："我不在这段时间，你是不是经常熬夜？"

我立刻粉饰太平："没有，我是见到你兴奋的。"

顾魏："你都兴奋了快一个礼拜了。"

我："我……特别兴奋！"

顾魏："你原来一到十一点就睡死的。"

我："……"

顾魏："林之校！是不是我不在家你就没好好睡觉！"他压根没往相思那方面想，只是以为我胡乱熬夜。

我："怎么把你自己形容得跟安眠药一样。"

顾魏："……"

五分钟后，我服软，戳戳看书的顾魏："我那不是想你想得吗？"

顾魏抬抬眼皮，凉凉道："相思病那么重啊。"

我："你以为都像你一样。"

顾魏抬起头："你是不知道我 N 次……"

我："N次什么？"

顾魏："没什么。"

"N次什么？"我越发狐疑。

"……"怎么也撬不出来了。

后来和三三说起，她也无解，然后没节操地告诉了肖仲义。肖BOSS听后笑了笑，说："秒懂。"

我本来不懂，但是因为肖BOSS秒懂，于是也大概秒懂了。

带顾魏去看装修好的房子，他转了一圈，进到卧室，愣住。

那是他去柏林之前，有一次在公寓补觉。

我给他加了条毯子，结果气温比较高，他睡着睡着，两只胳膊伸出来，过了一会儿，两只胳膊举到脑袋边上（就跟小婴儿一样），再过了一会儿，脚把被子踹到胸口，再一会儿，踹到肋骨，再一会儿，踹到肚皮……

我就在旁边每隔五分钟拍一张。

然后拿去冲印，装相框，大大小小六个相框拼在一起，挂在新家床头。

顾魏囧得都快崩溃了……但是家人都说很有爱，于是在他抗议N次无效后，那六个相框安然无恙地挂在原位。

顾魏回来之后，接风饭局不断。

我前一天刚叮嘱他"你尽量不要喝酒"，第二天就接到陈聪的电话："你家顾魏喝醉了！来接人来接人！"

我火速从学校赶了过去，认识顾魏这么久，我就没见他醉过。（确切地说，我不知道他醉与不醉有什么区别。）

敲开包厢门的时候，发现里面有一半的人我不认识，顾魏面色微醺。

本来以为他们已经结束了，没想到一桌子人吃得正high，突然全停下来盯着我，瞬间尴尬无比："我来早了。"

陈聪："不早不早，你再不来顾魏就撑不住了。"

然后在一串"弟妹""嫂子"声中被安置在顾魏旁边。

我稍稍倾过身，在桌下伸出一根手指，压低声音："这是几？"

顾魏速答："二。"

我："很好。没醉。"真正醉的人连我手指头在哪儿都找不到。

顾魏低头，抿嘴笑。

A："嘿，小两口干吗呢？"

我："看看他醉了没有。"

B："醉了没？"

我："醉了。"

C："那这酒还没喝完呢怎么办？"

我想了想："要不，您打包？"

接下来的时间，和顾魏一起面对一桌人的轰炸。

男同学："顾魏藏不藏私房钱？"

我："藏。"

男同学："藏哪儿？"

我："银行。"

女同学："顾魏是不是有很多女孩子追？"

我："不知道。"

顾魏："不要试图挑拨离间。"

我从来不知道，顾魏的私生活会这么的吸引人。

回去的路上，陈聪："顾魏，一个礼拜的早饭啊。"

我狐疑地看向顾魏，他正襟危坐闭目养神。

陈聪下车的时候拍拍顾魏肩："我可是帮你把人骗过来了啊，学长只能帮你到这儿了。主食、水果，一样不能少，一个礼拜。拜拜！"就闪人了。

我咬牙："顾……魏……"你给我个解释。

顾魏脑袋一撑，闭上眼睛："我喝醉了。睡着了。"耍赖耍得毫无技巧。

"通知你一下"

短暂的相逢后，我们各自陷入忙碌的工作学习，手术高峰季和论文季叠加在一起，忙得人仰马翻，想要见一面只能见缝插针。

次午休时间我去医院送饭，听顾魏一个办公室的同事们聊天。

董医师："哎，援疆项目的人定下来没？"

我当时正在翻顾魏的工作日志，听到这句话不知道怎么回事脑子里就一空，只剩"援疆"两个大字，立刻扭过头看顾魏，他正在柜子边整理检查通知单，怡起头来看了我一眼。

接下来的时间，我看日志看得意识飘忽，直到头发被揉乱，抬起头，发现办公室里就剩下我们两个。

顾魏坐到我旁边："援疆小组里没我。"

我说："哦。"

顾魏："你看这页看了十来分钟了。"

我说："哦。"翻了一页。

顾魏叹了一口气，抚了抚我的后背："回神了，回神了回神了。"

我说："上次订完婚你就走了，这次……"

顾魏："也走。去度蜜月。"

我说："哦。"

顾魏："不要一副小媳妇逆来顺受的模样。"

我说："哦。"

顾魏："……"

终于熬到周末，顾魏值班，我去医院看他，只见他素着一张脸，眉头微蹙。

陈聪笑道:"他今天上午打申请,被搁置了。"

我:"什么申请?"

陈聪:"婚假申请。"

我一愣,看向顾魏。他面无表情地站起来,把看热闹的陈聪撵了出去,直接关了值班室的门,转过身对我说:"通知你一下,准备结婚。"

果然是"通知"我一下……顾先生,你的求婚实在太另类了!

第六章

上了贼船了

执于之手，将于拖走。

医生说，结婚这事儿吧，就是你没想到倒也没什么，但是一旦想了，就会觉得："赶紧的！夜长梦多！"

我被他偶尔暴露出来的流氓气息深深吓到："顾先生，你矜持点。"

顾先生："这事要再矜持，我就可以独自爬进坟墓了。"

婚后的医生不断刷新我对他的认知下限，对此，他很淡然："你上了贼船，就跑不了了。"

关于扯证这个事

【第一回】

三三："医生倒是沉得住气嘛，还没押你去扯证。"

我说："什么叫押……"

三三："爱上一个人的最高境界，就是你恨不得马上和他领证。"

我说："如果笃定以后要和那个人在一起，那也就无所谓什么时候领证了。"

三三："什么叫无所谓啊？！"

我说："就是——今天领还是明天领还是某天领，都可以。"

三三炸："你别告诉我你准备谈一辈子恋爱！你乐意医生都不乐意你信不？你说不领他直接上绳子捆人你信不？"

我："我信。他不肯我也捆他。"

三三："……"

【第二回】

三三："领证没？"

我："还没。"

三三："你们俩什么情况？"

我："啊，忙。"两个人都碰不上面。

三三："有什么事能比结婚重要啊？！！"

我："那你叫上肖仲义，咱们结伴去吧。"

三三："结伴又不打折！"

【第三回】

三三："亲爱的，我翻过黄历了，今天是个好日子。"

我：“哦……医生上班。”

三三：“他哪天不上班啊？上班的人都不结婚了啊？！”

我：“总得找一天他轮休吧。要么我答辩完让他请一天假？”

三三：“你还真是哪天都行！”

【第四回】

三三：“亲，明天陪我去给肖仲义妈妈买礼物。”

我：“啊，顾魏在旁边，你要和他说话吗？”

三三：“还不是你老婆呢，别成天霸占着啊！”

医生：“社会道义上以及法律上，都是我老婆。”

那头沉默了五秒，然后惊天动地一声“啊！”。

我：“三三，淡定。”

三三：“你，和，顾，魏，领，证，了？！”

我：“不然我……和谁领？”

三三：“什么时候领的？”

我：“昨天。”

三三：“昨天？昨天是什么日子？”

我：“他轮休。”

三三：“你火星来的吧？！”

我：“那我和医生的孩子就是混血儿了。”

三三：“一点都不好笑！”随即叹了气声，“和顾魏好好过吧，啊，相信我，换成别的男人，早被你弄疯了。”

挂了电话我扭头问医生：“我快把你弄疯了吗？”

医生眼皮都不抬：“嗯。早疯了。”

我：“……”

我和顾魏是坚决不隐婚的，别人问起，就说，但也没大肆宣传，毕竟婚礼还没办，所以相当一部分朋友并不知道我们领证了。可巧合的是，领证第二天就有一个师姐打电话请我做伴娘。

顾魏知道之后不淡定了：“非要我去登报昭告天下吗？”

于是顾魏去买了硕大两盒巧克力（真的是硕大，我都不知道他怎么找到的），第二天到了科里见人就发。

陈聪问：“婚礼没办，你这喜糖怎么提前发下来了？”

顾魏说：“这是领证的喜糖。”

陈聪很无耻地问：“那拍婚照的喜糖呢？买戒指的喜糖呢？搬新房的喜糖呢？”

顾魏：“我祝你早日蛀牙。”

陈聪：“……”

晚上回家后，我囧囧地看着他：“我的同门又不是你们医院的。”他们还是不知道。

洗完澡出来，赫然发现两个人的 QQ 和 MSN 状态改成“已婚”。

我："……"

去选戒指的时候，导购员推荐了很多款式，看得我眼花，遂问道："有简简单单一个环的吗？"

对方僵了三秒："您是……想要简约一点的吗？"

我："不，就是光秃秃的什么都没有的一个环。"

顾魏："婚戒……光秃秃的？"

我点头："很帅啊。"

你不觉得一个干净光滑的指环服贴在指间，有种说不上来的踏实感吗？那种一个圈加一颗钻的"经典造型"，总让我有种"某一天，一抬手，圈还在，钻没了"的感觉。

顾魏瞟了眼他中指上的戒指（之前我买的，光秃秃的一个铂金环）："我能申请换个稍微正式一点的吗？"（哪里不正式了！）

我说："我们俩的职业，都不适合买太复杂的。"

最后，还是一个老经理帮忙，挑了一对造型非常简单的婚戒。

送到婚戒中心加刻名字的时候，我很低调地在顾魏那枚里面刻了细细的"LZX"。顾魏——简直跟签名一样，刻了"Gu Wei"。

我说："先生，你怎不再加个一撇 s wife 呢？"

他很理所当然地点头："可以考虑。"

我："……"

领证之后由于种种原因，我依旧住在学校宿舍，然而没过多久，路人甲突然发力把小草骗回了家，断了我住学校宿舍的最后一条理由，顾先生二话不说，紧跟着把我押送回家。

曾经在丽江，顾先生一派认真地说过，如果以后……一定提前一个礼拜打报告。事实证明，顾先生就是个骗子！完全不给我心理准备的时间，我被就地正法了。

我："你不是说你会提前一个礼拜打报告的吗？！"

顾先生一派坦然："打了啊，当着民政局那么多人的面，还不够正式吗？"

关于婚礼，都是我们俩自己亲手操办的，但是两边家长总会给出各种意见和建议。顾魏和我始终是一个战壕里的亲密战友，坚持自己的原则，然后对于各种建议，取其精华，去其糟粕，左推右挡，互相制衡。

别的事家长倒还由着我们，但是车队的问题，四位家长加五位老人意见空前一致。

顾魏："一辈子就一次，适当的铺张浪费是允许的，高兴就好。"

我："我比较高兴的是结婚那天站我旁边的人是你，而不是接我的车队多豪华。"

顾魏："那我骑个自行车去接？"

我："行，等着，我把婚纱换成旗袍，不然下摆全得卷车轴里去。旗袍一定要高开衩的，那回头率，啧啧啧。"

顾魏反身扑倒……（此处省略 30 字。）

顾魏问："真无所谓？"

我说："我对车队这事真没什么感觉。小时候，看到一长溜车，里面空空的，怎么想，怎么觉得怪异。咳，要么你开着你的车来接我吧，把车队的钱给我，咱们蜜月能多跑一个国家了。"

顾魏思考了两秒，低头在我脸上吧嗒亲了一下："好吧，我全权授权给你，你和爸妈们商量吧。"

我："嘿，你倒是谁都不得罪。"

恋爱后没多久，发现医生很喜欢拆我的头发。

我不大喜欢头发黏在脸上的感觉，刘海都没留，而且出于工作习惯，一般都是扎马尾。于是每次约会到最后，医生都会手痒地把我的皮筋拽下来，再把我的头发揉乱。他总说，手感这么好，应当开发出来增添生活情趣。

后来我也就习惯了，玩就玩吧，况且医生不但管玩，还管养，时不时给我吹吹头发，去超市也会研究洗发水。作为一名润发精华与发膜完全搞不清的男同志，有这个心，我已经相当知足了。

每次我问："医生，我需不需要把头发剪短一点？"

他都会认真地打量一下，说："还是留着吧。"

领证之后，忙着筹备婚礼，我闷头坐在地上翻找东西，嫌头发碍事就随便拿皮筋一扎。

医生坐在旁边看了我半天，突然冒了句："去把头发剪短一点吧。"

我"啊？"地抬头。

医生拎了拎我散落在肩膀上的头发："天热起来了，你每天洗完澡都得吹半天，太浪费时间了，而且头发太长吸营养。"

医生骨子里是喜欢女孩子留长发的，觉得那是女性传统美感的体现，所以以前看到我头发毛躁了，分叉了，他会去买发膜之类的东西回来，觉得养起来就好。但是现在，他看到我的头发长到腰，只会想"体重一直往下掉，营养全都喂头发了吧"，然后拎着我去理发店修短。

男人的成熟，总是在这些细枝末节里一点点体现出来的。

婚礼方案全部定下来的那天，终于松了口气的两个人早早窝到床上，一齐盯着天花板发呆，都不说话。

我突然想起："医生，以前，就是我们俩还不熟的时候，我做梦梦到过你睡着的样子。"

医生："然后呢？"

我："就醒了。"

医生："为什么？"

我："又不是自个儿的东西，想得越美，醒来之后就越失落。"

医生："……"

我："那会儿哪能想到，你现在就躺在我旁边啊。"

缘分这个事情，真的很奇妙。有同学跟我抱怨"我就是个剩女的命"，并跟我分析遇到一个靠谱男人的概率有多么低的时候，我总会告诉她们，不要着急，你耐心等一等，说不定一个转身的时间，缘分就来了。

六月初，我被三三和小仁押回 Y 市，等待出嫁。

晚上一个人趴在卧室，上看看，下看看，东摸摸，西摸摸，决定捞过手机给医生打电话。

"医生……"

"嗯。"

"嗯……"

"嗯。"

"那个……"

"你不会认床吧？"

"这床我睡了五年了。"

"哦，那就是认人了。"

"小伙子，你矜持一点。"

"这么不矜持地打电话的是谁啊？"

我在被子里钻来钻去，清清嗓子："顾魏同志，我们马上要成亲了。"

电话那头沉默了一会儿，然后是医生低低的笑声。

我突然觉得尴尬得不行："你笑什么？"

医生："啊，不该笑吗？"

我："我觉得跟你对话的难度越来越高了。"

医生："你这是在害羞还是干吗？"

我从床上弹起："顾魏！不准调戏人！"

娘亲敲敲门："干吗呢？几点了还不睡？"

我说："我有些情绪需要打发一下。"

娘亲："还有两天就见到面了你们还……行，你们俩慢慢腻歪吧。"就走了。

顾魏在电话那头笑得狐狸一样。

"医生，你在干吗呢？"

"躺床上，边上空的，等你来填呢。"

"小同志耐心等待，两军会师指日可待。"

"我方对接事宜均已部署完毕，贵方放心。"

我抱着手机，什么话也不说，跟着傻笑。

"顾魏。"

"嗯。"

"顾魏。"

"嗯。"

"顾魏。"

"嗯。"

"没事儿，我就喊喊你。"

"顾太太，我这儿独守空房的，心脏不大好，你不要刺激我。"

隔了百八十公里的都不忘调戏。

HONEY MOON

陈聪总结，整场婚礼就体现了一件事：新郎很阴险，滴酒未沾，全身而退，反倒是把伴郎折进去了。

婚礼结束后，我们匆匆洗漱更衣，拎着行李直奔机场。离开酒店前，正碰上三三扶着伴郎往房间走："肖仲义今晚喝高了，我就不送你们了。"说完看了一眼顾魏，"顾医生，这个账回来咱们慢慢算。"

顾魏抿嘴笑了笑，不说话。

我看了眼"醉态蒙眬"的肖仲义——三三你太单纯，Boss 怎么可能会是把自己喝到丧失意识的人？如此借力使力、借刀杀人、看似喝醉实则——算了，我还是保持沉默吧。

本来登机时间就晚，婚礼忙了一天也累，起飞没多久，我就窝在顾魏肩膀上眼皮沉沉打瞌睡了。

坐我们后方的一对小情侣正在小声地卿卿我我。

"什么时候嫁给我？"

"还没考察完毕呢。"

"都考验一年了。"

顾魏撇撇嘴，低声咕哝："这儿还有考了四年的呢。"

我闭着眼睛戳他："委屈了您哪。"

"嗯，抗美援朝都打完了。"

"我还没让你八年抗战呢。"

顾魏低声笑了："唉，摊上你，我就已经做好了长期抗战的准备了。"

我："嗯？"

顾魏："你早点开窍呢，当然好，要是不开窍呢，砸也得砸开了。"

我："！！！"

顾魏："你自己摸着良心算算，算算我多不容易。"

我摸摸他脸："好了，乖，我会对你死心塌地的。"

然后，我就睡死过去了……

在飞机上想睡好那就是奢求，那么长时间下来浑身不自在，下了飞机困顿得不行，强打精神辗转到了酒店，找到房间，往床上一趴："啊，圆满了。"

被医生拎起来洗澡，洗完，才不管他呢，倒头就睡。

也不知道睡了多久，迷迷糊糊转醒，伸手下意识地摸了摸，滑滑的？？？

"林之校……你摸哪里呢？"

我噌地把眼睛睁开，脑袋旁边就是医生的脸，我的手，在他的肚子上。

迅速收回爪子，干笑："医生，我饿了。"

医生："这个时间点，是个吃饭的地儿都关门了。"

我大脑秀逗（真的是秀逗了）地对他说："那……你能给我，弄碗，方便面吗？"

医生："你在这里找出碗方便面给我看看！"

落脚的第一站是罗马。我肠胃不适，只能眼巴巴地看着顾魏吃冰淇淋。这厮笑得跟罗马的阳光一样灿烂，极其不着调地建议："买一份热化了给你吃吧？"

西班牙广场游客纷纷，我正在认真研究喷泉池的造型，一抬头，周围有至少二十对情侣开始接吻。

我下意识地看了眼手表："这……是……快闪吗？"这个数量有点尴尬啊。

顾魏目光四下扫了一圈，微微倾过身："咱们也来应个景吧。"

于是第一个异国街头的吻，就这样糊里糊涂地献了出去。

晚上回到酒店，正在洗澡的医生突发奇想："校校，来帮我搓背。"

我万般羞涩，死都不肯进去，故作凶横："你天天洗澡，搓什么啊？！"

医生字正腔圆："舒筋活血。"

我差点一口鲜血出来。

离开罗马北上佛罗伦萨，我们在傍晚时分到达，夕阳的金橙色和建筑的砖红色交相辉映，整个城市就安静地融合在这种艳丽而又古朴的色调里。

我们的房间有一个花式露天小阳台，晚上洗完澡，顾魏捞过一条薄毯把我们裹在一起，靠着栏杆饶有兴致地看街景。路上行人很少，白天的热闹消散，佛罗伦萨沉静文艺的一面舒展开来。

第二天，行走旧城。街头随处可见开怀大笑的朋友和若无其事耳鬓厮磨的情侣，随性又浪漫。在圣母百花大教堂附近，一个小伙子突然掏出戒指单膝跪地，被求婚的姑娘惊讶地张大嘴巴，双手捂着脸，半分钟都没缓过劲儿来，之后又叫又哭又笑。有幸看到，觉得真是浪漫，想到顾先生都没认真求婚，于是偏过头看他。

顾先生认真道："要么，你把戒指摘下来借我求卜婚？"

我："……"

在瑞士和奥地利逗留了三天后，我们到达法兰克福。小仁多年的好友 Lars 前来接站，很快就在人群中认出了我们，因为"你和林之仁长得太像了！"（其实完全不像。）

Lars 的中文水平和我的德语水平半斤八两，除了"你好""谢谢""请问哪里是……"之外，基本抓瞎。顾魏的德语做日常交流是没有问题的，于是我乖乖地被他拎着，听他们俩用德文聊天，完全听不懂。

上了车，我问顾魏："你们刚才在聊什么？"

顾魏："林之仁把你形容成女神，我就把你拉下神坛。"

我彻底无语。

Lars 家三代同堂，他的妈妈和祖母特意烹饪了传统的美食招待我们。第二天，善良好客的 Lars 作为导游，带着我们在法兰克福穿行，欣赏古典与现代在这个城市奇妙地融合，最后特意去了小仁的学校。告别 Lars 一家时，虽然送上了早早准备好的谢礼，我仍觉得不足以表达我的谢意，不仅是对我们的款待，更是感谢他们这么多年来对小仁的照顾。

Lars 的爷爷风趣地对奶奶说："这么看来，我们是不是应当考虑明年去中国旅游？"

我立刻表态："顾魏，帮忙翻译一下：届时定当倒屣相迎，竭诚服务。"

顾魏："……"

一路北上到达柏林。出了火车站，我问顾魏："旧地重游感觉如何？"

顾魏想了两秒："形容不上来。"把我往胳膊底下一夹，"不过觉得不错，干吗都有个垫背的。"

我："……"

不知道是不是因为顾魏在这里生活过，我对柏林一见倾心。顾魏一路抓着我的手，唯恐我被一路萌化人的雏菊勾得飞起来。

我挽着他的胳膊，和他一起走过他曾学习工作和生活过的地方，听他讲在博物馆前的草坪上一边看书一边晒太阳，大教堂附近的鸽子有多么能吃，预约去国会大厦俯瞰柏林全景却两次都赶上雨天……在露天巴士上，他拆了我的马尾，看着我手忙脚乱压住被风掀起的头发，撑着下巴笑得极其开心。晚上途经他曾经租住的地方，和蔼的房东先生邀我们进去喝茶，征得了他的同意，我走进顾魏曾经的卧室。之前视频里每次都会看到的浅绿色窗帘正随风微摆，许多言语道不明的东西蓦然从心底升起。顾魏走到我身边，看着我不说话，我捏捏他的手："我终于来了。"

很多人对于我们把柏林列入蜜月行很不理解，觉得浪费，但是我和顾魏很坚持，因为"同在柏林"曾经缠绕我们心底长达半年，如今算是得偿所愿。

顾魏说，对于他而言，一辈子或许有很多手术，但是对于患者，一辈子可能就这么一刀，因此每次手术都不敢不尽心尽力。于是恋爱那会儿刚和顾魏同床共枕的时候，我从来不会枕着他的胳膊睡觉，唯恐把他胳膊压麻了或者落个枕之类的，影响他第二天的工作状态，两人就一直规规矩矩呈 II 状入睡。

结果某天，他突然抱怨："你睡得跟小龙女一样，我给你根绳子吧。"

然后他就睡得跟个道士一样，端庄无比，一晚上下来，被子连褶子都没变过，躺进去的时候什么样，醒了还什么样。

啧，还委屈上了。要委屈也该是我委屈吧？

在爱情里的人，真的高一度嫌烫，低一度嫌凉，有纠结女友黏人的，就有纠结女友太淡定的，比如顾魏。他也不说（估计他也不知道怎么说），只是每次扑闪着眼睛看着我，仿佛我一副相当不为所动的样子。他哪里知道其实我的内心很咆哮。

后来不知道从什么时候开始，两个人呈 CC 状入睡，亲昵了一些，但是依旧比较矜持。

顾魏进修回来，我改成蜷在他怀里睡。但是我依旧是个坚持立场的好孩子，打扰他睡眠质量以及第二天工作状态的事，是坚决不干的。

领证之后嘛……虽然恋爱四年，但是对于两个人胳膊腿偶尔会缠上的睡法，我依旧是万分羞涩。

顾魏："我又没干吗，你脸红什么？"

我："咳咳，嗯，没有。"只是不好意思。

顾魏扶额："老天，我要拿你怎么办啊……"

终于，婚礼了，蜜月了，可以不用考虑第二天上班工作的事情了！行至柏林，由顾魏担任导游以及随身翻译，导致我的状态前所未有的轻松，于是——伸腿，垫胳膊……这么个人肉抱枕不用白不用啊！

顾魏："你是终于脱去羊皮恢复狼形了。"

离开柏林，一路向西来到大不列颠。整个西欧已经进入了夏天，我们决定不往人口相对密集的大城市扎，于是接下来的行程都是小镇。

从曼彻斯特前往谢菲尔德，再前往 Chatsworth 庄园，纯粹是为了一睹 Mr. Darcy 的风采。《傲慢与偏见》里那座风景如画的庄园使得我对它向往已久，甚至认真努力地想找到 Miss Darcy 的那间琴房。

用近五个世纪的宅邸完美演绎两个世纪前的小说，毫无修饰，却只见沉淀而没有沧桑，或许这就是它的魅力。我小跑向湖畔的草坪，顾魏慢慢跟在我后面，等他走到面前，我笑道："You can only call me Mrs. Gu when you are completely, and perfectly, and incandescently happy."

顾魏简直配合得不能再配合："Then how are you today, Mrs. Gu?"

如果说去 Chatsworth 是为了满足我对经典爱情故事的一颗少女心，那么去 Cambridge 就纯粹是顾魏的个人情怀了。一路南行到达剑桥，本以为会是古朴沉静，没想到文艺得不像话。我们一到就赶上英伦特有的细雨，租了两辆自行车，也不打伞，淋点雨权当意境。

顾魏对蜜月的理解就是：找个没人打扰的地方，只有两个人，过最简单的日子。在剑桥的两天是我们最为悠哉惬意的两天，午后两人倚在一张椅上看书，看乏了盖着毯子就着翻书声窝在顾魏怀里小憩一觉，醒来就是他近在咫尺的侧脸和烟青色的天。

离开大不列颠，对于巴黎大街小巷的浪漫，我和顾魏完全不热衷，把仅有的一天时间通通献给了卢浮宫。走了一整天，晚上基本半挂在顾魏身上被他拖回了宾馆。休息一晚后直接南下西班牙，从沉静的北海来到热情的地中海岸。

一进巴塞罗那的地界，顾先生就开始兴奋，他纯粹就是来看球的，其他的都是顺便。作为一个伪球迷，我纯粹就是来看建筑的，其他的都是顺便。

现场看球和在电视机前的感觉是完全不同的，诺坎普球场人声鼎沸，热烈的氛围致使每个身在其中的人热血沸腾。两个小时里，顾先生目不转睛全神贯注，身体前倾，每每进球前都捏着我的手，眼睛都能放出光来，全然不知我端着手机光明正大地偷拍他。

顾先生对巴萨很满意，美食、美景、热力四射的阳光、热情好客的民族，终于实现了他"没事看看球，看完喝杯酒，老婆在身边，想亲一口亲一口"的愿望。

第二天，我们开始认真游览这座高迪之城，感叹这个逝去的天才留给这个城市的财富。用过晚餐，顾魏捞起我继续往东南而行，直到闻到海水的味道。

沙滩上人并不多，太阳西沉，漫天晚霞，美艳不可方物，我开心地脱了鞋子跑向大海，顾魏笑眯眯地慢慢跟在后面。

夜色降临，游人渐稀。

"我小时候，林老师第一次带我去大剧院，看的就是卡门。"舞台中央，一身红裙，弗拉门戈的浓烈和妖娆，吉普赛女郎的快乐和悲伤，独自一个人就能盛开一朵花。

我翻出手机里的卡门，拎着长长的裙摆，踩着半湿的沙滩，跳给顾魏看，不狂野也不诱惑，最后甚至忘了步点，自己都笑场了。顾魏坐在沙滩上，半仰着头，笑意浅浅，眼睛亮汪汪的。

如今想来，那晚的月色真好。

离开巴塞罗那，前往马德里，逗留一天后返回 X 市，结束蜜月之行。

飞机上，我靠着顾魏酝酿睡意，他浅浅亲吻我的额头："睡吧。结婚快乐。"

三三来接机，打着拿礼物的幌子，行倾吐八卦之实。

肖仲义果然有手段，我们就走了半个多月，搞定三三连证都领了！

到了家，两个人聊了一个小时不过瘾，吃完晚饭继续，七点多下起雨来，三三干脆决定，在我这儿住一晚。

要说年纪大了还真是熬不动夜了，以前两个人裹着被子聊到半夜三更都没问题，现在十二点都扛不过，加上我的时差还混乱着，一晚上醒醒睡睡，睡睡醒醒。

第二天眯着眼睛爬起来，早饭还没弄好，肖仲义就从天而降接走了三三。

我扔了锅铲，飞奔到书房，拖起顾魏进卧室，把他铺在床上，自己往他怀里一窝："我睡会儿啊。"嗅着熟悉的味道就这么睡了过去。

醒来的时候，手脚都章鱼一样缠在顾魏身上。

他扔了手里的书，一脸戏谑地看着我："睡得可好？"

我不过脑子地接了句："好。抱着个男人和抱着个女人，感觉能一样吗？"然后发现说错话了……

顾魏冷哼了一声："给我闪开！"

我立刻狗腿地抱紧："不行啊，没你我睡觉都睡不好。"

顾魏："我知道。我腿麻了。"

我："……"

晚上，我向顾魏表达了我的担忧，离了他都影响睡眠质量了："那以后要怎么办啊？"

顾魏看看我："什么以后怎么办？你以后想跑哪儿去？"

我囧："我出个差或者你出个差什么的……"

顾魏一脸贱萌地得瑟："那你自己想办法。"

我："定期分房，以免上瘾。"

顾魏："你敢！"

有丈夫的人

蜜月旅行回来，稍事休息后，回 Y 市探望父母。

我自告奋勇开车，顾魏安静地坐在副驾驶上。

上高速之后，我把音乐音量慢慢慢慢调小，听到身边均匀的呼吸声，偷瞄顾魏睡没睡着。偷瞄到第三次，他唰地睁开眼睛。

我连忙端正坐姿。

顾魏整个人转过来面对我，一眨不眨地看着我。

我："你……盯着我干吗？"

顾魏："给你看啊。"

我："不用了，这样不安全。"

顾魏瞟了眼他的安全带："哪里不安全？"

我："我心跳加速血压上升呼吸不畅供氧不足……"

到了家，我按门铃："爸！妈！"

林老师来开门："快进来快进来。"

然后和顾魏就这么热乎地寒暄着进客厅了，我完全被忽视了，晾在了门口……果真嫁出去的女儿泼出去的水！

吃完晚饭，一家人出去散步，没走多远，我备感乏力："我先回去了。有点困。"

今天整个人特别颓，印鸷看到我的第一句话就是："你开了两小时车怎么跟马路上暴晒了两小时的蚯蚓一样？"

开了门，我往短榻上一蜷，打了个哈气，三秒钟都没要就睡着了。

顾魏陪爸妈散完步回来，见我睡着了想把我抱到床上去，只是他刚把我抱起来——

我是被顾魏拍醒的，一睁眼他就一脸严肃："你……那个来了。"

我抓着他的胳膊赶紧从榻上跳下来。这个短榻是娘亲刚不知道从哪儿淘回来的，是她的心头好，现在上面已经赫然一小块"罪证"了。

我："阿弥陀佛，还好这玩意儿是木头的。"

顾魏："……"

我捞过纸巾盒想迅速毁尸灭迹，顾魏淡定地去找了块抹布打湿，回来帮我一起毁灭罪证，刚清理完现场，娘亲就走了过来："干吗呢？"

顾魏把我往浴室一推："洗澡去吧。"（这厮表情要不要这么淡定？）然后慢条斯理去阳台洗抹布去了。

我冲着娘亲特谄媚地一笑，溜去洗澡了。

洗完澡出来，就接到了周末大学同学聚会邀约的电话。

我委婉地表达了我行程已满并更加委婉地祝大家吃好喝好，然后就挂断了。

坐在一旁的娘亲不乐意了："同学聚会干吗不参加？"

我："参加了干吗？是和男同学推杯换盏隐晦地炫耀自己事业有成，还是和女同学攀比八卦然后得瑟地炫耀手机上老公的照片？"

娘亲："啧，你看你嘴跟机关枪似的。"

我乖乖地不吭声。

娘亲苦口婆心："现在的同学就是以后的人脉，多个朋友多条路。吃个饭，大家互相了解……"

我："吃不下去。"

娘亲："啧。"

我："妈，您以为我们现在的同学关系还跟你们那会儿一样，是枪林弹雨里培养出的革命感情啊？"

娘亲："你那是象牙塔里待久了，不懂得人情世故。"

我："有的人，我即使每个月和他吃饭每个礼拜和他喝茶，我遇到麻烦，他也不会帮忙。但是我即使半年不和三三联系，一年不和印玺见面，我遇到麻烦她们还是会两肋插刀的。"

顾魏洗完澡出来，就看到我和娘亲盘踞沙发两侧。他刚一走近，我就一把挽住他的胳膊："我（周末）要和顾魏在一起！"

后来顾魏说："那个架势，就跟小姐和家里的长工私奔被逮到的时候冲老太太喊'我要和他在一起！'一样。"

晚上睡觉前，我问顾魏："我这样是不是不大好？"

顾魏："就道理上说，你妈是对的。"

善舞长袖，朋友满天下，是多么耗费脑力和感情的事。我叹了口气，趴到顾魏怀里："顾魏……"喊完又不知道该说什么。

顾魏拍拍我的背："没事，大不了到时候有情况你叫我。"

真的很想把顾魏夹带去饭局……

返回 X 市是顾魏开的车。上了高速没多久，我百无聊赖地看向窗外，紧急车道上停着一辆车，与那辆车擦身而过时，就看到车前一中年男子，大喇喇地正对着路中心——嘘嘘……

由于画面出现得太突然，我猛地吸了一口气。顾魏瞟了一眼，迅速伸出右手覆住我的眼睛。我一动不动，等车开出去快两公里，他才把手收回去。

顾魏试图缓和气氛："人……人有三急。"

我："人有三急我能理解，但是不能到收费站服务区借个厕所吗？就算真的非要光天化日，他就不能背对着马路吗？！！！"

顾魏抚了抚我的胳膊："没事没事，老公在这儿呢。"（这是什么逻辑？）

我冷静了一会儿，问他："怎么？你打算自我牺牲一下帮我刷新记忆吗？"（我不是成心调戏的。）

顾魏清清嗓子，专注地目视前方，脸红了。

陈聪问："结婚感觉如何？"

顾魏大笑三声，简单利落两个字："赚了！"说罢儿白开心去了，留下面面相觑的陈聪和我。

陈聪："我就跟你说，他路线比较缥缈……"

刷下限

白面君其人，极其喜欢攒局。饭局、牌局、歌局、球局……人生极度空虚。

医生经常受邀，但是，对于白面君，我们俩决定，能不打多余的交道就不打多余的交道。

某日，接到白面君电话，医生索性开了扬声器。

"顾魏啊，今晚带上你老婆大家聚聚啊。"

我抬头看了医生一眼，低下头继续看书。

五秒钟后——

医生："我老婆晚上有事。"

白面君："哎，刚好啊，你来啊，我们哥几个一起啊！"

什么叫"刚好"啊？！一群大男人……

我撇撇嘴，比了个"声，色，犬，马"的口型。

五秒钟后——

医生："我老婆不让我去。"

白面君："呵！管这么严！"

医生："啊。"

医生"妻管严"的名号就这么莫名其妙传开了。其实我很无辜。

三三说："医生脸上赤裸裸地写着'生人勿近，熟人勿扰'，有想法的人你们就不要多想了，hold 不住我的。"

陈聪："林之校看着就一副'无从下手，极其不好追'的模样。"

由于我们外表的欺骗性，加之恋爱谈得也不高调，导致周围的人总处于"什么？！恋爱了？和谁啊？！什么？！都谈了四年了？！什么？！都要结婚了？！"的意外和八卦中，于是我和顾魏在恋爱后期各种见朋友见同学被围观被调戏。

本以为婚宴那天，已经被众人调戏得差不多了，没想到大家的兴致高到我们蜜月旅行回来，组队搭伙以接风之名再来调戏我们，理由只是"调戏一次怎么够呢"。

于是反调戏战斗打响了。

我刚进门，众人对着我："嘿嘿嘿嘿嘿……"

顾魏："你们不要笑得这么猥琐。"

众："……"

甲："来来来，新婚夫妻先来个法式热吻。"

顾魏很淡定地伸手："付钱。"

乙："小林，顾魏对你好不好？"

我："好。"

乙："真的？"

我："嗯。"

乙："真的？"

我："嗨～鲁豫。"

丙："老婆和妈掉海里了，先救谁？"

顾魏："我爸游泳比我好。"

丙："老婆和孩子掉海里了，先救谁？"

顾魏："还没教会孩子游泳，我带海边去干吗？"

丁："顾魏是不是每个月发工资都捧着回家上交？"

顾魏："长工，现代人的工资都是打卡的。"

戊在我到之前灌了顾魏一杯酒。席间——

戊："小林，你看我，工作踏实，努力上进，无不良嗜好，要个头有个头，要模样也不差，怎么就找不到好姑娘呢？"

我："运气不好吧。"人品问题。

戊："你同学同事里还有单着的好姑娘吗？"

我："有。"

戊瞬间精神抖擞："来来来，介绍一下。"

我："律师，才貌双全，端庄大方，上得厅堂，入得厨房，律所和你单位在一个区。"

戊："真的？那给我个联系方式呗。"

我："刚才顾魏喝了一杯。"

众人起哄，戊喝两杯，快喝完的时候丁问："这么好的姑娘怎么单到现在？"

我："她想找个全职丈夫。她在外面赚钱，丈夫在家带孩子那种。"

戊："……"

婚后某一天。

顾魏："我教你游泳吧。"

我："怎么突然想起来教我游泳？"

顾魏："游泳有助于锻炼心肺功能，可以健身塑身……"

我："说重点。"

顾魏很风情地看了眼我的上半身："我还没见过你穿泳衣。"

我也很风情地看了眼他的下半身："说起来，我也没见过你穿泳裤。"

简直就是在互比猥琐。

睡到半夜肚子饿，不得不爬起来觅食，闭着眼睛爬起来摸到厨房。

顾魏晃到厨房的时候，我正一盏孤灯坐在餐椅上往嘴里塞切片面包，他闭着眼睛往我旁边一坐。我想，不能让他在这儿陪我啊，于是拖着他回卧室。

第二天早上起来发现，床单上是人，人上是被了，被了上是一袋散开的面包……两个人囧囧有神地拆洗床单被套。

晚上，顾魏在床头柜的保温杯旁边又放了一盒点心，然后调侃我："需要再放个水果吗？"

我："好的，麻烦苹果切块，葡萄插签，记得蒙上保鲜膜防氧化。"

顾魏："……"

两人一起去理发店。

理发师问顾魏："打算怎么剪？"

我："据说圆寸是最能检验帅哥的发型。"

顾魏："检验出来是帅哥又怎样？"

我："我开心啊。"

顾魏："不是又怎样？"

我："那我就换个人的啊。"

顾魏扭头："我找的这是什么老婆？"

剪完之后，我拖着慢吞吞走路的顾魏回家："帅哥，快点走，快，不要被别的女人看见。"

顾魏一脸的"不想搭理你"，但完全隐藏不住翘起的嘴角。

医生看着我啃苹果。

我说："An apple a day keeps a doctor away."

医生扬扬眉毛 :"OK.I'll go." 然后真的就走了，去洗澡。

他的幽默有时候真的是太冷了。

父母时代

表姐和安德烈的第二个宝贝即将来临，姑姑刚动完一个小手术，姑父在医院照顾，工作繁忙的安德烈照顾不过来，于是爷爷发话了："把六月送来 X 市待一阵子吧。"

顾魏去接机，直接接到家里吃饭，招呼完大家后，他进厨房帮我做饭。

夏天天热，做饭就成了无比销魂的事，于是我各种蒸、炖、熬、焖、拌，至于爆炒——如此艰巨的任务就落到了顾魏身上。不过，作为一个有良知的内人，我做好准备工作，把要炒的菜洗好切好码在盘子里。

顾魏进来的时候，我已经准备得差不多了，给他系围裙腰带，看着他端起盘子把菜下锅，突然想起来："哎，你还记不记得你曾经说过，林老师做饭都是老婆把菜洗好切好，他只要负责下锅炒炒就好？"

顾魏顿了一下："啊……"

"顾老师，那现在是谁，也是老婆把菜洗好切好，他只负责下锅炒炒就好？"

顾魏气急败坏转过身来捏我的脸，我忍不住大笑。

家里厨房是半开放式，于是——

"做个饭你们俩还调情骂俏！"顾肖大老远地隔空喊，"赶紧的啊，别饿着孕妇大人。"

吃饭时聊起降暑的话题，表姐问："夏天你们不用凉席吗？"

我偏爱柔软的床单，从小就不用凉席，顾魏也不用，因为对关节不好，于是我没想太多地答道："哦，凉席不吸汗啊。"（这真的是个再正常不过的理由啊！）

突然一桌子人都盯着我和顾魏，然后以表姐顾肖为首，露出一副暧昧的表情。

安德烈惊为天人地冒了句："噢，你们夫妻感情真好。"

我很想把脸埋进碗里……这都什么和什么啊！

顾魏办了游泳卡，带六月下泳池，我这个旱鸭子就坐在池边泡脚。

六月在顾魏的指导下，肉乎乎的小脚丫噼里啪啦地拍水，学了一会儿累了，就伸手够着我要我抱，然后趴在我怀里不肯下去。

顾魏："六月，下来。"

六月摇头："嗯……"

顾魏："六月，下来。"

六月继续摇头："嗯……"

顾魏两手扶住我的腰，一把把我们端进了水里！

我和六月："啊！！！"一米六的水深你怎么下得了手的啊！我壮烈地灌了一口自己的洗脚水！

六月学游泳极快，快到我觉得她以前一直是会游泳的，只是许久不游生疏了而已，两天之后就能抱着浮力板自己搞定了，于是我就成了他们俩的重点培养对象。

顾魏托着我的腹部："脚拍水。再快一点。"

六月趴在浮板上："舅妈加油！"

整个泳池里就我一个大龄学员，这是多么尴尬的场面。

六月小朋友目前的身高，够到水池开关难度太大。为了方便她刷牙洗脸，顾魏专门买了一个垫脚凳给她。自此，六月小朋友无敌了。

每天早上自己洗漱完，帮我们把牙膏挤好；再抱着小凳子站到餐桌边，给面包抹花生酱；抹好面包再抱着小凳子到冰箱边上自己找酸奶。整个人小陀螺一样转个不停，完美地诠释了一句话：20厘米，改变世界。

一次，我从超市买菜回家。

"舅妈，这是什么菜？"

"包菜。洗干净了撕成小片，可以做手撕包菜。"

"我来帮忙。"

"好啊。"

一刻钟后顾魏进厨房。

"林之校！"

"嗯？"

"你监管不力！"

我跑到厨房，就看到一水池的手撕包菜……六月无辜地站在水池边上。

"呃——"我们觉得不应该打击小朋友的积极性，于是，"六月真能干。舅舅今天就多炒点吧。"

顾魏凉凉道："舅舅想炒，也没这么大的锅。"

于是连吃三顿包菜。

表姐和安德烈很注重培养六月的独立自理能力，所以在家六月都是自己泡浴缸，自己洗澡，而我和顾魏都偏好淋浴，家里没浴缸，六月没法泡澡，顾魏就无良地把她放在洗脸池里……

在我强烈抗议后，六月开始学着自己淋浴。

两三回下来，小朋友就搞定了，自己控水温、水量没有任何问题。她洗完我把她抱出来擦干然后自己进去洗，顾魏也跟进来，刚关上门，六月就在外面敲门："舅舅出来！舅舅出来！男孩子和男孩子洗，女孩子和女孩子洗！"

顾魏无语地开门："舅舅和舅妈不一样。"

六月摇摇头。

顾魏："舅妈是舅舅的太太。"

六月依旧摇摇头。

顾魏："就像你爸爸和妈妈一样。他们没有一起洗过澡吗？"

六月继续摇摇头。

顾魏小声地感叹了一句："这么没生活情趣……"

我踢了他一下："说什么呢你。"在孩子面前。

最后顾魏无奈地被六月拉出去了。

晚上，顾魏洗完澡出来，六月已经躺在我们床上，光明正大地占着他那半边床。

顾魏的表情瞬间有点微妙。

然后——

六月："男孩子和男孩子睡，女孩子和女孩子睡。"（她最近爱上了这个逻辑。）

顾魏："你爸爸不和你妈妈一起睡吗？"

六月："因为爸爸要照顾妈妈肚子里的弟弟。"

顾魏："那舅舅也要照顾舅妈肚子里的弟弟啊。"

六月扭头看了我一眼："舅妈肚子里没有弟弟。"（现在小孩儿都太聪明了。）

顾魏："迟早会有的啊。"

这两个人"一本正经"的对话我实在听不下去了，于是说："不要闹了，今天晚上我们三个一起睡。"

六月很迅速地挪动小屁股靠到我身边，然后冲顾魏拍了拍另一边空着的床。

顾魏扶了扶额，认命地接受了六月的安排。

三人同睡的第二天，六月洗完澡，躺在床上抱着手机给表姐打电话。

表姐："现在在干什么哪？"

六月兴高采烈："我们三个人一起睡！我躺在舅妈和舅舅中间！"

表姐和安德烈："……"

解决三人同睡这个问题，是第三天，我感冒了，不严重，但是为防止传染给六月，晚上洗完澡我主动去睡客房，喝了药早早睡觉。

快 11 点的时候，顾魏推门进来，往我旁边一躺。

"六月呢？"

"回自己房间，睡着了。"

"……"

"难不成我带着她睡？"

"没……"

"睡吧。"

"你跑过来主动被传染吗。"

顾魏把我往怀里一捞："我是医生，传染不了。"

这是什么逻辑？

顾魏和六月迷上了一个亲子游戏：Find The Colour。

规定一个颜色，两个人轮流指着视线范围内出现该颜色的物品，然后大声喊出这个颜色，不能重复，不能有停顿，谁卡壳谁就输。

我洗完澡从浴室出来，他们俩正坐在床上玩 Find The Colour。

顾魏指着床头杂志封面上右下角的一朵小野花："Pink！"

随后六月迅速指向我搭在沙发扶手上一件衬衫领子内衬上一条很细的镶边（上帝保佑，这么细她也找得到）："Pink！"

顾魏打开钱包指着里面一张毛爷爷："Pink！"（没有节操。）

六月迅速指着自己的嘴唇："Pink！"（比赛白热化。）

顾魏突然指着我："Pink！"

六月呆呆地望着我。

我也很茫然，我围着白色的浴巾……

顾魏："Skin！"

我觉得脑袋都要冒烟了："流氓！"

天热，整个人很萎靡。

"顾魏，外面可以把人蒸熟了。"

"我自己打车回去，你就别过来接我了。"

我看到顾魏从住院部大楼出来，拨他电话，他看了眼手机屏幕，抬头扫了一眼就找到我了，开了车门进来。

"不是不来的吗？"

"唉，我不是心疼你嘛。"

顾魏扭头看看后座一脸迷迷糊糊明显还没睡醒的六月："小朋友，你怎么来了？"

六月："唉唉，我们一起心疼你呀。"

Boss 的执行力

肖 Boss 的执行力相当高，重磅消息一个一个往外砸。我们度完蜜月回来，他们证都领了，我们回趟 Y 市回来，他们婚期都敲定了。

我："三三，你真的太有勇气了。"

三三："怎么？"

我："八月办婚礼啊。"40℃的高温啊！

三三扭头踢了踢肖仲义："这么热，要么晚两个月吧？"

Boss 眯起眼盯着我。

说错话了……我立刻看向顾魏，求救。

顾魏一脸淡然："反正证领了人又跑不掉，你急什么。"

Boss："那你怎么六月份的时候急着办呢？"

顾魏："我是天时地利人和。"

Boss 皱眉。

我觉得顾魏损肖仲义天不时地不利人不和实在太狠了，于是尴尬地打圆场："呃……顾魏耐性没你好。"

顾魏的目光"唰"的一下扫到我身上，狠狠刮了一遍。

唉，又说错话了……我迅速地翻着桌上的画册，指着其中一件："三三，这件，绝对好看。"

Boss 瞥了一眼："有那个身材穿吗？"

三三炸："什么意思？我怎么就不能穿了？"

Boss 做了个请便的姿势，三三就去试那件小旗袍了。

一分钟后，三三出来："肖——仲——义——，我哪里不能穿了？！"

Boss 眯着眼睛上上下下仔细打量了一遍："嗯，挺好。"

三三："那是。"

Boss 转向店员："那这件就一起吧。"

三三满意了，回去换掉。

一直到我们离开婚纱店，三三都沉浸在向 Boss 证明自己身材的激动中，完全忘记了之前要我帮忙敲边鼓说服 Boss 晚点办婚礼的事。

老肖太奸诈了！

看完婚礼场地一同吃饭，我一向蔬菜比肉类吃得多，于是顾魏把他那份沙拉也推了过来。我刚舀了一勺塞进嘴里，三三就啧啧啧："我们俩打娘胎出来，认识了也有二十来年了吧？你什么时候和我一个碗里吃过饭，嗯？"

我看看手里属于顾魏的勺子，把沙拉慢慢推到三三那份沙拉旁边，两相一对比："顾魏吃东西多干净啊。"我和医生从小养成的习惯，吃东西非常循规蹈矩，不会把食物搞得乱七八糟。

三三看着她那盘被自己搅得明显不怎么美观的沙拉，喊了一声，把顾魏的那份推了回来。

从小到大，我从来不和别人同吃一碗东西，总觉得是特别私密的行为。认识顾魏之后，好像没怎么注意，就这么吃到一起去了。

三三："恭喜你啊，又要当舅舅了。"

Boss："又不是要当爸爸了。"

顾魏牵过我的手："来，我们回家生孩子，让他们俩自己忙去。"

我："你们俩说话真是荤素不忌。"

三三："就是，搞得我和林之校跟破坏你们俩真爱似的。"

众人："……"

三三，真正荤素不忌的是你吧？

据三三说，找个称心如意的伴娘简直比找个新郎还难，最后选了表妹当伴娘。

为此，三三很郁闷："林之校，我二十年前就准备好你来当我的伴娘的！"

我："您真早熟。"

三三："结果你和印玺完全打乱了我的计划！"

我："别冤枉人，印玺人两口子等了你二十年，顾魏和我也是苦等了四年才领的证。在这之前，你有无数次机会把自己的手指头伸到肖仲义准备好的戒指里去。"

三三："……"

Boss 唉了一声："往事不堪回首。"

三三："六月借我们当下花童呗。"

顾魏笑眯眯："不借。"

周末，三三和我视频的时候得知六月在旁边，迅速地伸出魔爪："我要和六月说说话。"

三三："Hi ～ Elizabeth ～ Nice to meet you！"

六月一边喝牛奶一边："Hi."特别淡定。

三三："Wound you like to be my，my，my……"在花童这个词上光荣卡壳了。

顾魏凑过来："你可以和她讲中文。"

三三态度坚决地："Would you like to be my flower girl in the wedding？"

六月笑眯眯："No."

三三保持笑容："Why？"

六月在我怀里笑得特别甜："呵呵呵呵，不为什么。"

六月跑出去之后，三三怒："这小破孩儿平时都谁带的？！"

我坚定地说："顾魏。"

三三："外甥像舅！这话一点不假！"

顾魏："……"

我也爱你

我和同事一同去 J 市出差，就在返回 X 市的前两天，早上爬起来觉得头疼，没当回事吞了药继续忙，结果莫名其妙高烧住院。顾魏电话打过来的时候，我点滴打得半个胳膊都麻了，把电话夹在耳朵和枕头之间。

顾魏："烧退了没有？"

我："退了吧。"

顾魏："哪儿也别去。"

我："你要过来？"

顾魏"嗯"了一声："我要把你接回来。"

我浑浑噩噩的思维瞬间清醒了，随即又被这种突如其来的甜蜜冲昏了脑袋，开始耍赖撒娇："顾魏，你不要挂电话，你和我说说话。"

顾魏深深叹了口气："你老老实实睡觉。"

晚上九点半，顾魏坐高铁出发，辗转到医院已经近凌晨了。

我感觉到耳朵下面的手机被抽走，睁开眼就看到了顾魏，他抬手贴上我的额头。我闻到他衬衫上传来的潮湿气息："外面下雨了吗？"

"嗯。"顾魏放下包，拎过椅子坐在我旁边，眯着眼看了看床头的挂水记录，伸手拨开我脸上乱七八糟的头发，盯着我一句话也不说。他这样明明有情绪却又压着的模样，让我的愧疚感疯狂攀升："我以为挂两瓶差不多就能好了回去的……所以没跟你说。"

上午，护士小姐对我说"你闭上眼睛睡一觉"，我就特别老实地一觉睡了十几个小时，醒过来的时候，同事已经帮我办好住院手续先回 X 市复命了。

顾魏微微皱着眉头，语气平淡地嗯了一声："我已经习惯了。"转身从包里拿了瓶果汁出来，倒了开水焐热，插了吸管，"张嘴。"

我老实地咬过吸管，看着他有条不紊地从包里拿出湿纸巾、保温杯，以及一个小薄毯。（医生最大的好处，就是能在 5 分钟内整理出住院所需要的 90% 的东西。）

顾魏："上次在 S 省，地震。Y 省，泥石流。H 省，暴雨直接困那儿了。现在离得这么近，就发个烧挂个水，真算轻的了。"

顾魏轻易不抱怨，一抱怨就会纵横古今翻旧账，务必一击到底。我保持沉默。

顾魏："不知道的还以为你是战地记者。"

我把空果汁瓶递给他："工作嘛……"

顾魏扭过头："那你有什么情况好歹第一时间打个电话给我吧？"

我看着他亮晃晃的眼睛，决定很怂地缩回被子里。

很多时候，我觉得顾魏要被我弄得抓狂了。他面向床头柜站着，一动不动，留给我一个看不清表情的侧脸，过了好一会儿，才慢慢拧开保温杯，粥香弥漫开来。

顾魏走到床边，拉下被子："起来吃点东西。"托着我的腰想让我坐起来。

我伸出胳膊抱住他的脖子，脑袋埋在他颈窝里，低低喊了声"顾魏……"

在异地他乡的医院，漫长的一觉醒过来只剩自己一个人，心里有种微微的慌乱，正在发呆的时候，接到了顾魏的电话，听到他要来，心里那些飘忽的东西纷纷沉淀下来，随即又放心地睡去。再睁开眼，我的丈夫就站在我面前，赶了一晚上的火车，明明心里有点气急败坏，却还是敛着情绪给我弄吃的。

顾魏安静地由我抱着，半晌拍拍我的背："好了，没事了。"

"我错了。"

"嗯。"

"我下回一定记得打电话。"

"好。"

"老公……"

"唉……"

顾魏在我床边趴了一晚上，早上醒来，依旧面无表情。

我老老实实去卫生间洗漱，刷完牙，他走过来，拿走我的牙刷，刷牙……

他的忘带了。

我直勾勾地看着他。

顾魏："不要这么看着我。我吃不消。出去吃早饭。"

回去的高铁上，顾魏用薄毯把我裹得跟个蚕宝宝一样，我继续一眨不眨地对着他的侧脸发呆。

"好了，不要再拿这种小狗一样的眼神看我了。你老在外面跑。你想想，要是我到了点不回家，然后陈聪打电话告诉你我倒在外地的医院里烧得糊里糊涂的……"顾魏叹了口气，"换成你，你会怎么样？"

我："杀过去！"

顾魏叹了口气，"你真是烧糊涂了。你还是睡觉吧。"

我靠在他肩上："顾魏我爱你。"（真的烧糊涂了。）

顾魏除了叹气还是叹气："我也爱你。"

到家之后，我整个人不甚清醒，蚕茧一样被顾魏往沙发上一放，继续游走在神游和浅睡眠之间。半个小时后，顾魏端了粥过来，我心满意足地喝掉一大碗，洗了澡，就拖着顾魏补眠了。

一觉醒来，旁边没人，顾魏去值晚班了。我捞过手机。

"顾魏——"

"嗯。"

"老公——"

"又烧起来了？床头柜里有体温计。"

"……"

"起来吃点东西。"

"我继续睡。"

"你这哪里是发烧，你这分明是冬眠！"

第二天，我精神大振，去学校晃了一圈回到单位。

同事："噫？这么快都能下床了？怎么跟野生动物一样。"

下午五点多接到顾魏的电话："我好像被你传染了。"

我听到他瓮声瓮气的鼻音，炸了尾巴一样往医院赶。顾魏去 J 市那晚淋了雨，觉又没睡好，赶回 X 后还一个夜班连着一个白班，突然觉得他好艰辛。

我生病的时候顾魏能坐两小时火车把我捞回家，现在他生病了，我必须给他无微不至的关怀体贴，于是瞬间满血复活精力四射。

到医院时，顾魏正安静地坐在座位上，戴着口罩，手里端着杯子（这是打算怎么喝？），听到我进门，抬起头，似有睡意般冲我缓慢地眨了两下眼。我瞬间被他的眼神秒杀，心疼得不行，走过去把他的脑袋揽进怀里，抬手贴了贴他额头，温度不是太高。

"顾魏——"我对不住你，我错了，我一定把你的病情扼杀在萌芽状态！

"咳咳咳！你们俩不秀恩爱是会死吗？！"

我看向办公室里除了我们唯一的大型活物："又没妨碍你。"

陈聪："怎么没妨碍了？明天的晚班我帮他顶好吗！"

顾魏："回头请你吃饭。"银货两讫。

陈聪："行，一礼拜早饭。"

我看着陈聪离去的背影，对顾魏说："这么多年了，你们讨债还债打赌下注，依旧不是早饭就是水果。"

顾魏："医生嘛，健康。职业特点。"

晚饭后，我煎了枸杞汤，端了一碗虔诚地坐在顾魏面前，盯着他喝。

顾魏摘了眼镜，半眯着眼睛靠在沙发上喝汤，睫毛笼在热气里，要多好看有多好看。（我真的是词穷。）

看了一会儿电视，我说："你去洗个热水澡。"

顾魏从善如流地站起来，晕了一下。

我："你一会儿不会晕澡堂吧。"

顾魏很认真地思考了五秒钟，拉住我胳膊："那你和我一起。"

我们家的浴室是钢化玻璃全密封的整体浴室，每天早上我面对镜子心思端正地刷牙洗脸，顾魏就在我身后的全透明的浴房里晨浴——雾气缭绕，美色当前，他就跟个男妖精一样……

顾魏的身材虽然不属于"移动的大卫雕像"型，但是，均匀啊，修长啊，对付我的审美，那是绰绰有余。我能说我其实没怎么和他共浴过吗？我能说我其实很不好意思吗？于是每天我都浑身不自在还要装作一副"姐什么没见过姐淡定着呢"的样子，速战速决刷牙洗脸赶紧溜。

所以当顾魏把我拉进浴室，热水"哗"地洒下来时，我的大脑都快当机了！

家里的浴室虽然订了加大 size，但是……那也没多大啊！两个成年人在里面，很抢氧气的啊！我抬头——就是他的脸，低头——算了，我还是不要低头了。

我自以为不动声色地侧对他，作无所事事状，看门外……

听到笑声，我抬头，看到顾魏一边洗头，一边笑眯眯地看着我。

我炸："我怎么看你都没有要晕澡堂的样子！"

果然还是窝在老公怀里睡到自然醒最舒服。

我"嗯——"了一声，长长地伸了一个懒腰。

顾魏："大早上的，别招我。"

心术不正！

正在和他说学校里的事情，手机响了。

"校啊，你在哪儿？"

"家。"

"床上？"

"啊……"

"顾魏在旁边？"

"啊……"

"啊！"三三在电话那头发出了恨苍天式的号叫，"林之校！你们这证都领了几个月了还这么腻歪！"

周末早上八点钟，两口子躺床上说说话，我们是怎么了就这么天理不容了？！

"秀恩爱不是这么个秀法啊！你们这样搞得姐姐都不敢结婚了好吗？！"

这都什么逻辑，应该是你更想结婚才对吧？！ Boss 的功力果然深厚，三三已经完全不正常了！

挂了电话，我看向旁边的顾魏，他一脸"我什么都没做是他们瞎意淫不关我们的事"的表情，淡定地伸懒腰穿衣服起床。

顾魏素来稳重，估计是憋狠了，生了病就各种无法无天。

平时几乎不玩游戏的人，吃完晚饭，躺在沙发上，玩 Cut The Rope 玩得不亦乐乎："校校，你来过一下，这关三颗星有点难弄。"

我："……"

平时散步都散得长腿阔步、玉树临风的人，现在出了门，卫衣帽子一扣，整个人垮在我身上被我拖着走。（你以为你戴了帽子别人就不认得你了吗？）

平时除了球赛和中央一台、二台，别的几乎不怎么看的人，现在居然看访谈栏目看得津津有味："校校，洗点葡萄来吃。"

我挥挥手里的玉板："过来，给你刮刮痧。"

顾魏大型犬一样往我腿上一趴。

我："你这样我怎么刮？"

顾魏调整了一下姿势，眯起眼睛一副"爷这就要睡了"的调调："就这样。"

你这是卖哪门子的萌啊？！

平时喝个水都喝得很斯文的人，现在靠在沙发上双目炯炯地看期刊，我端了石斛汤，一勺一勺往他嘴里塞。

"顾魏，我怎么有种喂小宝宝吃果泥的感觉？"

顾魏无辜地眨眨眼睛，"啊"地张嘴，一点思想觉悟都没有。

洗完澡，他头发湿嗒嗒地就往床上一趴。

我捞过毛巾："头发擦干。"

顾大少嗯了一声，趴到我腿上，就闭着眼睛不管了。

我只能给他擦擦擦。擦完："好了，躺好睡觉。"

顾大少嗯了一声，不动。

我失笑，捏捏他耳垂："顾魏，你无赖。"

送顾魏上班。陈聪进办公室的时候，瞥了顾魏一眼："感冒低烧多大事儿啊，还要老婆陪着上班。"

我："这不是专程给你送早饭嘛。"

陈聪同志瞬间笑成了一朵花。

顾魏笑："吃人嘴短。"

陈聪一边咬三明治一边抬头："你做的么你做的么你做的吗？"（这就是传说中的贱萌吗？）

顾魏去护十站查资料后，陈聪吐槽："翟杰喜得千金，上礼拜我们一起去妇幼看他们家小布丁。后来大伙儿聊着聊着就问起你们俩来了。你知道顾魏说什么吗？"

我有种不好的预感……

陈聪慢悠悠地咂嘴："儿子不愁身高，女儿不愁相貌。他说他想怎么生，都是报效祖国。"

顾魏的一句玩笑话让他一战成名了。自他回国后，他们肿瘤外科这几个月连添三丁，于是越来越多的人调戏顾魏："准备什么时候报效祖国？"

既然大家都调戏，那我也调戏："要么咱生个儿子吧。"想到一大一小两个放在我面前就觉得，多有爱啊！

顾魏扶额："1:1 的概率，一下从 50% 提到 100 %，我压力很大的。"

我憋不住笑出来。

顾魏："你还小呢，先把你学位结了再说。"

我："哎～我这不是担心你一年大似一年嘛！"

顾魏："林之校！"炸了。

家里楼层比较高。

一次，我抱着被子去阳台晒，双人被很大，阳台外支架杆伸到挺远，我就站在椅子上探出身去晒，还没晒完，被医生一把拎下来。

"你知道你这样多不安全吗？！"

"啊？"

第七章 婚后生活

215

"脚一踩空,或者椅子一滑,你就下去了你知道吗?!"

我可怜巴巴地看着医生:"那怎么办?"总不能不晾被子。

医生一边挽袖子,一边伸出胳膊把晾了一半的被子铺平整:"这里不是三楼五楼,是十六楼!下去了神仙也救不了你!"

我摸摸鼻子:"哪那么容易下去。"

医生:"你看看你刚才!整个上半身都出去了还往外够!臀部一出窗框很容易出意外的!"

明明是很严肃的事情,但是不知道为什么那个"臀部"莫名戳中我笑点。

医生扶额:"以后东西全晾阳台,外面的伸缩架你用最里面这排就好,从第二排开始,我不在你别动。"

然后酷着脸就走了。

晚饭的时候告诉我,他早上一开电脑,弹出来的新闻窗口就是一女子高层住宅坠楼身亡。

八月中旬,安德烈来接六月回 Z 市,准备上学。

许久不见父亲,经过短暂的热烈拥抱后,六月小朋友就陷入了浓浓的离愁别绪中。午饭后,小家伙安静地窝在我的怀里,趴得跟个小考拉一样,一动不动。她的脸蛋和小手热乎乎地贴在我的锁骨上,轻易地把我所有的不舍勾了出来。

顾魏看着我们两一动不动坐在沙发上半个多小时,走过来:"六月,舅舅抱。我们穿鞋子去。"

六月不肯动,软软的卷发摩挲在我下巴上。我看了眼挂钟,时间要来不及了,只能拍拍她的小屁股:"去舅舅那穿鞋子去吧。"

小考拉就从我怀里攀到顾魏怀里,脑袋偎依在他颈侧,两只小胳膊搂住他的脖子,那种拥抱的姿势,看得我特别想掉眼泪。再不情愿,六月还是乖乖穿好了她的小皮鞋,背上她还没有字典大的小背包,出门按电梯去了。

送他们过安检的时候,顾魏蹲下来和她拥抱告别,然后我们挥挥手送他们入检。六月把她的小胳膊举得高高的,手腕上是我帮她编的红绳,上面串着她在玉石市场相中的一枚小小的路路通。当初她很固执地看中了这枚成色不算很好,但是憨态可掬的小东西。

我靠着顾魏吸吸鼻子:"唉,我都想哭了。"

他抚了抚我的胳膊:"没事,你们可以天天视频。"

六个小时后,洗完澡穿着睡裙的六月爬上电脑桌,对着摄像头给了我们一个响亮的、近距离特写的晚安吻。

表姐无奈道:"六月,那玩意儿上全是灰……"

六月完全无视,又亲了一下:"舅舅、舅妈,I love you."

我们笑道:"我也爱你。"

Surprise!

最后一次看婚礼现场,明天三三就要被送回 Y 市待嫁了。我拿着备忘单一项项检查过去，她脸贴在我肩头，跟着一个个再核对一遍。

我抖抖肩："新娘子，你紧张什么啊？"

三三："这我第一次结婚，我这是谨慎！"

Boss 笑得妖娆："你还打算结几次婚啊？"

三三："这是我唯一一次结婚，我难道不该更谨慎吗？！"

Boss 满意地离开去看音响。

我："每次肖仲义阴笑的时候，我就觉得，他和顾魏果然是亲戚。"

三三："不能比好吗？你老公惯你都惯到天上去了好吗？！"

我："哪有……"

三三："你要是一昏君他就是一佞臣，由着你折腾好吗？"

为什么形容得我像个坏人？还有，哪朝佞臣由着昏君折腾了？

我："你这人物设定的，怎么的也该是，他是昏君，我是红颜祸水吧？"

三三："得了吧，顾魏比你祸水多了。"

确认完婚礼现场没有任何问题后，我拍拍三三："新娘子，回去好好睡美容觉啊！"

三三笑眯眯，亲昵地揽过我的胳膊，一把把我拉到旁边，用地下党接头的语气对我说："我先警告你，不准给我搞什么 surprise。"

我："这话你该警告老肖啊。"

三三悲愤且干脆利落地说："我弄不过他。"

我："那你警告我也没用啊。"

三三："有任何情况，第一时间通知我，我好准备对策。"

我："三啊，一辈子就结一次婚，有些毕生难忘的，不是挺好的吗？你看印玺——"

三三的眼睛凶险地一眯。当年帝印大婚爆点层出不穷，头件有违金石一贯稳扎稳打的行事作风，导致印玺全程都很不淡定，事后看到婚礼 CD 里本来应该端庄大方美丽可人的自己各种飚泪，印玺对金石进行了残酷的肉体镇压和精神折磨。

我认真斟酌了一下："我觉得老肖要真打算制造什么爆点，也该找顾魏他们帮忙吧？"段位比较一致。

三三："那你就策反顾魏啊！"

我也悲愤且干脆利落地说："我弄不过他。"

三三唉了一声："我们这难姐难妹。"

分别前，三三还意有所指地对 Boss 说："希望我们的婚礼能跟林之校顾魏他们的一样，稳稳妥妥，稳，稳，妥，妥。"

我内心吐槽：然后他会把精力全攒下来放在婚后，你更不会是他对手的！

干冰还没散尽，《爱的致意》在大厅弥漫开来，肖仲义架着小提琴，出场简直帅得掉渣，全场的少女心都沸腾了！居然有不怕死的上台献花！

本来都准备好上场的三三和台下的我一起被惊到了，她惊的是，她老公的 surprise 怎么能这么帅，我惊的是，那把琴是顾魏的！三三会杀了我的！

我和顾魏分坐在主桌两侧，他属于男方亲属，我属于女方亲属。我摸出手机拨他电话，被他立刻接起。

我："别告诉我琴是你的。"

顾魏远远地转向我，笑眯眯道："是的。"

我："什么时候给的？"

顾魏："一个多礼拜了。"

到底还是不一样的

刚恋爱——

"明天有手术吗？"

"有。"

"那你早点休息，养精蓄锐。"

恋爱一年——

"明天有手术吗？"

"有。"

"那你早饭吃完半个小时记得把水果吃了。"

恋爱两年——

"明天有手术吗？"

"有两台。我买了 XXX，XXX 和 XXX，晚上做 XXX 吃吧。"

"还是我来做吧，现在你的手比较金贵。"

恋爱三年——

"明天有手术吗？"

"有。连着三台，你今晚不要骚扰我。"

"美得你。还不去洗澡睡觉！"

结婚后——

"老婆我明天两台手术，需要良好的睡眠，快来陪我睡觉！"

"……"

为了让顾魏多吃几种水果，就把各种水果切块装在密封盒里让他带去上班。

结果，从第一天开始，那只盒子就各种被抢被搜刮。

顾魏回来抱怨："我还不如直接吃个苹果吃得多呢。"

过了两天我去送资料，送完顺路去医院，当时五点半陆陆续续下班了，看到顾魏一手叉腰，一手敲值班室的门："陈聪你出来！"

护士长："陈聪又抢顾魏水果了。"

顾魏："陈聪！做人要有节操！"

陈聪："不知道别人碗里的香吗？哈哈哈。"

顾魏："你又不是没老婆！干吗抢我的！"

我一头黑线地过去拍拍顾魏，这个话实在太容易有歧义了。

顾魏转头看了我一眼，然后扭回头，拍了一下门："有种你别出来！"

一片沉默。

我走上前叩叩门："陈聪，我是林之校。"

陈聪："啊……你来了。"

我："来了有一阵子了。"

陈聪："哈哈哈……"（干笑。）

我："恭喜你，成功地把顾魏气走了。"

陈聪："啊……气走了？"

我："嗯。"

陈聪开门，对着我"嘿嘿嘿"地笑，蛰伏在一旁的顾魏上前一把钩住他的脖子（顾魏个子高）："我说了有种你别出来！"

陈聪："太阴险了！林之校你被带坏了！"

我点头："被你逼的。"

陈聪拦住顾魏的手："淡定！淡定！在你老婆面前请注意形象！"

顾魏："反正已经娶回家了，不用注意形象。"

我："……"

顾魏："你抢了三回了，事不过三，你死定了！"然后就把人拖走了。

第二天，顾魏说："今天不用带水果了。陈聪把这礼拜的全包了。"

两个人午睡。

我先醒，闲来无事就专心研究顾魏。说起来，奔四的人了，零细纹零毛孔，简直吹弹可破。

三三说："我见他一回就想扒他一回皮！"

施州婆见顾魏的第一句话都是："小伙子长得俊俏。"

我一直觉得，男人的皮肤这么好实在是让女人压力很大。

刚研究了五分钟，顾魏就醒了，睁开眼看到近在咫尺的我："我脸上有什么吗？"

问题就是你脸上什么也没有！

我恶狠狠："说！小时候你妈给你吃什么了？把你皮肤养得这么好！"

顾魏闭上眼睛："你现在才来问？"那种"你已经来不及了"的口吻实在欠揍。

"我以后喂儿子，让他秒杀你！"

"……"

蜜月旅行结束回单位上班第一天，同事甲："小林，F市有个会，组织决定派你去。"

我："啊？"

同事甲："第一天报告，第二天讲座，第三天研讨，第四天展示，接着三天会后实地考察。"

我瞟了眼桌上的门卡和工作证，如此青葱鲜嫩，何以堪此重任啊！

同事乙："哎，老甲，不是你去的吗？"

同事甲："儿子放暑假，我后天要参加家长会。"

我："甲兄，你这个借口，还能再敷衍一点吗？"

同事甲拍拍我的肩："小同志需要更多的锻炼机会，组织看好你，啊。"

晚上回到家。

"医生，第一天上班就接到通知出去学习，我这是运气好呢，还是运气好呢，还是运气好呢？"

"是我运气太不好了。"

"……"

收拾行李。

这么热的天气，实在是不想裤子加衣服，只想连衣裙一套了事。但是拉开衣橱发现，绝大部分的连衣裙都是背后正中间拉链的。

医生看我站在衣橱门前发呆，走过来："怎么了？"

我："背后拉链的裙子自己一个人难穿难脱啊。"尤其是有汗的时候。

医生点点头："嗯，所以出去就不要穿裙子了。"

我："你故意的！"

医生："没有。"

我："这些裙子都是你挑的！"

医生："所以该帮忙拉拉链的时候我都负责帮忙了啊。"

我："……"

然后他一脸诚恳地帮我叠牛仔裤和 T 恤。

住标间，室友不认识，是个看起来性格非常安静温柔的女士。我想给医生打电话又不好意思，于是戳短信。

戳了两条，医生打过来了。

"F 市热不热？"

"嗯。"

"吃了吗？"

"嗯。"

"晚上吃的什么？"

"呃……嗯。"

"你旁边有人？"

"嗯。"

"不认识？"

"嗯。"

"那你早点休息吧。"

"嗯。"

"我买了银耳和枸杞，你回来熬汤。"（突然就变成调戏的语气。）

"嗯。"

"来，亲一下。"

"嗯！"

"哈哈哈哈哈……"

挂掉电话，室友看看我："给谁打电话？"

我："嗯……"

室友："男朋友？"

我："老公。"

室友："哈哈哈，一看就新婚的。"

我囧。这么低调您都看得出来。

到家的时候是七点多，一开门，医生正在客厅游荡。

我往他身上一扑："我回来啦！"

医生："嗯。"

我抱了一会儿，后知后觉："我身上是不是特别臭啊？"全是汗。

医生："嗯。"

我："嫌弃我。"

医生："哪里，还不是你想抱就给你抱。"

我："就应该这样！"

医生："你去洗澡吧。"

我："还说你不嫌弃。"

医生："没，我衣服臭了也是你洗。我这是给你减轻工作量。"

我："……"

医生："快。我银耳和莲子都泡好了。"

我："顾魏！小别胜新婚你知不知道？"哪有像你这样我一回家就让我熬汤的啊！

顾魏特别悠然地看了眼钟，意味深长道："这才几点啊？是不是有点早啊。"

我悲愤了……掩面闪人。

三三婚礼的时候，我半醉中抱着小庚，不小心把背给闪了，本来以为没多大事，却不见好，只得上医院，遵医嘱，贴药膏。

热敷之后，整个脊椎有点麻麻的，贴上止痛药膏，十分钟后里面樟脑冰片之类的凉性成分钻进皮肤，跟往脊椎里敲钉子一样，各种难受。

我在床上蜷来蜷去："完了，我要现原形了。"

顾魏："来，快到我的碗里来。"

晚上睡觉，盖毯子冷，裹被子热，我睡睡醒醒，看看旁边的顾魏。他第二天下午有手术，翻来覆去影响他睡眠，于是决定爬起来到小卧室去睡。

我正裹着丝被蜷来蜷去的时候，顾魏走了进来。

我："你没睡着啊。"

顾魏："我以为你去卫生间。"说罢拆松了被子探手进来，掌心贴在我止痛贴片上，"怎么了？不舒服？"

我："凉。"

他掀开被子进来。

我："你回去睡你的啊。"

他嗯了一声，还是摆好枕头躺了下来。

我背对着他一动不动。过了一会儿，他的手从我的睡衣下摆伸进来焐在贴片上："好点没有？"

"嗯。"

焐了一会儿，他手伸到前面解我睡衣纽扣。

"干吗？"

顾魏不说话，把我睡衣脱了，又把自己睡衣脱了，就这样从背后把我拥进怀里。被子拉到脖子，两个人一起裹好："睡觉。"

他温热的皮肤熨帖着我药膏以外的皮肤，我整个人笼罩在他温热的气息里，安心睡去。

我下班到家。医生已经回来了。厨房汤熬着，他人躺在沙发上休息。

我蹑手蹑脚走过去，蹲在沙发边上看他。后来索性盘腿坐在地板上，拖着腮帮子看。（花痴……）

医生醒来看到我趴得离他那么近，吓了一跳，眼睛睁圆了，左看看右看看，才把目光转向我："林之校！"

"嗯。"

"你在干吗？！"

我笑眯眯："看我老公。"

医生瞄了眼我的姿势："看多久了？"

我瞟了眼挂钟："四十来分钟吧。"

医生别扭地扭开头，伸手盖了盖脸："哎，不带你这样儿的。"

我每次看到他努力掩饰自己害羞的样子就喜欢得不行，亲了他一下："睡美人，起来吧。"

医生笑出来："都什么跟什么啊？"

医生在书房整理笔记写报告，我窝在客厅沙发看书。

过了一会儿，书房门口冒了个脑袋。

我："嗯？"

医生："啊，没事。"缩回去了。

又过了一会儿，书房门口又冒了半个身子。

我："嗯？"

医生："你忙吗？"

我合上手里的杂志："怎么了？"

医生："没。"一脸介于缩回去和不缩回去之间的别扭。

我走过去："你不是要写东西的吗？"

医生："嗯。"走回书桌边上坐下，闷头写了几个字，又抬头看了我一眼，再闷头写。

这是什么情况?

我靠着门框,看着他翻翻纸张写写报告。看了一会儿,口渴,准备去倒水喝,刚准备转身,他头又抬起来看着我。

我眯着眼睛仔细研究医生的表情,慢悠悠地说:"我倒杯水,一会儿就过来陪你。"

医生:"哦。"低头继续写。

然后我就窝在他旁边的椅子上陪了他一晚上。

他就老老实实刷刷刷地写了一晚上。

他究竟是什么时候学会这么别扭又隐晦的撒娇方式的?

早上醒来,我看到胳膊上连着三个蚊子包:"十六层居然还有蚊子!"(医生不喜欢蚊香液,我不喜欢蚊帐,所以家里很原生态。)

医生:"蚊子就不能坐电梯吗?"

我:"……"

怪异的是,蚊子只咬我,不咬医生。

医生:"你血比较香。"

我听着一点也不开心好吗!

晚上躺在床上,一人一本书。

我突然想起来:"医生,抓蚊子。"

医生从书里抬起头,茫然地环顾了一下四周。

我:"抓蚊子!"

医生:"我又不是壁虎。"

我:"……想办法。"

医生把睡衣一脱。

我:"你干吗?!"

医生:"自我牺牲啊。"

我:"蚊子又不咬你。"

医生:"那我就色诱。"

最好蚊子是能被你色诱!

我被医生的书给砸晕了。

当初装修的时候,我们做了一整面书墙。既然它是墙,就比我高。

我要拿一本很久之前的手札,踮着脚够够够,手札没够下来,旁边一本大块头的原文书掉了下来,"嘭"的一声——

顾魏进来的时候我整个人蜷在地板上。

他把我脑袋托起来:"怎么了?"

我说:"眼冒金星。"

顾魏急了:"怎么回事啊?"

我说:"你抱着我别晃,我缓一会儿。"缓过来第一句就是,"你的这是什么书?直接就是杀人凶器。"比边上的牛津字典还重！

难得医生主动送上门当人肉靠垫，我就认认真真窝在他怀里发了一晚上的呆。

第二天早上起来，医生问我："头还晕不晕？"

"不晕了。"

"1＋1等于几？"

"2。"

"还好，没傻。"医生一脸"这样我就放心了"的表情。

"……"

周末大扫除，医生把书墙上厚重的书全换到了最下面两层。

我指着那本厚得匪夷所思的'罪魁祸首'："这本放最边上。"

医生："干吗？"

"我以后够不着上面的书方便垫脚，省得搬梯子了。"

医生："……"

睡觉前不能看书，因为看书耗脑子，一耗脑子就会饿——

医生伸了一只手过来拿走我的酸奶："林之校，你刚刷完牙。"

我不松吸管，脑袋跟着酸奶走。

医生哎了一声，放掉手里的杂志，另一只手抽掉了我嘴里的吸管。

我试图拿回酸奶，被医生挡回："刚刷完牙你就吃酸的。"

"饿。"

"不行。"

我纠结了一下，一口咬上医生的嘴唇，哈哈哈……

医生舔舔嘴唇："你这算是什么啊？"

我："我喝完酸奶再去刷一遍行吗？"

医生笑："不行。"

我虫子一样恹恹地蜷回床上。

医生拍拍我："去冲杯燕麦喝。"

我撇撇嘴。

医生整个脸凑到我鼻尖前面，在我耳边低声："你要不去吃，我就开吃了。"

我"嗯？"了一声，忽然反应过来他话里的深意，被自己的口水呛了一下，连忙爬下床往厨房跑。这个人太危险了！

之前顾魏用家里电脑的时候，我的邮箱跳了封邮件出来。我听到声音就捞过鼠标点开，结果一封没署名的粉红信件就这么跳到了顾魏面前。

顾魏笑："不知道你已婚吗？"

我想，不应该啊，婚戒那么正式那么显眼，就尴尬地说："学生恶作剧吧。"立刻关掉页面。顾魏看了我一眼，没说话。

两天后和小仁视频。

小仁："我们学校有个男生喜欢上了一位大他9岁的女讲师。"

我："爱情无关年龄。"

小仁："然后女讲师离婚和他结婚了。"

我："好吧当我什么都没说。"

小仁笑："哈，我是说给医生听的。你要知道，男学生对女老师总是有种特殊的情愫的……"

顾魏在旁边面无表情不说话。

我尴尬地冲小仁做了个鬼脸："你脑浆泛滥吗，有这工夫好好折腾你的考试去。"就关了聊天。

我看了看顾魏，他面无表情，不给眼神，老僧入定一样垂眸看书。

医生的情绪一向比较隐晦，隐晦到有些时候我都分辨不出来。于是索性拨开他手里的书，坐到他腿上搂住他的脖子："顾老师，老实交代，学校有没有小女生暗恋你啊？"

顾魏："不知道啊，林老师。你猜？"

我："……"

顾魏失笑，展示了一下他漂亮的左手，无名指上的戒指稳稳当当："谁敢往枪口上撞？"

我："嗯，哀家甚是满意。"

顾魏一副懒懒的模样："啧，是谁前阵子收到学生的情书？你就恶人先告状吧。"

我放弃探索："你是吃醋了还是没吃醋啊？"给我个明示。

顾魏不说话就看着我笑，笑得不奸不杀的。

我突然灵光一闪："啧，对了，你吃不吃醋关我什么事儿啊？"淡定地转身就走，我也冷艳高贵一把。

顾魏："啧，你每次把人撩起来你就走。"

顾魏："我前阵子体检了。"

我："嗯。"

彼时我正在兴致勃勃地研究小草同志新发的论文。医生他们每年都会组织全身检查，而据我所知，他们是一个赛一个的健康，于是就随口应了一声，没放在心上。

过了十秒，发现，医生站在我面前没走。

我看着他，他不说话，只是面无表情地看着我。

我慢慢地由漫不经心变成惊心。往年体检提都不提的丈夫突然一脸严肃地站在妻子面前说"我体检报告出来了"，后面的话就说不出来了，这是什么情节啊？！

两个人谁也不说话，对峙了有五分钟。

我觉得自己肺活量都小了，小口小口地呼吸，直直地盯着他。

顾魏突然开口："我长胖了。"接着大笑。

我怒！一个靠垫砸过去："顾魏你无聊！"

从言情剧到家庭剧

顾魏戴着耳机听音乐上网，我从书架下层拖出置物箱翻找很久以前的一张笔记，正找得焦头烂额时，接到娘亲的电话："每天下了班回到家还要给你爸做饭，我都快累死了！"

我："可以做简单一点啊。"

娘亲："简单？他现在能吃得简单吗？！"

我："妈，不是非要四菜一汤才叫营养。而且可以让林老师帮忙搭把手，他可以适当地开始做点家务了。"

娘亲："你又不是不知道你爸就不是个会干活的人！他什么时候心疼过我？！"

以前总觉得家庭伦理剧把生活中的矛盾严重夸大了，直到自己的父母进入更年期才知道并不为过，平时再和美的两个人有时候杠上了，真的就跟点燃的炮仗一样。

听娘亲抱怨完，我说："电话给我爸。"

娘亲："我不想跟他说话。"

我："所以我来说。把电话给他。"

我把手机放在地上开了扬声器，一边和林老师理论，一边继续翻东西："老婆不是老妈子，您稍微体谅一下，我妈做晚饭的时候您就不能搭把手吗？"

林老师心不在焉地"嗯"了一声。

"不要光嗯！回到家就像甩手掌柜一样歇着，工作了一天谁都累，你不能吃定了我妈对你死心塌地的你就欺负她。"

"我哪里欺负了？！"

"那家务你怎么不做呢？"

"我不是生病了嘛……"

"手术动完都四年半了。况且不生病的时候您做过吗？"

"那时候不是有你。"

我突然一口气卡在嗓子眼儿。

林老师："从小你就说你会一直在我们身边，是你说你会把我们照顾得好好的！"

我丢了本本子盖住手机，不想说话。电话那头父母拌嘴的声音依旧传过来，我拨了拨头发，迅速捞过手机："你们先吵，该撒的气全撒完，半个小时之后我再打过去。"就挂了电话扔在一边，靠着墙闭目养神。过了好一会儿，睁开眼睛，看到顾魏正皱着眉头看着我。

我撇撇嘴："但愿三十年后我们俩别这样。"

顾魏依旧皱着眉头。前两天医生娘还因为医生爹的工作应酬问题吵了一架，这两天也在冷战。

我垂下眼睛："弥子瑕给卫灵公吃那半个桃子的时候，没想到自己会死在那件事上。彼时的蜜糖现在的砒霜。同样的行为，感情好看得顺眼的时候，怎么看怎么可爱怎么应该，看不顺眼的时候，全都是错误。"

顾魏沉默了一会儿："那就吵吧，总比闷着好。谁也不是圣人，总不能一辈子不吵架。床头吵完床尾和。"

所以我们从来不掩饰对方身上的毛病，也尽量不让自己去美化对方身上的缺陷。

我们必须这样相爱，爱对方的好，以及坏。

顾魏外公外婆老两口年纪大了诸多不便，不想和子女住，就请了家政，据说是位五十不到、性格活络的阿姨，每天来打扫起居照顾三餐。周六顾魏休息，我们一同去探望。

门一开，一张圆乎乎的笑脸："新郎官和新娘子来啦！"

阿姨把我们迎进门后，就屋里屋外地忙，衣服和拖鞋一起扔进洗衣机，抹布擦完厨房再擦家具……我看得万分纠结。顾魏半垂着眼睛，表情淡淡，微微摇了摇头。

中午吃饭时，阿姨问："小两口平时自己做吗？"

顾魏："嗯。"

阿姨："每天去菜市吗？"

我："大部分时候在超市买，偶尔去菜市场。"

阿姨："唉，你们年轻人。菜市场的更新鲜更便宜，超市里的不好吃价格还高。"

顾魏："平时上班忙。"

阿姨："年轻人都喜欢睡懒觉，每天早起一个小时就好了嘛。"

我想象不了每天五点多就起床的生活，于是保持沉默。

阿姨："小林多喝点鸡汤补补。"

我："好。谢谢。"

阿姨："我进门的时候就闻到你身上有股中药味。"

外公外婆关切地看过来。

顾魏："哦，她腰闪了一下，贴的药膏。"

阿姨的目光在我和顾魏之间来回打量："年轻人，刚结婚，要注意啊。"

正在喝汤的顾魏呛了一下。

我突然觉得，太尴尬了！硬着头皮连忙把话题岔开。一吃完饭就躲到阳台晾衣服，晾了一半，阿姨过来帮忙。

"你毛巾不要对角晾，不然费衣架。"

"……"

"你一个夹子可以夹两只袜子的。"

"……"

"枕套你横着晾不要竖着晾。"

"……"

顾魏走过来："让阿姨来吧，你去厨房给外公外婆洗点水果。"

洗了一半阿姨进来，拿起苹果削皮。

"阿姨，苹果洗干净了不用削皮，果皮营养价值很高的。"

"你不知道，年纪大的不能吃果皮，不消化。"

"切小一点就可以。"

"不行，不能吃。"手起刀落。

顾魏走过来把我拎了出去。

回家的路上，我忽然很庆幸顾魏和我的生活习惯很合拍。

晚上医生娘打电话来问："那个阿姨怎么样？"

顾魏："话多。"

我："……"

端午小长假，顾魏陪我回 Y 市。

门一开，林老师双手张开，笑容满面。

我直接越过他，抱住娘亲："妈妈。"

娘亲："都多大的人了还撒娇。"

我："还是妈妈软乎乎的抱起来比较舒服。"顾魏……瘦了点。

林老师放下胳膊，一副极其不爽的表情："嗯！好！你妈最好！"

我很严肃、很正经："林老师，顾魏看到我抱别的男的会吃醋的。"

正在换鞋子的顾魏轻咳了一下，扫了我一眼，作无所事事状扭头看别的地方。我已经许久没见到他害羞的样子了。

我和娘亲在厨房忙，顾魏陪林老师聊天。

林老师："现在的月饼厂家什么味道都敢做，只有你想不到的，没有他做不出来的。"

顾魏："前天我们去超市，看到提拉米苏味、提子蛋糕味的月饼。"

林老师："我还看到过葱爆牛柳味，鱼香肉丝味，真是皮拆了，馅儿就能摆桌菜。"说罢拆了盒子，吃了一口，"嗯，这个味道还挺好的，就是那个提拉米苏味吗？"

顾魏："这是校校做的，板栗馅。"

林老师立刻扭过头对着厨房方向喊："丫头，你可以卖月饼赚钱！"

我囧："馅是顾魏做的。"

林老师转向顾魏："你可以做月饼馅赚钱！"仔细想了想，"嗯，你还是做手术吧。"

我和娘亲笑翻。

吃完午饭，林老师擦擦嘴刚准备走人，我看了他一眼："碗。"

"嗯？"

"自己的收拾干净。"

"……"收拾干净，他慢悠悠往书房晃。

我："不准一吃完饭就玩电脑，坐沙发上歇会儿去。"

林老师极不情愿地往沙发上一瘫。

我："不准玩 ipad。"

刚把手伸向平板的林老师不干了："顾魏，平时她也这么管你的吗？！"

顾魏笑得特乖、特青涩。

我笑得特端庄、特御姐："呀，忘了。顾医生，我想咨询一下，林老师天天不运动不干活，有利于身体恢复吗？他现在每天多少运动量是比较合适的呢？"

顾魏："适当的家务是应该的。"说完闭嘴闷头喝汤。

林老师："三对一，这日子不要过了！"

吃过晚饭散完步，我又饿了。悄无声息剥了一个橘子，吃了一半，一半递给林老师，他淡定且飞快地塞进嘴里。

还饿，悄无声息地拆了个小蛋糕，掰了一半递给林老师，他淡定且飞快地塞进嘴巴里。

还饿，悄无声息地剥了只西柚，递了两瓣给林老师。他继续淡定且飞快地塞进嘴巴里。

我小声问："酸不酸？"

林老师小声答："不酸。"

被阳台上浇花的娘亲听到，大喊一声："林之校，你又喂他吃什么了？！不能乱喂！"

顾魏直接笑场。

我："妈，林老师又不是小狗。"

娘亲："你现在给他什么他都吃！给多少都吃！"

假期第二天吃完早饭，我们准备回 X 市。

我抱抱娘亲："妈妈再见。"

娘亲："好，路上注意安全。"

偏头看看一脸委屈的林老师，走过去："来来来，抱一下抱一下，我们林老师太可怜了。"

林老师："嗯嗯嗯。"

回去的路上，顾魏说："要是生个女儿，那以后看着她嫁出去，估计我得心疼死。"

我："嗯？"

顾魏似乎很投入地把自己带入了那种情绪："我把她捧在手心里，从一丁点儿小一直养大，然后她就嫁给别人了。"（这就是已婚男人的思维。）

我很兴奋："你会想打那个男人吗？"

顾魏："……"

所以，其实林老师除了无厘头起来让人无语了一点，脾气还算柔和的。

快中午回到医生父母家，爷爷和外公外婆也在。中午大家兴致颇高，开了瓶红酒。

顾魏："妈，不要给校校喝酒。"

医生娘："嗯？"

顾魏："她喝醉了我就麻烦了。"

我……我酒品很好的！

洗完碗我推开顾魏卧室的门，他躺在床上，脸上淡淡的粉红色。

我走过去坐在床边，摸摸他的脸。

他伸出胳膊环住我的腰，眼睫一掀："美男子吧？"

我囧："顾魏，你酒量到底多少啊？"

每次看着他面色微醺，目似春水，我就觉得他醉了，可是他头脑分明又很清醒。说起来，四年多了，我都不知道他究竟是什么酒量。

顾魏笑得无比娇艳："你想知道我酒量干吗？"

我："灌醉你啊。"娘亲说的，酒醉观其性嘛。

顾魏笑得无比妖娆："你灌醉我想干吗？"

我干干地说："不干吗。"

顾魏笑得无比……让我遍地找不到形容词："你想干吗你跟我说就行，不用把我灌醉。"

我觉得和他交流实在太困难："你醉了没有？"

顾魏："你猜。"

我："没有。"思维意识逻辑性太强。

顾魏："你再猜。"

我炸："顾魏你耍流氓！"

顾魏："嗯，你想干吗？"

算了，我不是他的对手。

顾魏的卧室里有三个占地面积比较大的落地书架，所以配了一张一米二的床，他一个人睡足够了。

我一个人睡也够了。

但是现在两个人……其实也够。就是有点热……

顾魏："你动什么？"

我："热。"

顾魏："你热什么？"

我："……"

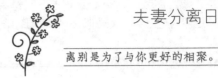

第八章

夫妻分离日

离别是为了与你更好的相聚。

刚结婚的那小半年，很多人问我婚前婚后有什么区别。

我仔细想了想，没有什么变化，除了顾先生更肆无忌惮了一点。

人们常说，爱情是婚姻的坟墓。诚然，婚姻确实是柴米油盐的开始，但却未必是浪漫的终结。结婚时，爷爷送给我们四个字——莫忘初衷。当生活被日常琐碎缠绕，当彼此的缺点被逐渐放大，只要不要忘记当初在做出结婚这个决定时的衷心，那么爱情终会被时间窖藏成陈酿。

九月初，我接到通知要被外派参与一个科研项目，时间很长。难得的项目，难得的学校，难得的机会。接到派遣通知的时候，我走神了很长一段时间。

领导特批："小林，你和家里好好沟通。你们新婚，确实是要克服一下。"

四年多的时间里，我们聚少离多，刚经历过半年的分离，现在又要分开，心里的那种难受，就跟刚缝上的伤口又要被挑开重缝一遍一样。

我酝酿了一路到了医院，办公室已经没人了，剩顾魏一个，他要值夜班。听到我外派的消息，他先是一愣，问了地点时间，说了声"嗯"，就没再说话。

我们沉默地一同吃饭，饭后他说："我送你去停车场。"

到了车旁，我拽拽他的袖子："你陪我坐一会儿吧。"

两个人沉默地坐在后座，我窝在他臂弯里听着他的心跳："顾魏，我不想走了。"

他拍拍我的背笑道："你怎么比我还委屈呢？"

行李是顾魏和我一起收拾的。

这是一种很微妙的感觉。差不多一年前，我捏着清单在公寓甚至整个 X 市窜来窜去，不停地调整他箱子里的东西。而现在，我们两天时间就准备好了所有的东西，行李箱安静地靠在墙角，谁也没再去动它。

"在外面注意安全。室友，还有关系好的，号码都设成单键拨号。"

"嗯。"

"注意饮食，两天一过就会开始有些不适应。"

"嗯。"

"膝盖注意保暖。入秋之后出门要戴手套。"

"嗯。"

顾魏看我一直嗯不说话，笑道："和异性保持距离。"想了想，"和同性也要保持距离。"

我被他逗笑，揉揉他脸："我把结婚戒指贴脑门上。"

路人甲和小草婚礼在即，听说我要出去，路人甲第一时间打来电话："什么时候走？"

我："十月三号。"

路人甲："你这是逼我改婚期啊！"

我笑："是不是兄弟，就看现在了。"

路人甲："现在酒店很难排的啊！"

我："嗯……室外或者西餐？"

路人甲："小草，你看，是林之校逼你的！不是我！"（借刀杀人，借我逼婚！）于是婚期真的就提前了。

小草："阿校，给我带点特产。"

我："什么？"

小草："帅哥。"

我："……"

路人甲："她开玩笑的。"

关键是，这也不能带吧？

我："我讨厌十一，都成夫妻分离日了。"

顾魏："搁四十年前，你这话就属于反动，直接拖走。"

我炯炯有神地看着顾魏，摸摸肚子，"说不定我去的时候一个人，回来的时候两个人。"

顾魏："你想干吗？！"

我："嘿嘿。"

"林之校！"顾魏声音出来都带拐弯了，"你……不会……你……"

我："开玩笑的。"没怀上。

顾魏："……"

我："你有假也可以来看我的啊。"

顾魏撇嘴："然后好让你一个人去两个人回吗？"

啧，这人太记仇了！

小草路人甲的婚礼是露天的。这真是被逼的，十一期间酒店是真没有了。其实室外也订不到，充分说明我就是个幌子，路人甲早就狼子野心了。

草地上个月刚修剪过，还有淡淡的青草味。

多么无厘头的路人甲，却是我们一帮人中婚礼现场最为浪漫文艺的。

据说他极其坚持要白就一白到底的唯美纯净风格，于是现场所有的装饰，缎带、纱、蝴蝶结、气球，全是干干净净的白色，除了百合的花瓣稍微带点粉红。

画面很唯美，只是这两天风有点大……

摇曳起来……

于是小草怒了，婚礼当天一大早，强行要求加了金色的丝带和气球。

婚礼开始，我们坐在草爸爸草妈妈斜后方，看到草妈妈一脸舍不得，草爸爸拍拍她的膝盖。

我看看顾魏："哪，这就是嫁女儿。"

顾魏："……"

我环顾四周，不知不觉间，周围的人都结婚了。表哥、师兄、师姐、猴子、印玺、三三、小草……每个人的爱情都各不相同，都足够写成厚厚的小说，足够让我们很老的时候回想起来都能开怀而笑。每一对两两出席婚礼的人看着台上神采飞扬的新人，或许都在回想或者畅想自己的婚礼。

Love is a vine that grows into our hearts.

路人甲还是很无厘头，一边给小草戴戒指，一边念叨："等我中了五百万给你换个 5 克拉的啊！"

众人笑场。过来人都知道路人甲其实是在紧张。

室外放小短片对光线要求高，效果不佳，路人甲捞过话筒："算了，都是些照片集，不放了，我来说。"

"我其实很早就注意到小草了，具体时间，我也忘了是什么时候了，觉得她看着好小啊，怎么跟未成年一样。"

众人笑。

"上课坐她后面的时候，看着她闷头记笔记，就想，诶，挺好，我不用记了，PPT 翻得实在太快了，我以后直接抄她的就行了。"

台下来证婚的导师哭笑不得地摇头。

"后来我觉得挺郁闷的，我们班人又不多，女生更少，就四个，别的三个都找对象了，你怎么就不找呢？一个活生生的帅哥就坐你后面啊！"

路人乙快笑抽过去了。

"后来我想，这么漂亮、这么勤奋踏实的好姑娘，不能被外系的给拐了啊！作为班长，我是有责任的。"

全班齐笑。

"我就有目的有意图地接近她，跟她往一组凑。在此感谢我的好兄弟林之校，还有好姐妹路人乙，一个帮忙，一个怂恿……那个，我祝你俩幸福啊。"

班里同学哄笑。我实在很想揍路人甲，穿着西装也掩盖不了他周星星加小沈阳的气质啊！

"那会儿很多男生喜欢小草。哎，你自己知道吗？"

小草看着完全自 high 起来的场子，羞愤地摇头。

"唉，因为理科男都比较矜持嘛。所以，在此告诉那些还单着的兄弟们：谈恋爱，总得有个人先耍流氓。"

在场的男士都笑了。

"接触越多，越觉得小草好。要点名了她给我们打电话，来不及了帮我们递假条，报告什么的都愿意让我们参考。"

我相信导师现在应该很无力。

"小草人特善良，她的父母给了她一颗对所有人都打心眼里好的真诚的心。她室友生病，她大晚上的打车出去买药，她帮师弟师妹划重点划一通宵，下雨天给做实验的人送伞，每次捐钱的时候她都捐特别多，那么忙还有空做义工，她画图特别认真，做菜特别好吃，笑起来特别好看……我特别想跟她在一起，我特别想结婚。"

底下众人起哄的有，吹口哨的亦有，都没想到路人甲原来那么早就开窍了。

"然后我就天天和她在一起，天天和她在一起……反正有项目就往上贴嘛。在此，我得再次感谢一下我们的导师。您其实早看出来了吧？"

导师应该后悔来当证婚了。

"后来，稀里糊涂就成了。我都在想，她是不是太善良了，所以不好意思拒绝我。"

下面女生起哄："拒绝他！拒绝他！拒绝他！"

突然觉得，布置得再神圣的现场，在疯狂的宾客面前，都是浮云。

小草脸都红了，摇了摇头。

"她对我和对别人，也没什么太大差别啊，就……稍微多笑点呗。对老林老乙笑得比对我还多呢。而且，她家那么远要怎么办呢？要是她要回去怎么办呢？不管了，反正已经是我女朋友了！我就开始忙房子票子了，攒够就领证，领了再说。"

台下一片"甲哥霸气！"

"然后她直博了！哎呀我高兴啊！"

我忍不住笑场，倒在顾魏肩膀上。

"又多了最少三年啊！我好希望她论文不过发不了啊！"

小草终于忍不住打了他一下。台下已经差不多失控了。

"然后我得到内线消息，小草要回父母身边。我当时脑子都白了。我想不行啊，我怎么办啊，我这还没追到位呢，我高帅但不富啊，她回去得多少人抢啊。那会儿真以为，小草对我没那么喜欢，可有可无，所以，我就铤而走险跟她回家了。"

底下安静了一些。

"我都做好了要恳求，下跪，甚至掉眼泪的准备了，结果，估计我的表白太感人了，老丈人、丈母娘一点没为难我。在此，我要再次感谢爸爸妈妈，谢谢你们信任我，谢谢你们把小草交给我。你们把她培养得那么好，她是我见过的最好的女孩。"

草妈妈眼睛红了，一边点头，一边眼泪就掉了下来。

"回到 X 市我特开心，马上带小草回家。我爸我妈特满意。当时想，太顺利了，赶紧领证吧！小草不干。"

"哈哈哈……"底下笑声一片。

"那就先订婚。买了一特显眼的那种宽的戒指。小草就天天戴着。那会儿才觉得，她其实挺喜欢我的。"

"呦！"底下一起调戏路人甲。

"然后我每天上上班，下班打电话，周末约会。不怎么熬夜，吃饭也健康了，腰不酸了腿不疼了一口气能爬七楼了。"

底下哄笑，草爸爸草妈妈都笑出来了。

"然后我就琢磨着求婚。我前前后后求了几十次婚，到后来，基本就每周一求了，成习惯了。"

路人乙啧啧："他就是一奇葩。"

"然后，突然有一天就成功了。我到现在都不知道怎么那天就成功了。"

所有人看向新娘。

小草摊上这么个新郎，已经认命了："水滴石穿。"她受不了了。

路人甲恍然大悟后立刻后悔："早知道这样，那我一回 X 市我就天天求啊！"

底下已经笑得东倒西歪了。

"嗯，然后，我们就结婚了！感谢今天各位亲朋好友到场！为我们的爱情做个鉴证！"

底下各种欢呼声："Kiss!Kiss!Kiss!Kiss!"

路人甲捧着小草的脸，特虔诚、特庄严地吻了下去。

神父傻了……估计他觉得自己有点多余。

后来我问小草："老甲说了那么多，你怎么都不说点什么？"

漂亮的新娘子愤愤握拳："我还能说什么？！"

嗯……也是。

午睡也会做梦，乱七八糟一堆，醒过来的时候，床上只有我一个人。我匆匆滑下床，光着脚走出去。

顾魏站在厨房间削水果，听到声音转过头来："醒了？"

我看着他："顾魏，我做梦了。"

顾魏看了眼窗外："什么梦？"

我："梦见我一个人躺在床上。"

顾魏笑了，洗了手来走过来："要不要吃梨了？"

"不要。"分梨，分梨，吃了就分离了。

顾魏轻轻地"唉"了一声。

我抱着他突然眼泪掉下来。其实他从来不知道我对他有多么依赖。出去开会的时候、出项目的时候、他值夜班的时候，我一个人躺在床上，只睡半边床，规规矩矩，只有他在家的时候，我才会嚣张地在床上打转。

其实有很多话，即使成为夫妻，也说不出口。就好像我愿意在原地等他回来，却觉得自己离开留下他，是个非常非常难受的事。

顾魏抹掉我的眼泪："又不是不回来了。"

结婚之后，顾魏挖掘出了我所有的情绪潜能，我越发多愁善感了。

顾魏："我当初都没像你这样，你要跟我学习。"

我："你还标榜起自己的没心没肺了？"

顾魏："嗯，我没心没肺。那会儿不知道谁比我更没心没肺。"

我哭笑不得。

我觉得我们像长在一起的两个外星生物，现在分开，撕撕拉拉的，触手全断了。

我们相拥着陷在沙发里，他的心跳和我的心跳在我左右胸口一起震动。

顾魏四肢舒展开来，长长叹了口气："苦守寒窑啊……"

我被他逗笑："现在知道我当初多痛苦了吧？"

顾魏："扯平了。"

我："谁跟你扯平了？"

顾魏："是扯不平，这会儿比那会儿痛苦得多。"

我："那是你那会儿没这会儿痛苦，我是一样痛苦。好吧，确实是这会儿痛苦得更厉害。"按照道理，应该是恋爱的时候出去思之如狂，结了婚出去会淡定一些的，可是情况到我们这里完全反了过来。

顾魏叹了一口气："对不起。"

我惊："嘶——你不要告诉我你当初在国外做了什么对不起我的事。"

"想什么呢你？！"顾魏抬头，恶狠狠地一口白牙。

我干笑。我开玩笑的水平真的不高。

顾魏埋下头，声音很低："我心里难受。"

我抬手摸了摸他的脸，转过来，亲了亲他的嘴唇。柔软、眷恋，不带一丝情欲，纯粹的缠绵。

性格使然，我没对顾魏撒过很多娇，甚至没有对他说过什么情话。我想，我最多在生孩子的时候对他说"我爱你"，然后临终前再告诉他，他是我见过的最性感最美好的人，让我空山不知岁月老，只是这样看着他，就能把一天天度过。

我："你不要送我。"

顾魏："嗯。"

然后我如同往常一样，背着包，头也不回地出门了。

可能是没完全清醒，也可能是人类的感情总有那么点滞后性，我又不幸地反射弧特长。我一直晃到楼下，还在喝酸奶。听到拖箱轮子滑在大理石上的声音，才觉得不对，转身往电梯跑。听到自己呼吸和心跳声回到家门前，家里的钥匙都放在家了，没带在身上，于是我伸手敲门。

门被打开。

顾魏还是我走时的样子，衬衫最上面的三颗扣子没扣，光着脚。

"忘带东西了？"

我眨眨眼睛，我该说什么呢？说"亲爱的我还没和你吻别"？

太矫情了。

其实我很想咬他一口！不知道为什么……

然后我就咬了。咬在他下嘴唇上。留下一排整齐的牙印。

顾魏显然被我惊到了。

耍完流氓，我怕他打击报复，于是大脑开始迅速地思索一个理由，比如"强烈的感情只有这样强烈的表达方式才能抒发"之类。

顾魏："你还走不走？"

我：“走……”

顾魏把我抓到怀里就咬。我们俩果然是两只外星生物……

我舔舔嘴唇：“你这人怎么这么暴力。”

顾魏：“你回来干吗？”

我：“嗯……”还没想好。

顾魏：“你刚才不是走得挺利索的吗？”

我：“嗯……”

顾魏：“嗯？”

我：“嘿嘿。”傻笑万能。

顾魏把我整个人圈进怀里。

电影小说都是骗人的，情绪激动的时候，话都说不出来，更别说“我爱你”了。我趴在他怀里，慢慢平复心情。然后钻出来，摸摸头发：“我走了。”

顾魏：“嗯。”

走之前，我特愤愤地戳戳顾魏胸口："我告诉你我早开窍了早开窍了早开窍了！不要老觉得我没开窍！"

顾魏一把把我揪住："嗯？"

我看着他漂亮的眼睛，发现“我爱你”真的很难说出口，于是矜持地说：“唉，我比较害羞嘛，又不是不明白。”

顾魏的表情很微妙，眉头微微皱着，嘴角却在笑。

这个表情……我决定溜。

被他　把抓回去：“不说清楚别走。”

“我要赶飞机啊！”

“时间早着呢。”

“不早了！”我本来准备坐大巴晃过去，方便进入情绪的。

“一会儿我送你走。”

“不要！你送我就走不掉了！”

顾魏才不管呢。唉……

后来还是他送的。

到了航站楼。

我：“行了你赶紧回去吧。”

顾魏“嗯”了一声，俯过来亲了一下我的额头，转身走了。

这次我们谁都没再向对方跑去。

我看了他五秒钟的背影，转身去换登机牌，我觉得再多一秒我可能就要哭了。

候机的时候想给顾魏打电话，但是想想他正在开车便作罢。又想想，现在不打，就要十几个小时以后了。可是打过去说什么呢？就在这种纠结中，还是拨了过去。

“在开车吗？”

“不在。”

“嗯？”

"你进候机厅了？"

"顾魏，你不会其实原地站着没走吧？！"

"我现在坐在车里。"

"……"小说、电影都是骗人的。

"校校。"

"嗯？"

"记得每天发邮件，或者电话。嗯，电话没接的话，邮件还是要发的。"

顾魏在撒娇？我惊魂不定地挂了电话登机。

关机前给顾魏发短信：顾魏，我一直很爱你。

你永远不会知道我多么爱你，如同我永远不会知道你多么爱我。

我们都花了那么大的力气，努力把爱包裹，让它显得平和淡定，所以它会慢慢蒸腾，陪伴我们一直到老。

空山不知岁月老

到达 P 市，办理各种手续，熟悉周边环境，着实有几天的忙乱。

白天忙绿，晚上躺到床上却睡不着，于是摸过手机发短信：顾魏～

回两个字：睡觉。

一块钱一条，你就不能多发两个字吗？！

出来前拍了很多顾魏的照片，每天睡前看一遍。

我：我宁愿你出来，我在家。

顾魏：我不愿意。

我：顾魏我好想你啊。

顾魏：专心学习专心工作。

我：我不工作了，你养我吧。

顾魏：养不起。还要养孩子呢。

我：不生了。

顾魏：爷爷在旁边呢。

我：……

顾魏：有工夫想我，说明你还不够忙嘛。

我：这二者有关系吗？除非我累死了，那我就不想了。

顾魏：……

我：我胖了好多。

顾魏：你按着吃中餐的习惯吃西餐当然不行。

我：难道我也得开始算着卡路里吃东西了吗？

顾魏：多摄入优质蛋白，少吃垃圾食品。

我：我有个同事，他的太太，任何东西，只要是能吃的，她都能告诉你卡路里含量是多少，扫一眼你的盘子，五秒钟就能告诉你这顿摄入了多少脂肪，多少蛋白质，多少碳水化合物，眼睛都不眨，跟机器人一样。

顾魏：啊……

我：还有一位学物理的，比我还小呢，二十多篇论文了！

顾魏：山外有山。

我：学霸抱团，压力太大了。

顾魏：有我呢，没事。

我：还有人开玩笑说，校园谋杀只有白痴才用枪，激光投毒病毒感染，省力见效便于制造不在场证据，随便一个都是上品。

顾魏：你们平时就聊这些啊？

我：我选择了一个没有杀伤力的专业。

顾魏：我不觉得有个研究生化武器的老婆是个多么幸福的事。

我：……

和林老师视频，他窝在沙发上吃猕猴桃，整个人懒洋洋的，小腿一晃一晃。

我看着看着觉得不对劲："爸，把你袜子脱了。"

"嗯？"

"袜子，袜子脱了。"

他无辜地脱掉，脚丫冲着镜头摇了摇。

我大喊："妈！你快过来！"

娘亲跑过来："怎么了？"

我："你看我爸！整个脚掌都变形了。"

林老师的四肢属于非常修长的类型，从腰身到腿到脚，都是窄窄的，现在整个脚趾骨根部横向变宽，原先瘦长瘦长的脚现在像是鸭掌。

我妈直接傻了："夏天还没这样啊……"（林老师入了秋就棉袜睡袜棉袜睡袜的节奏，没怎么光过脚。）

我："送医院。他这变形得太严重了。"

过了一会儿印玺浮上来："刚看到你爸你妈出去了。"

我："去医院。"

印玺："例行检查不是今天吧？"

我："他脚掌整个变形了。又没痛风又没糖尿病，而且时间很短就变形那么严重。"

印玺："这都几点了？该饭点儿了，吃过没啊？"

我："没。"

印玺："那我叫我哥先拿号去，等我给瓜瓜喂完饭，给你爸你妈送点吃的过去。"

我想想："行。"

接下来一直在等消息中度过，一直到我这边快凌晨，接到电话。

顾魏："我在 Y 市。"

我瞬间就沉默了……

（印大哥在市人医工作，印玺结婚的时候和顾魏互留了 QQ 和 MSN。印大哥接到印玺电话，就顺手告诉了顾魏。）

顾魏："运动骤减后的肌肉萎缩和关节退化。"

我："你怎么去 Y 市了？"

顾魏："我本来今天下午就准备过来的。"

我："……"

顾魏："有事为什么不第一时间通知我？"

我："怕你忙。"

顾魏："再忙我也是你丈夫，也是你爸的半子，我还是他的管床医师！"

顾魏发火的时候，很少大嗓门，都是一个字一个字，字正腔圆地往外砸。我彻底消音。

"我不仅是你的丈夫，也是你的家人，你家人的家人。"顾魏呼了口气，"我不想每次你有什么事，家人有什么事，我是最后被告知的那一个。你想想我的感觉，别人来告诉我，你老婆病了；别人来告诉我，你老丈人出问题了。林之校你——"

听着他起伏的呼吸声，我的眼泪突然就那么冒出来："你昨晚值班……不想吵你。"

顾魏平静了一下："送奶奶走的时候，照顾姥姥姥爷的时候，照顾六月的时候，我知道你累，但是我还是让你去，因为你是我的妻子。我不能尽的孝，你帮我尽；你不能尽的孝，我来尽。我们是一起的，我们对彼此的家人是有责任的。"

窗帘遮住了路灯的光线，整个房间灰蒙蒙的暗，整栋楼都很安静，我蜷在被子里吸着鼻子，觉得有点委屈，可是他说得又全对。这真是种形容不上来的感觉。

"顾魏我想你。"

顾魏不作声。

"顾魏我想你。"

顾魏不作声。

"顾魏我想你。"

我就这么一遍一遍地重复。

最后他叹了口气："不要哭。"

娘亲："你们两个怎么回事？"

我："……"

娘亲："刚顾魏坐车里打电话，回来一声不吭进了房间。"

我："……"

娘亲："我知道你俩见不到面，心里都不舒服——"

我："妈，我们没事。"

娘亲："行了。我都听印玺说了。我还以为顾魏是你叫回来的呢。我猜都能猜出来你们俩在钻什么牛角尖。"

我："……"

娘亲："人年轻的时候都喜欢钻牛角尖，你们两个又都闷。可是两个人过日子，哪能一直心有灵犀呢？夫妻俩，不是两个人搬家住到一起就是夫妻了。任何时候，遇到任何事，不管你怎么想，都要记得跟对方商量一下，彼此知道心里是什么样的情绪和想法。"

我："妈妈，我们没事了。"

娘亲："唉。你们俩这样，我们一群当长辈的看着都难受。"

我："工作需要嘛。"

娘亲："明年底顾魏还要出去。"

如果两夫妻在一个城市工作，不搞外交，不做生意，还长年累月见不着面——我也就不奇怪为什么 X 市离婚率这么高了。

我急忙拨给顾魏，听到他在那头"嗯"了一声，就语无伦次了："你怎么又要走了……"

顾魏莫名其妙："我不走啊。"

我："我妈说你明年底要出去。"

顾魏："嗯……"

我没什么话可说了，扁了嘴就"嗯……"

顾魏："哭什么？"

我："嗯……"

顾魏在那头笑出来："现在怎么会知道明年底的安排。妈妈骗你的。"

这不是亲妈。

顾魏："不然谁也不知道。"

我："那……那你留个后再走啊。"

顾魏："我又不去维和。"

我："……"

顾魏哭笑不得："你那都几点了，赶快睡觉。"

没有自行车代步的生活相当健身，但也相当耗费时间。室友见我准备去商店买一辆，立刻把我拦下来："人傻钱多没处花？"便带我去了附近的跳蚤市场。

应了那句话：不论哪里，有学校的地方就有市场。

我告诉室友，我上学的时候，学校最常见的情况就是，车锁比车贵。

因为车都是二手的（高端大气上档次的新车都活不过 5 天），价格便宜，至于买到手你能用几年，那就各凭本事了。于是各路牛人什么高科技的锁都冒出来了，还有技术宅自己改装过的。曾在布告栏中见过一则剽悍的寻物启事："车我不要了，锁还给我！"

室友哈哈大笑："在这里，你不锁都没什么大问题。"

我问："为什么？"

她说："女式车的偷窃率比男式车低很多，小偷们都比较绅士。"（真的假的？）

后来在她的参谋下选中一辆酒红色的自行车，回到宿舍，拿清洁剂和海绵刷认认真真擦了两遍。

我："怎么样？"焕然一新啊！

室友肯定地点头："嗯，被偷概率翻了两番，祝你好运。"

我给印玺留言：有了车，觉得生活都美好了！

被女王鄙视：出息！

我骑着爱车在大道上晃悠，清风拂面，自在无比。

室友："你真容易满足。"

我："中国有句老话，知足者常乐。"

室友："不过淘到这辆车，你的运气确实爆棚了。"

很久没骑过自行车，这种与大自然亲密接触的交通方式舒缓了我多日紧绷的神经。每天早晨，林荫大道上，慢跑的夫妻，遛狗的老人，三三两两的自行车族，阴雨天楼前抱着书快速跑过的学生，晴天草坪上坐着的拖着下巴看书的眼镜男孩，中午大片的人流夹杂着自行车，谈笑着穿过校园去吃饭……在我看来，都是美好得不能再美好的画面。

我一直觉得，校园生活是人一生中最为纯粹的生活。哪怕再忙碌辛苦，始终都是穹顶之下、温床之上的小世界，值得每个人珍惜。

我把室友拍的我正在给自行车装书篮的照片发给了顾魏："我回去肯定会舍不得这辆车。"

顾魏以很专业的眼光鉴定完毕："这个颜色这个车型，还真没见过。你走之前，给它找个好人家吧。"

我："顾魏为什么上班的时候那么酷呢？因为要装稳重。为什么要装稳重呢？因为他看着比真实年龄小。这有什么不好呢？当然不好，医生都是越老越值钱。"

顾魏："你在干吗？"

我："在练习自己跟自己说话。"

顾魏："你去的又不是罗布泊。"

我："咦？你知道罗布泊？"

顾魏："你是医药白痴不代表我是地理白痴。"

这怪我吗？！正常人看到什么多西他赛或者吉西他滨之类的，不都是这种反应吗？哪有马里亚纳海沟或者珠穆朗玛峰来得家喻户晓啊！

一般顾魏下班到了家就登 MSN，直到我睡醒了叫他。

顾魏："今天这么早就起。"

我抓头发："出数据，睡不着."

顾魏："平常心，平常心。"

我："好想抱你一下。"

顾魏："嗯……这个成本有点高。"

我："……"

然后他在视频那头张开怀抱。

傍晚——

顾魏："还没回去。"

我："没。等同事发一组试验结果过来。"

顾魏："那我不骚扰你了。记得按时吃饭。"

我："好的。拜拜。MUA！" 后知后觉被自己囧到。跟林老师打电话的习惯，带到顾魏这来了。

顾魏愣了一下："呃，呃，啊，哦，嗯，嗯，好，嗯，好。拜拜。"凌乱了……

哈，突然觉得这男人好可爱。

一次前一晚很晚才睡，早上没说两句就睡着了。视频开着。

留言 1："你把被子裹得跟蚕茧一样。"

留言 2："侧睡或者朝天睡，不要闷脑袋，不要压迫心脏。"

收到顾魏的邮件，最底下一行。

"I miss your breakfast. ——From: Chen Cong"

我回："告诉陈聪，太肉麻了。受不了。"

回曰："正统的社交语气。"

我回："太直白了。"

回曰："那我要是说 I miss you 呢？"

我回："Me too."

回曰："你太直白了！"

我回："请不要把顾魏的邮箱当 QQ 用。"

无回信。Over。

同事说，你看起来很小。

我说，我已经结婚了，丈夫比我大六岁。

同事（女）一听："Oh, he must be sexy！"

这个结论，究竟，是怎样得出来的！

中国人看到顾魏会觉得他长得很帅。

同事瞄到我手机桌面上顾魏的照片："Your husband? What a brilliant face."

我干干地说："Yup，pretty brilliant."

中西审美差异。

同事问：为什么东方人看起来都 so small？

我告诉他，其实我和丈夫的身高在中国并不算 so small。

同事强调，不，是看着比真实年龄小，尤其是顾魏。

我很艰难地告诉他，我的丈夫是个例外，他的外表永远都是 28 岁。

说完突然觉得自己像是嫁给了吸血鬼。

然后想起，我还有个看起来永远四十来岁的爹呢！

顾魏轮休，上线。我手伸得远远的，够到触摸板（懒得装鼠标），点开，调了一下摄像头角度："Hi～等我几分钟。"闷头继续忙。

顾魏"嗯"了一声。

大概半个小时后，我抬头，他也在那边闷头写，估计要么总结，要么报告，要么论文，反正我们只是想有种对方就在身边的感觉。于是继续各自闷头忙各自的。

室友敲敲门进来借东西，看到我和顾魏这么"安静祥和"的画面："Uh——Well, a geologist——and——a surgeon."

我："……"

同事看到我发邮件："Gosh, Blackberry！"仿佛我手里拿着的是个怪物，然后得出结论，我的业余生活一定很无聊。

我："Hey, it's just a phone, not a plaything."电话短信邮件才是精髓啊。

回去向顾魏感慨："一个一天工作 12 小时以上的人，哪来的精力去玩那么多的 app？"

顾魏："这取决于他结没结婚。"

我："啊？"

顾魏："比如我，基本就不玩了，没空玩。"

我："所以我明天应该去嘲笑他还没有结婚？"

顾魏："嗯……你应该去说服他，与其每天工作那么长时间之后玩游戏，不如做做运动早点睡觉，养精蓄锐——"

我："好去结婚吗？"

顾魏扶额："OK，let him go."

顾魏："肖仲义他们回来了。"

我："蜜月过得怎么样？"

顾魏："度蜜月的又不是我。"

我："好吧。三三的礼物呢？"

顾魏："……"看天，看地，目光游移。

我："顾魏？"

顾魏："你回来你自己研究吧。"

我："研究？！"

顾魏："……"

我："什么？"

顾魏："没什么。我要睡觉了。"浑身不自在的模样。

我："好吧，看你的表情我基本猜到了。"

顾魏："啊？！"

我："反正就是些儿童不宜的东西。"

顾魏："……"

三三上线："校啊，想我不？"

我："嗯……"

三三："你居然犹豫！"

我："……"我本来想说，嗯，挺想的。

三三："想医生不？"

我："想。"不敢加语气词了。

三三："换他你怎么不犹豫了？！！！"

我还是加上吧……

十二月，小糯米满百天，表姐和安德烈带着他和六月到 X 市看爷爷。

顾魏上传了一张他抱着小糯米的照片。照片里糯米包在襁褓里，睡在顾魏的臂弯里，小手握着顾魏的食指，顾魏笑得星光灿烂、柔情似水、父爱满溢。

迅速有人留言。

同学甲：我去！你这是奉子成婚的节奏啊！

顾魏回复：滚！我老婆在国外。

同学乙："我去！莫非这是二姨太的节奏？！"

顾魏回复："就没指望你三观端正。"

路人甲："我去！难道是门口婴儿啼，开门泪沾襟，生母留书信，莫忘当年情吗？！"（路人甲你真的亮瞎了！）

顾魏直接"@ 林之校"。（囧……是要我复仇吗？）

不久后的某周末，小草给路人甲做了一大桌子地道的川菜，路人甲兴冲冲地拍了一张上传。三分钟后，又发了一张"我得意地笑～我得意地笑～"，配上一张傻笑的大头照，并 @ 我，估计是可怜我身在他乡，无福享受美食。

But，他第一条全忘着忘了 @ 我，于是我一上去先看到的是他那张距离近到能看见后槽牙的写实主义笑脸，不明所以，于是回复了看到照片的第一反应："人傻钱多，还来行骗？"

接下来的留言就不是我能控制的了——

路人乙：保持队形。拐卖～卖拐～拐～

同学甲：保持队形。恭喜你，都学会抢答了！

同学乙：保持队形。脑袋大，脖子粗，不是大款就火夫～

顾魏：你们没有周末吗？

我：不一定，看进程。

顾魏：一天 8 小时？

我：10 小时，不算自己加班加点的时间。

顾魏：你留点脑浆回来，母亲的智商决定后代的智商。

我："我在喝牛奶。" 400ml 的奶杯。

顾魏："看见了。"

我："一天三杯。"

顾魏："你想干吗？"

我："补钙……"

顾魏："补钙哪有你这么补的。"

我："那补水。"

顾魏："林之校，我觉得你出去了就是放风了，怎么不靠谱怎么来。"

和娘亲视频。

林老师顶着鸟窝刚起床，穿着睡衣一脸迷蒙地在房间里乱晃。然后不知道怎么想的，突然举着牙刷凑过来："给你看看我的刀口，长得可漂亮了。"

我囧："您能先把牙刷完吗？"

他撩起下摆，四年过去，疤痕已经很淡了。

林老师："漂亮吧？比你妈肚子上的漂亮多了。"

我囧："时代不一样，技术也不一样啊。"

林老师："都是手缝的啊，但是你看我的，刀口笔直笔直的，整整齐齐，蜈蚣脚都一溜儿上去。"

我："说明我老公技术好。"

林老师："哦，嗯……"似乎才回想起来是顾魏的杰作，"老丈人的必须好好缝。"

我："他缝您的时候，还不认识我呢。"

林老师："可我的刀口确实比所有病友的都漂亮啊。"林老师的水仙花等级又飙升了。

我："您想说明什么呢？"顾魏有神一般的预测力那会儿就知道您是他未来老丈人吗？

林老师："呃……"

我："要么是他德艺双馨，要么就是您走狗屎运了。"

林老师："那还是他德艺双馨吧。"

我看了眼镜子里的自己："我很忧愁。"

顾魏："怎么了？"

我："我的眼睫毛太长，长得塌下来了。"

顾魏："哦，我也很忧愁。"

我："什么？"

顾魏："我眼睫毛太翘了。"

我："……"不想理他。

登录看到留言。

"你以前写的旅游日记很图文并茂。"

我哀号一声，敲回去："本大师的画是抽象派，只能意会，不可言传。"

想到顾魏躺在床上慢条斯理，一页一页翻过自己写的东西，莫名就觉得心口痒痒的，又加一句："比较幼稚的你可以直接过滤，记住那些深邃的就可以了。"

晚上回来看到留言："哦，我刚看到'如果能变成拇指姑娘躺进他衬衫口袋里'这句。"

我窘迫地抱着脑袋呻吟一声，出去找水喝。

室友看到我："You got a headache？"

我："No, I got a husband."

陈聪发了张照片到我的邮箱：你不在，顾大帅哥活得都粗糙了。我说，笑一笑，发给校校。

照片里，顾魏坐在办公桌前，正握着笔写字，脸转过来，对着镜头笑意淡淡。

我下载下来放进手机，回邮件：你成功地把我眼泪骗出来了。

然后选了一首《可风》发到顾魏邮箱，最近用它入眠。第一次听到这首歌，就想到顾魏。想起自己第一次梦到他，安睡于白色床铺之上。那时候梦醒的心情，有些怅然若失。

后来，他从梦境里出来。

后来，他安睡于我身旁。

后来，我无数次端详他沉睡的模样。

有时候觉得，似乎又回到了最初的那个梦里。我分不清是自己不敢叫醒他，还是他听不见我。

我不想念他，却又想念得那样厉害。

大约思念会让梦境也恍惚。

度蜜月时一起去柏林，那是一种很奇特的感觉，他就站在我身边，我却在看着那些他不在我身边的日子。恍然想起一句很文艺的话："我看过你看过的世界，走过你走过的路，就能更靠近你一点。"

于是问顾魏："以后想来 P 市吗？"

答："不想。"

问："为什么？这里景色很好。"

答："看那儿不好，我不高兴，看那儿太好，我也不高兴。"于是就不看了。

顾先生直线起来也是很直线的。

"老婆老婆老婆老婆老婆……"

"你喝酒了？"

"你怎么老觉得我喝酒了？"

因为你状态老不正常……

我："因为……借酒浇愁嘛。"

顾魏："放心，我一定保重身体。"

然后等我回去找我麻烦吗？

"哈哈哈。"顾魏笑得很阴森。

"我怎么觉得我不在家，你都妖魔化了。"

"那是，我一天到晚自娱自乐我能不妖魔化吗！"

我仰天长叹：这是男神要变男神经的节奏吗？曾经端庄矜持的顾医生到哪里去了啊！

圣诞假一放，校园里一下子冷清了许多。

我接受了室友的邀请去她家过平安夜。吃过饭，我向一家人告辞，自己回宿舍，抱着礼物边走边给顾魏打电话。

我："顾魏！圣诞快乐！"

顾魏："圣诞快乐。你在外面吗？"

我："对，我已经走了一个小时了！"上帝保佑室友的爸爸给我画了张实用的地图。

顾魏："这么晚？！"

我："街上挺热闹的！"我简直是隔着围巾在喊着给他打电话。

顾魏："收到礼物了吗？"

我："收到了！Christina 的爸爸送给我一把很大很结实的伞，她的妈妈送给我一条围巾，她的弟弟给了我一个陶塑，亲手做的！"

"你送给他们什么礼物？"

"Gift Card。时间太紧，而且不知道买什么好，还带了一束花。不过我到得比较早，做了道东坡肉算吗？"

顾魏笑："可以表达诚意了。"

我看着热闹的街道："I see couples kissing！"

电话那头没有了声音。

过了一会儿，顾魏在电话那头轻轻说："Merry Christmas. I love you."

在异国川流的街头，我第一次听顾魏说"I love you"，突然觉得，自己都要走不动了。

顾魏："今天有个女孩子说喜欢我。"

我："今天也有个女孩子说喜欢我。"

在我们大眼瞪小眼半分钟后。

顾魏："那个女孩子 5 岁 7 个月。"

我："哦，我说如果我丈夫下辈子投胎成个女的，那我就喜欢女的了。"

顾魏："……"

顾魏："生日快乐。"

"嗯？"我瞟了眼手表，"还没到呢。"

顾魏："你是中国生的，请参照北京时间。"

我望天："提前一天老了。"

顾魏："想要什么生日礼物？"

我："什么都行？"

顾魏："看你良心了。"

我："哈哈，把衣服脱了，我不近男色好久了。"

顾魏："……"

后来……当然没脱。顾魏说："这礼物等你回来再送吧。"

和顾魏相遇的时候，我刚过完 21 岁生日，他刚过完 28 岁生日。

我 22 岁生日，他买了一个很奇葩的蛋糕。

我："这什么？"

顾魏："蛋糕。"

我："蛋糕师随意发挥的吧？"

不等边不等角的四边形，纯黑，中间硕大一个"2"，而且口味很苦。

顾魏："这样你才记忆深刻嘛。"

我遂觉得自己的男友真是个有思想、有深度、有创意的青年。而且确实后来吃过的蛋糕都忘了长什么样。

顾魏29岁生日那天值夜班，被我捧到他面前的蛋糕惊了。

顾魏："这什么？"

我："蛋糕。"

顾魏："为什么长这么奇怪？"然后迅速地把中间那个扭曲的"9"掰下来放进嘴里。

我觉得实在买不到能超越那个"2"的蛋糕，索性自己上阵，力求造型诡异，口味后现代。

顾魏蜡烛都不点，抄了勺子挖了一口放进嘴里："像面包。"

我："……"

然后他就着牛奶当夜宵，我在旁边完全消音。

有时候觉得挺不公平。他经历过我的年纪，解我跟解一元一次方程一样，而我没经历过他的年纪，解他比解摩斯密码还费劲。

收到陈聪邮件：弟妹我错了。我真的错了。

看得我一头雾水，回过去：怎么了？

陈聪：顾魏没跟你说？完了，我麻烦大了。

后来得知，大致情况是，顾魏去手术，把结婚戒指留在了办公桌抽屉里（一般都是换衣服的时候放在置物柜里，那天估计忙忘了），到十二点还没回，于是穷极无聊的陈聪小朋友伙同一群小伙伴，把戒指藏了起来。顾魏回来遍寻不到，奈何小伙伴们"我不知道"的演技太逼真。最后一直到下班前，顾魏去换衣服，陈聪打算把戒指放回抽屉的时候，被顾魏逮到了。（陈聪做坏事的天分真是……）

我：你把我买的结婚戒指藏起来，还要我帮你求情？

陈聪：这是善意的玩笑。

我：这话跟顾魏说去。

陈聪：枉哥哥平时对你那么好！

我：……

之后，和顾魏通话的时候。

我："我最近听说了个事。"

顾魏："陈聪是吧？"

我："啊……你怎么他了？"

顾魏："没怎么。"

我："嗯，好，那不要原谅他。"

顾魏："七年之痒后再要孩子。"

我算了一下，还有两年多，问："为什么？"

顾魏说："我得先把你管理稳定了，保证没问题了。再有工夫管理小的。"

我："你为什么总把我形容得像是随时会出状况的恐怖分子？"

顾魏："难道不是吗？"

我："……"

我："X市下雪了吗？"

顾魏："只有雾霾。"

我："去年那么早就下了，今年到现在还没下啊。"

顾魏："没有湿冷空气。天天大太阳。"

我："唉，我走了，雪都不下了。"

顾魏："……"

聊了一会儿。

顾魏："你剪头发了？"

我："这么明显？"

顾魏："短那么多。不是，你怎么老喜欢我们俩分开的时候剪头发啊？"

我："纯属巧合。待我长发及腰，与你共赏雪景可好？"

顾魏："不好。你这一时半会儿的及不了腰。"

我："X市一时半会儿的也下不出雪啊！"

A："阿校，决定结婚后第一时间要开始准备的是什么？酒店？婚纱照？"

关于这个问题，不同的人有不同的答案。印玺会说，定婚期；三三会说，定蜜月；小草会说，健身以保证强健的心脏；医生就比较简单了——领证……

我认真想了想："练字吧。"

A："你是去外国了，还是去外星了？"

我："……"

写请柬是个功夫活，求质又求量。请人写，难免出错。自己写当然更诚挚，前提是字要凑合，这不是一天两天能突击得出来的。

当初顾魏被我押着每天练半小时字（顾魏的字我觉得挺好，但是爷爷这关过不去，只得练，我就负责监工），结果一礼拜他就不干了，钢笔一扔："你开条件吧，我无条件答应。"

我也舍不得他白天累得要死，晚上还要练字，于是以"必须比我活得久"达成交易（现在后悔了，应该开个更大的），请柬全是我一个人写的。

三三两口子就更加剽悍了，老肖负责写英文和日文，她负责写中文（整个请帖就跟他们俩字帖似的）。然后很多人拿到请柬后都和我一样研究了许久——这上面究竟有多少人的笔迹？

至于小草，你只要记住路人甲是个妻奴就可以了。他到我单位，留下一大盒空白请柬内页和宾客名单以及一大盒蛋挞，飘然离去，毫无节操。

晚上，顾魏玩电脑，我趴在他旁边写请柬。我踢踢他："有福同享，有难同当。"

顾魏："蛋挞我也没吃到啊。"（同事分掉了。）

我："我明儿给你买一盒。"

顾魏："不要。"

我："你开条件吧。"

顾魏笑眯眯："你确定随便我开？"

我想了想，闷头："算了我还是自己来吧。"玩不过他。

后来，顾魏还是出马了，因为晚上十一点接到路人甲电话："不好意思我想起来还有那XXX和XXX落了！"（我当时已经睡着了。）

第二天我去上班，顾魏在家把剩下的全写完了。后来婚礼上顾魏敬的酒，路人甲全真金白银地喝了。（那个画面很诡异，大家自行想象。）

A："路人甲和小草的请柬是你写的？林啊，你看咱这么多年的情谊——"

我："我老公写的。"

A："专心学习，不要辜负党和人民对你的期望！"

我："……"

大家都太直接了。

病来如山倒。又是寒冬，又是相隔两地，又是连绵的低烧。

熬到周五，我真气就散了……

喝了杯果汁，淋了个热水澡，就趴床上了。脑子里那根弦一跳一跳地疼。一闭上眼睛，就觉得床在以很缓慢的速度逆时针旋转，心想，要是真能转晕过去也好啊！

室友进来，问要不要带我去看医生。

我摇头，不看，我大大就是医生。（已经完全陷入逻辑紊乱的黑风暴。）

顾魏打电话过来的时候，我眼睛都睁不开，索性把手机推给进门的室友，叫他们一串鸟语叽里咕噜。

电话重新贴到我耳边，我只听到顾魏问："要不要我去？"

我："不要。"

顾魏没了声音。

我只想睡觉。再这么不睡不醒下去，我就要疯了。

身旁的室友再度拿走手机。

我拉高被子，后面要么终于晕了，要么终于睡着了。

等一觉醒来，头疼似乎略微好了一些。

顾魏又来了电话："要不要我去？"

我："不要。等你走我就死了。"（我想表达的是：倘若他匆匆来，那么等他匆匆走的时候，我会更加难受，难受死了。）

顾魏沉默了一会儿："你喝点热水，吃点清淡的东西，睡吧。"

我觉得很有道理，就把电话给挂了……

我出去旅游，喜欢买茶叶罐，马口铁的、锡制的、陶瓷的……然后回去存钢镚儿。

Y市家里满满一个橱窗。

顾魏去Y市，娘亲说："你把她这些茶罐带回去吧。"

林老师："那个陶瓷的我喜欢！"

顾魏默默从袋子里拿出来给他。

回到X市。

顾魏："这么多……你存了多久？"

我："记不得了。"

顾魏："全是茶罐。"

我："风格统一嘛。"

顾魏举起一个陶瓷的药箱（存钱罐）："那这是什么情况？"

明知故问吗？

　　小仁是个实诚孩子，实诚到什么程度？他宁愿找顾魏陪他打球都不找大哥。

顾先生足球很好，游泳不错，篮球凑合，羽毛球乒乓球勉勉强强，唯独网球不行，我状态极好的时候能完虐他。

小仁最拿手的就是网球。

顾先生很惆怅……

因为有损他为人姐夫的威严形象。

于是我和小仁聊天。

我："大冬天的打球不冷吗？"（他们打室外。）

小仁："男人嘛。"

我："风大啊。"

小仁："练技术嘛。"

我："穿那么多，打着舒服吗？"

小仁："冬天就要出出汗，不然关节都生锈了。"

我："冬天要修身养性，适合温和一些的运动方式。"

小仁："比如？"

我："比如游泳。"

小仁就和顾魏游泳去了。

游了两次，依旧选择拉顾魏打网球。

因为——"你不在，我拉他赤条条的出去溜，好像不大好。"（这孩子中文是真不好。）

顾先生倒没注意有女士或男士欣赏他们的形体，他只知道网球打得他很纠结。

大家以为顾魏不会发火吗？错！

他之前都是绷着的！

顾魏："你什么时候回来？"（语气柔和。）

我："还有阵子吧。"

顾魏："什么意思？"（开始不柔和。）

我："字面意思。"

顾魏："过年呢？"（开始严肃。）

我："估计，可能，大概，比较悬。"

顾魏："不是说一月底回来的吗？"（开始极其严肃。）

我："时间……也不是那么确定，可能稍微……晚两天。"

顾魏："科研工作者的时间观念可以这么差的吗？！"（开始较真。）

我："我……不能……没结项就先撤啊。"

顾魏："那我得一个人过年吗？"（开始质问。）

我："不是还有爸爸妈妈们，爷爷……"

顾魏："我一个人过年！"（开始发火。）

我："啊……"词穷。

顾魏："这样会影响夫妻感情家庭和睦的！就我一个人！一人吃饭，一人睡觉，一人看春晚……"（开始唐僧。）

我知道我这样不对，但是听到他突然开启唐僧模式，莫名想笑。

于是我就笑了。

顾魏就彻底炸了："林之校！！！"

我举手宣誓："我保证一结束立刻回去。"

顾魏："林之校！！！"（估计也词穷了。）

我："你的淡定呢淡定呢淡定呢？送我走那会儿的磅礴大气呢？"

顾魏："什么磅礴大气！"

我："乖，家里卫生打扫了吗？"

顾魏："昨儿我一个人把书墙全清一遍，知道工程量多大吗？！"

我很狗腿："辛苦辛苦辛苦。"

顾魏："清出来你一个箱子，里面什么笔记，什么活页纸，什么摘录卡，什么什么……"抓过旁边的一个本子在镜头前晃了一下，"这些！"

我囧，上学时候的政治笔记："怎么这个都有？"

顾魏："这本我留下来了，其他都装箱放车库了。"

我："留下来干吗？"

顾魏："以后给小孩儿练字，从小就练！"

密密麻麻全是字，这不招孩子恨呢嘛。

顾魏发现歪楼立刻拨正："那你要什么时候回来？！"

我："时刻汇报工作进度。"

顾魏估计发完飙了，特哀怨地说："我擦窗户去了……"就飘走了。

据说（据爷爷说），顾魏知道我赶不上回去过年后，闹了两天情绪。

顾先生闹情绪是这样的：不哭不闹不黑脸不阴阳怪气，但是就是能让你知道，他在闹情绪。（我也不知道怎么形容，就当他是在用脑电波传达好了。）

然后被爷爷教训了一顿。

老实了……

顾魏："我看累了，就摘了眼镜打算歇会儿，顺便剪下指甲。结果剪第一下，指甲渣弹到眼睛了。"

我笑："冬天空气干燥。要么洗澡后剪，要么洗个手再剪。"

顾魏："家里豆豉吃完了，超市找不到那个牌子。"

我："那是我妈旅游的时候带回来的，要不你上网买吧。"

顾魏："那套白色的床单被我洗染色了。"（语气就跟"我饿了，于是吃了两片面包"一样，理直气壮里带着幽怨。）

"顾医生，我不在家，您怎么状况百出啊？"

"那你回来啊！"

我："……"

我："糖果店的杏仁饼干特别好吃。"

顾魏："哦。"

我："我忘了你吃不到。"

顾魏："要我去看你吗？"

我："你有假？"

顾魏："我有过假吗？"

我："那还是算了。来了破坏我行情。"

顾魏："嘶——你在外面千万不要牵扯进什么'科特喜欢丽萨，但是丽萨爱的是罗宾斯尽管她知道罗宾斯对她没意思，罗宾斯一直和劳拉保持着暧昧关系，而劳拉只是把罗宾斯当作生活调节剂，她的目标一直是怎样吸引汉森成为自己的裙下败臣，尽管汉森已经订婚了，他爱他的未婚妻，但她却更在意科特'这类的事件里。"（单引号中间那段说的是英文，一气呵成。）

我："你……最近在看什么小说？"

顾魏："没有。我最近在看你的日记。"

我："我什么候写过这些乱七八糟的东西？！"

顾魏："我只是善意的提醒。"

我觉得顾魏要黑化了。真的！我要彻底弄不过他了！

我："来，剖析一下你的心路历程。"

顾魏："什么心路历程？"

我："和我的啊！"

顾魏扶额，默然无语。

我："说。"

顾魏："从何说起？"

我："从头。"

顾魏："忘了。"

我善意地提醒："200X 年 X 月 X 日上午 11 时许，你从手术室出来，然后——"

顾魏眨眨眼睛："然后终于见到了林老师传说中的女儿。"

我："什么？"

顾魏："手术前他打麻药，舌头都捋不直了，最后一句跟我说，他后悔没见女儿一面就进来了。那个眼神太可怜了。"

我无论如何没想到还有这么一茬。

我："他从来不跟外人撒娇的。"

顾魏笑眯眯："我面善。"

我："想多了。他是害怕。"

顾魏："……"

我："第一眼看到我什么感觉？"

顾魏："好看啊。"

我："原来你这么肤浅。"

顾魏："那会儿又不认识，我还能看哪儿？"

我："然后呢？"

顾魏："然后我就回去了啊。"

我："然后呢？！"简直就是挤牙膏！

顾魏："我本来以为林老师的女儿，应该走可爱路线，没想到走的是知性路线。然后你就使唤我搬林老师上病床。"

我："然后呢？"

顾魏："查房看你熬夜。三小时查一次。每次去，看你们父女俩腻歪的啊……"

我："羡慕嫉妒恨吗？"

顾魏炸："那会儿病区里只要是个活人，有不羡慕嫉妒恨的吗？！"

我："后来……"

顾魏："后来，你就破相了。然后我就以身相许了。"

我："你中间跳太多了。"

顾魏："没，就正常反应。"

我："所以你是花了四天看上我，然后花了四年娶我吗？"

顾魏："啊，总结起来，也可以这么说。"

我原以为很扑朔迷离的心路历程，原来就这么简单。

我："所以那时候不论谁挡你面前，你都以身相许吗？"

顾魏："我没那么饥不择食。"

我接下来不知道问什么了。

顾魏："还在危险期的时候，有一次我半夜查房，刚推开门，你特别警觉，一下子就从床上坐起来，站到你爸床边上。我看了下监测仪，转头就看见你给你爸掖被子，表情特认真，但是明显就没醒，目光完全没有焦距。我在你旁边站了半天，你才转过来看我。还是没焦距。我说没事一切正常，你对我点了下头，转过去继续掖被子。我开门出去，看到你把你爸被子又掖一遍，再爬回床上睡觉。"

第

八

章

夫

妻

分

离

日

我："我在梦游。"

顾魏："我也觉得。然后你爸能吃饭了，每天一到饭点就听到你打蛋羹，打得特熟练。护士长她们就说，这姑娘以后绝对贤妻良母。"

我："难怪我每次去给林老师做吃的，你都跟背后灵一样。"

顾魏："后来林老师开始串病房。整个病区就看到你跟妈两个人跟伺候大熊猫一样伺候他。啧，我突然觉得，这么一比，我的待遇差了林老师好几个等级。"

我："跑题了。然后呢？"

顾魏："然后，就有患者家属跟护士长打听你，问你多大了，有没有对象，家哪儿的。有一回你回宾馆睡觉换你妈来，一个病友家属问你妈你有没有对象，你妈说没有。对方说，家里有个侄子和你年龄相仿，条件不错，要么见个面，你妈说，你还没开窍呢。"

我："所以你就先下手为强？"

顾魏："哈，我就天天查房看你犯傻。"

我没什么好说的了。

顾魏："其实刚开始也……等你们出院了……才觉得挺……"

我："啊……"

顾魏："后来化疗就看着你爸一路瘦，你也跟着一路瘦。你往你爸床尾一趴，整个人都看不见。"

我："我们家就我一个，我不扛谁扛。"

顾魏："所以来探望你爸的同事就说，让姑娘赶紧找个对象，能帮着照顾一下。还有毛遂自荐，暗示自己家儿子不错的。"

我："这些我都不知道。"

顾魏："因为你上午都回宾馆睡觉去了。"

我："还好不在。"

顾魏："然后有一回在走廊上，我听你妈说，要是你有对象，就能来帮个忙了。你说，'我找一男朋友就是为了照顾我爸，我这是找护工，还是找男朋友呢？况且对男方也不公平啊，又不是女婿。'我当时想，唉，傻姑娘啊……"

我哭笑不得："我要是知道你在后面，我肯定说'好的我马上找'，刺激你一下。"

顾魏："已经够刺激了。我在医院这么多年，头回见到肿瘤开刀招来一堆提亲的。"

我："……"

顾魏笑："护士长特别喜欢你，中午一起吃午饭的时候，就说，这个气质不好，那个工作不好，这个家世不好，那个学习不好。杜文骏就说，'顾医师从面子到里子都搭啊。'"

我："所以护士长很早就知道你……"

顾魏："没有。我们有个算是不成文的规定，不能和患者或其家属……"

我："那……"

顾魏："而且后来知道，你家在 Y 市。上学也在那边，又比我小那么多，我就……"

我看着顾魏撇撇嘴笑了笑，也跟着笑了。没有感情能来得毫不费力水到渠成，在这段感情里，我们各有各的忐忑和煎熬。

顾魏："而且你真的是不开窍。我禁令在身……我……护士长都看出来了，你是完全……

心思完全在你爸那。"

我："护士长……"神一样的存在。

顾魏："嗯，问我以后想找个什么样的，问完之后忽然直接就接了一句，你们还有三个疗程就出院了。"

我："你什么反应？"

顾魏："我就笑笑，说知道。然后……就等啊。等你爸化疗结束。"

我发现顾魏的故事和我的故事，完全就不是一个故事。

我："你可以给我打个暗号吗。"

顾魏："怎么打？打了你看得懂吗？况且工作时间，心思全在工作上，事儿排得那么满，大脑一点休息的空隙也没有，也根本没时间发展什么。后来你们中间还修养了一阵子。那阵子是挺……挺……挺灰暗的，觉得悬。而且你爸妈应该是想留你在 Y 市工作的。"

我："所以那会儿，我们都以为在自作多情。"

顾魏笑："没有啊，后来你不是给我发短信了嘛。"

我囧："这一段跳过，跳过。"

顾先生扬扬眉毛："干吗跳啊？多么令人愉快的事儿啊！守得云开见月明啊！"

我囧默。

顾魏："然后等你们再回医院，你跟我说话的时候，眼睛从来都是盯着别的地方。"

我弱弱："没有……"

顾魏："不过后来你爸化疗反应也小了，你也考过来了。反正……一片光明。"

我："咳……然后你就明着来了。"现在回忆起之前的蛛丝马迹，就觉得都对上了。

顾魏笑："不能让杜文骏白叫几个月的姐夫啊。"

我："你明着来都明得好端庄矜持、好隐晦啊。"

顾魏："那我扑上去？"

我："……"

顾魏："被男的搂在怀里，注意力还能放在地上的，也就你了。"

我十十地说："吃我豆腐。"

顾魏发出一声介于"哼"和"嗯"之间的声音。

我："那是熬了三个小时的汤。"

顾魏揶揄道："这样你都反应不过来。我到现在都觉得，自己谱写了奇迹。"

我："……"

我小时候一直是短发，林老师抗议了无数次，娘亲说："学业为重。"

林老师不干："人长头发的都不上学了？"

娘亲说："留长了就嫁人了。"

林老师就老实了。

上大学之后，头发慢慢留长，真的是及腰的时候，就被顾魏牵进了礼堂。

现在林老师后悔的要死："唉，姑娘家确实不能留长发，这一长，就嫁出去了。"

林老师："我越来越不能理解你妈了！"

我："什么？"

林老师："她居然在电脑桌面上建了个《家庭收支》的 Excel，里面每天花了多少，挣了多少，剩了多少。"

我："啊……"

林老师："问题是每个月底她还做统计报表！她自己做就算了！还审我！零花钱不就是零花的吗？我哪记得那么清楚？！"

我："职业病。"

林老师很惆怅："我怎么有种被'双规'的感觉？"

娘亲告诉了顾魏我小时候的一个段子：

一天，我洗澡洗一半，喊："妈妈，能帮我搓下背吗？"

妈妈进来帮我搓背。

我（沉思状）："我觉得人体构造特别不合理。"

妈妈："哪里不合理？"

我："居然自己的手不能摸到自己背后全部的皮肤。"

妈妈："你一只手从上面一只手从下面，两只手都能握住，怎么会摸不到全部的皮肤呢？"

我："可是，上帝造人的时候就没有考虑过我们要搓背吗？！"

妈妈："上帝造人的时候，希望我们互相帮助，而不希望你什么事都一个人搞定。"

我："妈妈，你好有生活的智慧啊！"

娘亲："她都从哪儿学的形容词啊。"

顾魏："读者……青年文摘？"

我根本不记得这件事。

和娘亲视频。

娘亲："晚上再晚都不要迟于 11 点睡觉。"

我："嗯。"难度系数 3.0。

娘亲："每天必须吃 100g 以上蔬菜和 50g 以上水果，蔬菜种类要超过 5 种。"

我："嗯。"难度系数 4.0。

娘亲："你桌上堆的什么？"

我迅速把桌面上的笔记和草稿推离摄像头视角范围内："没什么，资料。"

娘亲："跟你说了多少遍，桌上不要堆东西。"

难度系 5.0。

我："妈，我正在写报告……"

娘亲："每次一看到你趴在一大堆乱七八糟的书啊本子里，我就头疼。"

我："妈，您看看我的床，我的书架，我的柜子，还有鞋架，地板——"

娘亲："怎么了？"

我："同学一开始都以为我是洁癖。"

娘亲一脸嫌弃："就你？"

我："然后我对他们说，No，你们看到我妈就会知道，什么才叫洁癖。"

娘亲："嘶——林之校，之前我就叮嘱过你，不要因为一个人在外面，就过得随随便便！一个人在外面，更要慎独自律。更要保持良好的生活习惯。资本主义不良作风不要学。"

我："嗯。"沉默是金。

娘亲："地板，最少两天擦一次，窗帘，最少一个月一洗，地毯……"

接受完娘亲的精神训话，医生视频进来，我热情高涨地："顾魏我太喜欢你了！"

顾魏："为什么？"（居然问为什么？！）

我："因为你特随和！"（居然还答了。）

顾魏笑："刚才妈跟你说什么了？"

我："让我把房间打扫成无菌室。"

顾魏："啊……"

我回头从左到右从上到下看了一遍："我觉得现在挺好的。"

顾魏："嗯，我也觉得挺好的。"

顾先生对我，向来是放养的。

右手中指侧面的指甲缝被一根小木刺扎进去。

看着医生用镊子慢慢钳出来，再上双氧水，室友忍不住爆了句粗口。

十指连心，我能说我疼得很爽吗？！

之后她问我什么感觉，我第一反应，像顾魏。我不知道为什么会有这种感觉。它猛地刺进皮肤里的那一刹那，我只想到顾魏。

在我还是个萝莉的时候，喜欢上了另一个萝莉。于是那会儿的人生目标就是：好好学习，天天向上。移民英国，立刻领证。

于是，我就从一枚萝莉奋斗成了一枚女汉子。

顾魏："后来呢？"

我："她移民去了英国，而我跟你领证了。"

顾魏："呵呵，一点儿都不好笑。"

我："真的。我要是男的，绝对一满二十二就拉她扯证。那就没你什么事儿了。"

顾魏："你要是男的……"突然转为自言自语模式，"不行，我也没那方面嗜好啊。"

顾魏："那她现在呢？"

我："她说她再也找不到像我这么好的了。"曾经沧海难为水，除却巫山不是云啊！

顾魏琢磨了半天："我的情敌遍布全球，男女皆有是吧？"

我："……"这什么思路？

顾魏："我想喝银耳汤。"

我："哦。你先拿高压锅压半个小时再用炖锅熬，出来就比较黏稠。"

顾魏直直地盯着我。

我清了清嗓子："回去天天给你熬，喝到你不想喝为止。"

顾魏继续面无表情地看着我。

我垂头作思过状。顾医生气场全开的时候，保持沉默比较安全。

半天，他说："陈聪说我做的难喝。"

我立刻表明立场："他口味有问题！"

顾魏："他说你做得好喝。"

我还是继续沉默吧……

林老师："你妈把我皮手套给洗废了！"捏着手套的"尸体"在镜头前拼命抖特写。

娘亲："谁让你放大衣口袋里的。"

林老师："你又没说今天要洗我那件大衣！"

娘亲："不管洗不洗，你也不能塞口袋里啊！"

林老师："我就放一下忘拿出来了，你不查口袋就往洗衣机里扔吗？！"

Again , again and again. 我就是专业和稀泥的，哪怕远在千里之外。

娘亲："大不了赔你一副，多大事儿啊！"

林老师："那是我最喜欢的一副！"

我气沉丹田："不要吵了！几点了你们不睡觉吗？"

林老师："气得我胃疼，睡不着！"

娘亲："爱睡不睡。"

我："妈，你去睡觉吧。"反正也不会认错，先支开。

等娘亲走之后，我安慰林老师："没事，啊，我再给你买一副。旧的不去，新的不来，男人肚里能撑船。"

林老师一脸愤懑地看着手里的尸体："我都能撑辽宁号了！"

我："舰长，去睡觉吧。"

林老师："我睡你房间。"（林老师从不住客房，因为觉得没有归属感。）

我："首长批准了，去吧。"

大年三十和父母通电话。

我："爸，妈，新年快乐！"

林老师："新年快乐！你看你一嫁人，都没人陪我们过年了。"

我："顾魏一个人过，更可怜。"

林老师："那来跟我们过好了。"

娘亲在一旁说："你傻啊！"

林老师："怎么了？怎么就不能跟我们过了？你看孩子可怜的……"

娘亲捞过电话，无视林老师："工作怎么样？"

我："大过年的，您确定要谈工作吗？"

娘亲："我就随便问问。"

我："还活着的话，下周能回去了。"

余生请多指教

260

娘亲："啧，大过年的！"

林老师突然凑过来："林之校，我告诉你个事儿啊，上个月我们回 X 市，大家坐一桌上挨个数了一遍，你是一个世纪内，全家结婚最早的。"

一个世纪……

我："咳，这个算法不科学，夫妻年龄和，我和顾魏肯定不是最小的。"

林老师："顾魏不姓林。"

我："三代就我一个女孩，我结早点，无可厚非。"

娘亲捞过电话："你爸的中心思想，是想你多陪他两年。"

林老师："嘿嘿嘿嘿嘿。"

我："撒娇撒这么隐晦……"

顾先生在爸妈家吃完年夜饭，就早早开车回家了。

所以当我打电话过去，让他把电话递给爸妈时——

他淡淡道："干吗？"

我："拜年。"

顾魏："我一个人在家。"

我深深觉得，顾先生是故意加深我罪恶感的。

我："新年快乐。"

顾魏"嗯"了一声："新年快乐。"

我如芒在背："祝你……新的一年，身体健康、万事如意。"

顾魏发出一声介于"嗯"和"哼"之间的声音。

我望天望地："你在干吗？"

顾魏："接电话。"

我："不看春晚吗？"

顾魏："接下来一个礼拜，看重播能看到吐。"

我："那……不睡觉吗？"

顾魏："你让我现在睡觉？"

对话进行得好艰难。

我："那，那我先挂了。"

顾魏："干吗？！"

我："打给爸妈拜年……"

顾魏突然特别温柔地说："好啊，拜拜。"

我："拜拜。"战战兢兢挂断，给两边父母老人都打过电话拜过年后，想了想，还是又拨给顾魏。

顾魏："嗯？"

我："嗯……"不知道说什么。

顾魏："我只有四天假。"

我："哦。"

顾魏："……"

我："？？？"

顾魏叹了口气："我睡觉了。"

我："那个，顾魏——"

顾魏："嗯。"

我："我……我很快就回去。"

结婚后的第一个新年不能在你身边，我很抱歉。

倘若当初知道会出来这么长时间，我绝不会出来得那么痛快。

我经历过这种感觉，知道很难受，所以不知道应该怎样安慰你。

我保证，明天春节，我一定在你身边，哪里也不去，就待在家里，就我们两个。

我不能保证以后的每一个新年我们都能在一起，但是只要有可能，我不会再让自己离你那么远。

大年初二，顾先生代我回娘家。住了一夜，一个人睡在结婚时妈妈买的那套床品里。

他说："红得极其喜庆。"

上次用那套床品，还是两个人蜜月回来。

突然觉得顾先生有点可怜。

于是问他："想不想我？"

答："想。想得都快想不起来了。"

我们分别的第一个月，适应良好，宫保鸡丁帮我迅速地打入了新团体。只是半夜起来喝水，床头没有了那只保温杯。我钻回被窝，嗅来嗅去。顾魏说，每个人散发出来的气味是不同的。我极度地想念他皮肤上散发出来的那种温暖的味道。

第二个月，气温继续下降。感冒让我的鼻子不通。从窗户望出去，有对遛狗的夫妻，每天差不多同一个时间点带着一大两小的大麦町跑步经过。我无聊地想，我应该不会愿意与任何动物分享顾魏。

第三个月，冬季降临，早晚温差大。我放下头发，让它们软软地堆在我的脖子里。我举着室友爸爸送的那把大伞走在 P 市一场接连一场的雨中，想起很久以前的那个愿望：我要和顾魏一起走遍世界各地。好比现在，很想把手焐进他的手里，告诉他，这里就是我现在生活的地方。

第四个月，结婚后的第一个新年，我们隔着千山万水。我给我的丈夫买了顶羊毛呢帽子，我觉得他戴起来会很漂亮。我已经习惯了称他为"我的丈夫"。去教堂参加同事姐姐婚礼那天，阳光很好。听到神父说 you belong to each other 的时候，觉得这个词特别好。这个世界上，有一个属于我的人，我也属于他。阳光透过玻璃窗打在我的戒指上——我想把这些斑斓的光线捧在手里。恍然觉得，即使我和他在两个遥远的城市，也能谈一场一辈子的恋爱。

第五个月，项目顺利收尾。我将离开这个可爱的地方。

室友说："祝贺你，你可以和你的丈夫团圆了。"

我留了份手写食谱给她。她对京酱肉丝非常感兴趣，立志要学会了做给她的妈妈。

广场糖果店里的巧克力杏仁饼，穹顶一样的自习室，校门外面那家很有腔调的二手书店，爱笑的老板有条爱吃糖果的马尔济斯犬，以及可爱的同学还有同事，习惯了他们每天笑着对我说"Morning，Lin"——离开这里就成了很舍不得的事。我和每个人拥抱告别，仿佛我只是去外市度个短假，一个礼拜之后就能回到这里。

我再次去到那座教堂，接近中午的时候，教堂人很少。上次看到的管风琴师正在弹奏，竖琴旁坐着一位女士，他们中间，站着一个十岁左右的少年在吹口琴。

我挑了后面的位置坐下。

少年吹得有些磕磕绊绊，他们在合奏的曲目，是很小的时候妈妈用来哄我睡觉的一首歌。

"我的家庭真可爱，整洁美丽又安康。

兄弟姐妹很和气，父亲母亲都慈祥。

虽然没有好花园，春来秋回长飘香。

虽然没有大厅堂，冬天温暖夏天凉。"

空气里细小的尘埃飞舞，我看着他们三个合奏。快结束的时候，少年发现了我，有些不好意思。我朝他笑了笑。

弹竖琴的女士挽过管风琴师对着我笑了笑，朝少年轻轻招了招手。一家三口一起离开。

人生就是不断地踏上征途，去到一个个陌生的地方，经历一次次磨合，偶尔喘口气，继续前行。然后完成。

然后离开。

而现在，我要回家了。

傍晚，我端着一杯热饮往宿舍走，接到电话。

"你明天回来吗？"

进入二月份，顾先生每天起床就用毛茸茸的声音打电话问一遍，把浪费电话费当成了不知道是赌气还是撒娇。

我怕他还没醒透吓着他，轻声说："回啊。"

顾先生有些呆："明天？"

我说："明天。不过你见到我，要到后天了。"

顾先生："我去接你。"

我笑："不然，你打算让我一踏上国土第一个看到谁？"

第九章

热恋的"老夫老妻"

这个世界上，有一个属于我的人，我也属于他。

虽说算起来相恋五年结婚近一年，但我们实际情况，基本还停留在刚度完蜜月的阶段。

三三："不行不行，我每次看到你们俩浑身冒粉红泡泡，我怎么就觉得这么……这么……这么……"艰难地找词。

顾魏："嫉妒。"

归来

看到顾魏的第一眼，就觉得，Jesus，我对他的好感要是按照这么个速率增长下去，估计六十岁以后我们就得寸步不离了。

顾魏看到我，往前走了两步，然后站在那里不动。

估计是在给我缓冲和适应的时间。于是我的心率就真的经历了 60 — 80 — 100 — 80 — 60 的曲线回落。

我慢悠悠晃到他面前："嗯这个世界上，有一个属于我的人，我也属于他。如果我不认识你，我肯定会在看到你的时候无比惊艳，然后扫到你无名指上的婚戒的时候无比沮丧。"

顾魏："是嘛。"

好吧，我开玩笑的水平依旧不高．

我："你猜我现在特别想做什么？"

顾魏："咬我一口？"

顾魏笑，接过我的拖箱，牵了我往外走。

我："你什么时候学会读心术了？我真的想咬。"

顾魏："……"

我系好安全带，目视前方，规规矩矩地坐在副驾驶上。

顾魏脸凑过来。

我偏头看他，力作淡定："嗯？"

顾魏："我看你回魂了没有。"

我："回了。"

顾魏："那你这是什么表情？"

我屏住呼吸："不和你抢氧气。"

顾魏："Who am I？"

我："Doctor …Husband …"

我心理素质没他好，我缴械投降："保持距离。我要喘不过气了。"

过大几个月，一个没有温度的二维画面，突然变成三维立体活生生地在你鼻尖前，再加上我内心剧烈膨胀，却不知道怎样合理疏导的感情，瞬间适应是非常有难度的一件事。

我前挪五厘米，快速亲了他一下。

这厮一点反应都没有，还是那副要笑不笑的表情。

他真的快修炼成妖了。

我囧囧有神地看着他，我很想知道他在看什么。

然后他奇葩而淡定地说了句："嗯，是我老婆，没接错。"就坐正了开始倒车。

他就是个妖！

顾魏："晚上吃什么？"

我："不吃。倒时差。"理论上我已经20多个小时没睡正经觉了。

等我身心舒畅地从浴室出来，餐桌上一锅蔬菜汤。

顾魏："喝点汤好了。"

我："你跟我一起喝？"

顾魏："嗯，就当定期清肠排毒好了。"

我："你不饿吗？晚上不会没劲吗？"过去的五个月，每个忙碌的晚上都是黑巧克力棒陪我度过的。室友有时候十点了还会来一个鸡肉三明治。

顾魏："不会。不用担心。"

我："哦。"

过了两秒，我咽了口口水："我不是那个意思……"

顾魏："哪个意思？"

闷头喝汤："没，没什么意思……"

顾魏去洗澡，我坐在床上思考——我也不知道我在思考什么——就是那种困又睡不着……

顾魏进来看到我坐床上发呆，笑了："意识飘哪儿去了？"

我随手指指窗户外面——天上。

他往床上一坐，把擦头发的大毛巾往我手里一塞。

我拿起来给他擦："我不在都谁给你擦的？"

顾魏："你意识回来了？"

我："梦游中。"

顾魏笑："那我瞎来了？"

我立刻："回来了。"

顾魏："哈哈哈。"拿了毛巾，把我捞过去从上到下捏了一遍。

"几斤？"

"没称。"

"肋骨一根一根的。"

"嗯。"肋骨本来就应该一根一根的嘛。

"膝盖硌人。"

"嗯。"膝盖本来就应该硌人的嘛。

"胯骨也是。"

"顾魏,我觉得你像在摸骨科的那个人体骨骼模型。"

"……"

我伸手抱住他的腰:"顾魏。"

顾魏:"嗯。"

我:"我说话算话,一下雪就回来了。"

顾魏:"嗯。"

我:"累。"

顾魏抚抚我的背:"睡吧。"

我:"我拼命压缩时间,就是为了你。"

顾魏:"嗯。"

我:"那我明天能睡个懒觉吗?"

顾魏:"……"

"生日快乐。"我抬头亲了他一下,虽然没赶上过年,但是赶上了他的生日。

顾魏:"谢谢,这个生日礼物很好。"

估计是认床,上半夜睡得很不踏实,换了无数个姿势。

最后半个身子趴在顾魏身上,脸蹭进他颈窝,沉沉睡去。

我睁开眼睛,顾魏居然在我旁边,靠着床头看书。

"时差调得不错,现在刚十点。饿不饿?"

"不饿。"我翻身趴到他身上。

顾魏:"出去怎么学会趴着睡觉了?"

"防偷拍。"都说外国友人注重隐私,那房间窜来窜去是怎么回事?我伸了个懒腰,"哎,好男人就是老婆趴你身上,压得你累,硌得你疼,你也绝对不吭气。"

顾魏笑眯眯不吭声。

我:"哎,我真喜欢你。"

顾魏还是笑眯眯不吭声。

他的骨头,硌得我疼——力的作用是相互的。

我默默躺回自己位置上。

顾魏凑过来,拨开我的头发,鼻尖刚贴上我的脸颊,手机响——

我吓了一跳,越过顾魏去拿手机,结果头发太乱,经过医生睡衣的时候,缠了一撮到扣子上。

我:"嘶——"

三三:"啊哈,哈漏,搭拎,都爱因特拉坡特又安的刀克特?"(Hello, darling, do

I interrupt you and doctor？）

我："你从印度回来都几个月了，口音怎么还没去掉？"（三三蜜月最后一站是印度。）

三三："俩人忙什么呢？"

忙着拆头发……

我："没忙什么啊。"

三三："嘿嘿嘿嘿嘿～昨晚有没有用姐的礼物啊？嗯？"

我看了眼顾魏，他默默拉开床头柜抽屉。

我捞出那只盒子，研究了下上面的英文说明，传说中的印度神油。

我状似不经意："你用得效果怎么样？"

三三："我用得……唔——"那头瞬间被捂住了嘴巴，老肖及时出手了。

我奸笑："嘿，嘿，嘿，嘿，嘿～"

三三："……"

我："这东西保质期多长时间啊？"

三三："没研究过。干吗？"

我："我和顾魏……嗯……我们俩暂时还不用，先屯着。能撑到二十年后吗？"

三三："啊哈，原来你们家医生的'保质期'是二十年啊！"

我："哦～原来老肖现在就到期了啊。"

三三："……"

顾魏直接笑翻。

之前还没回来的时候，顾魏问我："陈聪问你给他带了什么礼物。"

"啊——"我小声问，"需要给他带礼物吗？"

顾魏："不需要。"

那你问我干吗？

后来我带了硕大一盒巧克力回来，顾魏到医院发。

陈聪："又发喜糖？"

顾魏："是啊。"

陈聪："你这个日子过得好呢！"

顾魏："那你也把你老婆也送出去出差半年试试。"

陈聪："哎，我说人这不都回来了嘛，你火气怎么还这么大？"

顾魏："这火是一时半会儿能散得了的吗？"

顾魏和陈聪的对话总是在"可以想歪"和"你不要想歪了"之间很技术性地徘徊。

回到家，顾魏换了家居服，进到厨房。

我正在洗菜，他凑到我旁边："今晚吃什么？"

每个人都有属于自己的气味，顾魏的，我形容不上来，暖暖的，钻进鼻尖，熨帖心肺，我脑子蓦地一热，转过身钩住他的脖子，吻上他的唇。

他离我那么近，鼻息相闻，这个感觉真是太美妙了。

大脑渐渐空白，我只知道在我面前的是顾魏，积累了那么久的思念，烫得我心口都疼了。

不知道那个吻持续了多久，直到厨房水池全蓄满水，我们听到水流声才分开。

顾魏眼睛湿漉漉地看着我，估计被我吓到，我一向不走这么大开大阖的路线，极少对他这么热情。

顾魏清清嗓子："还吃不吃饭了？"

我收回胳膊拿起刀切菜："吃啊，我饿了。"

顾魏在原地僵了一会儿，默默洗手帮忙。

许久之后我才反应过来，我是猪脑子吗？！

冬季室内干燥，顾魏经常忙起来就忘了喝水，嘴上裂了一道口子。

晚上，我趴在他旁边仔细研究那道半愈合的伤口，暗红色，很深的一道。

我凑上去，轻轻咬了一下，吸血……

好半天，直起身看他。

顾魏一副任人采撷的样子，舌尖轻描淡写舔了舔伤口："嘶——疼。"

我舔了舔牙齿，凑到他耳边："I've got something to tell you."声音务求性感妖娆神秘，"I'm a v——"

顾魏偏过头，眨巴着眼睛看我。他无辜的眼神实在很让人出戏，那个"vampire"我怎么都说不出口。

突然这厮伸出食指探进我嘴里，在我最尖的那颗牙齿尖上点了一下，然后放在眼前，一脸研究的表情："没破？"又补了一句，"装备不合格。"

我直接就出戏了。

奈何第二天他的伤口就肿起来了，顾魏笑得一脸揶揄："今天大家问起来，我要怎么说呢？"

我明明没做什么啊！

周末回医生父母那儿。

进了门，医生娘跟顾魏一样，把我上上下下捏了一遍："瘦了。"

瞬间明白什么叫作遗传基因的强大。

把给医生爹娘还有爷爷带的礼物一一送出，医生娘招呼："吃点水果，一个个的嘴唇都裂口子了。"

医生调侃地冲我一笑，拽着我坐到沙发上。

吃猕猴桃，医生父母习惯剥皮吃，我和医生习惯对半掰开拿勺子吃，简单快捷粗暴。

医生坐我旁边，于是第一勺就喂进他的嘴里。

医生娘："校校你别管他，要吃让他自己弄。"说完把手里剥好的递给医生爹。

这样有说服力吗？

虽然结婚许久，但许多事没一起做过，比如，一起洗澡。

也不是没一起洗过，只是，要么他不清醒，要么我不清醒，要么两个人都不清醒。

归根结底就是一起生活的时间实在太短了，还有相当一部分共浴机会贡献给了六月小朋友。

晚上九点半。

医生娘："你们俩还不去洗澡？"

医生："嗯，就去。"接过睡衣就把我一起带走了……

站在浴室里，万般踌躇。

医生："要我帮忙吗？"

我："不要！"

医生笑。

我："我想喊妈妈……"

医生冷艳高贵地说："快脱。"

医生直接过来抓人。

我"嗯！"了一声。

医生娘在外面问："怎么了？"

医生："没事，滑了一下。"

然后这厮直接摘下花洒，把我从头浇到尾。

后来我红着眼睛（水喷的）对他说："对待同志，应当像春天般温暖……"你这算什么？！

医生："嗯。我这不温暖你了嘛。"

我："……"

五分钟后。

我："我又不是小孩儿，你干吗一直拿着花洒对着我冲？"

医生："你也知道你不是小孩儿啊！"

我："……"

十分钟后。

医生："你面壁思过呢？"

我："……"转过来面对他。

医生："眼睛里进东西了？"

我："……"睁开眼睛。

医生："算了你还是闭上吧。就跟我要残害祖国幼苗一样。"

我："……"悲愤地闭上。

十五分钟。

我："你还没洗好啊？"洗好就出去。

医生："嗯。看你呢。"

我："……"

二十分钟后。

我："你看什么？"

医生笑眯眯。

我恼羞成怒："我都穿上衣服了你还看！"

虽然结婚许久，但许多事还没一起做过，比如，一起逛街。

我和顾魏都是很少逛街的人，衣服和鞋也非常稳定地固定在几个牌子，所以之前都是发现"需要买件什么东西"，然后两个人直扑专柜，买完就撤。

周末和我们关系比较亲近的几家，借"接风宴"之名，行满足口腹之欲之实。

顾魏和我从父母家出来得早，又无比顺畅地一路绿灯，结果停好车，离局点还有一个多小时，于是临时决定去逛商场。

在人极其多，并且目标极其不明确的地方，我习惯性地茫然，然后神游……

挽着他的胳膊，拐弯，上电梯，下电梯，目光75°撒向地面。

手被捏了一下。

"嗯？"

"你要买内衣吗？"

一抬头，一排内衣专柜。

我想了想："不用。"

随后发觉，顾魏站在这么一大片……各式各样……前凸后翘……的内衣当中——实在是太尴尬了！于是迅速摇头，斩钉截铁补了一句："真的不用。"

顾魏抿嘴笑了笑，淡淡"嗯"了一声。

十分钟后。

顾魏："这里我们刚才逛过了吧。"

我："有吗？"

顾魏："没有吗？"

我："……"

顾魏："……"

二十分钟后。

我："那件衬衫为什么那么奇怪？"图案像道长画的符，再被泼上水，颜色晕开的效果……

顾魏："……"（大脑打结中。）

三十分钟后。

我："这个Kid系列的小衬衫好可爱。我们买一件吧？"

顾魏："一件？"

我："啊。"

顾魏："你买男孩的还是女孩的？"

我："……"

四十分钟后。

还是在常穿的牌子里一人买了件衬衫，撤退。结束了逛街的进程……

席间自然是要被众人调侃的。因为大家各自领域不同，讨论专业问题讨论了十分钟就讨论不下去了。

我一直不能理解，真心话大冒险怎么莫名其妙地就突然在一群大龄青年中盛行了。

鉴于顾魏在现场，我是无论如何都不会选大冒险的。

Round 1

老肖："你们家存款多少？"

惊！一上来就这么犀利的问题，我完全扛不住！

我呆了有五秒，看向顾魏："多少？"

顾魏拖着腮帮子慢条斯理道："问的是你又不是我。"

我看向老肖："不知道。"

老肖："不信。"

我："真不知道。"

老肖："那你估个值给我。"这人对钱是有多执着？

我估算了一下，报了个数。

老肖："不信。"

我："不信拉倒。有本事转到顾魏你问他。"

Round 2

钢笔一停下，三三立刻："你们家存款多少？"

顾魏笑眯眯："急什么。我选冒险。"

三三怒："找个女人吻满一分钟，除了林之校！"（丫够狠！够恶俗！）

顾魏直接越过我，向三三倾过身——

三三"啊！"的一声迅速缩进了老肖怀里。

顾魏爷爷启坐回来："对方不愿意，我也没办法。"

Round 3

路人甲："真心话。"

三三直勾勾地看了他半天，突然冒了一句："你是双性恋吗？"（路人甲长得很"白嫩"，三三心里的腐意全被勾出来了。）

路人甲："我婚都结了你问我这个？！我马上就要当爹了你问我这个？！"

三三："……"

Round 4

不知道为什么，大家好像都很期待顾魏选真心话，但是他的思路显然是反着来的，从头到尾都选冒险，一副"你能奈我何"的架势。

陈聪："你有多少存款就亲林之校多长时间。"（这是变相真心话的阴险行为，大家不要学。）

顾魏："你是想看我给她做人工呼吸吗？"

我恍然觉得，顾魏就是个危险品。

Round 5

终于转到老肖，他思考了两秒："冒险。"（善良的人都选真心话，不善良的都人选冒险，充分阐释了"死猪不怕开水烫"的精髓。）

顾魏："隔壁一楼车展。去买辆车。立刻。马上。"

我要崇拜医生了！！！

老肖认罚。晚饭他请。

后来，回家的路上，我问顾魏："如果老肖选真心话呢？"

顾魏："那就问他们带回来的那个精油，他的使用效果怎么样。"

回来的第二个周末，回 Y 市看爸妈。林老师开的门。

"爸爸！"我熊抱了一下他。

林老师："好好好。"然后搂搂我的腰，"你是不是在外面没好好吃饭啊？"

我："我这不是想你们想的嘛。"

林老师："想我还是想顾魏？"

我恼羞成怒："想我妈！"

吃完午饭，大家爱坐在沙发上聊天。林老师坐到娘亲旁边，顺手把爪子搭到她小肚子上，再顺手捏了一下。

林老师："肉嘟嘟的。"

娘亲斜了他一眼，"手拿开。"

林老师无动于衷。

娘亲无语："我这辈子怎么就找了你？"

林老师极其自恋："你上辈子一定是拯救了银河系。"

娘亲："所以河外星系这辈子找我来复仇来了吗？"

林老师："……"

我囧囧地看着林老师吃得不亦乐乎，问顾魏："这饭量是不是大了点？"

顾魏："一般术后两年，就基本恢复术前水平了。"

我扭头："林老师，您现在这个食量，我只在你三十多岁的时候见过。"

林老师在男同志当中，一直属于吃饭比较斯文的类型，导致我在二十岁之前对成年男子食量的概念一直处在错误的认识中。

娘亲："现在就是头狼。"

我再问顾魏："会不会撑得，比原来大？"

顾魏笑："不排除有这种可能。"

饭毕的林老师擦擦嘴，贱萌贱萌地一笑："我的胃口现在比你们都好，因为我的胃是新哒。"

众人沉默……

我突然想起一个很重要的问题，居然一直没问顾魏："我爸剖开了，里面是什么样的？"

林老师继续贱萌："那也是相，当，漂亮哒。"（这就是美男子的思维逻辑吗？）

我一脸期盼地看着顾魏。

顾魏："咳，吃饭呢，不说这个。"

饭后闲聊。

娘亲：“夫妻感情越好，孩子就越漂亮。你看一个人长什么样，基本就能判定父母怀TA那会儿感情怎么样。”

我：“还有这说法？”

林老师看了我一眼，一脸惆怅：“我觉得我们那会儿感情挺好的啊，怎么……唉……”

娘亲熊熊一掌拍到林老师身上：“女儿不漂亮吗，嗯？不漂亮吗？！”

林老师立刻：“啊，啊，凑合，相当凑合。”

娘亲继续拍：“凑合？！”

林老师：“啊意思就是漂亮，相当漂亮。”

娘亲：“反正和你无关，是我身上掉下来的肉。”

林老师立刻：“我的我的我的，也是我的也是我的。”

我：“你们太肤浅了！智商比美貌重要得多。”说完扭头看旁边笑翻的顾魏，“以后咱们俩孩子不漂亮，算谁的？”

顾魏立刻：“算我的算我的算我的。”

晚上，他凑过来揉我的脸，一边揉一边笑：“我们的孩子怎么可能不漂亮啊！”

半年多未见，我和林老师决定PK一下。

PK的方式：玩游戏。

游戏的名字：小球进洞4。（1，2，3我们都PK过了，林老师惨败。）

一人一台电脑，一个小时看谁过得关卡多。

随后顾魏和娘亲也加入战局。

十分钟后。

林老师：“我申请暂停。”

我：“嗯？”

林老师：“我的搭档太拖后腿了！”

娘亲：“……”

于是顾魏过去和林老师一组，娘亲来我这边。

关卡越到后面越变态，他们那边两个人速度反超。

我扭头看了看对着屏幕一脸茫然的娘亲，感慨：空间思维的世界，您真的不懂。

无所事事的娘亲问：“要不要吃水果？”

我立刻：“要。”

她就去厨房了。

然后我瞟了眼顾魏。

再瞟一眼。

再瞟一眼。

再瞟一眼。

顾先生你还坐在这儿干吗？！

顾魏终于接收到我犀利的目光，对林老师说：“我去帮忙。”默默撤了出去。

1 vs 1

我：“为什么？”

顾魏：“分心。”

我：“……”

顾魏：“也不可能排同一天夜班。”

我：“……”

顾魏：“然后我们的时间会完全错开，相处时间更少。”

我：“我就开个玩笑。”

顾魏：“所以你老老实实睡觉。明天一睁眼，我就到家了。”

我：“你当我是猪吗，能睡到那么晚。”

结果第二天顾魏到家了，我真的还在睡。

顾魏冲完澡，轻手轻脚往我旁边一躺，补眠。于是我九点不到睁开眼睛看到他，脑子瞬间有点糊：“今天礼拜几啊？”

顾魏：“你睡糊了。”

后来，顾魏去买了个投影钟，往卧室墙上一打，阳历农历日期时间礼拜几一应俱全。因为他说，我动不动问他“现在二零几几年”，觉得有点崩溃。

回来的第一个礼拜，每天去接顾魏下班。再次看着顾魏在浩浩荡荡的查房队伍里鹤立鸡群，我的那个心呦，我低调地缩进办公室，看着他们浩浩荡荡回办公室，实习医生们轰烈烈地收拾东西撤退。

等办公室恢复空气流通的时候，小杨说：“刚一实习生问，办公室里那位是谁啊？我说顾医师的太太。实习生说，哇，走高冷路线的啊。我说，是，超酷，不苟言笑，哈哈。”

我万丈黑线。什么叫骗人不打草稿？

董医生撺掇：“我八卦一下啊，有个实习生，对咱们顾老师可……上心了。”

我：“啊……男的女的？”

董医生：“……”他想多了。

小杨：“然后快被顾老师的戒指给闪瞎了。”

我瞟了眼顾魏，这厮对着杨董二人双目放空，一副“你们要害我回去跪搓衣板”的模样。

顾魏整理好手里几个重症看护的用药医嘱送到护士站，我和小杨老董聊天。聊着聊聊到饮食问题——牛奶和豆浆哪个好？

在2：1认为牛奶更方便的情况下，转而聊鲜牛奶和奶粉哪个好？在2：1认为奶粉较便携适合懒人的情况下，转而聊哪个牌子的奶粉好。

董：“小林你喝哪个牌子？”

我：“A牌。口感比较清淡。”

杨：“我全贡献给B牌了。从小学开始，每天早饭桌上一大杯恨不能灌死我！一直上大学我才终于能喝豆浆了！”

我：“豆浆挺好，不上火。”

董：“我最近喝的C牌，还不错，味道很纯正。”

正当三人讨论三个牌子各自的营养成分和口感特点的时候，陈聪晃进来，站在边上五分钟后，时间到。

林老师凭借之前积累的优势领先我一关，在1、2、3连败后，终于于第4辑获得了胜利。

晚上，关了房门。

我环着胳膊："说吧，想怎么死？"

顾魏："肉偿行吗？"

午睡。

一个人睡惯了，两个人睡觉得热，把一条腿伸出被子。顾魏把我的腿勾回来。

再伸只胳膊出去。他再把我胳膊捞回来。

我："热。"

顾魏："热也不行。"

我："……"

我们午睡起来。爸妈还在睡。

顾魏挑了本书，半躺在罗汉榻上看书，我就躺到他旁边，酝酿睡意。反正也无事可做，不停调整睡姿，抱住他腰，再翘起条腿到他腿上，就在我蒙蒙眬眬又要见周公的时候，屁股上被打了一下。我睁开眼睛——

娘亲："你看看你，趴在顾魏身上像什么样子。"

我哪里有趴？

娘亲："一个人就是小龙女，两个人就是梅超风。"

说完就转身去洗水果了。

顾魏笑："妈真了解你。"

我："……"

林老师这么形容我和顾魏午睡："两个白白胖胖的蚕茧并排躺在那儿。"

我无语，家里就不能有个语文好点的吗？

林老师夫妇属于生活很严谨自律的类型，年轻的时候从来不吃零食。我记得小时候娘亲偶尔吃糖，还要被林老师鄙视。可是自从林老师生病，家里大大小小的零食就没停。娘亲说，以前去超市，什么都买就是不买零食，现在去超市，什么都不买就是买零食。

原来老两口去超市推一辆车，经过零食区，目不斜视地走过，现在去超市，两个人推两辆车，娘亲把日用消耗品都买完了，林老师还执着地扎在零食区慢慢挑。

顾魏也属于生活很严谨自律的类型，刚认识他的时候，除了正餐和水果，偶尔喝酸奶，几乎没见他吃过零食，但是结婚之后，我吃零食，他就跟着吃。

顾先生总说，结婚是一件会让人各方面自制力严重下降的事。

回家发现，顾魏的肌肉线条居然明朗了许多。

顾魏："你干吗色狼兮兮地盯着我看？"

哪天我不盯着你看了，我看你怎么办！

顾魏："看要付钱的。"果然是男神经了。

我："你最近健身效果不错啊！"

顾魏："不是游泳的吗。"

我相当怀疑："游泳有这效果吗？"

顾魏："嗯。所以要教你嘛。"

我往他面前一站："我身材不好吗？需要练吗？"（我就调侃调侃。）

顾魏认真地看着我的腰："练厚一点。"

我炸："厚薄不是用来形容身材的！"

别人形容老婆都是"你好苗条啊"，顾魏形容老婆是"你好薄啊"，还拇指食指分开，比划一下"就这么厚"。

顾魏的语文真的是太差了！

2+N 的生活

睡前习惯性捞了一条巧克力棒吃。

顾魏："饿？"

我："防止饿。"

顾魏："发胖。"

我阴森森地看着他："你嫌弃？"

顾魏："五十岁之后就不嫌弃了。"

我把剩下的一半塞到他嘴里。

顾魏："我刷过牙了！"

我："再刷一遍。"

顾魏："你想我陪你刷牙就直说。"

我洗澡洗到一半，把卫生间门拉开条缝："顾魏帮我拿个厚点的浴袍。"

听他在外面应了一声，就钻回浴房。

顾魏进了卫生间，浴房门一拉开——

我看到他俩眼镜片被热气一蒸瞬间变白，整个人呆立在门口，忍不住就"哈哈哈哈哈……"。

这厮淡定一笑，把两只手贴到我胳膊上……

"啊！你手怎么这么凉！"

"我刚才在阳台浇花。"

这厮是故意的！

顾魏值夜班。我打电话给他。

我："睡着没？"

顾魏声音低低的："你还不睡。"

我："时差没倒过来呢。我去陪你吧？"

顾魏笑："你当医院是你家啊。"

我："要么我考护理专业的研究生，然后考去你们医院？"

顾魏："放心，考来了我们俩也不会在一个科的。"

了一会儿，惊人天人地冒了句："母乳好啊！"（估计以为我们在讨论婴儿奶粉。）

我："……"

董："……"

杨："……"

陈聪一副"这是常识"的表情强调："健康，环保，无添加啊！"

小杨憋了半天，冒了句："变态！"

我和老董直接笑翻。

我五点多就醒来。饿醒的。躺床上发呆，思考一个严肃的问题——早饭吃什么。越想越饿，觉得一会儿是肯定没心情自己做了，于是开始盘算周围一公里内的早餐店。每家的招牌想过一遍，顿觉饥肠辘辘。不敢起床，怕吵醒顾魏，于是囧囧有神地看着他。

他刚一睁眼我就立刻问："早饭想吃什么？我去买。"

顾魏睡眼惺忪地看着我："随便。"

我迅速洗漱换衣，在他一脸茫然的表情中出发，一路狂奔，路遇晨跑的人都对我的"晨练"速度满目质疑。

去了三家店，买了一堆，跑回家，开门，顾魏正在换衣服，接过我手里的早饭："买这么多？"

我："嗯……就……突然……想吃了。"

顾魏："吃不完怎么办？"

顾魏手机响，陈聪同学："顾魏！帮我带早饭！"（由于陈太太出差频率极高，陈先生过得就跟单身汉似的，睡过点是家常便饭。）

我瞬间就乐了，把顾魏拖到桌边："来，你每样尝一点。"

顾魏："……"

问顾魏："化妆好还是素颜好？"

答："素颜。"

问："什么？"

答："化了妆，亲一口全是化学物质。"

我："……"

顾魏："结婚的时候，我嘴里全是口红的味道。"

我："……"

书房。我专注而飞快地敲着报告。

顾魏进来，伸出食指点在我舌尖："舌尖吐在外面干吗？"（投入的时候无意识的行为。）

我炸："顾魏！"

顾魏笑："我刚洗过手。"

我炸："那也不行！"

顾魏哈哈大笑。

幼稚！我一脚踢过去："一边玩去。"

顾魏抓住我小腿："我发现你结了婚脾气越来越大了吗。"

我努力地想把腿抽回来："干吗？后悔了？我以前那是掩盖了真实本性！"

"哦，"顾魏笑眯眯，"那我也可以暴露我的真实本性了？"

我瞬间就惊呆了："你现在这样还不够恶劣吗？！"

顾魏摇摇头。

我："我要退货！"

顾魏笑眯眯一口白牙："你敢！"

　　顾魏喜欢把小手札和笔放在白大褂口袋里，尤其笔，一支不够还两支，别在口袋沿上，要记东西了就摘下来，记好了再别回去。他还喜欢把手放在口袋里，每天如此，他的白大褂那叫一个容易坏。

　　口袋沿磨毛，口袋边脱线。

　　三件我就轮着缝。（针线活是顾先生的一大败笔，很久以前，都是定期带回家给医生娘处理。对此我极其不能理解，明明他刀口都缝得很漂亮啊！）

　　刚把顾魏的口袋缝完。小杨凑过来："校校，我的口袋也崩线了。"

董医生："傻啊你，这种时候应该叫嫂子。"

顾魏笑眯眯地看着小杨。

小杨立刻："嫂子！"

我："……"

缝好小杨的又来一个扣子掉了的，缝好扣子，又来一个袖口脱线的。

我："怎么不让护士们帮忙？"

小杨："那帮女汉子比我都爷们儿好吗？！"

医生集体细腻，护士集体粗犷，他们科性别倒置也不是一年两年。

我："那护士长呢？"

董医生："出场费太高。"

我："……"

大概缝了有六七件，完工。

小杨："有老婆就是好啊！"

顾魏偏过头，要笑不笑地看着他。

小杨立刻："顾魏你有老婆就是好啊。"

我："……"

顾魏出去的时候，我问董医生："顾魏是不是老欺负人？"有种诡异的威慑力。

董医生："没啊。"

我："啊……"

董医生："可我们怕他欺负人啊！"

我："……"

董医生："顾魏是越活越年轻了。这皮肤嫩的啊，用的什么？"

顾魏看看我："雅诗兰黛。"

陈聪："你一男的你用雅诗兰黛？！"

顾魏很无辜地看着我。

我："是我懒，我没专门给他买。他就用我的了。"

陈聪愤愤："我老婆就给我用大宝！"

娘亲打来电话，林老师又不听话了，告状告了十五分钟。

我："把电话给我爸。"

林老师接过电话愤愤不平道："我干吗了就又要开我批斗会？"

我："林老师，房子都在我名下，你要再不听话，我就把你扔出去。"

林老师："哈！抢着要我的人多着呢！"

我："是吗？那再好不过。一会儿把名单发到我邮箱，我看看都有谁，好跟他们谈谈价格。"

林老师："……"

我："夫妻共有财产一半对一半，车子你们各留各的，其他的我妈那一半全部折现给她。你的自由身是一次性买清还是每个月收入按比例分成，都好商量。认识的打个八折，不认识的打个九八折，零头抹掉，就当作笔生意交个朋友了。"

林老师："……"

我："没事了？没事儿就先收拾东西去吧。"

林老师突然扭头喊，"老婆！她不要我了！"

我挂了电话，偏过头就看到一旁的顾魏一脸。

我："怎么了？"

顾魏突然特温柔、特谄媚地冲着我笑。

我："放心，我不卖你。没人出得起价。"

顾魏："嘿嘿嘿嘿嘿……"

我和顾魏商量："我们俩换车吧？"

顾魏："干吗？"

我："我喜欢你的车。"

顾魏："我也喜欢我的车。"

我："我开你的车顺手。"

顾魏："我也开我的车顺手。"

我眼巴巴地看着他："顾魏～"

顾魏不为所动。

"顾魏～～"

依旧不为所动。

"顾魏～～～"

依旧不为所动。

士可杀不可辱！我作撸袖子状："一句话！换不换？！"

顾魏立刻："换。"

对男人果然不能太温柔！

我在跑步。顾魏浇完花从阳台进来，两只胳膊往跑步机扶手上一搭，要笑不笑地看着我。

我警惕地看着他的手："干吗？"

顾魏笑得万分妖娆，一只手就这么伸了过来。

我一把抓住："干吗？"

顾魏："冷。"

冷就拿我焐吗？！

顾魏："我看你热。"

我呛了一下："你……你话说清楚。"

顾魏笑眯眯地不说话。

我扛不住他那个笑容，关了跑步机跳下来，往浴室走。

顾魏笑道："你想哪儿去了？"

我："没，我思想端正的很！"

顾魏一副"今天天气不错"的口气："啊，那就我来端正一下吧。"

两个人不想做饭，决定出去吃。

顾魏带我去吃面。端上来硕大一碗。

我："你对我真是太有信心了……"

顾魏默默地看着我不停地把面从自己碗里捞到他碗里："我一会儿还打算吃点心呢。"

我："你是男人。"多吃点天经地义。

顾魏："……"

过了一会儿，聊起以前在学校吃饭。顾魏说："我研一隔壁宿舍一同学，食堂的那种套餐，他从来都是一份不够吃，两份吃不完，但还是坚持买两份。"

我："啧，真斯文。我们隔壁班一同学，和路人乙他们出去跑野外，三份盒饭加两个包子，完了再加罐牛奶。"

顾魏："……"

我："用路人甲的话说，I'm shocked！"

顾魏："I'm…shocked。"

收到杜文骏短信："晚上一起吃饭吧？"

我问顾魏："什么情况？"

顾魏："他谈恋爱了。想让我们见见。"

在我眼里，小杜一直是那个直愣愣的 19 岁少年，笑起来脸颊肉嘟嘟，总是一转眼就不知道从什么地方冒出来。如今已经由一个毛头小伙长成了翩翩青年了。

这是一种很难形容的心情。去年我们婚礼的时候，小杜的爷爷也来参加，那时候小杜刚参加完毕业典礼。他大三的暑假去一家很不错的公司实习，由于表现很好，拿到了留职名额。老人家说，顾魏是福星，小杜遇到他之后，就一直遇到好事，收了心性，越来越懂事。其实一个男孩子，年少的时候走走弯路也不见得就不好，只要懂得回头。曾经的那些轻狂沉淀下来，才能更清楚什么最珍贵。

四个人一起去吃火锅。

到了地方，看见小杜一身职业装，工作了大半年，举手投足间减了青涩，青年才俊的味道开始显山露水。我本来打算揉他头发，最后想想还是拍拍他肩："小伙子，不错嘛。"

小杜一口白牙："那是。"

小姑娘话不多，态度落落大方，热气腾腾的火锅，吃得一头汗，小杜笑眯眯地看着她，整个人跟只毛茸茸的小狗一样。

小姑娘去洗手间，小杜立刻一副求表扬的口吻："怎么样怎么样怎么样？"

我笑："挺好挺好挺好。"

小杜："姐夫，怎么样？"

顾魏："嗯，挺好。"

小杜："嘿嘿嘿嘿嘿～"

回家路上，顾魏告诉我，小姑娘学应用物理的。

顾魏还说，小杜向他的同学灌输着这样一个理念：理工女，才是真正的靠谱贤妻。比如他姐，比如他姐的发小……

"模范夫妻"

经过半年多的婚姻考验期，顾魏接受了无数人的采访："结婚怎么样？有老婆的感觉怎么样？"

顾魏均答："很好啊。"

于是——

甲："嫂子你还有单着的同学吗？"

乙："小林你还有单着的姐妹吗？"

丙："嫂子你还有单着的同事吗？"

甚至还有丧心病狂的："你有单着的学生吗？"

我恍然有种妈妈桑的感觉.

但是路人甲说过，"肥水不流外人田"是我们这专业的优良传统，于是抱歉地告诉对方："不好意思，暂时没有。如果你有兴趣'养成'，那么可以考虑在对方十八岁新生报到那天就下手."

到了谈对象的年纪，那就谈对象。但是交际圈就这么大，怎么办呢？无非就是大学同学的高中同学，高中同学的大学同学，研究生同学的同事，同事的研究生同学……这么个节奏。

我一直万般庆幸自己没绕进这个节奏里的。

和顾魏恋爱之后，才明白了什么叫"找个男人，随过来一片关系网".

由于我们俩塑造的情侣以及夫妻形象太过模范，大家觉得我周围应该都是婚恋观很正的姑娘，导致我们被迫加入媒婆的行列．

基本上我身边仅有的几个还不错的单身女性，很快，就不单身了．

顾魏说："学医的同胞会感谢你的。"

其实我什么都没做，因为娘亲说："你自己嫁了个医生就算了，你就不要害人家了。"

我囧．

一日，去接顾魏，到了停车场，陈聪一脸八卦地问："弟妹，你那有没有好的……"

我警惕："干吗？！"我们这专业，女孩本来就稀缺好吗？！

陈聪："别紧张。男的，男的。有没有不错的小伙子？"

我："应该有。"毕竟基数那么大。

顾魏："有带军衔的吗？"

我："怎么要求越来越奇怪了。"我们这行带衔的真的是凤毛麟角，可以忽略不计。

陈聪："我表妹。军医大的。年芳24，一表人才。"

一表人才……

我："你小学语文是数学老师教的吧？"想想，"不对啊，军医……你们那么多同学呢？还是同行……"

陈聪："打住！俩医生！这日子还过不过了？！坚决不能让她再找个医生！"

我："……"

吃人嘴短，拿人手软。我抱着陈聪买给我的蛋糕，无奈地给我们这拨人里唯一的绿苗苗打电话。

我："报告少校。"

猴子："讲。"

我："你那有好兵没？"

猴子："废话！你招孬兵？"

我："有单身的好小伙儿没？"

猴子："干吗？"

我："我这有个军医大的姑娘，一表人才。"囧。

猴子："嘶——我是远离人世太久了吗？现在又兴当军嫂了？"

我干干地找理由："你那儿……不是都高科技人才吗，基因优良，有利于下一代。而且，军人实在啊，疼老婆啊！"

猴子："姑娘还有多久毕业啊？"

我："研究生还有两年，毕业之后对象在哪儿她就签哪儿，所以要找个靠谱的。"

猴子："行，我帮你问问。我这别的没有，好小伙儿那是一堆一堆的。"

我如释重负："行，谢谢，回头让那女孩儿的哥哥请你吃饭。"

第二天，猴子回电话："我问了一下，有意向的十来个。"

我："您能……稍微……筛选一下吗？"

猴子认认真真地筛选了一个好苗子。

后来，真的成了……

只是女方哥哥那顿饭，至今还没榨到。

吃完晚饭，顾魏坐在我旁边，看着我不说话，眉头皱皱的。

我看着他愈发深的双眼皮以及明显缓慢的眨眼速度，问："要不要睡一会儿？"他白天连着五天手术。

顾魏躺到沙发上，眼睛慢慢闭上。

十分钟后，他皱着眉头把眼睛睁开。

我："怎么了？"

他闭上眼睛摇摇头，眉头皱得愈发深，让我觉得他像是在抵抗偏头痛。

我伸手慢慢按摩他的头顶，过了一会儿："好点没有？"

他睁开眼睛，轻声说："特别困，但是睡不着。"

他的双眼皮深得让他看起来显得英俊而脆弱。

我低头，轻轻吻了他一下。

顾魏一副任人采撷的样子，四肢舒展。

然后，我就这样把他吻睡着了……

我绝对有特异功能！

顾魏的基因显然是得到广大人民群众认可的。因为自从结婚，和他定儿女亲家的人就源源不断。

我说："你千万不要干那种同时许诺 N 家的事啊。"

顾魏："放心，我一个都没答应。"

我去接他下班，闷闷有神地看着陈聪加入该支队伍。

陈聪："顾魏，我老婆有了。"

顾魏："恭喜。"

陈聪："怎么样？定个亲吧？"

顾魏："我老婆还没有。"

陈聪："哎，先定着嘛。"

顾魏："都什么年代了，你还包办婚姻。"

陈聪："传统也可以取其精华，去其糟粕嘛。"

董医生："哎哎哎，不带插队的啊，我在你前面。"

顾魏笑："我们只准备要一个。"

董医生："哎呀，多生俩，赶紧的。"

顾魏："我刚结婚你们就逼我生孩子。慢慢等着。"

陈聪："增产报国啊！赶紧的！"

顾魏："多了养不起。"

陈聪："拉倒吧你养不起？你给 TA 穿金戴银吃钻石啊！"

顾魏："嗯。"

（这是还没生就开始溺爱的节奏吗？）

董医生："我老婆还念叨着过两年再要一个。哎，陈聪，要不你儿子给我做女婿吧。"

陈聪："你这是让我退而求其次吗？"

董医生："你怎么说话呢？！"

两个人莫名其妙开始拌嘴。

顾魏："那你们俩好好谈婚事，我们先撤了。"

回家路上。

我："你们办公室怎么跟那买卖儿童的老巢似的？"

陈聪的太太是记者，经常出差，导致陈聪同志经常孤家寡人。

现在有了宝宝，自然是不怎么出差了。

晚上两口子请我们吃饭。

饭桌上，陈太太："这么多年陈聪在你们那蹭吃蹭喝，我深表谢意。"

陈聪炸："顾魏也在我这骗吃骗喝好吧？！我们俩撑死了打一平手。"

我看着他们俩："那祝你们永远相亲相爱。"

顾魏："你出去一趟，中文是真不好了。"

我："……"

陈太太去卫生间。

陈聪："现在哪哪儿都是腐女，你不要瞎学。"

我："我腐你我也不会搭上顾魏啊。"

陈聪："……"

顾魏值班，我一个人吃完饭，收拾收拾家，无所事事打开电脑，点开一部电影，之前三三提过，说是破案片。在我的意识里，破案片是指重案六组或者尼罗河上的惨案这种类型，结果看了半个小时，破案没看到，倒是看到变态，越到后面越惊悚。

看得我一身鸡皮疙瘩。

突然觉得家里太安静了……

想了想抓过手机给顾魏打电话。

我："刚才不小心看了部恐怖片。"

顾魏："嗯。"

我："里面的变态杀人犯是个医生。"

顾魏："你就不能挑个喜剧片……"

我："下回注意……你现在忙吗？"

顾魏："不忙。病人全都睡了。"

我："那，那你陪我说说话吧。"

顾魏："嗯。"

我："为什么那么多小说和电影里，连环杀人犯都是医生？"

顾魏："因为这个职业平均智商高。"

我："……"

顾魏笑："你怕你还聊。"

我："聊开了，不就好了吗？"

顾魏："哦。那他怎么杀的？"

我炸："你这个也太直接了！"

顾魏笑："刀快出血少啊，长痛不如短痛。"

我："其实他身手一般，智商真没看出来，主要特点，就是心理变态。越想越瘆得慌。"

顾魏："麻烦你想想我。"

我："你……身手也比他好，脑子也比他好，心思也比他缜密。"

顾魏："那你还怕什么？"

我："也对。"想了两秒，"不对，你去犯罪，社会危害性更大。"

顾魏："干吗？你想提前铲除我？"

我："没。你要杀人，我就递刀。"

顾魏："哈哈。很好。"

果然夫妻俩三观不正。

周末，印玺娘娘突然驾到，我和三三一同前去迎驾。到了约定的茶座，推开门就看到这女人戳自己儿子脸玩。

瓜瓜看到我们，笑得特别单纯无邪。

印玺："瓜瓜，来，叫姨——"

小南瓜吐了一个泡泡，冲着我们露出四颗小门牙。

三三过去抱起南瓜："来，叫妈——"

我："……"

印玺："叫妈也不是叫你啊！"

三三手伸过来摸了把我的腰："啧，就这手感看来，你儿媳妇还不知道在哪儿呢。"

我："合着你有了？"

三三："……"

我抱过瓜瓜，拿过安抚奶嘴塞进他嘴里，看着他瞬间瞪圆的眼睛和一鼓一鼓的脸颊，哈哈大笑。

三三："娘娘您大驾光临，所为何事啊？"

印玺："姐准备开店赚钱，给你个入股的机会。"

我和三三："……"

三三："校，你给我解读一下。"

我："不通。"

印玺："你们发现没，每次回去大家想聚聚，都找不到好馆子。环境凑合的，味道不地道，味道凑合的，价格不地道，所以我琢磨着，干脆自己开，利己利人嘛。"

我、三三、瓜瓜："……"

印玺："我说认真的呢！"

三三："你卖人肉包子啊？"

我："公务人员可以开黑店吗？"

印玺："我又不开龙门客栈！我说正经的呢！位置我都寻摸好了。我大概算了下，开起来就不会赔。快，考验革命情谊的时候到了，私房钱交出来。"

人家都产后忧郁，为什么咱们印女王生完孩子跟打了鸡血一样？

三三："私房钱是用来防身的！"

印玺："肖仲义就是你的钱罐子，你还要什么防身钱啊？"

说完转向我。

我："姐，我还在上学……"

印玺："少来，你们两口子四份工资，随便给我一份。"

真的没有"产后兴奋症"这么一说吗？！

我："金石同意吗？"同意这么瞎搞？

印玺："不同意。"

三三和我："……"

印玺："但是我们家钱归我管啊！"

我："啊，我好像不管钱……"

印玺："顾魏管？！"

我："啊……不知道，蜜月回来没俩月我就出去了，目前还没涉及到这个深层次的问题。"

印玺："我跟你说，掌握财政才能掌握主动权！"

我："啊……"其实我觉得就算家里钱全放我这，我在顾魏那儿也没什么主动权。

三三附和："嗯嗯嗯。"

印玺一脸惊奇地看着她："你们家你管钱？！"

三三理所当然的口气："啊！"

印玺感慨："肖仲义真是钱多不怕败啊！"

三三瞬间就扭曲了。

在跟服务员要了无数次餐巾纸打草稿，经过长达两个半小时的精密计算后，我和三三上交了银行卡。

回到家，我觉得有点心虚。

印玺说，在大赚特赚之前，先瞒着丈夫们。

我决定，坦白。

我："顾魏，我今天花钱了。"

顾魏翻着书随口应了一声："嗯。"

我强调："大钱。"

顾魏抬头："大钱在银行。"

好吧，当我什么都没说。

晚上，关了灯。

我叹了口气。

顾魏："你干吗了？一副罪孽深重的样子。"

我："我即将成为一上不了市的饭馆的股东。"

顾魏："什么什么的股东？"

我："饭馆。"

顾魏："谁的？"

我："印玺的。"

顾魏："股东？"

我："资金入股。"

顾魏："多少？"

我报了个数。

顾魏："能赚吗？"

我："地段还不错，我和三三算了一下午，赚多少不好说，但保证不会亏。"

顾魏："萧珊？！"

我："啊……"

顾魏："肖仲义知道吗？"

我："你猜？"

顾魏："知道。"

我："你再猜？"

顾魏看着我："确定能赚？"

我："绝对不赔。"

顾魏："好了，知道了。睡觉。"

我："啊？"这就完了？

顾魏："怎么了？"

我："你不生气吗？"

顾魏："干吗生气？"

我："没跟你商量啊。"

顾魏："这不商量完了嘛。"

我："哦……"

我完全跟不上他的节奏。

三三发现她那张结婚证有墨色不均的现象，逢"O"颜色就特别深。

我："不可能吧，又不是雕版印刷……"

三三："印玺的也是啊。"

我："那就更不可能了，X市Y市还同批雕版吗？"于是转身问旁边看书的顾魏，"我们结婚证呢？"

顾魏："干吗？"

我："在哪儿？"

顾魏淡淡道："藏起来了。"

你当它是海洋之星啊！

我："拿来给我看一下。"

顾魏："看什么？"

我："看你照片。"

顾魏："活人就在你面前。"

我："看哪天领的。"

顾魏抬起头，幽幽地说："林之校——"

"我错了。"我迅速指了一下电脑屏幕，"我就是想看下咱们这区是不是也雕版印刷。"

顾魏一脸莫名其妙，凑过来扫了一眼聊天记录："又不影响法律效力。"

我的结婚证我就领证那天摸了一下看了一眼就上交了好吗？你就当我好奇行吗？！

顾魏不乐意去，因为："在保险箱里，拿太麻烦了。"

咱家保险箱实在没东西装了是吧？

后来发现，医生爹把结婚证放保险箱！林老师也把结婚证放保险箱！老肖也把结婚证放保险箱！

男同志们你们是闹哪样啊！

想说的话

窝在顾魏怀里，掌心贴着他的肋骨，他的体温和心跳隔着一层睡衣熨帖着我的情绪。

白天陈聪问我，和顾魏分开那么远的时候，有没有难过或焦躁。我告诉他，我回来了这么久，我和顾魏从来没有谈论过分开的那段时间。

顾魏："十二月，我回了趟 Y 市。周末，爸出去买菜，买了两个小时都没回来。回来的时候，带回来一个生日蛋糕。"

从小到大，林老师没有给我买过一个生日蛋糕，他总是很忙，要么忘记了，要么觉得没有必要。后来我渐渐长大，也渐渐习惯，再后来，忙碌起来，有时候自己都忘记了生日。

顾魏："他把蛋糕切成四份，他留了两份，给了我两份。下午我们俩聊天，一边聊，一边看他吃蛋糕。"

从小到大，林老师从没吃过我的生日蛋糕，他讨厌一切甜腻腻的东西。在我很小很小的时候，还因为他吃了朋友孩子的生日蛋糕而难过了许久。后来，就再没有吃生日蛋糕的习惯，直到遇到顾魏。

顾魏："我那天的晚饭就是两块生日蛋糕。吃得我太难受了。"

我轻轻叹了口气。刚出去的时候，一点也不想念他们，工作学习一堆事忙得喘不过气来。后来，突然有一天，不知道怎么回事，觉得全身不对劲，但是还没到难过的程度。再后来，有一天一个人散步，经过街区公园，有个人在小路尽头拉小提琴，是《猫》里面的那段《Memory》，拉得旁若无人。我站在边上听，听着听着，眼睛突然就酸了，像是从心口抽了一根筋。

我说："后来，我的心境变得特别平和。就像冬天湖水结了层冰，晒着太阳，很安静，起不了什么波澜。"

大多是在梦里想念，人在梦境中是非常松弛的。有时候会半夜醒来，发会儿呆，再慢慢睡着。有时候醒来摸到眼角有泪痕，已经算是非常大的情绪波动了。

我问顾魏："你呢？"

顾魏："也挺平静的。就是有什么船，磕到我身上，就得沉。"

这是已经把自己意淫成冰山了。

顾魏："连陈聪都可怜我。"

这个很能说明问题了。陈太太是新闻工作者，三天两头出差。

顾魏："我们在一起也四五年了，在一起的时间，加起来有四五个月吗？"

我："……"

顾魏："有时候我都想不通怎么会这样。"

我："你这是后悔下手晚了吗？"

顾魏然后斩钉截铁："是！你反应太迟钝！"

我就是在给自己挖坑。

我问顾魏："除了医生，你有没有想过从事别的职业？"

顾魏想了一会儿："嗯……建筑设计。"

我很意外，小声地"Wow～"了一声。

顾魏："Wow什么？"

我："为什么有学建筑的想法？"

顾魏笑："安得广厦千万间，大庇天下寒士俱欢颜。"

我："我小时候梦想当一个花样滑冰运动员。"

顾魏很意外，也小声地"Wow～"了一声。

我："第一次近距离听到刀刃滑过冰面的声音，那种感觉，浑身毛孔都开了。后来林老师带我去滑冰，滑弧线的时候，感觉自己就像一只鸟。"

顾魏想了想，做了个极其文艺的结论："所以我的人生注定沉稳，你的人生注定飞翔。"

但是我们将携手一辈子。

顾魏值完夜回来补眠。我炖好汤去卧室叫他。他以一个很销魂的姿势趴在床上。

"顾魏。"

"……"没反应。

"起来吃饭了。"

"……"没反应。

"吃完了再睡。"

动了一下，掀开眼皮。

他脸朝下，我只能站到他旁边，弯腰对他说："今天熬了黑鱼汤。"

这厮胳膊一伸，把我拽上床，一扣，继续睡。

顾先生果然结了婚，就越来越没什么自律能力了。

我囧："我还穿着围裙。"

对床有着极度洁癖的顾先生，瞬间坐了起来。

吃完饭，他盯着床认真思索了10秒，干脆利落地把换了还没一个礼拜的床单被套给扒了。

顾老师对别的事都能凑合，但是对床的洁净程度的要求，绝对是在洁癖水平线之上的。

比如家里来人，卧室是绝对不对外参观的。

比如床头柜有湿纸巾，睡前看书玩手机什么的，手都得擦干净再睡觉的。

比如床垫定期除螨除尘，枕头三天要晒次太阳，被子是要定期更换的。（和天气无关。）

所以他不管是裸睡，还是半裸睡，还是全裸睡，都是没问题的。

就这洁癖程度，还经常在医院值夜。

顾先生是这么值夜的：

睡觉会戴上手术帽的；

现成的被子是不用的；

羊毛毯子是盖自己的；

不仅盖，下面还要垫着的；

毯子里面衣服是一件不脱的；

如果暖气开得太足不得不脱，会套着备用的干净白大褂睡的；

即使这样，回到家还是会第一时间进浴室从头到尾洗一遍的。

我说："顾先生，您真干净。"

顾先生说："我都产生抗体了，要带什么病菌回来，第一个跑不了的就是你。"

我："……"

长期下来，连娘亲都知道，女儿女婿回家，别的不管，床单被套全换新的。

所以顾魏是很不喜欢住宾馆的。

所以林老师当初"不要开房"的担心真是多余了，顾魏就算要干什么坏事，绝对是只会在自己地盘上动手的。

这次回来发现，顾魏愈发忙了。我刚回来那两天是调休，之后就再没休息过。起来的时间也更早，有一次我醒来，旁边被子都凉了，加班也愈发多了。

去他办公室，居然在置物柜里发现了一盒饼干。

他说："有时候手术完已经过了饭点了，就备了一点。"

董医生说："你家顾魏快成超人了。"

有一天他晚上值夜班，我下班去找他吃饭。推门看见他一个人坐在座位上，就那么端坐着，闭目养神。

我走过去，问："累不累？"

他轻轻"嗯"了一声。

我："你去值班室躺一会儿吧，我去买晚饭。"

他的头靠在我胸口，安安静静也不说话。

我抚了抚他的后背："乖，去躺一会儿。"

他站起来，慢慢往值班室走。

我打包了晚餐回医院。碰到护士长。

护士长："让他稍微躺会儿去。"

我："让他去值班室了。"

护士长："你回来就有人照顾他了。他现在两个组的手术都要跟，科研任务也更重，忙起来吃也吃不好，睡也睡不好。"

我默然。

护士长拍拍我胳膊："他这个时候是最艰苦的时候，熬上去了就好了。"

我推开值班室的门，他正坐在床头闭目养神，听到声音睁开眼睛。

我放下吃的，坐到床边问："饿不饿？"

顾魏慢慢眨眨眼睛。

我："我买了——"

门被敲了两声："顾医生？请问顾医生在吗？"

顾魏："你先吃。"就起身走出去。

一刻钟后他回来，整个人往我身上一趴。

我抱着他的腰，不知道该说什么。

半天，他说："我脊椎有点疼。"

我顺着他的脊椎骨一节一节揉。

我不敢说医护工作者是最伟大的职业，但做一个尽职尽责尽心的医生，确实很辛苦。我不知道顾魏这一生会为多少人做手术，但他对每一台手术都抱持着同等的认真严肃。曾经有一个 77 高龄的病人，出院前拉着他的手说："如果我运气不好复发了，还找你给我做手术。"

我一直为他感到自豪。

整理以前的日记本，发现了一封信夹在 18 岁那一年，是妈妈在我大学入学的前一天放在我书桌上的。

"孩子，你的人生将进入一个新的阶段，我想对你说几句话。

第一，好好读书。不要死读书、读死书。博览群书，学以致用。保持学习的兴趣去发现问题，探究问题，兴趣是最好的老师。在应该读书的时候读好书，人生才不会后悔。

第二，好好做人。谦虚恭谨、与人为善。开阔胸襟，目光远大。保持良好的心态和习惯，用积极端正的态度去迎接一切挑战。要永远保持自己的特质，坚持自己的底线。

第三，好好生活。享受青春、珍惜时光。踏实平和，心存感激。保持低调，用心去发现生活中的快乐。在自己能力范围内去帮助自己可以帮助的人。

人生就是经营。经营生活、经营工作、经营爱情、经营家庭。学会分阶段制定计划，确定目标，付诸努力，减少惰性，不虚度人生最美好的时光。"

我读完不知道为什么眼睛就红了。

顾魏走过来坐在我旁边："怎么了？"

我告诉他，我一直记得这封信，却早已忘记了它的内容。大学四年，我一直把它折起来，当作书签，折边被磨得起毛，再又平滑，却从没有想过，打开它再读一遍。如今它已经被压得扁平，我后悔当初只把它视作"母亲"，却没有把它视作"信"，使得它一直在我身边，却又过早地被我淡忘在了记忆里。

年少时的我们，总是不曾在意父母的箴言里那些切切的告诫和期盼，总觉得那只是来自长辈的一番教育训诫，却忽视了那是他们活了半辈子的人生哲学。即使今日读来，仍旧无一字不珠玑。

　　在此，仅献给依旧年少的你们，希望你们在自己最好的时光，把握最好的青春。

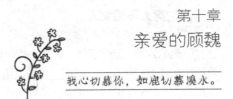

第十章
亲爱的顾魏

我心切慕你，如鹿切慕溪水。

"我曾经想过，如果没有遇到林之校，现在我会是什么样子——发现想象不出来。

以前很多人问过我：我未来的另一半会是什么样？遇到林之校之后，我觉得我未来的妻子就应该是她这样的。她是个聪明但非常简单的人，和她在一起，生活也变得很简单、很轻松、很踏实。她让我期待婚姻，期待家庭，期待和她在一起的生活。"

——顾魏·婚礼

谁说男神不会吐槽

"林之校是个非常不浪漫的人。带她去看电影，恐怖片她就认真推理，科幻片她就认真看特效，爱情文艺片——我也不知道她在干吗——发呆？反正和表姐的反应完全不一样。科研工作者的大脑构造都挺不正常的。"

—— From 顾魏 to 安德烈

"我不担心她红杏出墙，她懒得爬墙，她就喜欢在院子里晒太阳。"

—— From 顾魏 to 小草

"她对我能有写论文一半的积极性，我睡觉都要笑醒了。干脆结婚，不等了。她就是惰性气体，结完婚，随她慢慢化学反应去。"

—— From 顾魏 to 陈聪

"舅妈 will love you as much as I love you. You can kiss her, embrace her, be together with her, do whatever you want. Do you like her to be 舅妈?" "Yes！！！"

—— 顾魏 vs 六月

"林之校是您失散多年的孙女吧？我怎么觉得我成入赘的了？"

—— From 顾魏 to 爷爷

"不要不好意思，以后她就是您女儿，除了没亲自生她，对于她，您和亲妈一样，因为您生了我。您不是一直想有个女儿吗？恭喜你，现在有了。"

—— From 顾魏 to 医生娘

谁说男人不懂女人

"她很少用语言表达。她在拉萨，冬天，外面天寒地冻，她给我打电话唱《回到拉萨》，让我听她的声音能传出多远。在海南的时候，晚上把潮水声录下来，发给我让我当催眠曲。我的手机里有很多录音，鸽哨、鸟鸣、山歌、钟楼敲钟……都是她每次出去录的。很多我以前没亲耳听过的声音，都是她带给我的。这大概是最另类的'浪漫'了。"

——From 顾魏 to 表姐

"不论她上不上班，她每天都送我上下班。我们俩总有一辆车是空置的。她不觉得这是个事，她觉得很理所当然，想想她要再接送我上下班三十年，我突然很想笑。"

——From 顾魏 to 安德烈

"超市有百洁布，一面是百洁布一面是海绵的那种，百洁布这面打湿，打上肥皂，刷水池、瓷砖、墙镜、玻璃，圆角方角斜角都行，边边角角都能刷，刷完了翻过来海绵这面把肥皂沫一抹，水渍水锈都没有，又快又干净。之前我们刷那个圆角水池，拿牙刷拿钢丝球得刷半天，搁林之校那就是两分钟的事儿……这样的老婆必须娶回家。"

——From 顾魏 to 陈聪

"林之校是唯一一个让我踏实、安心的女孩子。碰到什么事，她都在我身边。奶奶走的时候我睡不着，她就一直站在我旁边守着我，我睡了多久她就站了多久。那时候我就想，换成别人一定不行，我一定要娶她。"

——From 顾魏 to 医生娘

两口子秀恩爱，是种本能

我坐在沙发上叠衣服，顾魏走过来，瞟了一眼，风轻云淡："我要买内裤了。"

我僵："……"抬头看他。

顾魏："……"也看着我。

我差点脱口而出"那你买啊"，及时意识到，不对。于是作淡定状，低头继续叠："嗯，好。"

之前给他买过衬衫、羊绒衫、领带、鞋……内衣这个领域，还真没涉猎过。

终于想感慨一句：这婚怎么结的啊！

晚上趁医生洗澡，拉开他的内衣抽屉，咳，研究牌子和大小。

再迅速撤回书房作无事状。

周日一起去商场，我直奔柜台，闷头挑，挑完结账。

顾魏："你为什么买的都一样？"

我："男同志的，需要很多花式吗？"

顾魏："……"

其实我很想咆哮：你缺吗你缺吗你缺吗？三个礼拜你都能穿得不重样的好吗？！

付完款回去拿东西，专柜小姐（其实应该是大姐）把纸袋递给我："小两口刚结婚吧？"

余生请多指教

顾魏："有年头了。"

我："……"

"啊？"大姐把我们上上下下扫了一遍，笑道，"早婚？"（两个人都穿的运动套装，显得小。）

顾魏笑眯眯："没，我们早恋。"

我："……"

离开柜台。

我："您准备活两百岁啊，三十还早恋。"

顾魏："认识你的时候二十九还没到。"

我："四舍五入就二十。"

顾魏："有这么四舍五入的吗？"

我："我那会儿四舍五入一下——二十。嗯，勉强算早恋了。"

顾魏："幸好你不是学数学的。"

吃完晚饭，闲来无事，就做地瓜饼。反正也不急，慢慢做。等到出锅，已经晚上十点了。

我捏着一个喷香滚烫新出炉的地瓜饼递到顾魏嘴边："尝尝好不好吃？"

顾魏："我刷过牙了。"

我："尝一口嘛。"

他一脸为难地咬了一口。

我："怎么样？"

顾魏："还不错。"

我甚为高兴，坐在他旁边一口接一口，咬到第三口，他伸手过来抢走。

顾魏："我好像有点饿了。"

我转身去厨房，电饼铛里还有一个。

等拿回来，顾魏已经把第一个消灭了。

我："不要对我露出仓鼠的眼神！"刚才是谁一脸嫌弃不愿意吃的？

顾魏："老婆，我饿了。"

我无视他，手躲来躲去不给他抓到。这厮抢不到手里的就抢嘴里的，想要流氓直说啊！

三三回了趟Y市，印玺让她带了一堆东西回来，我去她那拿。进了门，把顾魏扔在客厅跟老肖聊天，我跟着三三进卧室。

三三家的装修风格很简洁，她翻箱倒柜，我就在旁边发呆，目光飘飘飘，就飘到了他们房间唯一的一件装饰品上——我正对面床头柜上的数码相框。

明显是三三的恶趣味大作。

老肖睡觉被偷拍。

老肖打领带被偷拍。

老肖看杂志被偷拍。

……

而且通通后期成黑白色系。

本来人家小两口的情趣，没我什么事，But，循环到一张照片，我怎么看都没看出来是什么。整个画面什么都没有，就一个圆圆的在中下方。

我抱着求知精神问："三，那张拍的是什么？"

三三抬头，"啊！"了一声，迅雷不及掩耳把相框"啪"地扣在了桌上。

老肖在外面："怎么了？"

三三："没事！"

我看着三三别别扭扭的表情，立刻明智地保持沉默。

过了一会儿，萧珊同志故作镇定地捋了捋头发："肖仲义的肚脐。"

这算不算艳照？

三三："度蜜月的时候，碰到一个神父，他说每个人都是上帝的作品，每个作品都有值得骄傲的部分。我觉得肖仲义全身上下，就肚脐好看。"

老肖听到这话估计能吐半升血……

我们俩从卧室出来，客厅里的两个人扭头盯着我们看。肖仲义眯了眯眼睛，顾魏挑了挑眉毛。我迅速和三三告别，抱着东西拖着顾魏就撤退了。

晚上洗完澡，我喊顾魏："我洗好了！"

顾魏拿了换洗衣服进来，衬衫都脱了，发现我还没出去，扭过头来看我。

我立刻："你脱你的呀。"

顾魏突然笑得特瘆人："你急什么？"

我："我……我没急啊……"

顾魏："来吧。坦白从宽抗拒从严。在肖仲义他们卧室看到什么了？"

我："没啊，没什么啊……"

顾魏："真的？"

我点头："真的。"

顾魏："看来还是从严吧。"

我："哎？不带这样的！"

顾魏："不会又带了什么儿童不宜的东西回来了吧？"

我："什么什么啊，你怎么把我们形容得跟女色魔一样！我们三观都很端正的！"

顾魏眼神 X 光一样把我扫射一遍："那你看到什么了？"

我压力很大："裸照。"

顾魏眯起眼睛："谁的？"

我："老肖的。就……就只有一个肚脐。出于……出于……出于……三三特殊的审美……"

顾魏皱皱眉头："所以你就来鉴定我的肚脐？"

我立刻摇头："不是不是不是。"

顾魏："那你要干什么？"

我突然灵台清明，"我们都结婚了我还不能看看吗？！"

对，就是这么个道理！没事儿我还不能看看吗？！

林老太太的九十大寿打算认真地办一下。于是林老师和娘亲要来 X 市待上三天。

周四晚我打电话回家："你们什么都不用带，人来就行了。"

林老师开着免提，我听到他在那头欢脱地指挥："睡袜带蓝色的那双，睡衣要灰格子的那套。老婆，你的那个枕头带不带啊？还有居家服！"

我内心阴暗地想，林老师每次都不肯穿顾魏的睡衣，是不是担心穿起来没顾魏上树临风。

我："您怎么不干脆连被子都抱过来呢？"

林老师一本正经地回答："被子就先不用了。"然后扭头，"老婆我的剃须刀充电器别忘了！哎，带点零嘴路上吃。"

我囧："林老师！"您开车吃神马零食啊！

林老师直接无视我："老婆，我的擦脸的呢？"

我："现在装包，明天早上起来不用吗？"

林老师突然觉醒，扭头："那先不放了！"

我的亲爹啊！

我："这边什么都有，您大包小包的带过来累不累啊。"

林老师："带过去了就不带回来了，省得以后带来带去麻烦。"

我："……"

顾魏在旁边笑得无比乖巧："他想带什么就带什么吧。"

得，你们一个个的就可劲儿惯他吧。我："爸，顾魏要和你讲话。"就把手机放到顾魏手上。

顾魏茫然地对我做口型"我说什么？"

我耸耸肩，"随你。"

电话那头刚刚不搭理我的人突然回神了："顾魏啊。"

顾魏："啊，爸。你们在收拾东西呢？"

林老师："嗯。差不多收拾好了。"

顾魏："明天路上注意安全。可能会碰上上班高峰期，不着急慢慢开。"

林老师："嗯，好。你就别操心我们了，好好上班。"

我看着翁婿俩这么和谐，恍然生出一种"顾魏是你亲儿子，我是捡来的吧"的错觉。

林老太太满头银丝一袭旗袍，端庄美丽典雅大方，完全把顾魏震傻了。（我们结婚的时候，老太太穿的唐装，比较低调。）

我看到顾魏眼睛都直了："怎么样，资深美女吧？"

顾魏立刻："嗯。"

我："那是，不然当初怎么能拿下我爷爷。"那样的资深帅哥。

顾魏："不是说你爷爷是被你奶奶的才华和气质吸引的吗？"

我："你猜我奶奶换张脸，我爷爷还会一见钟情吗？"

顾魏："……"

过了一会儿，顾魏突然冒一句："那我换张脸，你还喜欢我吗？"

我："我又不是看上你这张脸。"

顾魏："……"

你因为他的美貌看上他，他不乐意，你说你完全不在乎他的美貌，他还是不乐意——啧，帅哥真难伺候。

趁着上面致辞，我捏捏他的手指悄悄说："你变什么样我都喜欢你。眼睛不变就行。"

顾魏糯糯地"嗯"了一声，握握我手说："我也是。"

哎哟～我的小心脏～

寿宴结束回到家，林老师老两口不知道怎么回事，闹别扭了。我决定去哄林老师。因为即使我把我妈哄好，林老师二起来，会立马又把炮仗点燃的。从兜里摸出一块糖递给林老师，他头都不抬继续玩手机："我又不是小孩儿。"

听着怎么这么没有说服力？

对待林老师，果然不能像春天般温暖，他会傲娇。

我："你又怎么招我妈了？"

林老师："怎么不说她招我呢？"

我："她招你是情趣，你招她是无聊。"

林老师："喊。"

顾魏走过来："爸，你晚上夜宵吃什么？"

林老师："不吃。"

我："转性了？"

林老师："你妈不让我吃。"

娘亲突然从房间杀出："什么叫不让你吃？告诉你少食多餐，你刚才那样，撑到怎么办？！"

顾魏听完娘亲报了一遍林老师刚才消灭了多少吃的，沉吟了一下："爸，您胃口……真不错。"

林老师撇撇嘴。

顾魏："那夜宵就算了吧。"就拽了我去洗澡。为毛要拽我一起？

关门前我担忧地看了眼客厅方向，被顾魏一把拎走。

等我们从浴室出来，发现娘亲已经在厨房炖红枣桂圆汤了。

顾魏："爸，妈，我们先休息了，你们也早点睡。"就把我拽进了卧室。

我："就……就……就这么着啊？"

顾魏笑："人两口子的事，你瞎操心什么。"

可以这样的吗？

第二天一早，林老师两口子果然又甜甜蜜蜜地在一起了。

"顾魏，我要看你的日记。"

"我不写日记。"

"你爸说你有的。"

"那是工作日志，上面全是病例和会诊记录，你要看吗？"

"那你干吗扉页放我的照片？"

"为了和别人的区分开来。"

很多时候我觉得顾魏是外星人。

下班到家，对顾魏说："做玉米烙给你吃。"（刚从电话里跟林老师学的。）

然后就埋头苦干。

顾魏就默默在旁边炒菜，做汤。

等他三菜一汤端上桌，我还在和玉米粒奋战。

顾魏："嗯——"

我："嗯？"

顾魏："我就想问问，今天几点能吃上晚饭。"

我："……"

最后放弃平底锅，改用电饼铛，往里一倒，盖子一压："先吃菜。"

顾魏坐我对面，一脸要笑不笑的表情："不会菜吃完了，它还没好吧？"

我："那你就慢慢吃。"

等了十分钟，我跑去厨房把玉米烙拿出来，卖相还是相当好的。

端到桌上。

顾魏："吃菜已经吃饱了。"

我炸："顾魏！"

顾魏："开玩笑的。"

然后他吃了一大半。

我："你不是吃饱了吗？"

顾魏："首长都下指示了，我还敢饱吗？"

我："如果当年我不去找你，你怎么办？"其实我一直很好奇。

顾魏一脸淡然："那我就去找你。"

我："然后呢？"楼下点蜡烛、弹吉他吗？

顾魏："直接打电话叫下来。"

我："然后呢？"

顾魏："抓了就走。"

我："然后呢？"

顾魏突然打住："告诉你干吗？"

我："好奇。"

顾魏："告诉你下辈子就不能用了。"

啧，顾魏你这是学会说情话了吗？

顾魏陪我回 Y 市。

晚上洗完澡我给娘亲吹头发，我站着，她坐着，额头靠在我怀里："等我老了，你也这么给我吹头发吗？"

我说："等你老了，你想干吗我就给你干吗。"

娘亲笑："我都老了我还能干吗，老胳膊老腿儿的，也就窝在家里。"

我说："可以吃嘛，想吃什么吃什么。想吃银我给你金，想吃金我给你翡翠，想吃翡翠我给你钻石。"

娘亲："那我要想吃钻石呢？"

林老师飘过，抹了把娘亲的脸："那就把你扔矿坑里～"

空气比较干燥，而林老师又没有洗完澡擦润肤乳的习惯，于是晃到娘亲身边："后背痒痒，挠挠。"

娘亲是从来不会对皮肤做过激行为的人，于是在他背上抚摸了一下："好了。"

林老师："再挠挠。"

娘亲又抚摸了两下。

林老师："左边，左边一点，嗯，再上边一点——太上边了！"

娘亲炸，"我是你丫鬟吗？！"

林老师："这活儿是丫鬟干的活儿吗？！"

娘亲："……"

林老师："就算是，那也得是一男丫鬟啊！"

我和顾魏笑翻。

我抱着一大摞叠好的衣服往更衣间走，看到顾魏一边游荡，一边低头翻看手里的东西。

我："看什么呢那么认真？"

顾魏晃了晃手里的东西："你妈给我的。"

我 N 小的时候的日记……我自己都不知道自己写过什么！有这么坑孩子的娘吗？抢！手上床单被套一大摞腾不出来，于是就踢！

右腿目标高度，顾魏胸口。结果没踢着日记本（他闪开了）。

我："啊啊啊啊啊——"

拉到韧带了……

果然是上了年纪。

顾魏把我抱到沙发上，放松我腿部肌肉，哭笑不得："你多久没运动了？你出去是不是就没锻炼过？"

我："谁没事干锻炼高踢腿啊……"

顾魏笑："叫你踢我。"

过了一会儿，"不会韧带拉伤吧？"

顾魏一口白牙："不会。最多以后右腿比左腿长点。"

我迅速伸出左腿朝他扫去，被他一把捏住小腿。

顾魏："我就知道！"

我笑："这样不就一样长了嘛。"

顾魏："造反了你要。"

关于孩子这个事

印玺推荐我看《爸爸去哪儿》，看得我莫名欢乐。

"顾医生，你带你家娃会是啥样？"

"说得就跟不是你家娃一样。"

"我觉得当爹的男人都特帅。"

"嗯。"

"有种成熟的气质。"

"嗯。"

"暖萌暖萌的。"

"嗯。"

"看着就开心。"

"林之校，你想干什么？"

"我能干什么？"

"……"

和顾魏一起坐地铁，只剩一个位置了，想了想，决定和他一起站着。

一对年轻的父母，隔着车厢走道面对面坐着，他们的宝贝蹒跚学步，向小火车一样，从爸爸怀里走到妈妈怀里，再从妈妈怀里走到爸爸怀里……如此重复。忽然，宝贝半路改变路线，向顾魏冲来，然后，一下扑在了他腿上。顾魏立刻弯腰把宝贝扶住，怕停站的时候孩子处于惯性摔着。然后，发现，宝贝不撒手了，就那么抱着他的腿，昂着脑袋看着他，看了半天，做了个介于玛丽莲梦露经典索吻和吹泡泡之间的表情。

宝贝坚决地抱紧顾魏的腿，任父母拉也拉不动。顾魏一脸尴尬地看向我。

我笑："你就当提前锻炼一下吧。"

顾魏耳朵都红了。想了想，索性蹲下来。宝贝松手，站在他怀里对着他眨巴眼睛。

顾魏试着抱他，宝贝倒也很配合，一个胳膊还搂住了他的脖子。

顾魏抱着他站起来，抱了一站路，一直拿无比轻柔的声音和他交流："叔叔一会儿要下车了，你去找爸爸好不好？"

一直在我们下车前一站，才把宝贝放到他爸爸怀里。

下了车，顾魏扶了扶额："我汗都紧张出来了……"

顾魏："我下礼拜出去开会。"

我："嗯。"

顾魏："大概四五天。"

我："嗯。"

顾魏："怎么了？"

我："累不累？"

顾魏不作声。

陈聪说："大老爷们活得跟和尚一样，不抽烟不喝酒，定点睡定点起，还经常有突发情况。不养好身体，四五十岁就扛不住，退休就离棺材不远了。你看看手术安排表！"

医生爹说："我们都不想让孩子走这条路，因为自己一路过来自己知道一路有多苦。"

这个行业的辛苦只有自己知道，而我只能抚着顾魏的后背对他说："累就告诉我。"其实并不能帮上什么忙。

一节一节抚过他的脊椎，想他每天低头站在手术台前那么长时间。

顾魏："前两天和你爸打电话。他说退休了想搬来 X 市。"

我"嗯"了一声。

顾魏把我圈进怀里："等爸妈们都退休了，再要孩子吧。"

我愣了一下，没想到他突然提起这个事。

顾魏："我太忙了……顾不上你。"

我："没事。我自己 OK。"

顾魏："不行。"

我："顾魏——"

他的声音很轻却不容商讨："不行。"

我："你想要四十岁才当爸爸吗？"

顾魏："嗯。"

我："请月嫂就行了。"

顾魏："不行。"固执得根本没有商讨余地。

我对孩子其实并没有那么执着，以前甚至觉得，有没有也无所谓。但是有一年冬天，出门的时候，看到医生爹帮爷爷拉大衣拉链，再围围巾，牵着他的手出门。我在后面看着他们爷俩手拉手走，突然觉得，倘若没有子女，那么奶奶走后，爷爷的日子得有多难熬。子女是伴侣的延续，倘若伴侣走了，只有子女能给予精神上的支持和情感上的缓和。

然后，就有了要孩子的念头。

现在，这却成了顾魏的心事。

他们医院，A 主任的太太生孩子的时候，A 主任正在手术，一下手术台听说胎位不正，衣服没换就赶去了产房；B 主任是老来得女；C 主任读研的时候早早生子，孩子初中就送出国，现在一两年才能见一回。

B 主任劝顾魏："你接下来两年任务很重。小林还年轻。"

顾魏难过起来不声不响的，看得我心口疼。他很少对我提什么要求。

我抚抚他后背："好。再等两年。"

顾魏轻轻叹了口气。

我："所以你更要照顾好身体。我不在的时候，也要该吃吃，该睡睡，你的保养任务比我艰巨。要是再让我发现你吃饼干，你就麻烦了。"

顾魏："嗯。"

我："外卖不好吃，好歹新鲜啊。"

顾魏笑："嗯。"

等我迷迷糊糊开始有困意的时候，他轻声在我耳边说："我们就生一个。一个就行。"

那种一本正经却又带着小兴奋的口气，听得我想笑。其实他一直很喜欢孩子。

我："那多浪费你的基因啊！"

顾魏不吭声了。

我摸摸他脸："亲，努力奔着双胞胎去啊。"

顾魏终于被我逗笑，沉沉睡去。

印玺来 X 市办事，我立刻要求："把儿子带来。"

接到了儿子，我对印玺说："你去忙你的吧，我和南瓜二人世界了。"

我把南瓜一抱："想不想我？"

南瓜脑袋点点。

到家玩了一会儿，南瓜："饿。"

"想吃什么？"

"南瓜饼。"

吃东西需要和名字挂钩的吗？

家里没南瓜，我问："土豆饼行吗？"

瓜瓜摇头。

我："红薯？"

瓜瓜抬头看着我。

我赶紧引导："上回姨妈给你买过的，烤地瓜记不记得？地瓜也是瓜啊。"（瓜瓜对"瓜"这个字很执着。）

瓜瓜想了想，点点头。

蒸地瓜的时候，顾魏回来了。

我："瓜瓜，叫姨父～"

瓜瓜："I——f."地道的英式口音。

我："姨——父——"

瓜瓜："I——f."

顾魏把瓜瓜抱到怀里："叫姨爸爸～"

瓜瓜："姨～爸～爸～"

好吧，顾魏你赢了。我挫败地去厨房完成我的地瓜饼。

地瓜饼出锅的时候，瓜瓜萌翻了！眼睛瞪得圆溜溜的，伸出一根圆乎乎的手指头指着电饼铛里一个一个的小圆饼："滴瓜——滴瓜——"

然后扭过小屁股对着我张开小胳膊："抱。"立刻抛弃顾魏。

午睡。

我躺床上，瓜瓜趴我身上。我心口热乎乎的，特美。

等醒来，发现，胸口一摊口水。

睡醒之后，顾魏帮瓜瓜穿衣服，穿好了，手一松，迷迷糊糊的瓜瓜直接扑通往床上一坐。

顾魏把他抱起来："瓜瓜？"

瓜瓜闭着眼睛点头，顾魏一松手，又扑通坐到了床上。

顾魏直接笑场。

瓜瓜开始蹒跚学步，整个人呆萌呆萌的。草坪上，他两只手握着顾魏的手指，小腿一跛一跛地往前走，以很销魂的姿势踢面前的皮球，踢踢踢，自己踢得笑出来，逗得顾魏跟着笑。

我和印玺两个人坐在椅子上聊天。

印玺是个很少八卦的，难得地问道："有没有要孩子的计划？"

我："过两年吧。"

印玺："两边父母跟你们谈过吗？"

我："没有。他们自己就挺晚婚晚育的，所以都挺开明的。"

印玺看了看远处的一大一小："医生挺喜欢孩子的。"

我："他一直都很喜欢孩子。只是工作忙，他怕到时候照顾不上，想稍微晚两年等我妈和我婆婆退休了。"

印玺："那你呢？"

我："还好，只要别老得生不动就行。"

顾魏把瓜瓜扛在肩头往我们这走，瓜瓜抱着他的脑袋咯咯直笑。

我拍拍手："来，姨抱。"

瓜瓜从顾魏怀里滑进我怀里，在我脸上吧嗒亲了一口。

喂瓜瓜酸奶的时候，我扭头看顾魏，他正看着瓜瓜出神。

我轻轻喊了他一声，他抬起睫毛冲我浅浅一笑。

晚上，顾魏坐在床上，手里端着书走神。

我问："想什么呢？"

顾魏："没什么。"

我叹了口气："顾魏，我不在乎什么时候有孩子，不在乎TA是男是女，不在乎有几个。我在乎的是，你是TA的父亲。TA是你带给我的，这才是最重要的，别的都不重要。"

我摸摸他的脸："我们只是晚两年而已。不要把TA当成心事，觉得抱歉或者有心理负担。"

顾魏轻轻"嗯"了一声。

因为孩子的事情，实在是让我和顾魏两个人各自有话难言，胸中千回百转，就差没豁出道口子来了。现在终于被我逮到了罪魁祸首！

我出国的那段时间，某次林老师顾魏翁婿闲谈："林之校她姥姥生她妈的时候，难产，那会儿到处调血。然后，林之校她妈生她的时候，早产、难产。那时候产房是不让男同志进的，但是情况太紧急，我全程在产房里陪产。就看着她在那疼，疼到后来，已经喊不出声了，太遭罪了。"

我说："您跟顾魏讲这些干吗啊？"

林老师："讲你来得多不容易啊！"

我："您知道您把顾魏吓出什么心理阴影了吗？"

林老师："什么？"

我："他坚持我身边必须有一堆人照顾着，还必须得是亲人，才能要孩子。"

林老师："哦。那挺好啊。"

我："不是啊！我说……唉……"林老师，你让我说您什么好呢？

我整个人郁卒得不行："是生孩子，您吓他干吗啊？"

林老师："没吓他啊。我就是告诉他女同志生孩子是个非常危险的事。自古都是鬼门关前走一趟。"

我："他是医生，他能不知道生孩子是怎么回事吗？再说难产又不遗传。"

娘亲："你爸也是为你好。况且我们家骨架子都小。"

我望着我亲爱的家人，泄气："我剖腹产还不行吗？"

林老师突然一抖擞："剖腹产，那你们就打算生一个啊？"

我："嗯。"

林老师："那……那给哪边带啊？"

娘亲："关你什么事啊？自己孩子自己带。"

林老师："那不啊，那我退休了我干吗啊？"

娘亲："你就不能陪陪我啊？！"

晚上睡前，我拽拽顾魏的袖子："我爸之前跟你说的什么难产的那些，你不要多想。这不遗传。"

顾魏一边看书，一边淡淡"嗯"了一声，掀起眼皮把我从头到脚扫了一遍："小心点好。"

父母来 X 市办事，离开之前，和医生爹妈还有爷爷一起吃了顿饭。不知道家长们怎么脑电波交流达成一致，一搁筷子就给我们下指标了。

三十岁生孩子。从现在开始，抓紧享受二人世界，一边享受，一边调养身体。能不加班就不加班，能不熬夜就不熬夜，能不沾酒就不沾酒，能不吸二手烟就不吸二手烟。

我和顾魏："……"

医生娘："就这样吧，你们也不要再为这个事情闹什么别扭了。"

顾魏："我们没闹别扭……"

娘亲："嗯？"

我们是不是平时太和谐了，导致我们稍微不和谐那么一丁点就跟出了什么大事似的？

顾魏失笑："父亲大人母亲大人们，我们俩真挺好的。"

我迅速点头，点点点。

医生爹："唉！你们两个……"

气氛突然就变得惆怅了。

顾魏捏捏我手指，我立刻："爸，妈，我们俩挺好的。"

顾魏笑："相亲相爱得不得了。"

我囧囧地附和："啊！相亲相爱。"

爷爷笑："好了，别操心他们俩了，我看他们好得很。"

我和顾魏猛点头。

气氛又突然转了回去，俩娘又开始聊旅游的事，俩爹又开始聊工作的事，爷爷笑眯眯地看着我们俩："吃饱没有？吃饱陪爷爷散步。"

顾魏："不会给我们上思想政治课吧？"

爷爷："上什么课啊就你们俩这黏糊劲儿？"

其实家长是组团来调戏我们的吧？

晚上关了灯，我很小声地说："顾魏，我申请个事儿。"

顾魏："什么？"

我："能……稍微……提早一点吗？"

顾魏："嗯？"

我："我二十二岁认识的你，三十岁生，岂不是步了林老师的后尘，八年抗战？"

顾魏："嗯，批准了。"

我刚在心里"Yeah"了一下——

顾魏："那就七年吧。"

我……七是你幸运数字吗？这么执着？

我："你想四十岁再当爹啊？！"

顾魏笑："不会算数了？你二十九我三十五。"

我："那第二个不就四十了吗？"

顾魏突然一愣："林之校……"

我："那个……那个，我想了一下，我觉得，两个孩子挺好的，互相有个伴儿。独生子女都太孤单了。你看，我和小仁，从小做伴，长大了性格多讨喜啊，你再看大哥……"

顾魏："你剖两次吗？肚子上两道疤？"

我试图活跃气氛："这个……要么，一个位置剖两次？"

顾魏："林之校！"

我："……"

顾魏躺好："一个。睡觉。"

我："两个。"

顾魏："啊！！！"

我："报效祖国啊！现在老龄化这么严重。"

顾魏："两刀。"

有这么谈话的吗？！无力……

我永远不知道你多爱我，如同你永远不知道我多爱你

和顾魏去看爷爷。坐在茶海边看着爷孙俩并肩站在露台上打太极。

跨越了近六十个年头，他们的眉眼和骨子里的神韵，如出一辙。

我说："顾魏，六十年后，你要是保持着爷爷这个状态，我就一天给你写一封情书。"

顾魏："为什么要等到我七老八十的时候？"

我笑："因为怕你被别的老太太拐跑了。"

跟同事学了杂粮小煎饼，爷爷站在我旁边看我做试验。第一块出来，爷爷尝了一下："不错。"

顾魏进来："你看你，笑得那叫一个甜。"

我："哎。"第一次就这么成功必须高兴啊！

爷爷笑："小家伙，你吃醋吃到我这儿来了。"

奔四的顾魏同志，在接下来的两天里，一直被我喊作"小家伙"。

顾魏洗完澡往床上一趴，伸懒腰。

我跟着往他背上一趴："十年修得同船渡，百年修得共枕眠啊！"

顾魏："那上一百年你干吗去了？"

我："吃斋念佛行善积德。"

顾魏失笑。

我："投胎之前我还做义工，帮孟婆灌路人，灌了一个又一个，灌了一个又一个。"

顾魏："啊～"

我："然后看到一个喜欢的，觉得，噫，这小相公不错，Mark一下，就转身跟着你投胎了。"

顾魏："……"

一次顾魏值夜班，我一个人不知道晚饭吃什么，在厨房东摸摸西摸摸，壁柜拉开，发现被打入冷宫许久的烤箱。于是搬出来研究食谱。烤了条黄鱼，顺手包了个红薯放进去烤，不亦乐乎。

第二天早上，顾魏回来，看到厨房的烤箱和半个红薯（太大了没吃完），到卧室问我："你昨天晚上吃的烤红薯？"

我："嗯……"（还没醒透。）

十来十分钟后爬起来，发现顾魏在厨房里乒乒乓乓。

我游荡过去，豆浆机在转，电饼铛在烤南瓜饼，烤面包机开着，烤箱开着，微波炉在转，平底锅还在煎东西。

我："你没吃早饭吗？"

顾魏："没认真吃。"

我："你在检查厨房所有的家用电器吗？"

"看你太可怜了。"顾魏一边翻火腿，一边说，"我不在家，你晚饭也太凑合了吧？"

我："我昨晚上一条烤鱼、一盘沙拉、一杯果汁、一盘烤红薯片，荤素搭配营养齐全。"

顾魏默了一会儿，撇撇嘴，"我就是心血来潮想给你做顿好的。"

还有一次，他值完夜第二天交班之后，临时出了些情况拖延了时间，回来的路上又碰上堵车，到家已经快一点了还没吃午饭。

我想缩短时间让他赶快吃，于是就问："你想吃饺子还是面？"

顾魏："不怎么饿。"

我做了一大碗蔬菜菌菇汤。

刚才还说不饿的人，洗完澡晃出来，就端了筷子开吃。

顾魏："我怎么就做不出这味来？"

我："因为你不滴芝麻油。"

顾魏醍醐灌顶："哦！"

我："也不放紫苏叶。"

顾魏一副打通任都二脉的表情："原来老婆就是芝麻加紫苏的味道。"

在书房写东西，突然心率过速，胸口闷得喘不过来，出不了声，把手里钢笔抛到地板上。顾魏在外面听到声音问了句"怎么了？"走进来，手里书扔到一边，跑过来把我抱到地板上放平。

我摆摆手，一下一下抚过胸口，过了一会儿缓了过来："没事了。"

顾魏依旧皱着眉头。

我："突然喘不上气。"

顾魏："以前出现过这种情况吗？"

我："就是普通的窦性心律不齐。"

顾魏："什么时候查出来的？"

我想了想："好小了。小学初中吧。当时医生说青少年比较常见，大了就好了。"我摸摸他的脸，"别紧张。" 他胸口和后背都出汗了。

尽管顾魏打电话回家，娘亲翻出若干年前的诊断读给他听，我还是被拎去医院又做了检查。时隔多年，再次背着 Holter 回家。

坐在沙发上和顾魏大眼瞪小眼。

我试图搞笑："像不像机器人？"

顾魏一点也不配合，面无表情。

我："没事的。"

顾魏依旧面无表情。

我笑着去揉他脸："如果我出厂有问题，允许你找我妈退货。"

顾魏："什么跟什么啊！谁要退货了？！"

晚上，和顾魏肩并肩躺着聊天。

我摸着身上的电线："变形金刚有人爱，变形女金刚没人爱。啧，这个手感……"

顾魏："昨天你嘴都白了。"

我凑过去在他脸上亲了一下："没事。说明我还小着呢。"

第三天去医院拆 Holter。

晚上睡觉，顾魏把我圈在怀里，一只手贴在我胸口。

顾魏："我怎么觉得你心跳还是有点剧烈。以后一定要注意。"

我："……"

任何女人胸口放了只男人的手，心跳都会不正常的好吗？

一次出差，对当地的一种花粉过敏，回来之后身上起了大片的水泡疹，刚好是六七月的天气，实在是心情焦躁。

醒着的时候还好，睡着了意志力比较薄弱——

顾魏："手不要抓。"

我："痒。"

顾魏："女孩子身上不能有疤。"

我可怜巴巴地看着他。

顾魏叹了口气，把我扣在他怀里，抓住我的双手："睡觉。"

他就那么整晚扣着我的手，扣了三天。

我要出差，出差前一天整理更衣间，顾魏站在旁边看。

我挑了十件衬衫，五条裤子，搭配好，按顺序挂好，告诉他："你按顺序穿就行。"

算了算时间，外套从厚到薄："降温换厚的，升温换薄的。"

鞋子单独一排，想了想："跟着感觉走，实在不知道怎么搭就……就乱搭。"

顾魏失笑："我要步林老师的后尘了，这么着我迟早要丧失自理能力。"

我："啊哈，那再好不过。最好是你离了我就不能活。"

顾魏撇嘴："你终于暴露内心阴暗面了。"

晚上，关了灯，顾魏轻声说："林之校，你在外面注意安全。"

我"嗯"了一声。

他看着我眨了眨眼睛，最后凑过来在我额头上亲一下。

我趴进他怀里："你在家注意休息。"

我们都不是习惯把"爱"挂在嘴边的人，相恋这么多年，我们从没问过对方"你爱我吗？"之类的问题，可能一辈子都不会问，因为我们从来都没有质疑过这个问题的答案。

写完 本日记，拿了本新的。顾魏看到，拿过去翻开扉页，签上自己的名字。

之前每本日记的扉页我都会随便写一句，大多是翻开新本子时的心情，诸如"good good study, day day up"之类。

结果看到右下角顾魏的名字，就囧在那。

顾魏："你写啊。"

我："写什么啊？"

顾魏："想写什么写什么啊。"然后又补一句，"不要太奇怪就行。"

我："日记本你还给我提要求。"

顾魏摊摊手，一副"您随意"的模样。

我刚抽了只笔，他又在旁边："我签了名的啊，你不要乱写。"

我失笑，你是有多怕我在上面写一句"所嫁非人"啊？

写完之后，递到他眼前，顾魏看了一眼，抿嘴笑笑，一副"我又没在意"的调调，继续低头看书。

我心切慕你，如鹿切慕溪水。

——顾魏

2014.4.10